AF290557

BRÜCKEN
Zeitschrift von Literatur, Kunst, Wissenschaft
und sozialpolitische Problematik

BRIDGES
A literary, scientific, political and sociological quarterly

LES PONTS
Revue trimestrielle de litterature, d'art, de sciences
Politiques

ISSN 1613-1770

Printed in Germany

Наш адрес:
Postfach 630129
60351 Frankfurt am Main, Germany

e-mail: 1998Lew@gmail.com
Internet: www.le-online.org

Редакция не всегда разделяет мнение авторов

Подписка в Европе – 70 евро
В США – 85 долларов
С целью поддержки – от 100 евро

Konto:
Frankfurter Sparkasse
IBAN: DE53 5005 0201 0000 6524 82
SWIFT – BIC: HELADEF 1822
Получатель – **Verband russischer Schriftsteller
in Deutschland e.V.**

МОСТЫ

ЖУРНАЛ РУССКОЙ ЗАРУБЕЖНОЙ ЛИТЕРАТУРЫ, ИСКУССТВА, НАУКИ И ОБЩЕСТВЕННО-ПОЛИТИЧЕСКОЙ МЫСЛИ

№ 77   2023

СОДЕРЖАНИЕ

ПОЭЗИЯ, ПРОЗА, ДРАМАТУРГИЯ

Евгения Босина. Два стихотворения   5
Виктор Фет. Двадцать седьмой год. *Поэма*   7
Григорий Оклендский. Стихи военного времени   13
Давид Гай. Упакованная луна. *Роман. Окончание*   19
Лорина Дымова. Четыре стихотворения   102
Ильдар Ахметсафин. Новые стихи   106
Наталья Асенкова. Внук деда своего. *Повесть*   108
Алишер Киём. Рубои   179
Юрий Диденко. Стихи   200
Саша Казаков. Два стихотворения   206

ВРЕМЯ И МЫ

Вера Корчак. Эра газлайтинга   209
Ирина Бирна. Voz московщины   221
Игорь Мандель. Три этюда о лжи   261

СПОРТ И МЫ

Владимир Брюханов. Король умер. Да здравствует король! И снова о футболе...   280

ИСТОРИЯ ЛИТЕРАТУРЫ И ЛИТЕРАТУРОВЕДЕНИЕ

Евсей Цейтлин. Позавчера и послезавтра
*Беседа с **Владимиром Батшевым***   306

**ЛИТЕРАТУРНАЯ КРИТИКА
И БИБЛИОГРАФИЯ**
Борис Камянов. Обретенный младший брат
(*Михаила Гончарок. «Серпантин»*)   328
Давид Поташников. Реставрация речи
(*Виктор Фет. Вскипает лава, Над бездной*)   331
Татьяна Разумовская. Исчезнувший герой
(*Бенгт Янгфельд. Рауль Валленберг*)   336
Анатолий Либерман. Литературный обзор
(*Вспоминая Наума Коржавина, Лев Бердников. По долгу
совести, Н.Мальцева. Крымский диск*)   341

Об авторах

Редактирует – **Владимир Батшев**

Читает, советует, рекомендует, критикует
Редакционное совещание –
**Владимир Порудоминский, Леонид Ицелев,
Берта Фраш, Ара Мусаян, Анатолий Либерман,
Галина Чистякова, Семен Резник,
Евсей Цейтлин, Виктор Фет**

Евгения Босина

* * *

> *«Спотыкается дорога о холмы Иерусалима...»*
> Леонид Рудин.

Спотыкается дорога о холмы Иерусалима,
И бредут по той дороге в Град Давидов пилигримы,
Лицедеи, чудотворцы – много разного народца:
Кто увидит вечный город, обязательно спасётся!

Эти арки, эти крыши, эти плиты, эти стены...
В этом городе предметы не отбрасывают тени.
Что ни камень – то святыня, что ни день –
                                        то воскресенье,
Каждый встреченный провидец вам укажет путь
                                к спасенью.

В этом городе, как прежде, жарко, шумно, многолюдно.
Здесь легко поверить в чудо,
                        здесь с ума сойти нетрудно:
Разрыдаться без причины, говорить высоким слогом,
Объявить себя мессией, как Иаков, спорить с Богом.

Я ведь тоже в этот город, будто в небо, поднимаюсь,
На горе стою Масличной, потрясённая, немая.
Мне в глаза глядит пространство,
                        мне в затылок время дышит,
И летит моя дорога выше, выше, выше, выше...

* * *

"Смерть - это то, что бывает с другими".
                              И. Бродский

Рассыпается лист. Меркнут лики печальных икон.
Задувает свечу кто-то быстро прошедший по дому.
Умирают другие. Уж так повелось испокон.
Никогда у других не бывает — увы! — по-другому.

Улетают они. И полёт их всегда одинок,
и невидим, и тих. Сквозняками распахнуты двери...
Высыхают моря. Превращаются камни в песок.
Насовсем — только ты.

                Только ты всё равно мне не веришь.

Понимаю, сомненья, особенно, если болит...
Но опять запоют от весны одуревшие птицы,
и опять зашуршат голоса приозёрных ракит:
«Смерть, дружок, — это то, что с тобой никогда

                                не случится...»

О, как правы они! Прав щебечущий глупый народ,
корни правы, стволы, правы юные листья тугие.
Ну, зачем тебе знать: одиночество, ветер, полёт,
если ты навсегда: был и есть? Умирают — другие.

Виктор Фет

Двадцать седьмой год
Поэма

1.

Казалось, вечность — а всего два года
прошло! И без журнала моего
я помню всё про день двадцать шестого
(по-старому, четырнадцатого);
уже в Европе было Рождество,
и Константин всё слал свои депеши,
но в стенах Зимнего уже открылись бреши
от наших залпов с площади, пока
сквозь вскрытый лёд не хлынула река.

Мы взяли власть тогда не без утрат:
пал Трубецкой, на штурм ведя солдат,
но кровь отмстилась новому царю.
(Да, я об этом прямо говорю,
хотя у нас в свободной Боспориде
и во дворце Совета Девяти
не принято жалеть о регициде
и за него ответственность нести.)

Мы в памяти храним грехи свои;
ведь многие виновны в том расстреле
и Николя, и всей его семьи
на столбовой дороге, что вела
в Санкт-Петербург из Царского Села.
И что честней: публично или тайно?
У всех нас были нервы на пределе,
Не знаю, чья команда то была,
но многие отдать ее хотели.
(Там и Жуковский был убит случайно.)

2.

Ах, бунт российский! Что бы написал
наш гений, Пушкин, если б не удрал
он в Альбион туманный среди свары?
Какие бы представил он кошмары?
(Он Годунова описал как раз).
Возможно бы, он стал одним из нас;
теперь он пешка в аглицких мирах,
где, говорят, и проигрался в прах.

И Польша отложилась в две недели,
и Гетманство, не враг, но и не друг,
взирающее сумрачно на юг:
его не взяли мы, хотя имели
давнишние на Меотиду виды—
но мы уже смотрели из Тавриды,
и дух свободы в нас тогда пылал,
пока Китай стремился за Урал.

Мы все горели древнею мечтою:
нам Байрон был звездою путевою,
угасшей в Миссолонги в тридцать шесть.
Поэт ушёл в горячечном бреду,
но он зажёг для нас свободы весть,
светя, как Вифлеемская звезда,
взрывая княжества и города,
освобождая греков и славян.

Так гибли и мои друзья от ран
в Саксонии в тринадцатом году—
пятнадцати ведь лет и не прошло;
история убыстрилась стократ,
картечью в нас события летят,
и дни гудят и бьются о стекло,
как бражники, летящие на свет,
и кажется, что времени и нет.

3.

Уже в апреле, времени не тратя,
отмстить за дочь убитую и зятя
пошёл на нас Фриц-Вилли из Берлина
всей мощью прусскою. За ним была
вся свято-европейская махина;
Романовых бездарная корона
досталась Константину, но она
за смертию его упразднена;
поляки взяли сторону Бурбона,
Москва была при этом сожжена.
И начался раздор в имперском стане,
и хлынула гражданская война—
и новой пугачёвщины волна
разлита от Казани и до Пскова.
Дон сообщил, что не поддержит нас.
А шах, конечно, взял себе Кавказ.

Но мы, Соединённые Славяне,
с душою, что давно на бой готова,
от петербургской битвы далеки,
сумели сохранить свои полки,
все части, что тогда пошли за нами,
и двинулись на юг, на Крым, с боями,
соединясь с Черниговским полком
Матвея и Сергея Муравьёвых.

Здесь наступает год событий новых,
и чудом стали силы прирастать:
тогда уже нас было тысяч пять.
К нам присоединялись племена,
бродившие от Волги до Дуная,
что жили, рабской участи не зная;
открыв дорогу новым племенам,
мы шли на Крым, и Крым достался нам:
то был бросок немыслимый и дерзкий.

4.

И — чудо! Уцелевший флот имперский,
из Балтики тогда уйдя, вокруг
Европы с битвами прошел на юг —
и Наварин для нас настал тогда:
турецкий флот был нашему неравен,
и с нами были Гейден и Сенявин,
и Порту разгромили навсегда.

История неслась на вираже —
так мы, восставшие на власть, зажгли
во тьме веков, в извечной мгле, в тумане
огонь освобождения земли.
Он сжёг немало сёл и нив. Могли
ли мы терпеть, когда селяне
отказывали в хлебе, фураже?
Да, мы зачинщиков в иных местах
конечно, вешали на воротах.
Сам древний Александр не мог иначе:
кто старостою, тот и виноват;
как ты удержишь страждущих солдат,
дай им разграбить лавку да корчму;
здесь страсть не покоряется уму,
и разум уступает бой удаче.

Но войска дух был новый, молодой;
мы не были монгольскою ордой;
наш вихрь пылал по диким рукавам
Дуная, по эгейским островам,
и турку не давали мы пощады,
неся освобождение Эллады,
и все ветра сопутствовали нам:
как Святослав в языческие годы,
мы плыли в Понт в преддверии свободы.

5.

Смотри, мой сын: за эту пару лет
мы разожгли огонь и дали свет;
грядущее на нас глядит из тьмы,
пытая, вопрошая торопливо:
что там у вас? Что умерло? Что живо?
Что сделано? Что выполнили мы
за полтора доставшихся нам года?
Где пресеклась, где выжила свобода?
Где счастие взросло, где правит горе?
Я признаю, что ныне мы в раздоре:
вчерашние соратники-друзья
теперь — феодосийские князья,
владыки отделившейся Тавриды.

Но мы не копим новые обиды,
Республика Босфорская крепка:
ей грек дает весь опыт моряка,
и славянин дунайский хлеб растит.
Пусть мы недавно уступили Крит
пиратам берберийским; пусть теснит
с востока нас безумный калифат;
пусть император строит вдоль Дуная
преграду наподобье пирамид,
(ты говорил – уже стена сплошная,
подобно как на севере Китая?..) —
но нам уже нельзя остановиться,
и наш не прекращается поход!

Теперь Боспо́рополь — моя столица,
мной переименованный Царьград.

И год кончается двадцать седьмой,
оставшийся в истории, как мой.

Твоим же будет следующий год.

6.

Сейчас декабрь — но следующим летом
труба взовёт! Теперь узнай об этом:
ты поведёшь на юг мои войска,
как Тит повёл войска Веспасиана,
и это будет подвиг великана,
и твой успех запомнят на века
все вновь образовавшиеся страны,
где наша власть останется крепка
и перекинется за океаны.

Тогда падут оставшиеся стены,
ты вырвешь начисто османский кнут;
к нам все освободители примкнут,
и бонапартовы воспрянут ветераны;
со всей Европы двинут филэллены,
поэты, воины и мудрецы,
как Байрон, пылкие, в одном порыве слиты;
рекруты Сербии, болгарские бойцы,
катафрактарии и новые гоплиты
Свободной Греции пойдут за нами
под православным знаменем твоим —
и мы республиканскими штыками
в двадцать восьмом возьмём Иерусалим!

14-16 декабря 2022

Григорий Оклендский

Стихи военного времени

Украинские зимы

Украинские зимы
Собирают с полей камуфляж,
Где бойцы недвижимо,
Отрешённо поют «Отче наш…»
Им уже не воскреснуть,
Им лежать в придорожной тени.
И священные песни
Не разжалобят бога войны.

Кровоточат медали
На груди у израненных рек.
Вы за что умирали,
Обманувшись величием скреп?
Подлый Каин, откуда
Ты Украйну пришел убивать,
Как последний Иуда,
Предавая несчастную мать?

Победили, служивый?!
Одолели костлявую смерть?
Вы же толком не жили…
Генералы наживы
Гонят юных солдат.
Как ягнят.

Не прозреть.

***

Убегают, убегают
Россияне по домам.
В Телеграме, дорогая,
Мы забудем Инстаграм.
Что Фейсбук? Площадка вражья!
С ней навеки разведусь.
Поясок тугой завяжем,
Возродим святую Русь.
На другой земле, "В Контакте",
Мы построим Путинград!
Развернёт полки в азарте
"Одноклассников" отряд!
Занимай места, ребята,
Собирайся на войну!
Наш корабль плывёт куда-то,
А потом пойдёт ко дну.

Запустенье

В России засуха (momentum!) -
объявлен гордый Дождь агентом!
Как ни кромешно, как ни странно,
а иностранным!
Где нет Дождя, там запустенье -
ни кислорода, ни растений.
Земля, как в струпьях, в сорняках -
рождает страх!
Повсюду лица незнакомцев -
покорные судьбе, как овцы,
идут колонною по струнке -
патроны в сумке.
Зовутся - пушечное мясо,
безвольная, тупая раса,
что грузом двести встанет в кассу
безликой массой.
А те, кто выжил, глушат водку,

безногой тащатся походкой
и окровавленные деньги
зубами делят.

* * *

Когда пурга накроет каждый дом
под свист метели,
расселся за обеденным столом,
крот смотрит "телик".
Там гончих псов собрали поутру
делить добычу.
Лягавых скопом кинули в трубу -
таков обычай.
Акела произносит речь-картечь:
готовы к сваре?!
Дрожащей лапой отдавая честь,
zигуют твари.
Акела проверяет сущих псов
на верность флагу.
Хвосты накрутит лающим без слов.
Кто враг? На плаху!
Не промахнись, Хозяин! За тебя
накатим водки!
Мы стая, и пехота, и броня,
лужёны глотки.
Мы город обглодаем до костей.
Закусим дёрном.
Нас переловят, тысяча смертей!
На живодёрню!
Нас будут ненавидеть, презирать,
сдерут три шкуры.
Акела промахнулся, перемать!
А пуля - дура.

Возвращение к истокам

Впасть бы в молодость шальную,
в дерзость юности моей,
где по-прежнему волнует
дрожь оплавленных свечей...

Возвращаемся к истокам,
где кисельны берега,
где у детского порога
молоком бежит река.
Там дворы, трава по пояс,
бесконечность и простор.
Все девчонки косы носят,
ты же - челку на пробор.
Там смятение и робость,
и волнение в груди.
"Что же ты такое робиш,
милый хлопчик?! Погоди..."

Там торжественные речи
и огромная страна,
и сосед, с войны увечный,
курит трубку дотемна.
Вспоминает беспощадный
бой священный за весну.
Сыну - трубку завещает,
внуку - мирную страну.
Хрупкий мир. Плакатный лозунг:
"Лишь бы не было войны!"
Салютуют майским грозам
сорок пятого сыны.

...В нашей жизни быстротечной
обвалились берега,
лишь воинственные речи
да словесная пурга.
И застыла по над бездной
овдовевшая земля,

и вселились бесы в бездарь,
страхи - в днище корабля.
Ничего не сохранили
в горькой памяти страны,
и стоит крестом могильным
унитаз большой войны.

Вдалеке от войны

Я - вдалеке от войны,
возраст солидный.
Вижу тревожные сны -
после ковида.
Где громыхает война?
Где убивают?
В нашем краю тишина -
чайки летают.
Море в холодном поту
катит на берег.
Кто принесёт доброту
миру растерянному?

Мы растеряли слова,
путаем смыслы.
Мертвой лежит голова,
вытекли мысли.
Ты не хотел умирать
вечером звёздным?
Ты не хотел убивать?
Каяться поздно.
Горе блуждает впотьмах,
ищет спасения.
Дети в убитых домах
ждут воскрешения.

Бедный Йорик

За "языком" ходили в тыл врага,
в кремлёвский дворик.
Там много лет - кромешная пурга.
И бедный Йорик.

Там царский трон, и пушка, и клозет.
Монарший посох.
Он чемоданчик носит тет-а-тет,
как сучий потрох.

Там колокол надломленный стоит.
Молчит, зараза.
Там русский дух ночует, но не спит.
Боится сглаза.

Там топтуны безликие снуют
и смотрят в оба.
Там мальчики кровавые ревут.
Боятся бога.

Опричники в хоромах золотых
бледны от страха.
Начистят рожи, пуговицы, штык.
Гурьбой - на плаху!

В покоях царских мертвой тишины
не слышен шепот.
Висит портрет наперсника войны.
На скулах - копоть.

В тылу врага походный барабан
шагает в ногу.
Отлита пуля. Целится наган.
И слава богу.

Давид Гай

Упакованная луна
Роман

Окончание

6

Я зарылся в бумагах архива – как на переводных картинках, проступали новые и новые линии, контуры, краски, открывшееся невольно накладывалось на прочитанное в трех с лишним десятках книг деда, я ощущал себя дотошным изучателем жизни, обнародованной далеко не полностью, скрывавшей секреты.

Я думал над тем, что писательское воображение на примере деда не возникло на голом месте, таинственным, дерзким образом, а вытекало из пережитого, перечувствованного им, в соприкосновении с самыми разными людьми и событиями – иными словами, реалиями. Мысль, конечно, не больно оригинальная, знатоки литературы улыбнутся, скорчат мину, но я не претендую на роль знатока, отнюдь.

Вывод мой нисколько не преуменьшал игру фантазии, выдумки – взять хотя бы повесть о сталинском охраннике как стремление понять, существует ли закон сохранения вины, или роман о попытке излечения зомбированного населения "таблетками правды", однако писатель Диков многое черпал из будничного, не стеснялся в тексты вводить всамделишные факты, персонажи, лишь имена меняя. Мне понравились строчки из аннотации к самой откровенной, интимной книге деда: "Роман автобиографичен в той степени, в какой может быть автобиографично художественное произведение".

Содержимое чемоданов помогало прочертить путь от действительности к фантазии и обратно. Изучение Дневника приоткрывало завесу над многими непредвиденными обстоятельствами. Финансовый аналитик, я незаметно овладевал совершенно новым пониманием и знанием, вторгаясь в сферы, о которых еще вчера не имел представления. Многое предстояло разгадывать, как шифр, домысливать, строить смелые и рискованные предположения, игра ума доставляла удовольствие, возбуждала, так, наверное, действует наркотик, ни разу мной не употребленный.

В "Разрозненных мыслях" обнаружилась пара заинтересовавших меня страничек о некоей киевлянке Ляле. В общую тетрадь была вложена почтовая открытка – деда поздравляли с днем рождения. Значился обратный адрес: Украинская ССР, г. Киев, улица... дом... квартира... Броварская Людмила Андреевна. Нетрудно было догадаться – та самая Ляля.

Дед писал о своей любви, не стесняясь эпитетов. Раз в два месяца, не реже, киевская знакомая приезжала поездом в командировку в Москву (она работала редактором Киевской киностудии), дед встречал на перроне с цветами, отвозил в заказанный гостиничный номер, и неделю, а то и больше, они проводили вместе: посещали творческие дома, театры, рестораны, занимались сексом. О сексе дед пишет предельно откровенно, не вежливо-бесстрастно, а игриво-возбужденно, без утайки (для себя же, не для чужих глаз). Видно, была Ляля по этой части искусной мастерицей.

Записки содержат укор деда в собственный адрес: как могло случиться, что лишь единожды побывал у Ляли в Киеве, в ее доме на Червоной площади? И то проездом, всего на день вырвался. Как жаль, сетует. Правда, тут же поясняет: встреча с ее любовником не сулила ничего хорошего. Любовники были – она не строила из себя святую. Греховность придавала их отношениям особую остроту, замечает дед. Один любовник увязался за ней в Москву и пытался с улицы подглядывать в окна гостиницы "Днепр", где дед снял Ляле номер за неимением лучшего (обычно она селилась в "России", "Москве", "Минске").

Конец записей грустный: они поссорились. Ляля старше деда на три года, после сорока начала полнеть, ее это угнетало, нервничала, обвиняла деда, что он охладел к ней, что, по его словам, было неправдой. Заявила, что выходит замуж. Потом

Ляля пропала. Неоднократно звонил в Киев – никто не отвечал. В командировки она не приезжала – или не ставила его в известность.

Я силился вспомнить – где-то у деда читал о Ляле, не завуалированной, названной своим именем. Наверное, в интимной романе с главной героиней, названной Она, где же еще... И точно, всё было рассказано в подробностях. Включая печальный финал, о котором дед узнал уже в Америке, лет пятнадцать спустя.

Я пытался представить себе дедову пассию. В романе дан ее портрет: невысокая, окатистая, чернильного отлива волосы, сиреневые туманные глаза, трепетные крылья носа... Я прибрел новое для себя слово – *окатистая*. Произносил вслух – и видел ее всю, от гребенок до ног, как писал любимый поэт деда. В моем восприятии она была Ларой из “Доктора Живаго”, такой, какой ее сыграла Джули Кристи в знаменитом фильме с умопомрачительным вальсом.

Я вертел почтовую открытку сорокалетней давности, и как червь в яблоко, в голову незаметно заползала дерзкая идея – написать дочери Ляли. Дед упоминает о ней, она, подросток, присутствовала на единственной встрече в Киеве; может, что-то вспомнит. В самом деле, отчего не написать? Что здесь неловкого? Так, мол, и так: обращается к вам внук писателя Даниила Дикова, близко знакомого с вашей мамой, я интересуюсь жизнью покойного деда, ну, и так далее. Вот только адрес... Проверил в интернете – Червоной (Красной) площади на Подоле давно нет, с 1990-го носит старое название – Контрактовая. Номера дома и квартиры могли не измениться. Попробую, и засел составлять письмо. На конверте пометил: “Господам Броварским”, так как не знал имени Лялиной дочери. Впрочем, и в фамилии был не уверен – наверняка вышла замуж и могла поменять. Отправил срочной почтой через отделение UPS в Манхэттене и стал ожидать ответа, признаться, без особой надежды.

Ответ пришел через три недели. Отправителем значилась Марина Броварская. Значит, не сменила ни адрес, ни фамилию.

"Уважаемый господин Кирилл Диков! Я была изумлена получением вашего письма. Соболезную утрате дорогого вам человека. Я помню вашего дедушку, его приезд к нам, обед, устроенный мамой в его честь. Мама готовилась выйти замуж, однако это обстоятельство не помешало принять гостя с теплом и радушием. Мама рассказывала мне и моей бабушке о Данииле Иосифовиче, Данике, как ласково звала его. Мама любила вашего дедушку, и он, думаю, тоже ее любил, но о том, чтобы бросить семью и сойтись с мамой, речь не шла. Слишком всё сложно было.

После обеда мама и ваш дедушка уединились на пару часов. Я, соплюшка, уже многое понимала... Я и бабушка потом осудили маму, но, повзрослев, я поняла — любовь не знает моральных табу. Жаль, что Даниил Иосифович так мало у нас погостил. Мама после его отъезда плакала...

Теперь — о самом страшном. Через некоторое время мама почувствовала себя плохо: затрудненное прохождение твердой пищи, боль в животе, приступы тошноты, начала желтеть лицом. Мой папа был известным в Киеве хирургом, мама давно с ним в разводе, но отношения сохранились. Папа поднял лучшие медицинские силы, маму уложили в больницу, лечение мало помогало. Рак поджелудочной железы, запущенный, неоперабельный. Химия и радиация не принесли облегчения. В ход пошел морфий, чтобы снять боли. И в этот момент маме пришла в голову сумасшедшая идея попрощаться с вашим дедушкой в Москве. Сил у нее не было, но она настойчиво требовала купить билет на поезд. Прямо извела меня. На уговоры выбросить идею не поддавалась. В конце концов я сдалась.

Маму выписали из больницы. Позвонила вашему дедушке, сообщила дату и время приезда, о болезни ни слова. Я была уверена, что ничего не получится, но мама всерьез готовилась. Привела себя в порядок: маникюр, педикюр, прическа, попросила собрать вещи в дорогу. Какой силой воли надо обладать!

И вот настал тот самый день. Купе СВ ночного поезда мы выкупили полностью, мама должна была ехать одна.

Днем она почувствовала резкий упадок сил, мы снова отвезли ее в больницу... Поездка не состоялась.

Днем следующего дня она попросила меня помочь принять душ, переоделась в чистое белое, легла в постель, ей вкололи убойную дозу морфия, и она тихо уснула. Пишу и рыдаю...

Вашему дедушке о ее смерти мы не сообщили. Не знаю, почему. Хорошо, что он, пусть и с большим опозданием, узнал об этом. Вы спрашиваете, читала ли я его книгу, в которой он пишет о маме. Нет, не читала, и никто не сказал о выходе романа в Москве в 2007 году. Поищу в книжных магазинах и обязательно куплю.

Кратко о себе. Я замужем, муж Анатолий – медик, как и мой отец, который совсем состарился, ему под 90. У нас растет дочь Оксана, выпускница Киевского медицинского университета, будущий кардиолог. Семейная профессия! Хорошо знает английский. Живем мы, как вы поняли, в той же квартире на Подоле.

Ну, вот и всё. Всегда рада помочь. Если что еще вспомню, напишу. Приезжайте к нам в Киев. Мой мобильный телефон... Имэйл...

Всего наилучшего! Марина Броварская".

Я поблагодарил за ответ. Интересно, как она отреагирует на детальное описание орального секса, когда прочтет роман? Может оскорбиться, посчитать бесстыдством автора. А Оксана? Моих сверстников, а она чуть моложе меня, в общем, одного возраста, этим не удивишь нисколько – многие девушки в старших классах и уж точно в колледжах попробовали острый и безопасный способ доставления плотского удовольствия партнерам. Мои непостоянные подруги с охотой совершают подобное и не морщатся. Как будет – так будет.

Еще в школе преподавательница литературы, видя мою страсть к чтению, посоветовала осилить сто произведений классиков, американских и переведенных на английский. "Ты станешь на голову выше других, чем бы они потом не занимались. Книги читают единицы", – поощрила меня. Чтение вошло в повседневную привычку. Русских писателей в списке оказалось трое: Толстой с “Анной Карениной”, “Доктор Живаго” Пастернака и “Собачье сердце” Булгакова. Ни Достоевского, ни Чехова... Теперь я понимаю, сколь куцым оказался русский список, а тогда читал то, что было рекомендовано. Зато американцы составили основу. Сэлинджер, Фитцджеральд, Фолкнер были прочитаны в первую очередь, открытием стали Апдайк и Филип Рот, а также Генри Миллер. Их произведения носили сексуальный уклон, особенно “Супружеские пары” Апдайка. В 15–16 лет знакомиться с полутора десятками эпитетов вагины в послании Пайта сокровенному местечку своей подруги было будоражащим и отнюдь не пошло-игривым. Я выписал характерную цитату: “Рот – придворный мозга. Гениталии совокупляются где-то внизу, это третье сословие, когда же за дело берется рот, это означает слияние тела и сознания. Поедание партнера – священнодействие”.

У Апдайка мне нравились не только постельные сцены, но и угловатые мысли и откровения. Например, такое: “Иногда старики становятся отпетыми мерзавцами: ведь им нечего терять. Только младенцы и старые мерзавцы могут быть самими собой”. Младенчество я благополучно пережил, в старика превращусь нескоро, тогда и оценю правоту Апдайка.

С романом деда на русском я тогда не познакомился, ибо не знал языка оригинала, а когда прочитал, изумился авторской смелости подачи сексуальных сцен. Сравнил с аналогичными описаниями у Миллера и других мастеров и отметил – у деда ничуть не хуже.

“...Она приподнялась и нависла надо мной, плавным жестом приказав расслабиться и лежать, не двигаясь. Я повиновался. Она медленно начала прикасаться ко мне короткими, отрывистыми поцелуями, собственно, это были не поцелуи, а нежные прикосновения кончиком языка; она шла от лба, носа, щек, губ ниже, к груди, нагрубшим соскам, животу с выемкой пупка, где задержала язык чуть дольше, растительности лобка; обогнула высившееся над кустарником подобно корабельной сосне, соскользнула в кущи меж двух шаров у основания дерева, но не пошла увлажнять их, двинулась дальше, сосредоточив внимание на коленных чашечках, лодыжках и, наконец, ступнях. Ляля поочередно

обсасывала, как леденец, каждый пальчик, щекотала языком промежности между ними, подошвы ступней, я взвивался, она плавно укладывала меня и продолжала священнодействовать.

Потом приказала перевернуться. Теперь шла в обратном направлении, от пяток и выемок под коленями к ягодицам. Началась сладкая пытка. Жало языка воспаляло эрогенную зону, я стонал, скрипел зубами, словно объект мазохистского истязания, по-змеиному извивался на простыне. О нет, мазохизм не присутствовал – Ляля демонстрировала высшую степень растворенности в теле мужчины, который ей, несомненно, нравился. Она прошла поцелуями-ожогами по позвоночному столбу, понежила складку между шеей и затылком и завершила путешествие на темени.

Она сама легко перевернула меня. Фаллическая ракета готова была вот-вот улететь в пространство, стоило только включить зажигание. Она дернулась, задрожала, забилась в пароксизме неистового, всепоглощающего желания – и огнедышащая струя, обдав волной сладчайшей боли, стремительно вырвалась из головки ракеты. Черный космос с одинаково сияющими звездами стремительно, как в стереокино, наплыл, и я утонул в нем, потеряв сознание...”

Так дед воздвиг литературный памятник языку и губам Ляли.

Переписка с Мариной не продолжилась. Писать нам друг другу, в общем, было нечего. И тут неожиданно проявилась Оксана. Прислала имэйл на английском с фоткой – девчушка что надо, высокая, ладная, “черные брови, карие очи”, как в песне поется (ее иногда любил напевать на украинском дед, обладавший приятным голосом), разметавшиеся по плечам пшеничные пряди и главное в облике, заставившее вздрогнуть – молящий, беззащитный взгляд: прими меня, какая я есть, защити, оборони. На меня такой взгляд действует безотказно, его, по-моему, нельзя сымитировать, он либо есть, либо нет.

Про прочитанный роман (подтвердила, что Марина купила книгу в интернет-магазине) ни словом, ни намеком. Ну и хорошо.

"Hello, Kirill! I am aware of your letter to my mother. I plucked up the courage and wrote to you. It doesn't oblige you to anything – if you don't want to, don't answer, I won't be offended. It's very touching when grandchildren want to learn more about their grandparents. No wonder they say: "What children want to forget, grandchildren want to remember." You're doing great! I didn't find my grandmother alive, my grandfather hadn't lived with her for a long time, I hardly know him... Two words about yourself. I continue the family tradition, I became a doctor. I graduated from a medical university, it is private, that is, paid, there are places for free education. I was assigned to one of the city's hospitals. If you want to answer, write a little about yourself, what you do, where you work, whether you are happy with life in New York. Oksana".

"Здравствуй, Кирилл! Я в курсе твоего письма моей маме. Набралась смелости и написала тебе. Это ни к чему тебя не обязывает – не захочешь, не отвечай, не обижусь. Очень трогательно, когда внуки хотят побольше узнать о своих дедушках и бабушках. Недаром говорится: "То, что дети хотят забыть, внуки хотят вспомнить". Ты – молодец! Я не застала бабушку живой, мой дедушка давно не жил с ней, я его почти не знаю... Два слова о себе. Продолжаю семейную традицию, стала врачом. Закончила медицинский университет, он частный, то есть платный, есть места для бесплатного обучения. Получила назначение в одну из больниц города. Если захочешь ответить, напиши немного о себе, чем занимаешься, где работаешь, доволен ли жизнью в Нью-Йорке. Оксана".

Я решил ответить. Беззащитный девичий взор на фотке зацепил. Американки так не смотрят. Писать по-английски? Возникло желание изъясняться на русском. Заодно поупражняюсь в грамматике, правила легко забываются.

"Привет, Оксана! Рад твоему сообщению. Мы ровесники, нам будет о чем поговорить, общие темы найдутся. Ты права: внуки должны знать свои корни, ничто не может исчезнуть бесследно, и, прежде всего, семейные истории.

Ты просишь рассказать о себе. Рассказывать особо нечего. Закончил Гарвард, финансовый консультант. Спортсмен, как мой отец, фехтую на сабле, кандидат в юниорскую сборную США, но всё это в прошлом. Сейчас времени хватает на одну тренировку в неделю в фехтовальном клубе – это для себя, чтобы форму поддерживать. И немного играю в теннис.

Первая моя работа в Манхэттене оказалась ужасной. Маленькая компания, во главе индус – немного чокнутый. Живет один, детей нет, жена в Индии – днями и ночами пропадал на работе и нас заставлял трудиться сверхурочно. В неделю я был занят в офисе более ста часов, включая выходные. Представляешь?! И тут еще коронавирус...

Я вытерпел год и ушел. Сейчас нормальная компания, рабочий день не более десяти часов, все выходные свободные. Чем занимаюсь? Большая фирма хочет купить другую, поменьше: моя задача – изучить нюансы и дать заключение, стоит проводить сделку или воздержаться. И наоборот, если хочет продать – стоит ли покупать.

В свободное время встречаюсь с друзьями, смотрю иногда бродвейские мюзиклы, посещаю бары, знакомлюсь с девушками. Герлфренд не имею, никто не нравится. Я не очень переживаю...

Напиши, как проводишь досуг, какую музыку любишь, есть ли у тебя парень. В общем, напиши, что хочешь.

P.S. Мне понравилась твоя фотка. Ты красивая. Пришли еще снимки и видео. Буду ждать. Кирилл".

Переписка пошла ускоренным темпом, одно сообщение подгоняло другое. Я ловил себя на ощущении, что в мою достаточно устоявшуюся, сравнительно размеренную, спокойную жизнь вошло нечто необычное. Оксана прислала видео: на пляже играет в волейбол, с друзьями на пикнике в Конча-Заспе, в больничной палате с больным. Длинноногая, стремительная, и в лице уже не просящее защиты – твердое, независимое. Так какое же подлинное – то, что на первом фото, или на видеокадрах?

О своих поисках в архиве деда я никому не сообщал – покуда касалось только меня и деда и больше никого. Даже с родителями не делился. Открытий, на основе которых я делал определенные выводы, было немного – находил новые созвучия фактов биографии и их переложения в его прозе. Одно подпитывалось другим, отдельно не могло существовать. В Дневнике наткнулся на цитату из неизвестного мне немца Геббеля: "Каждый писатель пишет свою биографию и лучше всего у него получается, если он об этом не догадывается". Дед, несомненно, догадывался, это однако не умаляло его усилий и, сдается, не сказывалось на результате.

А еще я с грустью и печалью сознавал отчаянное его одиночество. Взвыть можно от тоски, читая дневниковые откровения. Захлестывала обида: ну почему у него так сложилось, почему не обрел в Нью-Йорке сочувственную душу... Его и Таню разделяли не только тысячи миль – слишком давно развела их судьба, и ничего не поправить, не изменить. Если верить роману, а я верил! – такой душой могла стать надолго (навсегда) загадочная Она – но не срослось.

Кто-то, не помню, вывел формулу счастья: работа, любовь, общение. Вроде бы триада присутствовала в жизни дорогого мне человека, на поверку же – пустота, глухой звук в глубине бездонного колодца, не отраженный эхом.

Писатель и должен быть одиноким, полагал я, но не до такой же степени... Дед испещрил страницы Дневника фразами, перехватывающими горло: "Одиночество легче, когда не любишь"; "Одиночество укрепляет меня, без него я как без еды и воды. Каждый день без него обессиливает меня. Я не горжусь своим одиночеством, но я завишу от него"; "В одиночестве каждый видит в себе то, что он есть на самом деле"; Нет одиночества страшнее, чем в толпе"; "Каждое одиночество заканчивается свиданием со смертью..." И так далее...

Последняя по времени запись, за три месяца до кончины деда, когда он еще соображал: "Каждый умирает в одиночку" и ссылка на автора: "Ганс Фаллада".

Отдельные изобретенные или заимствованные дедом фразы и создавали настрой моего чтения, вселявший уныние и тоску. Я понимал его сокрушенную правоту – быть одиноким значит быть самим собой.

О раздиравших меня чувствах я не мог и не хотел делиться с Оксаной. Для нее, по-видимому, я оставался удачливым, целеустремленным нью-йоркским яппи, упрямо делающим карьеру. Я был таким – и не таким. Другой Кирилл Диков не нарочно прятался в тумане, помогать искать его выглядело преждевременным. Сама до всего дойдет, коль захочет.

Меж тем в переписке замаячили интимные моменты. Она поведала о первой любви – к сокурснику. Сообщала без тени смущения, легко и весело, как о давно пережитом. "Химия", chemistry, пришла внезапно, словно июльская гроза, и так же исчезла, оставив ненадолго радугу в небе. "Красивый пустой мальчик, без дна, наскучил. Ты вроде не такой, но я не знаю, какой. Пока не раскусила".

Хорошо бы увидеться, в одном из посланий осторожно, прощупывающе. Потом более откровенно: "Приезжай в Киев, покажу наш замечательный город, побродим по Подолу – ты писал, что любишь Булгакова". Я в ответ пригласил в Нью-Йорк. Представил, как она на месяц или более поселится в моей студии на West 50 street, и чем отчетливее рисовал картины совместного житья, тем острее желал этого.

<h1 style="text-align:center">7</h1>

24 февраля я проспал на работу. Накануне в среду крепко поддал в баре с приятелем и двумя девицами – герлфренд приятеля и ее русской подругой. Набухавшись, она без умолку болтала со мной на ее родном языке, намереваясь зарулить на ночевку. В мои планы это не входило: ни кожи, ни рожи (классное русское выражение), плюс вульгарная манера общаться посредством мата, вылетающего из ее рта со скоростью автоматной очереди. Впрочем, как стреляет автомат, я не знал. Приятель и его герлфренд не понимали ругательств, зато я прекрасно понимал.

Есть люди, из которых мат льется, как песня, а есть другие, чье каждое матерное слово коробит. Худосочная девица относилась во второй категории.

Я давно обратил внимание: выходцы из России разных национальностей или иностранцы, жившие там некоторое время, матерятся исключительно на русском. Неужто русский мат – единственное достояние нации, подарившей миру самые яркие и сильные неприличные слова и обороты? Усваиваются исключительно легко, как слова нравящейся песни. Кроме того, как объяснил знакомый армянин из Сан-Диего, произнести на родном наречии "Ёб твою мать" неловко, некрасиво, опасно, а вот на русском – в самый раз.

Короче, я распрощался во втором часу ночи и отправился домой. И, не поставив будильник, на работу проспал. Опоздал на полчаса, босс отсутствовал, замечание сделать было некому. Я уловил непривычную тишину, на меня поглядывали преувеличенно-внимательно, будто в мое отсутствие случилось нечто и я к этому каким-то образом причастен.

Позвонил отец. Я удивился столь раннему звонку – в Калифорнии семь утра.

– Знаешь новость? Война. Русские напали на Украину. Бомбят, ракеты пускают.

Я туго соображал – хмель только начал выходить.

– Какая война? – переспросил и в ответ:

– Самая настоящая. Никто не ожидал, все думали – пугает Путин, по обыкновению шантажирует, собрав кучу войск на границе. А он не пугает...

Коллеги уже знали, оттого и смотрели странно. Для них я, рожденный в Америке, в эти минуты оставался русским.

– Семен (обычно обращался к отцу по имени), перезвоню попозже, – сказал я.

Ошеломление наполняло меня, как жидкость сосуд. Мозг отказывался воспринять новость. Уткнулся в экран монитора, делал вид, что приступил к работе, а сам незаметно искал в мобильнике новости. Да, точно, война, между четырьмя и пятью утра местного времени началась, когда я накачивался пивом в баре и думал, как избавиться от назойливой девицы.

Русские обстреляли в Киеве жилой дом на Оболони, телевышку возле Ровно, Яворивский полигон под Львовом и еще десятки объектов. На сайте ВВС крутилась песня на русском: “Двадцать второго июня, ровно в четыре часа, Киев бомбили – нам объявили, что началася война...” Боже мой, это же было восемьдесят лет назад и бомбардировку вели немцы! Сегодня почти то же число, только месяц другой – и уже русские швыряют бомбы и ракеты... Зловеще звучит в эфире ВВС второй куплет песни: “Война началась на рассвете, чтобы больше народу убить. Спали родители, спали их дети, когда стали Киев бомбить...”

На ватных, будто чужих ногах поплелся в угол поделенного на “кубики” помещения, где стоял кофейный агрегат. Наполнил бумажный стаканчик и залпом выпил почему-то теплый кофе. Вернулся в свой “кубик” и, нарушив запрет звонить во время работы по личным делам, набрал по WhatsApp номер Оксаны. Какие запреты, когда под бомбами моя девушка! “Моя девушка...” Так прежде я ее не называл. Какая “моя”, когда мы ни разу не виделись...

Номер не отвечал. Я оставил message. В Киеве ранний вечер. Почему она молчит?

Через час трелью увертюры к “Севильскому цирюльнику” запел мобильник. Высветился номер Оксаны. Голос ее звучал, как метроном, ударяя по ушным раковинам. Где-то читал: в блокадном Ленинграде радио не работало, в эфире стучал метроном – быстрый темп означал воздушную тревогу, медленный темп – отбой.

– Привет! Ты звонил, я слышала message. Не могла говорить, – скороговоркой. Доносилось ее учащенное дыхание. – Ужас! Гады обстреляли Оболонь, северную окраину. Объявлено чрезвычайное положение, комендантский час с десяти вечера до семи утра. Люди записываются в территориальную оборону, получают оружие. Говорят о русских диверсантах – хотели прорваться в центр города. Их обезвредили. Метро открыто на всю ночь как бомбоубежище. Шла с работы по Подолу – словно вымер, никого не видно. Огромный поток машин на трассах в направлении Львова – бегут из Киева. Мы с родителями остаемся – будем защищать город.

– Может, все же лучше уехать? – выдавил я.

– Ни в коем случае! Кто раненых лечить будет?

Я не нашелся, что возразить, тем самым невольно согласился: она – врач, этим всё сказано.

– Я напишу тебе сегодня. Интернет у вас еще действует?

– Пока действует. Давай переписываться каждый день.

Я с трудом доработал до конца дня. Старался без особой надобности не покидать "кубик", сознательно изолировал себя. Никто из коллег не обсуждал со мной происходящее. Оно и к лучшему.

Позвонил вечером Семену. Обсуждали только один вопрос: продержится ли Украина, не сдастся ли на милость победителя, и много ли коллаборационистов, предателей выползут из тараканьих щелей? Ответа не было.

Послал Оксане имэйл, поделился кое-какими мыслями, упомянул антипутинский роман деда десятилетней давности: многое почувствовал, угадал в своем герое, устрашился того, что потаенно хранила заскорузлая душа, но и близко не мог предположить, чем обернется. Да и кто мог... Оксана не ответила – в Киеве глубокая ночь; где она проводит ее – в подземке метро или дома, прислушиваясь сквозь нестойкий пугливый сон к артиллерийскому гулу и эху взрывов?

Будь дед жив, что бы он сказал мне сейчас? К чему призвал, на что подвигнул? И что бы делал сам? Уверен – не остался безучастным. Не зря же попался мне на глаза листочек, написанный им от руки, как я понял из пояснения – кусочек Нобелевской речи Солженицына: *"Однажды взявшись за слово, уже потом никогда не уклониться: писатель – не посторонний судья своим соотечественникам, он – совиновник во всем зле, совершенном у него на родине или его народом. И если танки его отечества залили кровью асфальт чужой столицы, – то бурые пятна навек зашлепали лицо писателя. И если в роковую ночь удушили спящего доверчивого друга, то на ладонях писателя синяки от той веревки..."*

Переписка с Оксаной не прерывалась ни на день. Она сообщала, что я знал из хроники текущих событий, читая украинские сайты и негодуя от чтения российского официоза, и добавляла личные наблюдения: о дежурствах в больнице, куда свозили раненых, о том, что ракета попала в десятиэтажный жилой дом на Контрактовой площади близ ее жилища, такого пожара она прежде не видела, сгорели и десятки припаркованных поодаль машин; рассказала об отце, записавшемся в тероборону, получившем автомат, а ночью дежурящим в больнице; пыталась понять, почему так много жертв среди мирного населения; восхищалась мужеством армии, огромным количеством волонтеров, среди которых ее мать...

О русских писала, не жалея слов, включая матерные. "Армия ублюдков, мародеров, насильников в прямом бою никогда ничего не выиграет" – об оккупантах.

"Орки запустили ракету по ОХМАДЕТ, это центр охраны матери и материнства. Директор Чернышук – друг отца, от него я узнала, как обстреливали район Воздухофлотского моста, где учреждение медицинское находится. Ракета попала в 9-й этаж центрального корпуса. Счастье, что никто не пострадал – дети и родители прятались в укрытии. Бомбоубежища у больницы нет, однако есть помещения с повышенной защитой. Дети, тяжело передвигающиеся, там постоянно. Волонтеры, несмотря на комендантский час, доставляют продукты, лекарства есть... Разрушена мариупольская больница, ранены 17 человек, в их числе беременные, дети. Раненой роженице пытались помочь разродиться с помощью кесарева сечения, оперировали при свечах, но не удалось...Оккупанты захватили больницу, взяли в заложники врачей и пациентов... Скажи, Кирилл, почему эти ёбаные суки кидают бомбы в медицинские учреждения, уничтожают машины "Скорой". Случайность? Ошибка? Нет!!! Намеренные действия..."

Послание от 19 марта выбило меня из колеи. Ходил весь день как чумной. Оксана писала о киевлянах, супругах Дмитрии и Ольге. Всю ночь слышали приближающиеся к их пятиэтажке взрывы. Утром жена кормила месячную дочь, Дима вышел из подъезда посмотреть, что творится вокруг, и в этот момент снаряд попал в детский сад рядом с домом. Детей там, слава богу, не было – успели вывезти. Взрывом выбило окна и двери в домах вблизи. Осколки стекла ранили Диму в ногу.

Ольга прикрывала дочку своим телом, спасла младенца, получила многочисленные ранения. Привезли ее и мужа в ОХМАДЕТ и прооперировали...

В последнем по времени отправки имэйле Оксана неожиданно привела цитату из Толстого. Повесть называлась "Хаджи-Мурат". Я прежде не читал. Текст потряс созвучием происходившего тогда и сейчас. *"Чувство, которое испытывали все чеченцы от мала до велика, было сильнее ненависти. Это была не ненависть, а непризнание этих русских собак людьми и такое отвращение, гадливость и недоумение перед нелепой жестокостью этих существ, что желание истребления их, как желание истребления крыс, ядовитых пауков и волков, было таким же естественным чувством, как чувство самосохранения"*.

Я пытался вселить в нее надежду, уверенность в благополучном исходе, в победе, хотя сам был исполнен скорее пессимизма, почерпнутого от Семена в самые последние дни: он полагал, что война в той или иной форме не закончится ни через месяц, ни через год. Дракон будет отщипывать кусок за куском территории, как хищник, не в силах целиком заглотить добычу, не подавившись. Как бы Запад не помогал, ударить из всех стволов НАТО не решится, и Дракон знает это. Огромные жертвы своих солдат его не остановят. Он будет воевать до последнего солдата... И никакой мирный договор не просматривается. А Запад? Ну, да, объединился, помогает вовсю деньгами и оружием, Хуйло не ожидал, думал: введут жесткие санкции и этим ограничатся. Ан нет... Однако кто знает, насколько крепко желание помогать. Дела в экономике фиговые, спад производства, инфляция нарастает, цены растут, в такой ситуации некоторые страны прикрыть задницу захотят. Потихоньку могут задний ход давать. Не сегодня – в обозримом завтра. До Украины ли тут...

Мой отец был реалист, терпеть не мог путинскую Рашу и мало верил в альтруизм Запада.

Я напомнил Оксане слова Лителла, она о нем не слышала, не читала его нашумевший роман о Второй Мировой глазами фашистского офицера: "На период войны гражданин, в первую очередь, мужчина, теряет самое основное право –

право на жизнь; но гражданин теряет еще и другое право – право не убивать". Один из ближнего круга Дракона прямо сформулировал: "Наша цель – уничтожение Украины и украинцев". Отсюда Мариуполь, Буча, Бородянка, другие города и села, сотни и сотни намеренно, сознательно расстрелянных, чаще всего, в затылок, замученных, запытанных, изнасилованных. Русский фашизм в чистом виде, нередко жестокостью превосходящий немецкий. *Рашизм.*

Лителл... Часто думаю о нем, о его "Благоволительницах". Познакомился с ним на его выступлении в Манхэттене. Еврейские корни, предки носили фамилию Лидские. И сам похож на еврея, в рыжизну. Роман его – космос, так показать войну на Восточном фронте через немецкого офицера... Некоторые мои знакомые, бравшиеся за книгу, бросали на половине, упрекали меня: "Охота тебе была читать излияния этого фон Ауэ, фашиста да еще педераста..." Умиляло это "да еще". Звучало в устах американцев, а не российских гомофобов.

Я подошел по окончании встречи, задал вопросы. Джонатан, вдвое старше меня, уделил несколько минут. Говорили и о России (он находился в Чечне в 1-ю и 2-ю войны), с английского он переходил на русский, которым неплохо владел, и был исполнен скепсиса: путинская власть доведет страну до ручки.

Не мог он промолчать, когда мир внезапно столкнулся с новой войной с цветом и запахом геноцида, куда более страшной, нежели вторжение в Грузию, боевые действия в Донбассе, бомбардировки в Сирии. Я ждал его слова и дождался. Паутина Сети принесла, как пушкинская золотая рыбка, Обращение Джонатана к русским друзьям – давнишним и не столь давним, друзьям, с которыми не знаком лично, друзьям по духу и разуму.

Лителл не обманул мои ожидания – сказал по делу, открыто и жестко, кратко пробежав путь последнего двадцатилетия. *Да, друзья, "никому из вас не нравится Путин и его режим воров и фашистов, большинство из вас их ненавидят. Но давайте будем честны: многие ли из вас делали хоть что-то для сопротивления этому режиму? Кроме разве что участия в митингах, когда они еще проходили. А если*

*так, вы уверены, что ваши чувства стыда и вины – не про-
сто абстракция? Может быть, они вызваны вашим дли-
тельным безразличием к происходящему вокруг, вашей апа-
тией и вашим пассивным соучастием, которое теперь,
наверное, тяжким грузом легли на ваши душу и сердце?" И
далее: "Отчего всякий раз, как у вас, наконец, случается революция, вас в результате охватывает такой сильнейший
страх перед смутой, что вы ищете спасения за спиной царя,
будь его имя Сталин или Путин? Сколько бы людей он не
убил, вам все равно кажется, что при нем безопаснее. Отчего это так?"*

Прочел и выскочило импульсом из подкорки: приезд на
"Московскую саблю", мы с отцом в гостях у дяди Генриха, под
любимый народом напиток зашел горячий *русский* спор про
революцию, смуту и тому подобное; я тогда совсем юный, зеленый, однако хорошо запомнил реплику дяди Генриха: "Все
что угодно, только не кровавая революция..."

Прав Лителл! Особенно в том, что признает: для обуздания
Путина *"едва ли и мы на Западе делали многое, если вообще
что-то делали (имеет в виду грузинские события) – немного
возмущения, немного санкций; но какое имело значение, что
Россия вопиющим образом нарушает международное право,
когда был так велик соблазн российской нефти, газа и внут-
реннего рынка? А после того, как имя Навального стало
нарицательным, государство почувствовало, что теряет
почву под ногами, и понесло ответный удар: тюрьмы стали
наполняться людьми, некоторые получили большие сроки.
Остальные опустили руки и разошлись по домам. "А что
нам было делать? Государство такое сильное, а мы такие
слабые..."*

*Что ж, посмотрите на Украину. Взгляните на то, что
они сделали два года спустя. Один раз захватили Майдан –
и больше уже его не покидали.*

*А дальше – Крым, Донбасс. Ура! Ура! Новая Россия! От-
куда ни возьмись, родился новый миф, и многие из вас, кто
презирал Путина и его шайку, вдруг повернули на 180 граду-
сов и стали его боготворить".*

Самое жестко-откровенное приберег Лителл на конец: *"Когда Путин разделается с украинцами – или, что выглядит весьма вероятным, если у него это не получится – он примется за вас. Пример украинцев, даже больше, чем в 2014-м, внушает страх путинскому режиму: они доказывают, что с ним можно бороться. И что разум, мотивация и храбрость могут его остановить. Каким бы подавляющим не было на бумаге его превосходство... Будьте начеку. Вы знаете, к чему всё идет. Хорошая жизнь в обмен на ваше молчание подошла к концу... Теперь Путин не удовлетворится вашим молчанием, он потребует вашего согласия, вашей покорности. И если вы не предоставите ему то, чего он хочет, вы можете попытаться – или как-нибудь уехать, или вас раздавят...*

И все же остается еще один вариант. Который в конце концов и обрушит этот режим. Вариант этот зовется – Майдан. Российский Майдан. Коллективный выплеск обнищавшего народа на улицы и площади городов больших и малых. Но для руководства стихийным восстанием нужна организация. Создавайте ее, покуда действует Интернет. Выбора у вас нет. Если вы ничего не предпримите, вы знаете, чем это закончится..."

Горько-грустное чувство овладевает мной по прочтении. Всё вроде правильно говорит Джонатан, а шансы на русский Майдан почему-то не вырисовываются. Видится скорее долгосрочная война с одобрения запуганного, затерроризированного населсния. Приятель деда, классный писатель из Вермонта Бочков ехидно откликнулся в Фейсбуке: "Ну, какой Майдан, чесслово – на дачу надо, рассаду сажать, шашлычки опять же под водочку".

Я переслал текст Лителла Оксане. Она откликнулась на мове – удивительно, я всё понял. "В росії Майдан??? Не смішіть горобців на скирті, – швидше вівці піднімуть повстання в кошарі, апіж населення москвостану". И приписка: "дурна писанина, марна трата часу".

Спорить я не стал.

В течение недели получил от Оксаны новые послания, от которых мутилось в голове. Как же такое могут творить люди? Да люди ли, могут ли так называться? На ум сами собой приходили грозные предсказания Петра на поминании деда в беседке на улице Врубеля. Выходит, прав бородач – идет массовый террор. Какой народ, такая и армия. Народ и власть – близнецы-братья.

Ольга Ярделевская:

Ребята, сейчас будет больно. Может, не стоит и читать, я предупреждаю! Но не написать не могу.

Ночью дежурила в чате экстренной психологической помощи для пострадавших от войны. Обращается муж женщины – пыталась покончить собой, поговорите с ней. Суицид – очень стремя для меня тема. Те, кто меня близко знает, понимают почему. Но делать нечего – беру в работу.

Молодая женщина, говорит вяло, без интереса, под действием успокоительных препаратов.

Тихим, без оттенков голосом она говорит, что рашисты изнасиловали ее дочь и что она никогда не сможет посмоеть   ей в глаза, она не мать, раз не смогла ее уберечь. Я пытаюсь ее увести   от вины в детали, в гнев, в хоть какую-нибудь эмоцию:

– Девушка пострадала физически тоже?

– Девушка?!– она вдруг кричит, – девушка?! Ей шесть лет!

Мой желудок подпрыгнул и оказался в носоглотке.

В мозгу забегали предательские, трусливые мысли: что говорить?, а вот мне это за что?, почему именно в мое дежурство?

... Через час мне было дано твердое обещание жить и ходить на терапию.

Девочку передали местному психиатру, будет наблюдать. Всех, кого могла, подняла на ноги и задействовала. Но...

Двое русских ублюдков изнасиловали ребенка.

Это все. Извините, что не промолчала.

Оксана, похоже, решила испытать мою нервную систему: выдержу или взмолюсь – *не надо, умоляю, не присылай истории, от которых волосы дыбом. Пощады я не попросил – новые рассказы беженцев заполняли экран моего домашнего монитора...*

8

Думай о хорошем, не учи судьбу плохому. Повторял занозистую мысль, как мантру, тщетно пытался переключиться. Внутри незаметно подрагивало, колебалось, смещалось, сдвигалось подобно черным пластам перед землетрясением.

И вновь неотступно преследовало: что за люди в военной форме пришли на землю соседа с самолетами, танками, орудиями, бомбами, ракетами, минометами и прочей металлической, сеющей смерть пакостью? Кто эти двое, изнасиловавшие шестилетнюю? В кармане мертвого оккупанта нашли золотые коронки. Где он их достал – вырвал из челюсти убитого им мирного жителя? Воруют электрические чайники, кофеварки, микроволновки, миксеры, ковры, шубы, одежду, даже унитазы – до чего могут дотянуться – *и отправляют домой, в свои нищие города и деревни.* Мозг отказывался понимать.

Прочитал у деда: *"Никто не знает меры вины, и никто не ведает, чем можно искупить когда-то совершенное – иной раз достаточно искренне покаяться и забыть, а другой раз не хватит и всей жизни, чтобы ответить перед Богом за грехи... Подлости и преступления совершаются сначала от страха, потом от ужаса содеянного, а потом по привычке".* Процесс избавления от мук совести у всех по-разному происходит, размышлял я, впервые в короткой, безмятежной жизни терзавший себя нелегкими вопросами.

Убийства по привычке... Не из мести, поскольку никто ничего плохого тебе не сделал, – просто так. Для этого надо убедить себя в будничной правоте бесправного дела, преступного занятия, воспринимать зло чуть ли не как добро, осознанную необходимость. Не могу представить человека, насилующего детей и выдергивающего золотые коронки из рта мертвецов, который стыдится этого, борется внутри себя с Сатаной. Нет, сначала требуется что-то сломить внутри, загнать угрызения совести в подполье, только так и не иначе.

И с каждым днем яснее открывалось: армия пришла на чужую землю не воевать, а разрушать созданное народом, в издевку называемым братским, и убивать, убивать – чем больше, тем лучше. Таков был приказ. Гитлер снял с немцев моральную ответственность за злодеяния, кремлевский Дракон то же самое снял с русских. В афганской войне советские военные суды наказывали за преступления против мирных жителей, вернее, пытались наказывать, иногда даже приговаривали к смертной казни, потом отменяли приговоры, ограничивались 15 годами лагерей и выпускали через некоторое время на свободу. Откуда знаю? Из книги деда – он побывал на той необъявленной войне журналистом. Сейчас в России никого не судят, никаких лицемерных фраз об ответственности за уничтожение украинцев не произносят. Впрямую, без обиняков: разрушать, уничтожать, убивать...

Мне кажется, Дракону льстит сравнение с фюрером. Он и с себя снял всяческие моральные табу.

Что будет с Оксаной? Ужасно, сидя в Нью-Йорке, чувствовать бессилие помочь ей.

Почти ежедневно я перезванивался с отцом. Семен был лаконичен и категоричен – в отличие от обычной манеры многое разъяснять, раскладывать по полочкам, долго и нудно разжевывать, что и так понятно. Сказывалась профессиональная привычка брокера по продаже и покупке недвижимости, чем отец занимается многие годы, совмещая с тренерской деятельностью. Чтобы уговорить клиента, требуется извести тысячи слов.

Я любил Семена, он был со мной сызмальства, готовил к соревнованиям, хотя считается – отец не должен тренировать сына, ибо тот не воспринимает должным образом его требования.

Отец не занимался шаманством, избегал заклинаний и гневных излияний по поводу войны, ему всё было ясно. “Я как и твой дед два десятилетия твержу и стараюсь убедить твердолобых, какое вселенское зло Хуйло. Многие мои знакомые, увы, прозрели с опозданием, лишь сейчас. Для них отъём Крыма вполне приемлем: не совсем, правда, честный, зато справедливый. "А Грузия, Абхазия, Южная Осетия – это как, тоже справедливо?"

В эти дни Семен был одержим жаждой деятельности. По его словам, ради достижения поставленной перед собой цели он забросил бизнес. "Спасший одну жизнь спасает целый мир", – повторял еврейскую мудрость. Он был в курсе моих отношений с Оксаной, в его словах чудился намек. Про жену, мою мать, говорил: "Надя во всем меня поддерживает. Я считал ее аполитичной, сейчас она всем сердцем, всеми фибрами души с Украиной".

Из разговоров с отцом я узнал о задуманном им. Для этого требовалось редкое упорство и упрямство в борьбе с неизбежными препятствиями. Я получил лишнее подтверждение, насколько Семена ценят и уважают в фехтовальном мире – особом, со своими традициями и условностями, не сводимыми к общему спортивному знаменателю. Без обширных связей он бы не справился с задачей.

Задумал отец следующее. Правая его рука в фехтовальном клубе Сан-Диего, отличный тренер и достойный человек Рома, переживал за мать и двенадцатилетнего брата Илюшу, живущих в Черкассах под бомбами и ракетами. Семен решил вытащить их в Америку. Мать Ромы отказалась – она видела свою миссию помогать мужу, бойцу теробороны, готовить патроны для бойцов ВСУ. До границы готова была сопровождать сына, но не дальше.

Отец договорился с друзьями, и те в последний момент буквально впихнули женщину и подростка в эвакуационный поезд. Поезд шел до Львова почти сутки. Не спали, почти не ели, измучились. Ночью поезд стоял, выключал огни, чтобы не превратиться в мишень для бомбежки. "Чистый сорок первый год", – пояснял Семен и добавлял: "В эти часы я думал о бабушке Доре – если бы, поддавшись панике, двинулась 16 октября с грудным младенцем в путь, наверняка погибли".

Из Львова тоже с трудом мать и подросток добрались до Ужгорода. Отец жил с телефоном и спал с ним, координируя усилия группы спасения – именно таковой она выглядела.

Небритый, с воспаленными от хронического недосыпа глазами, он, по словам Нади, похудел, осунулся. В Ужгороде беженцев встретил некий Городецкий. Никого из американских фехтовальщиков он не знал, рядовой тренер и не по сабле, тем не менее откликнулся на просьбу, в сущности, чужих людей. Он должен был отвезти родственников Ромы на границу и передать незнакомому венгру из Будапешта. Семен связался с ним и объяснил ситуацию, продумал, как и где встретиться с Городецким. Венгр попал в жуткий трафик и опоздал. Городецкий забрал мать и ребенка к себе домой в Ужгород, там они готовились к новой встрече.

В конце концов попали в Будапешт, устроились в заранее снятом жилье. Дальше – неожиданный поворот: мама Илюши передумала, она и сын прошли собеседование в посольстве и получили разрешение на въезд в США. Мама пожила в городе-рае Сан-Диего и...воротилась в Черкассы, на войну. Илюша живет у брата, тренируется с американскими ребятами, осваивает английский.

На этом Семен не остановился. Моторчик внутри него работал на полных оборотах, своеобразная динамомашина не нуждалась в подзарядке. Неведомыми путями до него дошла просьба офицера ВСУ в высоком чине выручить семью. Полагаю, мой отец попал в список надежных и активных волонтеров, к ним есть смысл обращаться в любых ситуациях. Мать офицера, украинка, фехтовальный тренер в Нью-Йорке, вышла на Семена и повторила обращение военного: помочь вывезти жену и двоих детей пяти и двух лет. "Я сама мало что могу, надежда на вас, Семен"...

Далее шло по плану, согласованному с моим отцом. Офицер отправил жену и сыновей в Молдову, оттуда в Румынию, они поскитались по Европе и в конце концов осели в Испании. Семен сотворил невероятное – достал билеты с четырьмя посадками и конечным пунктом в мексиканской Тихуане, соседствующей с Сан-Диего. Он и нью-йоркская бабушка встретили вконец измученную семью на границе. По гуманитарному паролю те попали в Америку. Все четверо, включая бабушку, остановились у Семена. Двухлетний малыш по дороге схватил тяжелый вирус, его беспрерывно рвало, он морщил брови от боли. Семен прозвал малыша Бровкиным. Организовал лечение. Бабушка заразилась от внука, по прилету в Нью-Йорк очутились в госпитале под капельницами. И хэппи энд: все здоровы, малыш ходит в детский сад, прозвище укоренилось – окружающие зовут его Бровкиным...

Таков мой отец. Я горжусь им.

Он спросил счастливого Рому, дождавшегося брата:

– Кем ты меня считаешь?

– Евреем из Советского Союза. Хорошим человеком. Другом.

– Нет, Рома, я не бывший советский еврей, я сегодня – украинец.

9

Досуг мой изменился: беззаботно, бодро и весело общаться с друзьями я уже не мог. За эти месяцы я повзрослел, будто находился в черной дыре, часы и дни текут там вдвое медленнее.

Я по-прежнему копался в бумагах деда, невольно выискивал созвучие его записей нынешнему моменту. Иногда находил. "Мы живем в вымышленном мире, но не понимаем этого"; "Там, где господствует любовь, отсутствует воля к власти, там, где первостепенно стремление к власти, любовь отсутствует. Одна не является тенью другого".

Российский Дракон не знал настоящей любви – я обретал в этом ледяном предположении всё большую уверенность. Попадавшиеся на его пути женщины существовали как объект вожделения – не более. Из романа деда вытекало именно это. И еще одно наблюдение, уже не моё, кто-то метко заметил: это напоминает "Повелителя мух". Дракон ведет себя как 14-летний, слушающие его ржут как 11-летние. Здоровый человек, допустим, сказал бы: "Вы ударите первыми, мы ответим, и все попадут в ад". Фраза взрослого. А он говорит: "Вы ударите, мы ответим, вы попадете в ад, а мы – в рай". Разве не диагноз?!

Пригодились выводы калифорнийского профессора Фэллоуна, бегло прочел его бестселлер "Психопат изнутри". У диктаторов и закоренелых преступников немало сходных черт:

нарциссизм, словоохотливость, определенное обаяние, великолепная память, безудержная лживость, коварство, садизм... Им неведомо чувство вины, зато присутствует гиперсексуальность или, наоборот, асексуальность (Гитлер). Фэллоун недавно выступил в Нью-Йорке с докладом "Внутри путинского мозга". Жаль, я не знал, иначе обязательно пробился бы в зал. Тезисы доклада опубликованы. Нарцисс с преувеличенным представлением о собственной персоне и собственной избранности верит, что осуществляет некую Миссию. Человек может быть нарциссом и не страдать расстройством личности. Путин не страдает таким расстройством, но у него много нарциссических черт характера, и при этом он прекрасно отдает отчет в своих действиях. И уверен, что аморализм и бессердечность абсолютно нормальны и приемлемы. Он не психопат, а социопат, то есть получивший психическую травму в очень раннем детстве, до десяти лет. Возможно, его избивали, унижали, издевались над ним, и он озлобился на весь мир. В каком-то смысле ему на всё наплевать. "Будет так, как я хочу, и вам придется с этим смириться". Кремлевский диктатор считает, что поступает правильно, ибо народ этого хочет. Возложенная им на себя Миссия делается вроде бы ради народа, который он презирает. Выходит, Путин и народ – близнецы-братья? – это я уже от себя...

И вот сегодня страна, которой правит Дракон, сорвалась с оси и беспорядочно болтается в черном космосе. Ее отвергают, властителя ненавидят, желают ему скорейшей кончины – и боятся. Что наш мир ждет дальше, не знает никто...

Звонил отец, спрашивал про Оксану и что я намерен делать. Я не знал и честно сказал об этом. Семен тяжело вздохнул – в трубку было слышно. Я действительно не ведал. Предложить покинуть Киев? Не согласится. Пригласить в Нью-Йорк? Означает опутать себя серьезными обязательствами. Готов ли я?

И вдруг, словно прочтя мои мысли, – имэйл от Марины Броварской.

"Дорогой Кирилл! Прости за это послание, которое может поставить тебя в двусмысленное положение. Крик души матери.

Я ходил сам не свой. Надо было решать. Позвонил отцу. Семен выслушал и произнес всего одну фразу: "Спасший одну
жизнь спасает весь мир". Я почему-то ждал именно такую реакцию.

Как часто бывает, решение пришло в долю секунды, вытес-
нив колебания, сомнения, страхи. Мы начали обсуждать воз-
можные пути. Отец в этих делах был дока.

– Вытягивать надо через Львов, перейти границу и в Будапешт. Вариант Роминого брата, ты в курсе. Задействуем тех же
помощников, волонтеров. Интервью в американском посольстве потребуется ждать долго, не уверен, что смогу ускорить.

Понадобятся деньги, имей в виду... Погоди, у меня воз-
никла идея: давай подключим толкового иммиграционного
адвоката – дескать, невеста из Украины едет к жениху. По-
шлешь Оксане имэйл с предложением руки и сердца – в посольстве тоже люди, не смогут отказать в визе. Адвокат поможет оформить бумаги. Как идея?

– Ну, Семен, ты даешь!.. Вот так сходу женишь сына..., – я
усмехнулся.

– Судя по всему, вы симпатизируете друг другу. Главное,
вытащить девушку из пекла, а там решите, как поступить.

Я согласился. Оставалось уговорить Оксану.

Первое мое послание – я приглашал ее в гости – встретило категорический отказ. "Бежать с поля боя в благополучный Нью-Йорк – дезертирство, трусость. К тому же я – военнообязанная. Как ты можешь предлагать такое, когда Украина в огне?"

Я пустился в объяснения: переписка не может заменить личное знакомство, общение, я испытываю определенные чувства... Оксана призналась – я ей тоже нравлюсь, однако нынче неподходящее время для любовных проявлений.

Марина сообщила: обрабатывает дочь, как может и умеет – в ответ резкое "нет". "Упрямая чертовка! Душа за нее изболелась. Пока ее "Скорая" работает в городе, раненых, слава богу, мало, так как затишье в обстрелах, но что будет, когда орки начнут выступать и дочке придется колесить по близлежащим районам?"

Я снова закинул удочку и с тем же итогом. Единственно, у нее вырвалось: "И кто даст американскую визу? Кто я – туристка? Наверняка откажут". Замаячила призрачная надежда *уговорить*.

– Документы на воссоединение с женихом уйдут в посольство, может сработать, – приоткрыл карты.

– Ни фига себе, Кирюша, так ты мой суженый?! Действительно замуж зовешь или шутишь? – съехидничала.

– Вовсе не шучу. В любом случае пора познакомиться поближе...

Ответа не получил. Оксана замолчала. История эта ей прискучила, или случилось что? – гнал непрошенные мысли.

Молчала и Марина. Я звонил – номера матери и дочери не реагировали, на messages – то же самое. Я всерьез заволновался.

Дальнейшее изложу телеграфным стилем, ибо столько всего произошло, что на подробные описания бумаги не хватит.

Через три дня я получил сообщение от Марины. Дочь в больнице с осколочным ранением ноги. К счастью, не тяжелым. Из сбивчивого, нервного сообщения понял следующее. "Скорая" с водителем, Оксаной и двумя санитарами мчалась в Пущу Водицу – это в Оболонском районе, въезд туда ограничен на неопределенный срок – Оболонь обстреливали ракетами и артиллерийскими снарядами в первые дни войны сильнее всего. Когда непосредственная опасность захвата северной окраины Киева миновала и наступило затишье, за дело принялись саперы. Требуется очистить дома, улицы, лесополосы от мин, растяжек и прочей гадости. Оксана получила приказ срочно двигаться в определенную точку Пущи Водицы – на растяжке подорвались два сапера. Водитель спешил, очевидно, сделал более крутой поворот, чем следовало, и зацепил правым задним колесом замаскированную мину. Под днищем присланного из Европы "Мерседеса" раздался взрыв. Если бы не повышенный уровень защиты "Скорой", последствия оказались бы роковыми, а так обошлось: санитары получили осколочные ранения средней тяжести, водитель и Оксана – полегче. Пострадал ее мобильник, лежавший в сумке в салоне, – разлетелся на куски.

"В общем, Кирилл, беда настигла нашу семью. Может, теперь, после случившегося, станет дочь более покладистой, менее упрямой и примет твое предложение. Я и Анатолий будем на этом настаивать... У нее новый мобильник с прежним номером. Напиши ей..."

Я отправил эсэмэску с ласковыми, нежными словами, пожелал скорейшего выздоровления и выразил надежду, что скоро увидимся.

Марина позвонила и сообщила: дочь сильно переживает, испытывает стресс и готова покинуть Киев.

Я сообщил Семену, маме Наде и бабушке Тане о возможных переменах в личной жизни. Они пожелали удачи. Мама и бабушка ни о чем не спрашивали, очевидно, проинструктированные отцом. Теперь следовало действовать и как можно энергичнее.

Семен предложил связаться с известным иммиграционным адвокатом Ириной Маринченко – по его словам, лучшим специалистом в этих вопросах. Ее имя назвали нью-йоркские друзья-фехтовальщики. Продиктовал номер телефона для консультаций. Я позвонил, она готова была принять меня завтра в середине дня. Отпросившись с работы, я отправился на сабвэе в Бруклин, точнее, в Бенсонхерст, в офис Маринченко.

Разговор вышел полезный. Ирина, оказывается, хорошо знала деда, они дружили, напомнила, что выступала на его похоронах (в моей памяти это почему-то стерлось). Я вкратце поведал об Оксане, прояснил суть просьбы. Ирина поинтересовалась, виделись ли мы прежде, и слегка покачала головой, услышав мой ответ. "Помогло бы для получения визы, но на нет и суда нет. Я должна взглянуть на вашу переписку, если, конечно, вы не против. Достаточно ли мотивов для вызова невесты, есть ли шансы получить одобрение USCIS – иммиграционной Службы, куда вы подадите петицию на визу К-1. Кстати, где ваша подруга собирается проходить интервью?"

– В Будапеште, скорее всего.

– Будет нелегко, возможен отказ, надо быть готовыми.

– Какие еще варианты на случай отказа?

– Пускай попробует добраться до Мексики. Там уже немало украинцев. Их впускают в США по гуманитарному паролю. А пока давайте готовить документы. Мне понадобится ваша переписка, – вновь повторила.

Оксану выписали из больницы. Из правой голени были извлечены три осколка. Я держал ее в курсе событий: адвокату понадобились ее снимки – строгие, не в шортах и купальнике; одновременно попросила прислать пару имэйлов "с любовной лирикой" – скучаю, тоскую, жду долгожданной встречи... Подобное потребовалось и от меня. И чем рьянее сочиняли легенду о женихе и невесте, тем меньше я испытывал веры в благополучный исход. Оксана – тоже, даже попросила плюнуть на затею и поискать другую возможность. Я не согласился: надо делать, что в наших силах. Растущий скепсис старался держать при себе.

Адвокат собрала необходимые документы и материалы, провела с Оксаной получасовой разговор по телефону. На всякий случай, осведомилась, есть ли у нее заграничный паспорт и не просрочен ли. Мне Ирина откровенно заявила: шансы на получение визы К-1 небольшие.

По ее совету я вышел на сайт USCIS и ответил на вопросы анкеты. Вначале познакомился с тремя резонами отказа в визе. Вроде ни один к нашей ситуации не подходил, но кто знает, к чему сотрудники Службы могут прицепиться. Вопросы простые, везде я отвечал "yes", лишь дважды "no" – о криминальном прошлом и настоящем и о личных встречах с невестой в течение двух последних лет. Врать категорически нельзя, да я бы и не решился.

Пугали сроки рассмотрения петиции – от четырех до шести месяцев, в лучшем случае. Адвокат пояснила: часто сроки не выдерживаются, затягиваются. Для невесты из Украины возможно послабление, однако вряд ли сроки резко сократятся. Такая картина...

Я сообщил обо всем Оксане и Марине. Они, оказывается, всё знали и тоже изучили сайт USCIS. Рассказал о варианте с кодовым названием "Тихуана". И получил в ответ: "Да, Тихуана. Другого пути нет".

Я дал отбой. Поблагодарил Маринченко и протянул конверт с деньгами. Ирина вернула конверт.

Оксана начала готовиться к отъезду.

Семен, как я уже говорил, хотел использовать схему отправки в Венгрию младшего брата Ромы. Родители Оксаны действовали самостоятельно: собирали деньги, искали нужные связи. Я выслал три тысячи долларов.

Маршрут определился: эвакуационный поезд во Львов, далее Ужгород, оттуда в Чоп – всего 25 километров – и вот она, венгерская граница, где Оксану подхватят друзья Семена по фехтовальному братству.

Поездов во Львов было несколько, уходили вечером. Сесть в них оказывалось непросто: приходилось выстоять очередь и при посадке выдержать бой. Приоритет имели беременные женщины, старики и дети. Оксана провела на вокзале четыре часа, пока усилиями родителей и их приятеля, профессионального борца, не удалось затолкать ее в вагон. Прощание вышло со слезами, Марина закатила истерику.

Набитый до отказа поезд двигался по-черепашьи, останавливался, гасил огни – не лишняя предосторожность. Нервное состояние, спертый воздух, детский плач – Оксана не сомкнула глаз, проведя ночь сидя.

Наконец, в одиннадцатом часу дня беженцев принял Львов. Оксану встретил доктор, бывший коллега Анатолия, усадил в машину и повез к себе на квартиру. Оксана поела, отдохнула и приготовилась на следующее утро к поездке напрямую в Чоп – так решил доктор, справедливо рассудив: нет смысла терять время в Ужгороде. Об изменении плана она сообщила мне по WhatsApp, а я – Семену. Отец выразил недовольство – люди ждали в Ужгороде. Делать нечего, он позвонил и попросил поменять место встречи.

Я взял отгул в счет положенных больничных дней и не расставался с мобильником. Оксана звонила каждые два-три часа. В Чоп попала до полудня. Ее встретили. Таможенный пункт Тиса, против ожидания, не походил, как ожидалось, на муравейник, куда плеснули кипяток. Народу немного, машин и того меньше. Процедура пропуска с предоставлением статуса беженца сведена к сугубым формальностям, доложила Оксана. "На венгерской стороне, в пункте пропуска Захонь, меня никто не встречает. Толкусь одна, не знаю, куда ехать. Есть контактный телефон одного венгра, говорящего по-русски, его прислал твой отец, написал об этом по имэйлу, телефон не отвечает. Свяжись с отцом, Кирюша…"

Через полчаса новый звонок: "Все о' кей, меня нашли. Трафик по дороге из Будапешта, человек задержался. Прости, что доставляю хлопоты и волнения. Но такова твоя участь – новоявленного жениха. Терпи…" Я доволен – чувство юмора присутствует. Молодчина, держится.

Семен помог снять комнату в районе американского посольства на Сабадшаг тер 12. Жилье предоставил известный тренер, с ним мой отец некогда выступал на юниорском чемпионате мира в Сан-Паулу. Там и познакомились, подружились. Тренер был еврей, это, возможно, их и сблизило. Евреи сделали Венгрию мировым лидером по фехтованию на саблях. Началось еще до Второй мировой войны...

Оксана не теряла времени даром. В Мексику туристическая виза не нужна. Требовалось заполнить онлайн-анкету, отправить по определенному адресу и через несколько минут получить электронное разрешение на одноразовый въезд. Что Оксана и сделала. Настала очередь бронирования и покупки билетов. Включился Семен. Пока мы рыскали по сайтам авиакомпаний, ловя удачу, он нашел отличный рейс с тремя посадками: Будапешт-Брюссель-Канкун-Тихуана. Полет многочасовой, утомительный. Я оплатил его кредиткой.

До даты вылета оставались считанные дни.

Я не раз посещал Тихуану – Сан-Диего всего в 25 милях. Двухмиллионный город нес напоминание о постоянной опасности. Я кожей чувствовал тревогу. Основания имелись: даже по мексиканским меркам преступность здесь зашкаливала. Местные картели переправляли в Калифорнию нелегалов, наркотики, контрабандные сигареты и спиртное. Утром по улицам фланировали стада сонных, злых проституток. Парковка машины сопровождалась риском вновь ее не увидеть, либо получить взломанной, распотрошенной, без колес и шин. Внешне же город выглядел вполне цивильно, имелся международный аэропорт. Здесь практиковали выучившиеся в Америке мексиканские врачи. Семен и его друзья ездили лечить зубы. Стоило баснословно дешево, поставить пломбу – 20 баксов, в Сан-Диего обошлось бы в 80, а то и в сотню.

Во время войны Тихуана обрела особую привлекательность. Украинские беженцы облюбовали это место, несмотря на то что добраться сюда из того же Киева представлялось делом муторным и недешевым. Зато вот она, вожделенная Америка, совсем рядом!

На обочине многополосного шоссе из Мексики в Калифорнию, в трехстах метрах от границы, был разбит палаточный брезентовый лагерь. Волонтеры всячески помогали беженцам, постоянно прибывающим на микроавтобусах из аэропорта. Снабжали одеялами, пищей, включая воду и тако – тонкие кукурузные лепешки с разнообразной начинкой. Местным жителям до чертиков надоели болтающиеся под ногами нелегалы со всей Южной Америки, но к украинцам они относились с теплом и приязнью. Рассказывали, что молодая знойная женщина исполняет для них серенаду под аккомпанемент акустической гитары, а пьяный американец передал волонтерам сотни долларов, изрыгая проклятия в адрес Путина.

Отцу сообщили: действует особый список беженцев, каждому присваивается номер, установлена очередь на беседу с офицерами погранслужбы. Список хранится в синей, заметной отовсюду палатке.

По совету Семена я забронировал Оксане номер в отеле – куда приятнее пребывать в тепле, нежели дрожать в холодной ночи под палаточным брезентом. Это на случай задержки с прохождением через границу.

С моим боссом была договоренность относительно внепланового отпуска на несколько дней. "Приезжает невеста из Украины", – объявил я и снял все вопросы. В прошлом тоже выходец из Гарварда, босс хорошо ко мне относился. Наверное, я неплохой работник. Мне нравится то, чем занимаюсь. Отчасти это творческий труд, не такой, как у писателя, художника или музыканта, но и не нудно-однообразный, как у почтальона, водителя автобуса или сборщика на конвейере.

Накануне вылета Оксаны я совершил рейс в Сан-Диего, обнял родителей, по которым соскучился, и обещал жившей отдельно бабушке Тане навестить ее и поболтать о жизни.

10

Рейс из Канкуна по расписанию должен был прибыть в 13.07. Оксана позвонила и сообщила – посадка задерживается на час или больше, точно не говорят. Мы выехали в Тихуану заранее.

Боковым зрением я наблюдал за отцом, управлявшим "Мерседесом". Мы не виделись полгода – это много, прежде таких перерывов не было. Он похудел, постройнел, Надя следила за его здоровьем, по ее настоянию каждое утро Семен выпивал стакан оздоровительного сока из сельдерея (мама пыталась и меня приучить к этому напитку, но тщетно – я не воспринимал зеленую жижу). Зато отец пил с удовольствием и стабилизировал вес и давление. Он еще больше полысел, в отличие от большинства мужчин, теряющих волосы в теменной части, он лысел со лба. Избавившись от щетины с проседью, гладко выбритый, в голубой рубашке и модном хлопковом пиджаке песочного цвета, выглядел моложе своих 55.

Ни о чем особенном мы в дороге не говорили. Я волновался, пытался скрыть свое состояние, отец понимал и не докучал расспросами, как да что будет с появлением Оксаны. Трафик отсутствовал, мы домчались до границы за полчаса. Проехали мимо палаточного лагеря беженцев – отчетливо виден с трассы – и прямиком к пункту пропуска в Мексику. Нас пропустили, мельком взглянув на американские паспорта. “Туда” пограничники дают въехать без проблем, а вот “обратно...”

Стоянка у аэропорта оказалась почти сплошь занятой. Пришлось долго искать свободное место. Оплатили четыре часа парковки по недорогому тарифу iPark, на шаттле добрались до битком набитого зала ожидания. Рейс из Канкуна опаздывал на полтора часа. Мы сели в баре, заказали кофе. Волнение мое усилилось.

– Попробуем уговорить ведающих списком включить Оксану в одну из групп беженцев. Минуя очередь. Запускают к пограничникам “двадцатками”, – Семен выказал осведомленность. – Иначе не миновать ночевки в отеле.

Отец знал, что говорил: недавний прием жены и детей украинского офицера (кажется, в чине подполковника, узнал потом Семен) научил его многому. В общих чертах я знал эту эпопею: помогла избежать задержки и нежелательной ночевки в гостинице болезнь малыша. Подхватил заразу в самолете. Слава богу, не “корону”. Выдать Оксану за больную? Этого еще не хватало, отрезал отец. Будем действовать по обстоятельствам.

Томительные полтора часа истекли. Самолет из Канкуна приземлился. Пассажиры направились в багажное отделение. У меня один чемодан, уведомила Оксана по имэйлу. Где же она?

Слегка познабливало, я знал свою особенность реагировать подобным образом на важнейшие перипетии, скажем, выход на дорожку в финальном сабельном поединке или ожидание ответа из университета, примут – не примут. В теснящейся у транспортера толпе Оксана не бросалась в глаза. Высокая, с копной пшеничных волос, славянский тип лица, молящий, беззащитный взгляд... На полученных впоследствии видеокадрах такой взгляд отсутствовал. Какой он сейчас?.. Судя по всему, из Канкуна прилетело немало украинок, они выделялись из общей массы латиносов, однако Оксана словно растворилась.

– И где твоя пассия? – не выдержал отец.

Я попытался вплотную приблизиться к ленте транспортера с проплывавшими чемоданами, баулами, сумками и услышал позади себя:

– Кирилл, это ты?

Низкий голос, кажется, простуженный. Совершенно незнакомый, хотя мы часто говорили по телефону. Я обернулся. Стриженая очень коротко, в темных очках, джинсах, куртке и с адидасовской сумкой. В первое мгновение кажется чужой, незнакомой.

– Привет, Оксана! – отреагировал я и замешкался. Мы не обнялись. Стояли оцепенело.

– С прилетом! – нарушил молчание отец и наигранно-бодро: – Я – родитель скромного, застенчивого мальчика, который не обнимет и не поцелует дорогую гостью. Это я сделаю вместо него, – и заключил Оксану в объятия.

Оксана убрала темные очки в сумку и улыбнулась. Выглядела она утомленной, синие припухлые поддужья глаз свидетельствовали: о долгом, почти суточном перелете с тремя посадками, мало спала. А может, накопилась предыдущая усталость...

Чемодан ее приплыл в числе последних, я подхватил, и мы двинулись на стоянку.

Отец расспросил о перелете, не простудилась ли – судил по хрипотце; она сказала, все в порядке, голос сел, потому что в самолете выпила воду со льдом.

– Что нам предстоит, Семен Даниилович? – выказала нетерпение всё сразу узнать. Прозвучало как "Данилович", отец чуть поморщился.

– Давай, Оксана, договоримся – никаких отчеств, мы в Америке, ну, пока еще в Мексике, но, надеюсь, скоро окажемся в Сан-Диего. Зови меня просто Семен, о'кей?

– Хорошо, – согласилась.

Мы сели в "Мерседес" и направились в направлении границы, точнее, к лагерю беженцев. Я и Оксана устроились на задних сиденьях, наши непроизвольные взгляды скрещивались, она машинально улыбалась или делала вид.

– Стрижка идет тебе, – произнес я первое пришедшее в ум.

– Не думаю. Но в долгой дороге патлы – помеха.

– Подъедем к лагерю и всё выясним, – взялся объяснять отец. – В общих чертах картина ясна: любыми способами втолкнуть тебя в очередь для беседы с пограничным офицером. Никаких двух-трех суток ожидания.

Мы быстро высмотрели синюю палатку волонтеров и направились к ней. Волонтеры регулировали очередь. Оксана показала украинский заграничный паспорт – сейчас главный документ, сулящий быстрое прохождение границы. Один волонтер говорил на английском, его помощница – на украинском. Поделились с нами: отбирают по двадцать человек, беременные, семьи с маленькими детьми, старики имеют приоритет, остальным как повезет. Требуется заполнить форму I-131, приложить копию паспорта и указать контакты поручителей. Поручителями Оксаны выступили я и Семен.

Она заговорила с волонтершей на мове, та дала уклончивый ответ: шансов пройти границу сегодня почти нет. Я успокаивал: номер в отеле забронирован, в случае чего переночуешь, а завтра... "Никаких завтра! Надо сегодня!" – настаивал отец.

Он пустился в объяснения с главным волонтером. Многие годы в бизнесе выработали в Семене потрясающее качество – заморачивать головы бюрократам путем долгих и нудных топтаний вокруг да около, повторений по многу раз одного и того же; те в конце концов уставали спорить, сдавались и соглашались с аргументами отца. Это не относилось к клиентам, покупающим или продающим жилье – с ними отец вел предельно конкретное и честное обсуждение сделки, без всяких заморочек. Так происходило и сейчас. Бедный волонтер не был бюрократом, он исполнял порученное ему дело в соответствии с принятыми правилами, однако попал под жесткий прессинг и не знал, как избавиться от назойливого представителя молодой симпатичной украинки. Не в его силах протолкнуть ее без очереди, и почему он должен делать это? А отец продолжал обрабатывать ревнителя заветного списка. Показывал на меня, говорил проникающими в душу словами, что, помимо всего прочего, беженка Оксана является любимой девушкой этого молодого человека, то есть меня, и они собираются пожениться. Счастье молодых в ваших руках! – добавлял с пафосом.

Волонтер очумело глядел на меня и "мою любимую девушку", выражал готовность помочь, но..." Но" перевешивало остальное.

Наступил вечер, полемический пыл Семена угасал. Он уже был готов признать поражение, как вдруг засветила удача: в последнюю на сегодня группу отобрали 19 человек и образовалось вакантное место, не два, не три, именно одно. Семен воспрял духом и с удвоенной энергией насел на волонтера. Тот согласился включить Оксану. Чудо свершилось.

Через час она вышла из таможни, имея форму I-94 ("белую карту") и свой украинский паспорт. По гуманитарному паролю въезжала в страну на год. Интервью, по ее словам, прошло спокойно, вопросы несложные, офицер был к ней расположен.

– Поздравляю с прибытием в Соединенные Штаты! – торжественно возвестил Семен. Мы с Оксаной наконец-то расцеловались. Щека ее пахла ветром украинских степей, придумал я дурацкую фразу. Радость переполняла меня, озноб исчез.

Мама Надя ждала с ужином. Она обняла Оксану, показала её комнату с душевой. Сели за стол, отец открыл шампанское, озорно хлопнул пробкой, удар пришелся в потолок, пробка срикошетировала, попав в Оксану – ее передернуло. Семен понял неуместность озорства и извинился.

Тост за гостью в связи с осуществлением задуманного предложил я. Тост получился длинный, не очень складный. Я тоже устал, было не до красноречия.

Отец пробовал развлекать, выдал коронное: "Вы спрашиваете, что мы будем сейчас делать? Мы будем захватывать аэродромы и бомбить Кремль" – "Но это авантюра!" – послушно отреагировал я. – "Зато масштабная!" Оксана расхохоталась...

Ужин состоял из разных закусок и курицы на гриле с пюре. Семен уморительно рассказывал маме Наде, как пудрил мозги главному волонтеру. Оксана ела молча, мне показалось, более всего ей хочется остаться одной. Я ее понимал. Оживилась, лишь услышав любимое присловье Семена: "Как говорит Арестович, мы боремся, друг друга поддерживаем и верим в ВСУ. Слава Украине!"

"Героям слава!" – мы дружно, в один голос.

Я ночевал в комнате, в которой жил почти с самого рождения. Комната была детской, с игрушками и маленьким телевизором, где я смотрел любимые мультики. Сегодня от прежнего облика остались телевизор и прикрепленная к стене круглая мишень для метания дротиков. Самих дротиков я не обнаружил, иначе не отказал бы себе в удовольствии посоревноваться с прежним Кириллом – когда-то считался мастаком по игре в дартс. Увы, впасть в детство не удалось, а жаль.

Я предпочитал засыпать на левом боку. Едва щека прикоснулась к холодной подушке, как события сегодняшнего суматошного дня канули, и я отключился. Единственно, подумал: в жизни моей, ясной и логичной, наступает перелом. В соседней комнате находится моя девушка, которая покуда таковой не является, ее присутствие слегка будоражит.

На следующий день мы оказались предоставлены сами себе. Отец уехал показывать дома возможным покупателям, мама Надя направилась в фехтовальный клуб, она владела им вместе с Семеном. Та еще морока, однако родители увлечены новым для них бизнесом, не приносящим больших денег. Мы с Оксаной позавтракали и отправились на прогулку.

Дом наш граничил с парком, где буйствовала субтропическая растительность – эвкалипты, кактусы, пышные кустарники, росли дубы, клены, цветы, чьих названий я не знал. Извилистые тропинки вели вглубь, минуя изящные мостики над ручейками и крохотными водоемами, в листве мелькали птицы причудливого раскраса, иногда слышались затейливые трели – в общем, красота неописуемая. Оксана, против ожидания, не выражала эмоции.

Присели отдохнуть на парковую скамейку, я несмело обнял спутницу, она скосила глаз и придвинулась.

– Чем намерена заняться в Нью-Йорке? – спросил я.

– Не знаю. Не думаю об этом сейчас. Подумаю об этом завтра.

Из ответа я понял, что "Унесенных ветром" она читала достаточно внимательно.

– Есть смысл оформить нужные бумаги и пойти учиться, подтверждать диплом. Английский у тебя приличный, проблем не возникнет. Уйдет несколько лет, зато потом – отличные перспективы.

Произнес и смутился: казенно звучит, будто не я сказал, а опытный бюрократ-советчик, знающий все ходы и выходы. И в ответ получил:

– Кирюша, не надо о делах. Потом, потом... Звонила домой – Киев опять бомбят. Волнуюсь за своих.

Я прижал ее к себе. Молча сидели минуту-другую.

– У нас каштаны цветут. Знаешь, как красиво весной на Подоле? Молодые деревца на обочинах, старые деревья во дворах. Под бомбами, ракетами... Что от них останется...

– Успокойся, прошу тебя. Ты – здесь, сейчас, со мной, над нами мирное небо.

– От этого не легче. Даже тяжелее. Чувствую себя предательницей. Наши ребята на "Скорой" людей спасают, а я цветочками и птичками наслаждаюсь.

– Не психуй. Родители твои счастливы, что вырвалась из ада. Пускай тебя это утешает.

– Эх, Кирюша, хороший ты парень, но многого не сечешь.

Весь следующий день отец посвятил нам, вернее, Оксане – знакомил с городом, показывал красоты. Начал с Бальбоапарка и зоопарка, продолжил в Sea World – океанариуме со знаменитым шоу китов. Обычно путешественники растягивают удовольствие на три дня, он уложил в один и основательно нас уморил.

Обедали в дивной забегаловке на берегу залива только что выловленными лобстерами и морскими ежами. Оксана училась есть: алюминиевой ложкой вытягивала желтоватую икру из панциря ежа и запивала пивом из бумажного стаканчика. Никакого кулинарного изыска и высокого сервиса, зато безумно вкусно.

На крыше забегаловки за нами пристально следили чайки – крупные и наглые, шкодливые и вороватые, от них можно ожидать чего угодно. Я не успел опомниться, как чайка спикировала и выхватила кусок лобстера чуть ли не изо рта Оксаны. Та охнула, импульсивно двинула рукой и опрокинула стакан с пивом. Через мгновение хохотала вместе с нами. Впервые показалось – ей хорошо с нами в замечательном городе, быть может, лучшем в Америке. И моментально, слабым ударом тока, вспомнил дедово: "В таком городе хорошо удавиться". У него имелись резоны так написать, я понимал, прочитав исповедальный роман, тот, в котором Она, Ляля и многое другое щемящее.

Вечером усталость дала о себе знать – сморившись, мы разошлись по своим комнатам.

Меня разбудила телефонная трель. На часах была полночь.

– Извини, что разбудила. Не могу заснуть. В Киеве десять утра. Никак не приспособлюсь к новому времени. Если хочешь, приходи, поболтаем.

Я сбросил оцепенение сна, накинул халат и через минуту на цыпочках вошел к Оксане. Она лежала, натянув одеяло к подбородку. Руки безвольно раскинулись поверх.

– Садись, – указала место на кровати. – Прости за звонок. Хочется кого-то видеть рядом.

Я инстинктивно взял ее правую руку, приблизил ладонь и поцеловал. Она не отдернула, я держал ладонь и покрывал короткими поцелуями. Так мешкотно падают капли дождя в преддверии ливня.

...Не могу воспроизвести наш дальнейший разговор, он совершенно испарился. И разговора как такового, скорее всего, не было – отдельные обрывистые бессвязные предложения. Я наклонился и впился в Оксанины губы. В животе моем порхали бабочки или нечто подобное. Я ничего не соображал.

О том, что произошло далее, умолчу. И так понятно. Не стану тратить слова. Во-первых, я не писатель и таковым не буду, а, во-вторых, памятую дедово предупреждение в книге, выпущенной незадолго до смерти: кто бы ни живописал постельные сцены, мужчина или женщина, к какой бы форме изложения не прибегал, грубой или нежно-игривой, получится скверно, пошло и смешно одновременно. Не случайно вручают литературные антипремии за худшее описание секса и нет премий за лучшие описания. Я помнил этот пассаж наизусть. Неужто камешек и в свой огород самокритично закинул? Я не вполне согласен с дедом – у нескольких писателей и у него самого соития освящены таинством и вовсе не выглядят пошло. Но в данный момент даже не попытаюсь отобразить нашу с Оксаной внезапную близость.

11

Утро у меня выдалось свободным – отец играл в теннис в Дель-Маре, Оксана изъявила желание поехать с ним, и пока он на корте, побродить в одиночестве по берегу океана; если вода не холодная, искупаться.

Воспользовавшись возможностью, я отправился навестить бабушку Таню. Жила она одна на гособеспечении, в маленькой удобной почти бесплатной квартире, в получасе езды от Семена. Бабушка водила "Фольксваген", машина здорово выручала: имея проблемы с коленями, бабушка пешком передвигалась с трудом, опиралась на walker – "ходунок", как называла его. За рулем чувствовала себя независимой, уверенной в себе.

Мне повезло – в моем воспитании принимали участие обе бабушки. Они были совершенно разные, по мере взросления я находил в милых старушенциях немало того, что вызывало улыбку, я любил их и снисходительно относился к их стремлению *правильно* меня воспитывать.

Бабушка Вера предпочитала строгий подход: её коронное *"рассвинячиться"* относилось к моему упрямому нежеланию сидеть за столом прямо, есть не спеша, делать выбор в пользу макарон и пельменей, которые мог потреблять ежедневно, игнорируя овощи и фрукты. Я и сейчас предпочитаю пельмени любой другой повседневной пище, хотя считаю себя гурманом, знающим толк в кухне разных стран, благо Нью-Йорк дает возможность испробовать всё на свете. Но пельмени – моя слабость.

Бабушка Таня принимала мои кулинарные запросы с пониманием и не перечила.

Бабушка Вера видела меня ученым. Когда-то работала в академии наук Молдавии и с тех пор считала научное поприще самым престижным. Бабушка Таня не видела меня ни ученым, ни спортсменом, ни еще кем-то – главное, по ее словам, быть хорошим, порядочным человеком. Тем не менее, некоторым фехтовальным успехам радовалась от души, а когда меня приняли в Гарвард и закончились месяцы неопределенности и нервотрепки, светилась от счастья.

Доброта, мне кажется, была ее основным качеством. И терпимость – редко кого-то осуждала, даже если человек этого заслуживал.

Открытая конкурентная борьба за завоевание моего расположения между ними не велась, каждая считала, что внук внимает только ей и следует только её пожеланиям и указаниям. Внутри, конечно, скрытая от посторонних глаз борьба существовала, однако никто не переходил грань дозволенного. Таня уступала чаще в силу незлобивого характера.

Бабушка Вера, к сожалению, не смогла увидеть плоды своего воспитания – умерла она незадолго до моего поступления в колледж. Обожавшая её моя мама Надя невероятно страдала. В Вериной комнате (она жила с дочерью и зятем Семеном) всё оставалось так, как при жизни.

Таня засветилась при моем появлении, заковыляла навстречу, забыв про "ходунок":

– Наконец-то я внучека вижу! Выглядишь отлично, форму спортивную не потерял, может, немного поправился.

Она расцеловала меня.

– Садись, рассказывай. А потом супчика моего грибного отведай – специально готовила. Сёма супчик этот обожает, думаю, и тебе понравится.

– Супчик в десять утра? – улыбнулся я. – Ну ты, бабушка, даёшь...

– Ладно, о еде после. Как живешь в своем далеке?

– Нормально.

– Работаю, в основном. А как ты себя чувствуешь?

– Хорошо. Только колени подводят. Пока могу водить машину, не страшно, сама себя обслуживаю, езжу в магазины, в бассейн – в воде мне легче. Ладно, что обо мне... Ты лучше поведай, что за девушка появилась, Оксана, кажется? Покажешь её? Серьезно у тебя или так?

– Пока не знаю. Она из Киева, сама знаешь, что в Украине творится.

– Знаю, Кирюша, а чего не знаю, Сёма просвещает. Папа твой молодец, людей оттуда спасает.

– Вот и я пытаюсь.

Привычно оглядел бабушкину небольшую гостиную – книги, везде книги. Дед перед эмиграцией отправил сотню посылок с изданиями, занимавшими место в домашнем хранилище. Однажды, рассказывал, выкупил целое купе поезда в Минск и набил его литературой. Отправки из Белоруссии в Калифорнию обошлись вдвое дешевле, чем из Москвы. Таня воссоздала московскую библиотеку, а Семен, взяв из отцовской коллекции лишь некоторые сочинения классиков, собрал свою.

Книг у отца более тысячи, целую стену рабочего кабинета занимают, от пола до потолка, лестничку приспособил, чтобы с верхнего яруса доставать тома, коль понадобятся. Чего только нет, включая художественные альбомы, на самом верху – Britannica... Напомню: на первые деньги молодой иммигрант Семен Диков купил полный комплект энциклопедии, чем потряс новых американских знакомых. Сидит на кассе в "Макдональдсе", 5.75 в час, дает фехтовальные уроки, учится на курсах риэлторов, Таня обихаживает двух старух-американок, работает сутками, без сна, старухи тяжелые, ночью колобродят – денег, сами понимаете, в обрез – и тратятся две тысячи баксов на энциклопедию...

Отец – своеобразный книгочей, исповедует принцип: интеллигент не читает, он перечитывает. Любимые Чехов, Бабель, Булгаков, Гашек. Часто я наблюдал: отец принимает ванну, нежится с книгой на русском – по-английски не чувствует аромат фразы, по его признанию, хотя языком владеет свободно. Страницы чуть обрызганы, его не смущает – не беда, обсохнут. Тексты прочитаны миллион раз, самые смачные места постоянно цитирует. Того же Беню Крика. "...ошибаются все, даже бог. Разве со стороны бога не было ошибкой поселить евреев в России, чтобы они мучались, как в аду? И чем было бы плохо, если бы евреи жили в Швейцарии, где их окружали бы первоклассные озера, горный воздух и сплошные французы?"

Или такое, это уже Гашек. "У меня, как говорится, очень развит талант к наблюдениям, но только когда уже поздно и когда неприятность уже произошла". "В сумасшедшем доме каждый мог говорить всё, что взбредет ему в голову, словно в парламенте" (Семен иногда заменял последнее слово на "Думу" или "Конгресс"). "Куда же вы, идиоты, стреляете? Там же люди!" Завершал отец цитирование Гашека следующим пассажем: "Никогда так не было, чтобы никак не было".

У Булгакова он обожал: "Это водка? – слабо спросила Маргарита. Кот подпрыгнул на стуле от обиды: – Помилуйте, королева, – прохрипел он, – разве я позволил бы себе налить даме водки? Это чистый спирт!" "Интереснее всего в этом вранье то, что оно – вранье от первого до последнего слова". Высказывание Воланда отец повторял, едва на экране CNN или Fox появлялся Путин и открывал рот.

Слегка переиначивал Чехова, повторяя каламбур советской действительности: "Краткость – сестра таланта и теща гонорара". В присутствии Нади, особенно в застолье, изрекал: "Женитьба интересна только по любви; жениться же на девушке только потому, что она симпатичная, это все равно, что купить себе на базаре ненужную вещь только потому, что она хороша”, – и игриво скашивал глаз в сторону моей мамы...

...– И все-таки, что за девушка, как ты с ней познакомился? – наседала бабушка.

– По переписке. Сейчас так принято.

Ответить на вопрос по поводу Оксаны, начать объяснять, откуда ноги растут, приоткрыть завесу относительно ее появления означало увязнуть, как оса в сиропе. Лучше промолчу. А Таня не унималась:

– Жениться собираешься? Не рано ли? Ты не нагулялся. Для мужчин это важно. Впрочем, некоторые гуляют всю жизнь, – и осудительно поджала губы.

Я понял, кого имеет в виду.

– Ничего я не собираюсь. Поживем – увидим. Ты мне лучше кое-что расскажи...

– Что именно?

– Про деда. Про ваши отношения. Я прежде не спрашивал.

– Зачем тебе это?

– Жизнь его интересует. Во всех подробностях. Я, бабушка, писать о нем собираюсь.

– Ничего себе заявочка... Еще один сочинитель выискался. Дед твой всё о себе в книжках поведал.

– Нет, Таня, не всё. Как у каждого, секреты имеются. Я пытаюсь разгадать.

– Да зачем тебе это?! – повторила возбужденно и окинула новым, незнакомым взглядом.

– Я, бабушка, через него хочу лучше узнать всех нас, нашу семью, понять время, в котором вы жили. Но главное – понять его, его судьбу, творчество. Это очень важно для меня, поверь. Я ведь его внук, на мне тоже наверняка что-то отразилось.

– Хм.., – вздохнула и закивала неизвестно чему. Каким-то своим мыслям. – Ну, спрашивай, коли есть охота.

И потек разговор, соткался из лоскутов, обрывков разных историй, былых недомолвок и недосказанности, будто распахнулись дали и предстали незнакомые очертания некоего града Китежа.

Как встретились случайно у памятника Грибоедову возле метро, в начале Чистых прудов, познакомились и завязались отношения. Свидания проходили в "доме крестьянина" на улице Мархлевского, Даня снимал там полуподвал. Таня вспомнила сенной матрас, откуда труха сыпалась.

"Ты наверняка читал об этом стремном месте в повести. Кстати, там несколько браков родились... Ну вот, добредали твои юные дед и бабка до Покровских ворот, где я жила с мамой и сводной сестрой, обнимались, не в силах расстаться, и стояли подолгу, точно влюбленные лошадки. Так пару лет прошло... Наступил момент, повез меня Даня знакомиться с родителями. Отец сразу принял, мать – в штыки. У нее свои планы на сына имелись. Краем уха услышала я про какую-то Розу толстожопую (прости!) с коровой, жившую неподалеку. Доре она нравилась. И про журналистику слышать не хотела, видела сына инженером на секретном заводе. Отпускать от себя не хотела, толкала в заочный вуз при заводе. Даня нашел силы и ушел из дома, переехал в Москву. Тяжелая ему молодость выпала – безденежье, полуподвал...

После свадьбы сначала в коммуналке жили, с мамой моей и сестрой. Даня в газете успешно работал. Через год купили маленькую квартиру кооперативную, две комнаты, распашонка, как их называли. Сеня родился. Тесть мой, Иосиф Давидович, светлый человек, умер, свекровь осенью и зимой жила у нас, летом – в Раменском, как на даче. Нелегко приспосабливались друг к другу, иногда кочетами сходились на кухне. Кочет – это петух, поясню для тебя. Пообвыкли, притерлись. Дора мне помогала, воспитывала внука, я могла работать. Даня в газете вкалывал, вся Москва его читала, о писательстве тогда не помышлял – надо было семью кормить, а не романы сочинять с туманной перспективой напечатать. Кстати, его тексты набирала я – он машинкой не пользовался.

Таня рассказывала без перерыва, я концентрировал внимание, стараясь ничего не упустить.

– Сёма оставался на попечении бабушки. Был случай. Возвращаюсь с работы, полные авоськи продуктов – это такая сетчатая хозяйственная сумка, подхожу к дому, поднимаю голову и застываю: окно одной из комнат нашей квартиры раскрыто, Сёма стоит на подоконнике, покачивается, Доры рядом нет. Я на седьмой этаж мигом взлетела. На цыпочках подкралась к окну, чтобы сына не испугать, – ему и двух лет не было – и схватила в объятия. А Дора чай пила на кухне... Ты представляешь?! Ну, я ей выдала...

Она в Сёме души не чаяла – это правда. Умиляла картина: сидят за столом, Дора нежно щиплет тыльную сторону ладошки внука и приговаривает: "цип-цоп эмерл, кум цу мир ин кемэрл..." Или "Индык, индык, вэн из Пирэм?" – "Удэр, удэрай!" Еврейские выражения. Первое расшифровывается: цип-цоп молоток, заходи ко мне в каморку..." и есть продолжение, не помню. Второе – подражание индюшке: "Индюк, индюк, когда будет Пурим?" – "В месяце Адир!" Пурим – это еврейский праздник, веселый.

Свекровь всякие мансы внуку рассказывала, тот в оба уха слушал. Например, как воровала груши в саду ксендза, или о наводнениях на Днестре, когда река разливалась и затопляла близлежащие в воде улочки местечка.

– Кое-что из рассказов этих в сагу семейную вошли, помнишь?

– Конечно, помню. Даня – удивительный писатель, не находишь? Ты ведь с русским языком нынче дружишь, многое Данино читал. Читатели наверняка думают – придумал всякое разное, воображение включил. Ничего подобного – многое из жизни брал, всамделишное, что на самом деле происходило.

– Бабушка, почему вы с дедом расстались?

– Ох, куда тебя понесло..., – нахмурилась, поскучнела. – Как тебе сказать... Совсем откровенно: Даня двумя жизнями жил – одна для семьи, другая – для себя, мне там места не находилось. Терпела, поскольку любила. Смысл существования видела в сыне. Дай бог, чтобы у других родителей были такие сыновья! – с нажимом. – Дане предложили редакторскую работу в Нью-Йорке, он уехал из Сан-Диего. Звал меня с собой, я отказалась. Хотела быть с сыном, помогать, чем могла, он тогда женат не был... Даня всё понял, и мы расстались. Отношения добрые сохранили. Семен вначале не простил отъезд, полгода не разговаривали, потом помирились. Понял: отцу в Нью-Йорке хорошо, значит, так тому и быть.

Между прочим, Даня предрек сыну женитьбу на Наде. Увидел ее у бассейна – мы тогда в новый многоквартирный дом переехали и не знали соседей – и сказал: "Вот твоя будущая жена". Ни словом до того с ней не перемолвился, а угадал... Такие браки – один на тысячу. Я не слышала, чтобы они ссорились. Мудрец сказал: "Часто браки распадаются из-за того, что жена видит в муже отца, а муж в жене – мать". У Семена с Надей всё правильно выстроено. Сын мой вообще клад – столько лет с прожить с тещей в миру и ладу – других таких примеров не знаю. Тебе, Кирюша, с родителями повезло...

У меня с Надей ровные, уважительные отношения, без сюсюканья. На дне рождения невестки я в тосте высказалась: "Когда мой сын женился, я думала – как девушке повезло, а теперь говорю со всей ответственностью: "Как повезло моему сыну."

Таня долго расписывала достоинства моей мамы: терпение, тонкое умение не лезть в дела мужа и одновременно быть в курсе всего; не преминула упомянуть Надину страсть к танго – дважды специально ездила с мужем в Буэнос-Айрес. "Танцует дважды в неделю в клубе поклонников танго, любой муж забеспокоился бы, заревновал, мог запретить посещать танцульки, а Сёма абсолютно спокоен, уверен в жене..."

Я слушал и, как просила бабушка, мотал на ус (чудесное русское выражение). Подумал: мне трудно будет жениться. Сможет ли Оксана стать такой же опорой как Надя? Сможем ли понимать друг друга с полуслова, полувзгляда? Стоп, о какой женитьбе идет речь? Еще не о чем говорить.

12

Нью-йоркская моя жизнь с появлением Оксаны изменилась. Посещение баров по выходным в кампании друзей стало нечастым. Она навела порядок в моей студии. Еженедельная уборщица получила отставку, в итоге я экономил в месяц триста долларов. Оксана вытирала пыль, пылесосила, стирала, гладила, я помогал по мере возможностей. Постель теперь была аккуратно застелена, майки, трусы и носки не валялись где попало, туфли занимали положенное им место. Оксана ограничила потребление пельменей – в доме имелась приготовленная ею пища. Иногда баловала настоящим украинским борщом.

Она подала заявление на получение номера Social Security и права на работу. На водительские права решила покуда не сдавать – машина в Нью-Йорке у меня отсутствовала, особой необходимости в ней не было, сабвэй исправно возил. Главный вопрос – подтверждение медицинского диплома. Интернет подсказал, как действовать. Я расспросил приятелей, вернее, приятелей приятелей, кто учился в резидентуре или уже освободился от неизбежной многочасовой каторги – и получил ценные сведения из первых рук. Ожидала долгая и муторная процедура: отправка заверенной нотариусом копии диплома в специальную организацию, делающую запрос в Киевский медицинский университет – училась ли такая-то и какие предметы изучала. Требовалось готовиться и сдавать экзамены в USMLE (The United States Medical Licensity Examination). Ответить предстояло на сотни вопросов в ограниченное время. И лишь после успешной сдачи, что редко кому удавалось с первого раза, – начинать поиск резидентуры в госпитале. Без знакомств и связей выглядело почти безнадежным занятием. На всё про всё могло уйти от трех до пяти лет. Гуманитарный пароль действует год. Можно продлить, но кто знает, сохранятся ли правила. Война, в конце концов, может закончиться, благорасположение иммиграционных властей к украинским беженцам – претерпеть изменения.

Самый простой путь – заключить брак – нами покуда не рассматривался.

...Что-то мешало решительному нашему сближению. Передо мной возникали разные Оксаны – одна рядом, обсуждала насущные дела, делила ложе, убирала, готовила, другая становилась холодно-отчужденной, незнакомой, колючей, едва касалась войны. Казалось, винит меня, жалеет о приезде, и не во мне проблема, а в ней самой, сдавшейся обстоятельствам. Я гнал непрошенные мысли, они не хотели уходить, топтались у порога, будоражили. Пробовал объясниться – и натыкался на стену.

Она звонила родителям и друзьям почти ежедневно, не вылезала из Сети, сайты украинских новостей стали ее повседневным чтением. Мы разговаривали вечерами, ибо иного свободного времени не было, слова ее окрашивались горечью и тревогой. Киев и Харьков бомбили, опустошенные Буча и Мариуполь вставали призраками кошмара, окончание войны не проглядывало. Бродя по квартире в халатике, невольно демонстрировала шрамики на голени – следы ранения. Иногда сидела перед телевизором нога на ногу, и тогда шрамики были еще более заметны. Ловила мой невольный взгляд и, сжав губы, отвечала в упор, как бы с вызовом: да, участвовала в войне, получила ранения и горжусь этим.

В постели она становилась сама собой – нежной, ласковой, порой развязной и дерзкой. Компенсация за горечь и тревогу?

– Дедушка твой был очень сексуальный, – однажды обронила.

– Откуда ты знаешь?

– Догадалась, прочтя роман. Особенно одно место.

Она приоткрыла карты – сцена с Лялей мимо нее не прошла, да и не могла пройти. – Ну, и твоя бабушка соответствовала.

– Мама говорила, у Ляли хватало поклонников, однако замуж не рвалась. В ней каких только кровей не намешано: русская, украинская, польская, думаю, есть и капля еврейской. Она твоего дедушку любила, он, похоже, отвечал взаимностью. А как у нас с тобой, внуком и внучкой?

– Тебе виднее.

– Что значит "виднее"? Мы любим друг друга или просто сношаемся? – намеренно огрубила вопрос.

– Как сказал философ, ядро всякой ревности составляет отсутствие любви. Я тебя не ревную, следовательно...

– Не даю поводов. Когда дам, тогда и поглядим.

– Меня ждет завидная перспектива.

– Будь готов.

... Оксана объявила – ей неловко брать у меня деньги, она хочет зарабатывать сама. Несколько часов бродила по Ист-Виллиджу в нижнем Манхэттене, в средоточии украинских бизнесов, ресторанов, магазинов, лавочек, присматривалась, приглядывалась. И нашла место официантки в Veselka на Macdoughal street. Я категорически возражал, прекрасно представляя, что это за работа и скольких похотливых взглядов она, фигуристая, удостоится за смену. Пшеничные волосы ее отросли, стала носить длинную косу, смотрелась, несмотря на умеренное использование косметики, яркой, сексапильной. Мои доводы в расчет не принимались, и она вышла на работу.

– Veselka сулит мне веселую жизнь, – попробовал пошутить.

– Каламбур неудачный, Veselka на украинском – "радуга", – парировала.

Продержалась она в ресторане несколько дней. Уволилась, не назвав причину. Я перевел дух.

Идея самой зарабатывать не покинула ее, нашла магазин по продаже вышиванок, писанок, украинских флагов и флажков. Хозяйка, пожилая украинка, давняя иммигрантка, распознала в гарной дивчине с косой хорошую помощницу. Торговля шла бойко. И я смирился.

Этим не ограничилось. Дважды в неделю Оксана с согласия хозяйки уходила из магазина днем и ехала на сабвэе в Бруклин, к черту на кулички – на Stillwell Avenue. Здесь в доме 2777 располагался один из волонтерских центров помощи Украине. Оксана помогала комплектовать грузы для отправки, определяла, какие лекарства и оборудование необходимы именно сейчас. Возвращалась за полночь, усталая и довольная.

Подготовку к медицинским экзаменам она игнорировала – не имела ни сил, ни времени. Я считал это ошибкой, она не реагировала на мои осторожные реплики. Стоило же нажать, поговорить резко и даже агрессивно, как мы впервые поссорились и не разговаривали неделю. В постели она поворачивалась ко мне задом, на мои примирительные прикосновения не отвечала, оставалась бесстрастно-холодной, будто латексная кукла.

Как я отношусь к войне? Спрашиваю себя, копаюсь в чувствах и не нахожу внятного ответа. То есть ответ есть, но не устраивает полностью. Внутри себе не договариваю, словно стесняюсь обнажиться. Вычитал у Лителла, не его слова, отсыл к чьему-то высказыванию: "Многие войны начинаются по веским, благородным причинам, но очень плохо заканчиваются"... Эта война даже началась по плохим причинам. Получилось очень тупо, поскольку для этой войны нет никаких оснований, кроме желания России "нагнуть" Украину". Так он высказался.

Я, конечно, не историк, не спец по военным делам, однако в Гарварде мне привили стремление докапываться до сути. Я не знаю войн, начинавшихся по веским, благородным причинам. Не знаю – и точка. Эта война произросла из безумия особого рода: один человек, упивающийся безграничной властью, возомнил себя великим правителем, везунчиком, нигде ни от кого не встречающим отпора, потакающим выдуманным им самим идеям, а дальше – обиды социопата на весь мир, непомерные амбиции, жажда разом расквитаться с западными лидерами, коих считает ничтожествами (отчасти прав!). Воюют обычно с соседями, тем более, непокорными, мечтающими о долбаной свободе и хреновой демократии. И началось... Думал – легче легкого получится, ан нет, крепко по зубам получает. Потому и злобствует, зверствует, для него самое желанное – побольше украинцев уничтожить и вообще, ликвидировать ненавистное государство под боком, что сопротивляться вздумало и делает это успешно...

Ладно, хватит философствовать, ничего нового не открою. В голове навязчивый образ – параллельные прямые, они, как известно, не пересекаются, но Лобачевский иначе рассудил. Я – о немецком и русском фашизме. Пересечение очевидно...

...Вечером 9 мая Оксана появилась возбужденная, с бутылкой шампанского.

Я выразил крайнее недоумение, можно сказать, растерялся:

– Будем праздновать российский День Победы?

– Ты спятил? Подписание Байденом закона о ленд-лизе! Для нас, для Украины! Ты в курсе?

Я, конечно, знал. После решения Конгресса президенту оставалось только выполнить формальный акт, что он и сделал. Дата подписания была выбрана издевательски – Путин того стоил.

Мы выпили брют. Оксана хохотала, носилась по комнате, такой я ее прежде не видел. Нашла на youtube песню на украинском, включила полный звук. Начало я усек: "Геть с Украины, москаль некрасивый. Геть, геть, геть!" – певица надсаживала грудь. Песня разудалая, рефрен" Геть!" звучал, как удар бичом. Оксана подпевала по-русски, специально для меня: "Ой на горе москаля ждут, а под горой, оврагом-долиной, ВСУ идут, ВСУ идут!"

Патриотическая песня мне не понравилась, Оксане об этом я не сказал.

– Ленд-лиз – это ведь здорово, правда, Кирюша? Ход войны может обернуться в нашу пользу, – в горящих глазах плескалась одержимость. – Только бы не тянули с вооружением, дали обещанное и побыстрее.

Я согласился, оружие необходимо, и слегка поддел:

– А ты Запад критикуешь – то не так, это не так.

Подобное изредка проскальзывало.

–Мой дорогой, твой Запад помогает, потому что в нас поверили, украинцы на славу воюют, бьют Орду; в противном случае помощь только снилась. Запад полагал: долго страна наша не продержится. Готов был отдать нас на расправу. Байден предлагал Зеленскому помочь в бегстве, а тот пригвоздил: "Мне оружие нужно, а не такси"... Возьми Дракон Киев, как мечтал, в три дня, и смирились бы ваши политики, удовлетворились санкциями и перевели дух, успокоили совесть. Слава богу, война закончилась. На Украину им плевать – сдайтесь на милость победителя и живите под гнетом. А мы не сдались.

– Сама вывод такой сделала?

– Кое-что умное прочла, отрицать не стану, ну, и своим умом доперла, не дура. Давай еще раз выпьем за ленд-лиз.

Высказанное Оксаной буравчиком ввинчивалось в меня, подобные оценки я слышал от отца. Семен даже более категоричен. Два совершенно разных человека мыслят похоже, в этом некая загвоздка. Возможно, верно рассуждают, но я не в состоянии безоговорочно принять их правоту. Все-таки остается робкая вера: не могут политики быть столь циничными.

Или я наивный, легковерный, питающийся иллюзиями чудак?..

Мы выпили остатки шампанского. Я пытался воспринять энтузиазм Оксаны – не получалось. Это была *не моя война*. Во мне отсутствовала боль и ярость подруги, не клокотала ненависть – для этого я должен был увидеть и испытать весь ужас происходившего за тысячи миль, но я жил в благополучном Нью-Йорке и трагедию миллионов незнакомых людей воспринимал не как личную, а скорее, как общечеловеческую. Это было совсем разное восприятие.

– Власти не советуют возвращаться в Киев, – вырвалось у нее, когда мы готовились ко сну. – Но комендантский час сократили.

– К чему ты об этом? Собираешься вернуться? – изумился я.

– Нет, конечно. Тем не менее..., – не договорила.

Я не стал уточнять.

13

Позвонила двоюродная сестра матери Оксаны и пригласила в гости. Жанна обитала с мужем Володей в Нью-Джерси. Оксана рассказала: с тетей виделась единожды, когда та приезжала в Киев. Знала о ее семье немного. Эмигрировали в конце 80-х, Володя, толковый инженер, быстро нашел работу в фирме, устанавливавшей промышленные кондиционеры, Жанна, по специальности экономист, переучилась на бухгалтера. Воспитали сына и дочку. Марина сообщила родственнице о приезде Оксаны, Жанна изъявила желание увидеть ее, так что придется нанести визит вежливости.

Из Оксаниных слов я понял: отношения с этой семьей у киевлян Броварских довольно формальные.

Поездом с Пенсильванского вокзала за сорок минут мы добрались до Linden, у станции нас встретил Володя на серебристом BMW. Коренастый, обрюзгший, с выпирающим животом, лет под 70, он окинул нас вкрадчиво-хитрым взглядом, в дороге поинтересовался, где я работаю, доволен ли заработком и какие планы строю. К Оксане обратился одной короткой фразой-констатацией: "Ваши – молодцы, дают русским по рогам. Честно, не ожидал..."

Одноэтажный дом выглядел свежим, ухоженным, впечатление усиливалось белой кожаной мебелью, светлыми паласами и вместительной кухней со шкафами тоже белого цвета.

Жанна, маленькая, верткая, как юла, облобызала племянницу и заодно меня, затараторила: "Что же Марина не сообщила о твоем приезде? Мы бы тебя встретили, хотя, конечно, Калифорния не ближний свет".

Быстро накрыв на стол в кухне, она пригласила к трапезе. Еды было вдосталь: лакс, салат оливье и овощной, язык, копченая курица, отварная картошка. Венчали стол бурбон и две бутылки итальянского вина, красное и белое.

– Закуски из русского магазина, – пояснил Володя. – Так и называется: "Русский гурман". Пока не переименовали, – осклабился и перешел к делу: – Предпочитаю виски. А вы, молодой человек, что предпочитаете?

– Наши вкусы совпадают.

– О'кей! Оксана, ты вино будешь или покрепче?

– Вино. Красное.

– Отлично! Жанна напитки игнорирует как класс. Ей апельсиновый сок.

Он разлил спиртное по бокалам.

– Давайте выпьем за приезд Оксаны. Гарна дивчина правильно сообразила: дома под бомбами и ракетами делать нечего, жить стрёмно. Надо менять дислокацию. За тебя, девочка! За новую жизнь в благословенной стране!

Оксана тост не восприняла – я уловил по прихмуренным бровям.

Разговор пошел в одном направлении, хозяева в основном спрашивали, Оксана отвечала. Словоохотливая Жанна уступила мужу право выпытывать подробности. Тот вынудил рассказать о "Скорой", сколько раненых спасла, как ранение получила, очень ли заметны шрамы на ноге. Подруга моя тихо бесилась. Володя не замечал и продолжал допрос. Жанна уловила остроту момента, перебила мужа:

– Что ты пристал к девочке? Не очень ей охота тяжелые моменты вспоминать. Давай лучше о приятном.

– Например, о чем? – слегка обиделся Володя.

– О планах на будущее. Тебе, милая племяшка, надо врачом становиться. Престижно, денежно. При таком муже, – указала жестом на меня, – сможешь спокойно три года учиться.

– Кирилл не муж.

– Ну, сегодня не муж, а завтра... Дай вам бог создать семью.

Выглядело явным перебором. Оксана скривила рот.

Бурбон начинал действовать. Я слегка захмелел, хозяин – больше, иначе воздержался бы от такого высказывания:

– Украинцы нынче герои, мир на их стороне. Да, я понимаю, война ужасна, однако мы не должны забывать, что творили они с евреями. Кровавый Богдан и прочие казаки-разбойники – в прошлом, истории принадлежат. Но Вторая мировая... Немцы пачкаться не хотели, на расстрелы бандеровцев, оуновцев, мельниковцев отряжали. Тот же Бабий Яр...

– В Бабьем Яру украинцы не расстреливали – это немцы делали, – возразил я.

– Не имеет значения. Украинцы сгоняли несчастных, не давали убежать, охраняли. Мы-евреи никогда не забудем.

– Какое это имеет отношение к нынешней войне? – выдохнула Оксана. – Мы за прошлое не отвечаем, мы тогда не жили, мы отвечаем за память о прошлом, а там и преступное, и героическое...

– Чего ты защищаешь украинцев? Ты же русская, и мама твоя русская, и папа, и Жанна моя – русская.

– Вы, Володя, ошибаетесь. Я теперь – украинка, таковой себя считаю и буду считать. И родители мои также думают.

– Не люблю украинцев. Они в Житомире почти всю мою семью истребили. Спаслись только эвакуированные. Забыть, простить? Никогда!

И пошло-поехало... Володя набычился, покраснел, расстегнул на животе поговицу рубашки. За словами уже не следил: матерые антисемиты, всегда мечтали избавиться от евреев, числили их жидо-коммунистами, а когда Советы пришли осенью 39-го в западные области и начали арестовывать, расстреливать, в Сибирь отправлять тысячи людей, обвинили в этом евреев, хотя и евреев арестовывали, расстреливали и прочее. Я не соглашался, так как много прочел по этой теме: в Первую мировую еврейские солдаты и офицеры служили в Галицийской армии и даже еврейский курень существовал. Один из лидеров националистов Евген Коновалец защищал евреев от нападок.

– Шварцбург убил Петлюру, парижский суд его оправдал, и в ответ евреи получили всеобщую ненависть, – упрямо твердил Володя.

– Я повторяю: не надо ворошить прошлое, – повелительным тоном Оксана. – Возьмем резню на Волыни. Пятьдесят тысяч, в основном поляков, убили украинцы. И евреи пострадали. Теперь Польша на нашей стороне, помогает Зеленскому с рашистами бороться. Нынешняя трагедия дает полякам и украинцам шанс на полное примирение.

– Украинцы, между прочим, боролись с немцами, не сразу, с весны 43-го. Бандеровцы в том числе. Кстати, в УПА служили десятки евреев, – уточнил я.

– Вы знаете историю Иры Райхенберг? – обращаясь к хозяину, спросила Оксана.

– Не знаю никакой Иры, – отрезал Володя.

– Тогда послушайте. Жена лидера ОУН Романа Шухевича Наталья спасла еврейскую девочку. Шухевич помог изготовить новые документы на имя Ирины Рыжко и переправил ее в сиротский приют при монастыре. Что вы на это скажете?

– Единичный случай. Еще проверить надо, не выдумка ли.

– Сколько Праведников мира – вы, разумеется, слышали о таких – так вот, сколько украинцев отмечены этим званием?

– Послушай, я не бюро статистики.

– 2673 человека. Ценой собственных жизней спасали евреев. На четвертом месте – после Польши, Франции и Голландии.

– А сколько еврейских душ загубили украинцы? Точных цифр никто не знает, но много, очень много, куда больше, нежели Праведников.

– Ответьте, Володя, на простой вопрос, – наседала Оксана. – Если Украина – страна антисемитов, то как могли избрать президента-еврея? Нынешнего и предыдущего. И премьера назначить.

— И сам не пойму, — пошел на попятный. — Что в мозгах у людей сидит — загадка.

— Вы говорите — нынешняя война вселяет ужас. Чем оправдать убийство детей, грабежи, насилия... Мирное население, оно-то чем виновато? Откуда такая звериная ненависть? Только на российский телеящик, на пропаганду оголтелую свалить или всё глубже, сути народа русского отвечает?

— Это к вопросу, Оксана, отвечает ли народ за прошлое, существует ли коллективная вина, — ввернул я. Подруга моя, против ожидания, промолчала.

— Друзья, я вот о чем думаю: если на миг представить, что не Раша напала, а, наоборот, Украина объявила войну, как вели бы себя жовто-блакитные солдаты: убивали мирных граждан, мародерствовали, насиловали? — выпалила Жанна.

Мы оторопели.

— Ну и вопросец, — не выдержал Володя и грозно глянул на жену. Та мигом к плите, громыхнула крышкой кастрюли, случайно или намеренно.

Никто ей не ответил. Любые рассуждения выглядели бы неуместно.

Через минуту на столе появилось жаркое. Мы занялись едой. Риторический *вопросец* остался висеть в воздухе. Но, видно, накипело у Оксаны, коль вернулась к моей реплике.

— Ты о коллективной вине спрашиваешь? Из немцев пакость нацистскую выбивали десятилетиями. Я в Освенциме была на экскурсии — тьфу, идиотское слово — экскурсия, — поехала, чтобы самой увидеть, понять, прочувствовать; познакомилась с литературой о фашизме, открылось ранее неведомое. Жителей города неподалеку от концлагеря, забыла название, заставляли трупы жертв эксгумировать из общей могилы во рву и на руках переносить для перезахоронения. Скажете, негуманно, жестоко, бесчеловечно, но по-другому как заразу вытравить? Настоящая *денацификация*, а не та, что упырь кремлевский в бредовом сне придумал для Украины. Нет у нас никаких нацистов! Они в России привольно живут.

Я глядел на Оксану новыми глазами. Выходит, мало ее знаю, девочка с нутром.

– Вы, Володя, не любите украинцев. Ваше право, никто любить нас не заставляет. Какие скандалы, распри раздирали, одна Рада чего стоила, уголовные дела по коррупции, олигархи выгодную им политику проводили, своих сажали на хлебные места. Мрак... Но случилась беда – объединился, сплотился народ, отбросил взаимную вражду, люди самопожертвование проявляют и какое! Народ, оказывается, един, нация существует! А русские ... Истинное лицо уродов мир увидел и отшатнулся. Матери не оплакивают погибших сыновей, чуть ли не гордятся ими. Не верю, что их всех заставили так на камеру говорить. Хотя в России всё возможно... Жены радуются, когда посылки награбленного мужьями получают. Подруги воинов-освободителей советуют избранникам своим побольше насиловать украинских женщин – “только нам не говорите...” Это, Кирюша, на счет коллективной вины. Недаром писалось: русские на весь свет обижаются, завидуют и ненавидят, сами не живут и другим не дают.

– С коллективной виной не так просто, – возразил я. – По-твоему, немцы поголовно виноваты, что был Гитлер? Тогда все грузины виноваты, что был Сталин, все евреи виноваты, что были Троцкий и Свердлов, и так далее. В Америке нас пытаются убедить, что все белые несут ответственность за рабство. Россия – не только русские, еще и башкиры, татары, буряты, чеченцы..., да и украинцы, живущие там, – все повинны за действия Дракона?

– А ты как думал? Еще как повинны! Ибо поддерживали его, аплодировали изъятию Крыма, Донбасса, сейчас – за войну.

– Напомню, что Ханна Арендт утверждала. Наверняка имя тебе знакомо. Она принципиально разделяла коллективную вину и личную ответственность.

– Кто такая Ханна Арендт? – Володя раздраженно. Самолюбие его, видно, страдало от незнания.

– Публицист, философ, историк. Процесс Эйхмана освещала в американской газете.

– Кто такой Эйхман, вы, надеюсь, знаете? – сдерзила Оксана. Володя глянул на родственницу чуть ли не с ненавистью.

– Вернемся к Арендт. Она считает: коллективную вину нельзя распространять на общество. Такая оценка размывает сам факт преступлений, за которые их организаторы и участники должны понести наказание. Виноваты все и вроде никто? Так не бывает. Речь может идти о личной ответственности. Коллективная вина – иное дело, ее должно нести именно общество – разными формами, способами. Я в Гарварде по этому поводу в специальном семинаре участвовал...

– Мудреные вещи. Я в Гарварде не учился, мне по барабану. Лавров намедни залепуху засадил, Зеленского с Гитлером сравнил. У того, говорят, тоже еврейская кровь имелась, а самые ярые антисемиты – часто сами евреи. Израиль на дыбы, разве такое можно говорить... По-моему, ничего такого Лавров не сказал...

– Не имел фюрер еврейской крови – давно неоспоримо доказано. Сукин сын Лавров пытается утверждать, что еврейство Зеленского якобы не должно уводить в сторону от нацификации страны. Творимое русскими и есть натуральный фашизм – не зря их рашистами кличут. Удивляюсь на вас, Володя, – не выдержала Оксана.

– Нам с тобой, дорогая родственница, сложно о чем-то договориться. Ладно, оставайся при своем мнении, а я при своем.

Володя надулся, уткнулся в тарелку с мясом, Жанна вздыхала и бормотала себе под нос, Оксанина горячность явно смутила. Она же не останавливалась, запал должно было истратить.

– Меткое выражение: "Россия – бомба, которую бог бросит в пасть дьяволу". Почти дошли до такого варианта.

– Ребята, ну вас с вашими прогнозами. Давайте жить дружно и не думать о скверном, – прорезалась Жанна.

– Живите, тетя, кто вам мешает. Я – не могу, – и вышла из-за стола.

...Прощаясь, крепко выпивший Володя осведомился, не обиделись ли мы, и удовлетворился ответом: нет, не обиделись.

...В поезде задремавшая было Оксана очнулась, толкнула меня, заставила оторваться от мобильника и огорошила:

— Зачем ты выучил русский?

Я не понял, округлил глаза. Вопрос показался совершенно неуместным, даже глупым.

— Как зачем? Прежде всего, чтобы прочесть написанное дедом. Лишь две его книги переведены на английский.

— Лучше бы французский выучил или итальянский. На худой конец, испанский. Только не русский.

— Ты с глузду съехала? (о, какие потрясающие фразы в моем словаре заучены мной наизусть!) Дед писал на русском, вот я и...

— В том и беда Дикова. Незавидная писательская участь. Сочинял бы на английском — мир его мог узнать. А так.., — махнула безнадежно рукой.

— Он в России родился, а не в Америке! Воля судьбы. Многие ли русские на английском романы писали? Набоков, память подсказывает, кто еще? Стихи Бродского на английском хуже русских звучат — знатоки уверяют. И потом, на русском шедевры созданы, классика мировая...

— Ну, валяй перечислять: Толстой, Достоевский, Чехов... Это прежде было, а нынче забыть следует русский — это язык убийц, садистов, насильников, грабителей. Мы в Украине уничтожаем всё русское, убираем памятники, переименовываем улицы и правильно делаем.

— Сколько же в тебе злости.., — только и смог вымолвить.

— Будь ты на нашем месте, люто возненавидел бы ту страну и проклятый язык, уверяю. Надо заставить вас всех пережить войну так, как мы переживаем!

Она снова задремала или сделала вид.

Я понемногу начал сочинять *свою* книгу. Плохо представлял, во что сочинительство выльется, одно знал твердо — рассказ пойдет от лица внука, оценивающего жизнь деда, почему происходило так, а не иначе, как романы и повести рождались в столкновении, напластовании реальных и вымышленных фактов и событий. Я пробовал взглянуть на мир и на самого себя в перевоплощенном виде. Так воздушный шар наполняется гелием, который легче воздуха, и отправляется в небесное путешествие. Я напоминал себе пилота аэростата. Предстояло определить, куда лететь и где приземлиться; касательно же книги – писать по-английски, все-таки легче, а после отдать на перевод.

Вновь переворошил содержимое заветных чемоданов. И обнаружил кое-что ускользнувшее: клочки бумаги с короткими записями дедовским корявым почерком. Клочки были засунуты в блокноты и почтовые конверты, поэтому сразу не обнаружились. Между тем, в них, возможно, содержался прочувствованный смысл, они выделялись, как белые пятна соли на одежде. Я складывал стопкой и скреплял бумажные огрызки, старался распознать, что дед вкладывал в записи, что и кого при этом видел, представлял. Ну, вот эта: "Никому не дано пытать нас изощреннее, чем делаем мы сами". Или такая: "Встреча с самим собой принадлежит к самым неприятным"; "Нет на свете печальней измены, чем измена себе самому". И совсем личное: "Чем больше верую во что-либо, тем сильнее подвергаю сомнению предмет своей веры".

Оксана изъявила желание познакомиться с текстами деда. Она ничего о них не знала – ни о "Гетто", ни о советском вторжении в Афганистан, ни об антипутинской трилогии. Знала только роман, где фигурировала ее бабушка. Возможностей для чтения было в обрез – работа в магазине и волонтерство отнимали силы; читала в сабвэе и иногда дома поздними вечерами.

Я показал ей последнее прижизненное издание деда, в котором он признается в недовольстве собой: мог кое-что иначе написать, но не получилось. Оксана прочла залпом, резюмировала: "Дед твой – смелый человек, не побоялся себя в невыгодном свете выставить".

Провела отбор книг по аннотациям и моим рекомендациям, полистала, почитала фрагменты и выделила историю русского иммигранта, выигравшего джекпот 27 миллионов, и первый антипутинский роман с Драконом на обложке, распростершим крыла над контурной картой России. Две других повествования читать отказалась – по ее признанию, само имя Путина вызывало рвотное чувство. Подтверждение я получил, когда она взяла с полки книжку с кричащей обложкой: главный герой летит в огонь на фоне Кремлевской стены. Демонстративно полистала с брезгливой гримасой и водрузила на прежнее место.

– Роман одновременно вышел в Америке и в Украине, – пояснил я. – Неужели не любопытно познакомиться с двойником Дракона? Дед придумал его, на самом же деле суть романа в том, кого играет двойник.

– Про киевское издание 2015-го вычитала в аннотации. И какая реакция читателей?

– К сожалению, почти никакая. Дед полагал – будет бестселлер, и издатель киевский так считал, на поверку же... Продавался вяло, пара положительных рецензий и всё.

– Не удивлюсь. Не желают наши люди читать про кровопийцу. Ни видеть его гнусную рожу, ни слышать мерзкое имя. Заметь – задолго до войны. Может, и талантливо написано, но не желаю держать в руках!

Я пожал плечами.

Дошла очередь и до других книг деда. Оксана делилась со мной: что-то очень понравилось, что-то средне, а что-то вовсе не по вкусу. Не говорила о сюжете, интриге, героях, акцент делался на фразах, словах, мыслях, показавшихся новыми, смелыми. Так читать деда я не мог – старался ухватить суть, анализировать идеи замысла, а не отдельные моменты. Моя подруга напоминала Семена – отец тоже любил смаковать фразы.

14

Я знал свою особенность: не выполнив ранее намеченное дело, извожу себя, пока не совершу задуманное. Так было и на сей раз и касалось желтого конверта с черно-белыми и цветными снимками, помеченного магической буквой N. Дед и молодая привлекательная шатенка представали в разных интерьерах и на природе, иногда в обнимку. Дед тоже выглядел достаточно молодо, во всяком случае, почти сохранил шевелюру. Оба на фото смотрелись вполне счастливыми.

Судя по датам, проставленным на обороте карточек, происходило после знакомства, бурных отношений и расставания с Лялей. Это многое проясняло.

Кто эта N? Дед не упоминал ее в наших разговорах. Собственно, я всерьез не искал незнакомку, откладывал на потом. И вот срок пришел.

Я расспросил двух друзей деда, мы были знакомы, по моей просьбе они вспомнили эпизоды общения с ним, споры. Мне показалось, они такие разные, мой дед, Вадим и Роберт. Что их связывало? Наверное, род занятий — все трое были литераторами. Сочинителями, как выразился Вадим — грузный, малоподвижный, с щёткой седых волос на крупной шаровидной голове, похожий на бизона. Режиссер и сценарист, умный, скептичный, редко кого удостаивавший положительных оценок, он имел пунктик: русских иммигрантов, за малым исключением, считал так или иначе связанными с гебнёй. Явно пересаливает по этой части — считал дед, не отвергавший, впрочем, саму возможность такого *сотрудничества*. У нас с ним, помнится, был долгий разговор по сему поводу.

Вадим покинул Москву в двадцать с небольшим лет, поскитался по свету, жил и снимал фильмы в Израиле и, наконец, осел в Нью-Йорке. На поприще кино имел немалые достижения, картины его представлялись на фестивалях, в том числе в Каннах. В последние годы отдавал предпочтение прозе, издал в России весьма занятный, нравившийся деду роман — причудливое переплетение реальных и вымышленных судеб.

Роберт выглядел антиподом, дед описал его в одной из книг: "...цедил слова, небрежно острил и вдруг взрывался, начинал яриться, наскакивать на воображаемого оппонента, заводил себя, захлебывался словами, на мгновение прикрывал глаза и задирал голову, как молящийся в экстазе, бритый череп с остатками волос по краям покрывался потом, он утирал его салфеткой..."

Роберт в России изготавливал сценарии научно-популярных фильмов, в Америке понял, что этим не прокормишься, и переучился на техника радиационной медицины. Издал в Москве несколько художественных книг. Он любил деда и дед отвечал взаимностью — мне это было известно.

Увы, они не смогли удовлетворить мое любопытство относительно N. Роберт видел ее однажды мельком, Вадим только слышал о ней; оба читали посвященные ей страницы интимного романа деда, в котором нет имени главной героини, а есть зашифрованная Она, писавшаяся с заглавной буквы. Кстати, Вадиму не понравились приведенные в книге ее письма – считал их слишком заземленными, бытовыми, лишенными романтического флёра.

Ничего толком не выяснив у друзей деда, не найдя координаты дамы-инкогнито, я приостановил поиск. Странно, существовала женщина, сыгравшая в жизни деда особую роль, и будто нарочно спряталась, затаилась, просеялась песком между пальцами.

И тут я вспомнил об адвокатессе Ирине. Дружила с дедом, наверняка кое-что знает о его пристрастиях и страстях. Позвоню. В конце концов, ничего не теряю.

Адвокатесса обрадовалась звонку. Поинтересовалась моими делами, девушкой из Киева, вокруг которой разгорелся сыр-бор (имя Оксаны забыла), немного удивилось, что мы до сих пор не оформили брак. Вопрос, знает ли некую N, насторожил, стала выведывать, на какой предмет понадобилась. Пришлось раскрыться: пишу книгу о деде, точнее, пробую писать, опрашиваю близко знавших его.

Ирина призналась: N – ее подруга. Сердце мое ускорило бег.

– Я должна спросить ее, согласна ли на встречу с тобой.

Через день позвонила. Подруга согласна. С непременным условием – имя ее не разглашать. Записывай номер...

Она предложила встретиться в Манхэттене в понедельник вечером. Я согласился и пригласил во французский ресторан в Гринвич-Виллидже. Заведение на Кристофер стрит, с огромными окнами, каменным полом и высокими потолками, я изредка посещал и мог оценить вкусноту блюд. Она замялась: "Может, чего попроще?" Это же дорого". Пеклась о моих деньгах. Я невозмутимо: "Не имеет значения".

Она пришла без опоздания, я уже ждал ее, предварительно зарезервировав столик у окна. Народу было немного. Именно такой я ее и представлял, не слишком изменилась по сравнению с фотографиями. Лишь пополнела. Бирюзовый свитер под горло подчеркивал высокую грудь. Она была одета по погоде, выдавшейся в начале мая прохладной – в брюках с кожаным поясом, пиджаке и на каблуках. Демисезонный бежевый замшевый плащ набросила на спинку соседнего свободного стула.

Высокая, холеная, модная шатенка, умело скрывавшая возраст, моложе деда на одиннадцать лет – это я вычитал в романе.

Мы сделали заказ: она – тартар с лососем и икрой и утиную ножку, я – луковый суп, эскарго и баранью отбивную. От вина она отказалась – "я за рулем". Мой выбор пал на бурбон.

– Как прикажете вас называть? Таинственная незнакомка, миссис инкогнито, мадам N или иначе? – начал дурачиться. Сильно волновался, оттого лезли в башку пошло-игривые глупости.

Она взглянула вежливо-бесстрастно:

– Ира сообщила о моем требовании – никаких имен?

Я кивнул.

– Если что-то сможете сочинить, пожалуйста, оставайтесь верны слову.

Во фразе звучало недоверие: "если сможете..."

– Дед завуалировал имя по вашей просьбе?

– Естественно.

Так начался разговор.

Я пытался увидеть описанное в книге ее свойство внезапно каменеть зрачками, скулами, ртом, *умирать* лицом. Благоприобретенное, замечал дед, нью-йоркское – в Москве мгновенных перемен в ней не обнаруживалось или он не замечал. Сейчас во взгляде незнакомки сквозила настороженность, никакой окаменелости зрачков я не уловил. Повода нет, подумалось.

Миссис инкогнито (так в конечном счете окрестил ее про себя) осведомилась, зачем я затеял катавасию с книгой. Изволила обидно выразиться: "катавасию". "Даниил всё рассказал о себе в своих произведениях, даже больше, чем нужно, наша история изложена весьма подробно, в целом, правдиво. Для чего вам, Кирилл, молодому современному американцу, с литературой не связанному, копаться в дедовской жизни, разбираться в его пристрастиях, увлечениях, слабостях, поражениях, победах? Для чего?"

Я непроизвольно вздохнул. И впрямь, никому не смог бы внятно объяснить. Некая потусторонняя сила ведет в лабиринт судьбы, мне кажется, даже уверен – дед не сумел высказаться предельно откровенно, до конца, остался сочиненный искусным криптографом шифр, который следует разгадать. И другое обстоятельство, хранимое мною, ни с кем покуда не делился, дабы не осудили. Сложилось так, что никто по-настоящему не оценил его книги, не поставил в один ряд с теми, чьи писательские имена на слуху. Дед того заслуживает. Ему, конечно, уже всё равно, но не всё равно мне, желающему воздать должное опубликованному Даниилом Диковым. Да, было немало рецензий, статей, главное же не сказано. Разве что стремился бородач Петр, с которым я познакомился у дяди Генриха, но что он один смог...

Кто ты такой, чтобы взваливать на себя такую ношу? Самоуверенный мальчишка, готовый поспорить с авторитетами. Пусть так. Но прекрасно известно, как делаются имена, и не только в литературе, как служат авторитеты моде, сговариваются одних поднять, других опустить, хлопочут о личном, выгодном им, в конечном итоге, о деньгах. Заикнись в эту минуту об этом, еще на смех поднимет миссис инкогнито, и правильно сделает.

– Мне интересно этим заниматься, – ответил я. – Если не у близкого человека, то у кого возникнет потребность... Разбирая архив, многое узнал, осмыслил. Чуть поумнел, может быть.

– Я не о литературе хочу говорить с вами. Мне горько, почему мы так и не сошлись, не стали мужем и женой. Не знаю, кого винить больше, Даню или меня. Оба виноваты. Что теперь об этом... Дани нет, я постарела... Дед ваш обожал Пастернака, наизусть знал, великолепно читал, я ему кассету подарила с записями голоса, наверняка найдете в архиве Дани. Вы, очевидно, не слишком близки к русской поэзии, тем не менее, прослушайте кассету до конца. Не пожалейте времени. *"Я кончился, а ты жива. И ветер, жалуясь и плача, раскачивает лес и дачу, не каждую сосну отдельно, а полностью все деревá…"*

– Дед никогда не рассказывал о ваших отношениях. Я считал, роман весь выдуман, оказалось – существует реальная героиня, вы, то есть. Хитросплетения подлинные…

– Даня писал в смятении духа, не знал, как поступить, многое, увы, от него уже не зависело, мое полное в нем растворение в той, прошлой жизни, в Америке стало исчезать, таять. Объявила – остаюсь с мужем. Вышло жестоко, безжалостно. Резала по живому. Надо было видеть лицо Дани. Мертвенно-бледное, ни кровинки, как на похоронах. Произошло объяснение в моей машине, напротив дома Дани на авеню Z. Он не мог открыть дверцу, рука не слушалась. Сердце переворачивается, едва вспоминаю.

Я молчал.

… О многом мы смогли поговорить. Придирчиво прошлись по страницам книги – миссис инкогнито все-таки вернулась к написанному. Я не удержался и сообщил мнение друга деда Вадима по поводу ее писем – слишком приземленные.

– Он хотел, чтобы я философствовала, размышляла на вечные темы, про любовь-морковь и прочее? Глупость какая! Так ему и передайте. Речь шла о выживании, сможет ли Даня прижиться в совершенно чужой ему стране, без серьезной профессии, без языка… Выяснилось – сумел и вовсе неплохо. Кто тогда мог предвидеть?!

Дед не осмелился на главный поступок в жизни. Почему? Не ответит. И я ответа не имею, могу лишь догадываться. В России он был *ведущим*, в Америке безумно страшился стать *ведомым*. Чувствовать неполноценность рядом с подругой, добившейся многого. Но ведь мог связать судьбу с любимой женщиной еще в Союзе и не решился. Почему? Почему?..

– Помните, Кирилл, притчу о двух лягушках? Жили-были две лягушки, однажды забрались в погреб и угодили в горшок с молоком. Барахтались они, барахтались, одна лягушка сказала: "Хватит! Всё равно нам не выбраться, будь что будет", – сложила лапки и захлебнулась в молоке. Другая продолжала барахтаться, боролась за жизнь и когда совсем выбилась из сил, вдруг почувствовала под лапками что-то твердое – молоко превратилось в масло. "О чудо, я спасена!" – воскликнула лягушка и выпрыгнула из горшка. Мораль самая простая. Сколь бы не было тяжело, какие бы не возникали неблагоприятные ситуации, бороться надо до конца.

Я знал эту притчу. Читал на английском. Смысл ее принимал как само собой разумеющееся – конечно, бороться до конца. А как иначе?! Но к деду какое имеет отношение?

Словно поймав мое недоумение, миссис инкогнито пояснила:

– Даня как та лягушка – сначала сам, по собственной инициативе, создавал себе трудности, а потом неистово с ними боролся. И в большинстве случаев побеждал, тратя уйму сил и энергии. Только зачем искать неприятности на определенную часть тела?..

Я пытался оценить услышанное. Визави права – прежде не задумывался над этим.

– Люди как лягушки, жизнь их определяет температура водоема и качество воды.

– Скорее болота, – внесла уточнение. – Кто-то заметил: трагедия талантливых людей нередко в том, что они неумны, а трагедия умных в том, что они обделены талантом.

Она отказалась от десерта: "Лишние паунды ни к чему".

Встреча подошла к концу. Я достал из бокового кармана пиджака конверт с фотографией, той самой, где дед и Она на берегу, влюбленные, безмерно счастливые, Она тянется с поцелуем, – и протянул ей. Она не поняла, открыла конверт, извлекла снимок и обомлела.

– Боже мой, как попал к вам?! Я потеряла копию. Мистика – самое дорогое наше с ним фото исчезло бесследно, сколько не искала – тщетно.

– Дарю. Фото принадлежит вам.

– Спасибо! Такой неожиданный подарок... Невероятно! Безмерно признательна.

Мы распрощались. Миссис инкогнито обняла меня и поцеловала. В ресницах блеснули слезинки, почудившиеся бриллиантовыми капельками.

15

С каждым месяцем дед чувствовал себя всё хуже. Мучила мерцательная аритмия, вживленный возле левого плеча пейсмейкер с ней боролся, часто борьба заканчивалась в пользу мерцаловки. Дед стал хуже слышать, забывал порой слова. Единственно, покуда не подводило зрение.

Семен прилетал, проводил с отцом по нескольку часов, грустно качал головой, когда мы оставались вдвоем: "Неважные дела. Скоро не сможет себя обслуживать".

Мы приняли решение нанять круглосуточную сиделку. Дорого, но не смертельно для нашего бюджета. Нам повезло – Полина оказалась порядочной, доброй женщиной. Винничанка, она находилась в стране на птичьих правах, то есть нелегально. Приехала в гости к дочери, выигравшей грин-карту, и осталась... Адвокат занимается ее делом, пробует легализовать, на это требуются годы. Полина остро нуждалась в деньгах и согласилась обслуживать деда днем и ночью. Ходить в магазины, готовить еду, кормить, стирать, следить за приемом лекарств. Мы с отцом платили ей в месяц две с половиной тысячи баксов наличными.

Я навещал деда в выходные. Разговаривать с ним становилось трудно. Он окидывал ничего не выражающим, затуманенным взором, иногда отвечал на вопросы, чаще молчал; внезапно внутри будто срабатывала пружина заводной игрушки, он оживлялся, начинал болтать без умолку, в речи проскальзывали здравые мысли.

Я купил деду электробритву – бриться по-старому, намазывать испаханное морщинами лицо кремом и аккуратно водить станочком mach3 по щекам и подбородку он не мог. Видеть его, глубокого старика, заросшего седой щетиной, было нестерпимо больно. С электробритвой он покуда справлялся, и Полина помогала.

...В эту субботу дед выглядел помолодевшим – электробритва делала свое дело. На нем была свежая ковбойка, неизменные пижамные штаны сменились цивильными серыми брюками с намеком на стрелки. Полина сказала, что деду выписали новое лекарство; ведет себя последние пару суток приемлемо, ночами спит. Дед прислушивался и чему-то улыбался.

– Дед, ну ты как? Кажется, тебе получше. Выглядишь неплохо.

– Ни хорошо, ни плохо, – эхом повторил.

– Футбол смотришь по телеку? Английский чемпионат?

– И дождик кончился давно, и вышли в поле футболисты...

– Отлично! Молодец!

Я поинтересовался, звонила ли Таня (бывшая жена не оставляет без внимания – Полина говорила). Дед не ответил, пожевал губами, проверил пальцем, на месте ли зубной протез. Пауза длилась с полминуты.

– Шел по территории Боткинской больницы и глотал слезы, – прорезалось у него. – Мне сообщили про твои озлокачественные клетки. Жутко звучит – оз-ло-ка-чест-вле-ние, – выговорил по слогам. – Зло, качество зла, будто у зла может быть качество, зло и есть зло; Пурижанский спас, сделал уникальную операцию, отделил холодный узел от трахеи. Еще пара недель, и ты могла задохнуться во сне... Первое время немного хрипела, потом прошло, голос чистым стал. Я страшился думать о результате биопсии – чертовы клетки, переродятся или не станут расти... Легла счастливая карта...

Я понял: он говорит с бывшей женой, я персонифицировался для него в Таню, мою бабушку. Он смотрел на меня, не видя меня. Обращаясь к бывшей жене, милостиво принимал мое присутствие в комнате и не более. Я его не интересовал.

– Я очень виноват перед тобой. Я не был хорошим мужем. Для тебя сын был самым важным существом на свете. Остальное не имело значения. Я не ревновал к Сене, было бы глупо... Его день рождения совпадал с днем рождения тогдашнего моего приятеля, мы начинали отмечать у нас дома и заканчивали у приятеля. Я там подрался, кто-то завёл меня и я полез махать кулаками, что мне несвойственно, ты бросилась в драку, стала разнимать: "Данюша, Данюша!" Ты любила меня. Я тебя тоже любил. По-своему. Я очень виноват. Прости, если можешь...

Фразы дед выговаривал отчетливо, смысл их выстраивался, не казался бредом, отнюдь.

Дед отпил из стакана приготовленный сиделкой чай, поднялся с дивана, прошелся по комнате, шаркая тапочками, и снова сел.

– Ты отказалась ехать со мной в Нью-Йорк. Я расстроился, но не сильно, не буду лукавить. Сема поругался со мной. Я переживал. По прошествии лет он согласился – отец поступил правильно, в городе-рае зачах бы...

Я присутствовал при грустном действии: дед прощался с близкими, позволив мне находиться рядом. Мне выпала роль немого свидетеля. А может, род затейливого представления, дед нарочно разыгрывает меня? – вдруг подумал. И тут же отбросил несуразное предположение.

– Помнишь, Сеня, поездку в Звенигород, в пансионат, на Новый год? Катались на лыжах, спускались с горок на санках, шинах и просто фанерках, легкий морозец, солнце, красотища... За ужином я сделал тебе, девятилетнему, замечание: неправильно держишь нож, не режешь, а кромсаешь ветчину, показал, как надо, ты продолжал упрямствовать, делать назло – и тогда я ударил тебя по руке, несильно, ты не заплакал, только взглянул на меня так, что я вовек не забыл – растерянно, покорно, ненавидяще... Простил ли ты меня, Сеня, за мой поступок или держишь обиду в подкорке? Детская злопамятность ведь особая... Хочу верить, что простил. Как я простил отца, однажды выпоровшего меня по глупой причине. Представь картину: четверо мужчин в белых полотняных парах возвращаются из бани, несут под мышкой эмалированные тазики, шайки, как их называли тогда, и березовые веники, среди мужчин мой отец, статный, розовощекий, красивый, лысина его сверкает на солнце. Меня переполняет любовь к нему, я качусь на трехколесном велосипеде ему навстречу, он хохочет, манит меня, я ни с того, ни с сего начинаю удирать, отец что-то кричит, я не слышу и продолжаю удирать. Отец зачем-то бросается за мной, снова кричит, приказывает остановиться, я с еще большим азартом кручу педали... Он побил меня ремнем. Я ревел не от боли, от жгучей обиды – за что, почему, я ведь так люблю его... Он был нервным и вспыльчивым, мой отец, сказались сталинская тюрьма, фронт, ранение, контузия. Он часто снится – не умерший на моих руках от инсульта, а внезапно исчезнувший, растворившийся в людской массе, не подающий о себе вестей, но живой и это главное. Я ищу его повсюду, рыскаю по чужим домам, ношусь по Москве, где он работает, расспрашиваю знакомых – без толку. Изредка отец появляется, в неизменном френче и галифе, и вновь исчезает...

Дед говорил складно, как по писанному, я вслушивался и вспоминал: кажется, цитирует самого себя, кусочки текста из написанного; бог мой, как в его затухающей памяти могут высветиться эти строчки?

– Когда дома умирала твоя любимая бабушка, мы с Таней отправили тебя на дачу, чтобы не увидел воочию смерть. Мы щадили тебя, ограждали от неприятностей. Это была ошибка. Ты обязан был видеть и слышать. И как бабушка агонизировала, и как мы с Таней пытались отдалить беду, и как санитары бросили равнодушно, точно замороженную рыбу, остывшее тело в "Скорую", следующую в морг – глухой безжалостный звук падения у меня до сих пор в ушах. Человек должен испытывать страдания, муки, горе, в противном случае превращается в нечто противоположное...

Дед не останавливался.

– В тебе, сын, уживаются жесткость и сердечность. Ты любишь меня сдержанно, по-мужски, и вдруг вырываются эмоции. Два десятка лет назад я очутился в госпитале, меня разрезали, поставили три бэйпаса – дать свободный ход крови в забитых артериях и сосудах. Тебя срочно вызвали в Нью-Йорк, ты прилетел, увидел меня распластанного, беспомощного на второй день после операции и зарыдал. Я впервые видел твои слезы, слезы взрослого. Они дорогого стоили для меня. И тут же стал флиртовать с Сашей, молодой красивой женщиной, с которой у меня возник короткий роман и которая навестила в больничной палате. Не осуждаю ни в коем случае, слезы и любовь идут по жизни рядом.

Он утомился, прилег, накрылся пледом, смежил веки. Я подождал с полминуты, поправил плед, Полина пригласила выпить чая, я поднялся со стула, и в этот момент дед снова заговорил — не открывая глаз, нутряно, слегка назидательно, поучительно, казалось, звуки произносит кто-то посторонний, конфиденциально сообщающий важные сведения.

— Ты считал меня сильным, уверенным в себе, пробивным, бесстрашно берущим преграды. Ты мне льстил. Я — слабый, нерешительный, трусливый. Да, я — трус. Гнул спину, кланялся дерьму, приучил позвоночник изгибаться и пребывать в таком положении.

— Дед, я ничего подобного тебе не говорил. Ты путаешь.

Он не путал. Обращался вовсе не ко мне — мозг его мной не интересовался, я отсутствовал, присутствуя.

— Ты хвалил мои книги, писал рецензии, создавал мне имя. Я понимал — лукавишь. Однажды по пьяни проговорился: не рискующий писатель, не идущий по краю лезвия, не добьется оглушительного успеха никогда, а ты, Даня, избегал риска. Словно приговор мне вынес. И добавил: писателя скандал делает и ничего более. И примеры привел...Я тогда обиделся, после остыл, признал в глубине души твою правоту. Действительно, избегал ненужного риска в жизни и литературе. Стремился не совершать ошибок — и совершал их постоянно. С опозданием до меня дошло: только глупец боится совершать ошибки. “Безумствовал ли ты когда-нибудь?” — спросил знакомый врач-психотерапевт. Жизнь на излёте — что я отвечу ему? Пожалуй, да, безумствовал. Об этом роман написан про героиню без имени. Безумие длилось, сколько длится острая фаза влюбленности. Далее — смирение, покорность обстоятельствам, робкие попытки вернуть, что было “до”. Не удерживай того, кто уходит от тебя. Иначе не придет тот, кто идет к тебе. Ко мне так и не пришел...

...Дед *уходил* тихо и безропотно. Через пару месяцев он умер во сне, как праведник, хотя не был им.

Жизнь с Оксаной начинала напоминать перетягивание каната: кому удастся перебороть, перетащить на свою сторону, одержать верх. Спорили о разном, например, надо ли часто посещать рестораны или ограничиться домашней готовкой; как скроить бюджет, чтобы избежать минуса в конце месяца. Вопрос финансов волновал больше Оксану – я привык тратить деньги, не шикуя, но и не особо экономя. Подругу это злило.

У меня имелись некоторые обязательства перед друзьями, не хотел терять их, по субботам шли гурьбой в бар с танцами, Оксана пила наравне со всеми, веселилась (делала вид?), утром в воскресенье выдавала мне за то, что опять потратил двести с лишним баксов. Я пробовал объяснить – так живет манхэттенская молодежь, натыкался на непонимание и бросал попытку перевоспитать.

Продолжал долбить ее требованием бросить работу и сосредоточиться на подготовке к экзаменам – она по-прежнему сопротивлялась.

Я сообщил новость: находящиеся в Штатах украинские беженцы смогут оставаться полтора года и получить право на работу. Программа называется Temporary Protected Status, сокращенно TPS. Отлично, правда! Это и для тебя имеет значение, если подашь на TPS, официальное разрешение на работу придет гораздо быстрее... В ответ – разъяренное, как с цепи сорвалась: "Не тех защищаете! Под бомбами и ракетами мирные люди, не уехавшие, не беженцы. Именно они в защите нуждаются. У вас в Америке всё через жопу..."

Последние недели с ней что-то происходит, с тревогой думал я. Наши отношения перестают радовать.

Оксана была первой девушкой, с которой связывали постоянные, хотя и не долгие отношения. Я хотел понять ее, делал скидку на раздвоенность: Нью-Йорк стал ее обиталищем, мыслями же пребывала на родине, с матерью и отцом, друзьями, экипажем "Скорой", по-прежнему подбирающим раненых на удалении от Киева. Человек – функция, производное от обстоятельств, говорил дед. Обстоятельства складывались по-разному, Оксана часто нервничала из-за пустяков, в тоне голоса появились повелительные нотки. Она явно демонстрировала независимость. Она и впрямь была сильнее меня, желала командовать, не потому что преследовала какие-то свои цели, – так получалось.

Мы занимались сексом почти каждый вечер. Оксана предупредила – не беременеет, поскольку еще дома поставила спираль. "Так что, мой дорогой, можешь ни о чем не волноваться..." Секс примирял нас, снимал, словно опытный анестезиолог, недоговоренности, обиду, злость. делал невосприимчивыми к взаимному раздражению.

Однажды после соития заговорила о моей книге.

– Много накропал?

"Накропал" резануло слух. Слово какое-то сомнительное.

– Немного. Времени мало и опыта нет, я не писатель.

– А чего взялся?

– Ты уже интересовалась... Могу повторить: дед и книги его открыли многое. И сама его жизнь... Хочу во всём разобраться.

– В романе, где про бабушку, Ляля сбоку припёку, жгучая страсть и не более, героиня – не она, а другая, деду твоему счастье принесла и несчастье одновременно. Он настрадался и причинил страдания любимой женщине. Такой жизни баснословной можно позавидовать.

– Баснословной? Что это означает?

– Ну да, у тебя же русский неродной, – с подколом. – Означает крутой, невероятной, необыкновенной жизни. "Я знал ее еще тогда, в те баснословные года..."

– Кто сказал?

– Тютчев. Слыхал о таком?

Ехидство оборачивалось наглостью. Выпендривается подруга, образованность хочет показать. Я пять американских поэтов назову – ни одного не читала, уверен. Тютчев... Незнакомое имя...

– Прочти еще какой-нибудь его стих.

– Проверяешь мою начитанность? Так, дай вспомнить... "Умом Россию не понять, аршином общим не измерить, у ней особенная стать – в Россию можно только верить".

Да... Почтовую марку у нас выпустили, интернет-мем: "Русский военный корабль, иди нахуй!". Вот и вся вера. Будь она проклята, подлая страна и язык ее поганый, и ее кумиры.

Оксана завелась с пол-оборота. Трогать ее сейчас было опасно.

— Russian warship, go fuck youself! — автоматически перевел я.

В минуты расслабухи в постельных беседах тема секса часто присутствовала. Как-то я полушутя предложил подруге повторить изображенную дедом сцену с Лялей.

— Перебьешься! — мигом отреагировала.

— Но, если очень попрошу? — и нежно поцеловал ее сосок, мгновенно нагрубший.

— Я не девка панельная! Чувства надобно иметь, любить самозабвенно, раствориться в любимом полностью, понял?

— Выходит, ты меня не любишь?

— Пошел знаешь куда? — уже не зло, скорее снисходительно, увещевательно.

— Туда, куда пошел русский военный корабль?

— Абсолютно точный адрес. Молодец, запомнил.

Оральным сексом она занималась под настроение. Неизбытая мальчишеская застенчивость мешала изъясняться предельно откровенно: "Возьми в рот", я заменял эвфемизмом: "Поцелуй его". Она хмыкала и целовала.

Так мы и существовали бок о бок, считая, что любим друг друга.

— Как ты думаешь, сколько война продлится? — спрашивала Оксана.

— Думаю, долго, будет изнурительной. Столько, сколько Дракон правит будет. Горячая фаза холодной сменится и далее по кругу.

— Я верю — отстроят Украину, Запад, какой ни есть, поможет. И люди вернутся, не все, к сожалению.

— Дракон не даст. Представь картину. Харьков возродится из руин, жизнь наладится, а Дракон возьмет и шмальнет ракетами – и новые красивые здания снова в груду обломков превратятся.

– Удивительная способность портить настроение... Возможно, ты прав, от этого *коломытно* становится.

Слова этого я не знал, по смыслу догадался.

– Часто непрошенные мысли одолевают. Что если наступит усталость Запада помогать, и сами украинцы устанут надеяться на лучшее? Шок от войны пройдет, наркоз действовать перестанет, в сухом остатке разруха, нищета, десятилетие на восстановление, в лучшем случае.

– Ленд-лиз ваш американский останется.

– Этого мало. Европа... Черт ее знает, как поведет себя. Мы помним историю...

Оксана смотрела на меня насупившись.

– Украину некоторые политики европейские к переговорам с Драконом толкают, а это беда, провал, поражение. Он не отдаст и пяди захваченной земли, – продолжал я. – После передышки, зализывания ран пойдет дальше откусывать территории.

– Выходит, война до победного конца... Где этот конец?

– Никто не знает.

Я вышел из офиса и спускался в сабвэй, когда на запевшем "Севильского цирюльника" мобильнике высветилось – "Марина". В Киеве ночь, звонок в неурочный час, что случилось? Вообще-то Марина звонила редко, контакты шли через Оксану. Я остановился и включил связь.

– Не пугайся. Ничего экстренного, – упредила естественный вопрос. – Я на дежурстве в больнице, Толя на блок-посту. Что у вас?

– Никаких новостей. Всё нормально.

– Настроение её? Не куксится, не вредничает? За ней такое водится.

– Да нет.

– Наши дела ты знаешь. Никакого просвета. Война надолго. Пока не иссякнут силы и помощь западная. Тогда будет весело.

Зачем она звонит, я же в курсе всего. Не договаривает, не решается высказать – или мне мерещится?

– Я волнуюсь. Сердце материнское не обманешь. Дочка что-то задумала. Тон разговора обычный, вроде ничего такого, но...

– Я ничего не чувствую.

– До мужчин часто доходит с опозданием.

– Что вы имеете в виду?

– Если бы сама знала... Душа не на месте. Поговори с ней откровенно, по-мужски, заставь открыться.

– О чем говорить-то? Не понимаю.

– Начни, дальше само покатится, увидишь...

Такой телефонный разговор. Я встревожился. Просто так Марина не станет беспокоить. Туманный намек...

В субботний вечер за ужином возможность поговорить представилась.

– Звонила твоя мама. Спрашивала, что и как у нас.

– С чего вдруг? Чуть ли не ежедневно имэйлы посылаю. И звоню.

– Видно, ты не до конца откровенна, Марина волнуется.

– Что значит “не до конца”? Я ничего не утаиваю, ни от нее, ни от тебя.

– Можно напрямую? Меняются планы по поводу меня, нас? Нашла какого-то волонтера и наладить с ним отношения решила?

– Тю, дурень! Я на блядь не похожа. Если бы вдруг случилось, первая тебе сообщу. Будь спокоен – изменять не собираюсь.

– Тогда что? Отчего Марина нервничает?

– У нее и спроси. И вообще, кончай допрос. Мне неприятно. Подозрения беспочвенные – худшее, что нас может ожидать.

И я замолк.

Через пару недель всё открылось. Оксана передала в конверте деньги. Прежде так не делала – семейный бюджет наш строился без твердых правил: купюры лежали в платяном шкафу, каждый мог брать сколько нужно. Еда, бары, рестораны и прочее оплачивались моей кредиткой Master Card. Еще одна – Visa – была общей. Оксана пользовалась ею редко, неохотно, некоторые покупки, маникюр и педикюр делала на наличные, которые ей в обход правил платила хозяйка магазина. Никаких денег я у нее не брал. И вот – конверт со значком доллара и цифрой 800 посередине.

Я не успел удивиться, как она раскрыла секрет.

– Возвращаю стоимость авиабилета в Киев. Со страховкой восемьсот. Оплатила через Visa.

– Какой билет? Ты ничего не говорила. Ты летишь в Украину?

– Да, лечу. Через десять дней. Чтобы снять остальные вопросы, поясню: билет в один конец, только "туда".

Я стоял ошеломленный. Мысли путались, как нитки в пальцах неопытной вязальщицы. Вмиг соткался образ деда – наверное, чувствовал примерно то же при внезапном прощании с N и её ударе под дых.

– А как же я..., наши отношения..., – бормотал, точнее, мямлил я. В эти мгновения был противен себе.

– Не знаю... Я должна вернуться. На сколько, ситуация подскажет. Возможно, на время, возможно, навсегда.

Мое полуобморочное состояние проходило. Взамен – гнетущее оцепенение, голова наливалась, становилась тяжелой, как чугунная опока. Длилось секунды, после чего захлестнула ярость.

– И это после всего, что я для тебя сделал?! Я и моя семья. Ты обо мне подумала? Как я жить буду? Я люблю тебя! Не представляю разлуку...

Я готов был ее ударить – наотмашь, больно, по лицу. Она поняла, отшатнулась. Щеки побледнели, глаза..., глаза стали умоляющими, беззащитными, безоружными, напомнили ту первую фотографию. Ярость погасла. Я почувствовал опустошение...

– Давай объяснимся. Предательство – жить тихо-мирно, безопасно, словно в ореховой скорлупе, когда твои родители, друзья, просто люди, сограждане, под бомбами, ракетами, снарядами, воюют, борются, погибают. А я отсиживаюсь... Думаешь, почему не захотела учиться, подтверждать диплом? Меня с первых дней грызла, лишала покоя мысль, что сбежала. Да, сбежала, удрала. И что всё равно домой вернусь. Во сне вижу, как вместе с ребятами ношусь по дорогам на "Скорой" и подбираю раненых бойцов... Я больше не могу так жить, не могу! – и зарыдала.

Я послал в Киев подробное сообщение. Получил утешительный ответ: Марина извинялась за дочь, стало понятно – смирилась с решением Оксаны. В постскриптуме было: "Ты дорог нашей семье. Мы бы очень хотели видеть тебя мужем Оксаны, но пока идет война, это невозможно. Так считает дочь. Приезжай в Киев, будь рядом с ней, она любит тебя, поверь. Вы должны быть вместе, несмотря ни на что".

Оставшиеся до отъезда дни пролетели мигом. Семен и Надя успокаивали, просили не делать скоропалительных выводов, не принимать непродуманных решений. Я понимал, на что намекают. Звонила бабушка Таня, заученно твердила: "Спроси свое сердце и поступай, как оно подскажет". Сердце подсказывало одно, трезвый ум – другое. Я ощущал себя слишком трезвым, рациональным, правильным. И вновь вспоминал "Разрозненные мысли" деда: "Ошибки многих заключаются в том, что они живут по правилам. А правил на самом деле не существует". Но ведь и он жил по правилам, которых не существовало...

С Оксаной мы не обсуждали наши чувства, зато еженощно до изнеможения занимались сексом. Так, по-видимому, приговоренный к казни с аппетитом поедает последний специально приготовленный обильный обед...Буравило, прожигало насквозь: мы не можем навсегда расстаться. И сорваться с места и отправиться в Киев я тоже не мог, поступок выглядел бы безумным. Мы погрузились в события, тягостные, как старческое соитие. Это *не моя война* – пульсировало в висках спасительное, я – сторонний наблюдатель, не более, шальной волной прибило Оксану к моему берегу, и так же шальным образом волна отхлынула. Некого и незачем винить – таковы обстоятельства.

... День ее отъезда запечатлелся мертвенно-бледным лицом, срывающимися на шепот словами прощания, последним объятием – и провалом, теменью. Я вернулся домой и бухнулся в постель, пахнущую ее кожей, волосами, плотью, и провалился в бездну, проспав двенадцать часов.

...Наступила суббота, ехать в офис не требовалось. Я валялся в койке и, странное дело, не ощущал грусти, печали, тоски, дышалось незатрудненно, легко, будто сбросил тяжкий груз. Разрозненные мысли, мои, а не деда, обретали стройный порядок. Сейчас открою мобильник и прочту очередное сообщение от Оксаны — наша переписка не прекращается. Что ответить? Напишу, что возьму на работе отпуск за свой счет, сколько дадут — месяц, два, три — и прилечу в Киев. Не дадут отпуск — уволюсь. Произношу внезапно вырвавшиеся, непривычные слова — и истаивают волнения, страхи, я кажусь себе смелым, бесшабашным, рисковым парнем, каким прежде не был.

Получил бы благословение деда, будь он жив? Наверняка. То, что не удавалось ему, исполнит внук.

Конец

Новая книга нашего издательства

Лорина Дымова

Сложение – вычитание

…прибавить
> свиданье, волненье, цветы,
> скрипичный концерт и поездку в Испанию,
> покупки, пейзаж неземной красоты.

Отнять
> неуверенность, недосыпанье,
> а также визиты к зубному врачу.

Прибавить
> хрустальный сентябрь и рябину,
> ноктюрны Шопена, бокал и свечу,

Но вычесть
> начальника, слякоть, ангину.

Прибавить
> поход и привал у ручья

И вычесть
> жару, дураков, раздраженье.

А наши любимые, дети, друзья –
Здесь нет вариантов, здесь только сложенье.

Еще? Ну конечно, прибавить стихи,
Уменье смеяться, влюбляться, лукавить.

Отнять непременно все наши грехи…
А впрочем, кто знает, отнять иль прибавить?

И плюс или минус скольжение лет?
Разлуки, сомнения? Жизнь наудачу?

Но мы ни за что не заглянем в ответ –
Пусть даже неверно решаем задачу.

***

Молодые свиданья, надежды, мученья,
Безмятежные праздники, брошенный дом...
Все прошло
                и уже не имеет значенья.
Если что-то и помню –
То верю с трудом.
Неужели ко мне, обо мне и со мною?
Это счастьем казалось?
                        А это бедой?
...И стоит равнодушное время стеною
Между нынешней мною
И той – молодой.
Не беда, что имеются в мире улики
Всех моих сумасшествий, страстей и обид:
Фотографии, пленки, прекрасные лики...
Равнодушное время, как лекарь великий,
Всех на свете утешит
И всех исцелит.

Тяжко катятся годы в бесшумном теченье...
Не сдержусь –
Оглянусь на холодную тьму:
Позади огонек – золотое свеченье...
Все прошло
                и уже не имеет значенья.
Оглянусь –
И спокойно плечами пожму.

Стихи о родине

Завидую тому, кому мила,
Страна, где он живет и где родился,
Где пусть он даже и не пригодился,
Но сердцем к ней присох – и все дела!

Когда поют грузины "Тбилисо",
У них глаза становятся другие.
И жалко мне тогда, что ностальгии
По мне не прокатилось колесо.

Я на другом осела берегу,
И дни мои то веселы, то тяжки,
Но никакие белые ромашки
Я не лелею и не берегу.

Когда во сне я снова в той стране,
Всегда боюсь, что не сбежать оттуда.
Нет, что вы, я чернить ее не буду —
Пускай! Но только не со мной, не мне.

Ночь светла

Бывают эпохи, в которых нет места любви,
Но что же поделать – такая нам выпала доля.
И все-таки...
Хрипнут от счастья под звездным дождем соловьи,
И май златоглазый плывет на волшебной гондоле.

Бывает судьба без надежды.
Заботы. Дела.
Чужая страна. Добыванье насущного хлеба.
И все-таки...
Ночь словно в вальсе старинном светла,
И лунные ливни струятся с горячего неба.

И все-таки...
Я не могу, хоть убей, подтвердить,
Что миром прочитан любовный роман
До последней страницы.
... Ах, милый,
Ты в душную полночь меня не забудь разбудить,
Когда о далекой грозе возвестят голубые зарницы.

Как всё перепуталось:
Зной, незнакомый язык,
Друзья, что остались неведомо где,
Деревенское снежное поле.
И руки твои... И бессмертного города лик.
И мир, над которым плывут времена
На волшебной гондоле.

Новая книга нашего издательства

Ильдар Ахметсафин

***

Горячий ветер лета,
Зелёная пурга.
Как на кабриолете
Несёшься на юга!

Горит солома солнца,
Летит зелёный дым.
В коляску иноходца
И лугом заливным!

***

Нынче роща сама по себе,
Нынче только война — красна!
Быть беде,
        быть беде,
                быть беде!
Звонко-звонко звенит струна.

***

И едешь, и летишь
Вдоль золотого леса!
Сквозь голубую тишь —
Минут последних пьеса.

А с хвостиком листок
Перебежит, как мышка,—
И всё заглохнет в срок,
И в срок погаснет вспышка.

***

Как день белёсый угасает —
Следить из окон в ноябре.

Как солнце шапкой на воре
Горит, сквозь морок ускользая!

Под шорох тоненьких секунд
Сидеть у тёплой батареи.
Секунда зА две, а стемнеет —
Две за одну тогда пойдут.

***

Можно устать от себя и друзей,
Но никогда не устать от любимой!
Ей, заводной золотой стрекозе,
Всё и дозволено, и допустимо.

Клюшкой весёлой у ней язычок,
Между ушей бить голы —
Сносит голову!
Нежно обнимет — какой дурачок —
И расплывёшься, как мягкое олово.

***

В беспокойной душе,
Что в шуме дождя,
Не расслышать ритма
И мелодии вальса!

***

Я с пейзажем за окном
Почитай сроднился.
И рябина здесь, и клён,
И сестра-синица.
Да воркует брат-сизарь,
О судьбе толкуй с ним!
Да на веточке слеза
Радости и грусти.

Наталья Асенкова

Внук деда своего

Повесть

Иногда между ними состоялись диалоги. Это протекало примерно так:

— Дима!..

— ....

— Дима? Ты спишь?

— Конечно, не сплю.

— Ну и спи, бог с тобой!..

— Да я же не сплю.

— Может, ты засыпаешь!..

— И не засыпаю.

— Тогда что ты делаешь?

— Просто лежу.

— Тогда почему ты на вопросы не отвечаешь?

— На какие вопросы?

— Я тебя хотела спросить...

— Говори, я слушаю. Что ты хотела спросить, Лена?

— Дима, ты меня любишь?..

— ....

— Дима?! А ты говорил, что ты меня слушаешь, Дима.

— Я и слушаю.

— Но ты не отвечаешь!..

— А что я должен отвечать?

— Ну и не отвечай, пожалуйста, раз не хочешь!..

— Да что тут отвечать? Это же несерьёзно, так спрашивать! Во-первых, я к тебе прихожу. Во-вторых, я тебе звоню. Вот тебе прямые доказательства. Смешная ты, ей-богу, Лена!..

— Дима?!

— ....

— Дима!

— Что, Лена? Говори, я слушаю.

— Но ты отвечать будешь?

— Постараюсь.

— Дима, почему ты такой неразговорчивый?

— Потому что я не болтун и не трепач.

— Вообще, Дима, сразу видно, что ты технарь, причём очень глубокий технарь. Сразу видно, что ты закончил, наверное, даже с отличием, свой несчастный Политехнический институт. Да, ты его закончил с отличием?

— Нет, просто закончил. Но, конечно, не последний студент был. Не понимаю, чем тебе не угодил наш политех? Нормальный институт. Он нас уникально образовал. Чего только наши ребята не знали! Особенно, конечно, на нашем факультете.

— У вас в политехе все молчуны, как ты, учились?

— Вообще в нашей общаге лишний раз языком не мололи.

— Значит, ты в общаге студенческой жил?

— Все там жили из нашей группы. Парни, я имею в виду.

— А девушки где жили? Тоже в вашей общаге?

— Нет, девушки в другой общаге жили. В нашей общаге и в нашей группе девушек не было.

— Почему?

— Потому что в нашей группе трудно было учиться.

— Что значит «трудно»?

— Предметы были трудные. Женские мозги такие предметы не смогли бы освоить.

— Например, какие предметы? Я в школе очень хорошо успевала по математике. У вас высшая математика, наверное, трудная была.

— И математика была, как без неё? У нас в политехе пословица была: «Сдал электронику — должен напиться, сдал сопромат — можешь жениться!» Ну и другие тоже специальные предметы были. Почище ещё всякого сопромата!..

— А какой ты факультет закончил, Дима?

— Номерной я факультет закончил, Лена. Секретный.

— Это ужасно! Так с чем ты был связан, Дима? С бомбами, что ли, атомными? Я просто умираю от любопытства — скажи хоть примерно! В конце концов, мы живём уже по второму году в Америке. Кого теперь твои секреты или секреты вашей группы интересуют?

— Конечно, ты в чём-то, возможно, и права.

— Дима?

— ....

— Дима? Ты же обещал сказать?..

— Ничего я такого не обещал. Зачем тебе это знать?..

— Да и не хочешь — не отвечай! Можно, вообще, запросто на тебя обидеться!

— Лена, ты не обижайся! Просто наша номерная группа с номерной специальностью навсегда осталась номерной. Никто нам приказа секреты разглашать не давал. Другое дело — устаревшие эти наши номерные специальности во времени или не устаревшие. Это, ясно, серьёзный вопрос. Но чтобы ты успокоилась, могу тебе я только сказать, Лена, что моя специальность — нашей группы политеха, я имею в виду — была связана с автоматикой и телемеханикой.

— А почему ты дома не жил, Дима? Вы все были такие секретные, что дома не жили? Вам не разрешалось жить дома, да?

— Нет, почему? Мой друг, например, Сеня Вайсман, жил дома. А я поступил в наш политех из другого города. Приехал, сдал вступительные экзамены и был зачислен. Ну и потом жил в общежитии, как все иногородние парни.

— Откуда ты приехал? И почему ты выбрал именно этот свой политех? Ты мог бы приехать учиться к нам, в Москву! К нам приезжали учиться иногородние студенты со всех концов земли! Москва — это всё-таки столица! В Москве было огромное количество иностранных студентов тоже. Например, из стран Африки!

— Но я же не иностранец и тем более не из Африки. Я из Усть-Каменогорска, такой город есть в Казахстане, небольшой. Какая мне Москва светила? У меня денег не было, даже на билет до Москвы не хватило бы. У меня только мама была, отец давно умер, мама работала обыкновенным бухгалтером. Кстати, город Т... к был недалеко от нас, потому я выбрал Т...ий политех. И ещё потому, что это был в то время нашей молодости просто уникальный советский технический институт. Я очень им гордился. И все наши парни, до единого, тоже очень этим гордились! Мы были уникальные студенты уникального Т...го политеха!..

— А почему ты в Америку попал, Дима?

— Долго объяснять. Так вышло.

— Дима, а почему ты не работал по своей номерной специальности?

— Работал, почему не работал?

— Ты инженером работал?

— Инженером. Я занимал должность младшего научного сотрудника.

— А почему ты перестал работать инженером?

— Потому что я женился, двое детей у нас родилось, и я не смог больше быть всё ещё младшим научным сотрудником, как мальчик, сразу после окончания вуза. Мне надо было семью кормить. Кругом лезли через мою голову ребята совсем тупые, защищали кандидатские диссертации по связям, по знакомствам... Никто из этих ребят, пижонов, причём, понятия не имел о науке, представления даже элементарного не имел о тех глобальных проблемах, которые мы изучили в нашем уникальном политехе! Короче, жизнь поставила перед фактом: надо зарабатывать достаточно, чтобы хватало на хлеб-соль. И я ушёл работать в таксопарк. Я не удивился, что в таксопарке я оказался не первым инженером, кто сел за баранку в ожидании лучших времён, когда мы окажемся востребованными для большой советской науки и промышленности. И мне тоже в таксопарке никто не удивился, и особенно никто с разговорами в душу не лез. Я нормально работал водителем такси, вот и всё. Но для большой советской науки меня так и не востребовали!..

— А почему ты ушёл из таксопарка?

— Я не уходил. Меня ушли.

— За что тебя «ушли», Димочка? Да ведь ты совершенно положительный!

— Нет, Лена, я перестал быть в таксопарке положительным. Меня посадили в тюрьму. На три года.

— За что тебя могли посадить в тюрьму, Дима? Этого я вообще не представляю. Ты — и вдруг тюрьма! Ты, наверное, валюту брал у иностранцев, как наши московские таксисты?

У нас в Москве за это цеплялись к водителям! Но кто был поумнее, тот не попался. К продавщицам из крупных универмагов тоже придирались в этом смысле! На чём же ты попался? Доллары разменять, наверное, решил, да к тебе стукача подослали? Обычное дело! Совок — это Совок! Так и смотрели в руки — нет ли зелёных у кого? Хотя именно зелёные у всех и были...

— Ты думаешь, Лена, что все люди только и делали, что ворочали валютными операциями? Разве я похож на воротилу, Лена? Я бы тогда весь в кожанках бы ходил, в дублёнках. На иномарке бы ездил! И за что ты такие гадости обо мне думаешь, Лена? Чем я заслужил, не понимаю! Меня посадили за то, что я сбил мужика одного на дороге. Мужик умер, хотя я подобрал его и гнал машину в госпиталь как сумасшедший. Поздно! Мужик отдал богу душу. Простой был случай.

— Ничего себе, случай! Да лучше бы тебя посадили за валюту! И как ты его сбил, Дима? Почему так получилось?

— Потому что снег шёл сильный в тот вечер. Скользко было просто фантастически! Я этого мужика, хоть убей меня, не видел. Нет, не видел! Он прямо под колёса мне кинулся. По пьянке, конечно. Я не мог остановиться. Но угробить этого мужика я вовсе не хотел. Так вышло. Я тоже был под градусом. Потому я поздно нажал на тормоза. И ведь так скользко было!

— Значит, за это тебя упрятали в тюрьму?

— За это. Я не отрицал ни на следствии, ни на суде, что я был под градусом. Чёрт его знает, почему так произошло! Ведь я отлично водил машину! Мой адвокат сказал мне, что надо было отрицать, что я был под мухой. Но я не смог нечестно поступить.

— А ты не хочешь снова сесть за руль здесь, в Америке, Дима?

— Нет, пока нет. Тот мужик мне всё мерещится. Я пробовал сесть за руль. Но пока не могу...

— Ты компьютер знаешь?

— Чего не знал наш уникальный политех?

— Тогда почему ты не устроишься куда-нибудь на компьютер?

— Потому что у меня пока не всё гладко с документами, Лена. В Америке бумажная волокита и бюрократия, какая Совку даже и не снилась! Бумаги, анкеты, апликейшены! Вот дождусь хотя бы грин-карты. Тогда буду думать, куда ещё можно пристроиться.

— Лучше бы ты сейчас нашёл другую работу! Ведь ты работаешь на ремонте домов! Это и в Союзе было тяжко — работать на стройке, Дима!..

— Во-первых, Лена, я не один на ремонте домов работаю. Там ещё мужики работают. И я такой же мужик, как и они. Во-вторых, в Союзе я тоже не был белоручкой. Я в Союзе тоже работал на строительстве. И, в-третьих, Лена, я должен алименты в Союз посылать. Конечно, уже не алименты, а помощь сыну и дочке. Дети у меня давно взрослые. Но всё равно я считаю своим долгом им помогать.

— Ты в тюрьме тоже на стройке работал, Дима? Я знаю — тюремных заставляли работать на московских стройках. Я слышала об этом от наших москвичей, кто переехал жить в новые квартиры из центра. Московские микрорайоны ужасны. Щели в окнах, и паркет весь дырявый. Кафельная плитка в ванных сыплется прямо на пол! Ты тоже такое строил, Дима, в тюремной бригаде? Эти ребята ничего не умели и не хотели делать. Одно слово — уголовники!

— Нет, Лена, я никогда такое не строил. В тюремной бригаде я тоже старался работать на совесть. Но я и до тюрьмы строить уже умел. Я ездил на целинные и залежные земли с нашим стройбатом политеха. Это строительный батальон. Там, в стройбате, я и научился строить. Мы отлично строили кошары.

— Что такое кошары?

— Это разные строительные объекты. Сараи, складские помещения, бани, детские садики. Даже кинотеатр и школу мы построили нашим уникальным стройбатом политеха!

— Почему это называется кошары?

— Такое у нас в стройбате обозначение объектов было. А вообще кошарами в казахстанских посёлках на целине называют быстроприготовленную горячую пищу. Возможно, по созвучию с еврейской кошерной пищей. Кстати, не пожевать ли нам чего-нибудь, Лена? У нас, кажется, и вино ещё оставалось? Тебе нравится это белое вино, которое я сегодня принёс? И пельменей тебе тоже на пару дней хватит. Я в следующее воскресенье принесу тебе колбасы копчёной и ещё пельменей. Ты питайся, Ленка, знаешь? Не стесняйся. Я зарабатываю — пока неплохо...

— Дима, хочешь Владимира Высоцкого послушать? Я бывала в Москве в Театре на Таганке, там всегда стояла толпа, все хотели услышать и увидеть Высоцкого!..

— Я думаю, это будет слишком громко. Мы хозяев твоих разбудим. Могут замечание тебе сделать. А на квартире, где живёшь, надо себя прилично вести. Это тебе не студенческая общага! Да и на работу завтра рано вставать. Воскресенье окончено.

— Так быстро! Разбуди меня утром, Дима! Правда, разбуди! Я всё равно не работаю! Я приготовлю тебе горячий завтрак. Поджарю бекон и яичницу сделаю!

— Не беспокойся за меня, Лена. Я сам себе приготовлю. Я привычный. Мне жена тоже завтраки не готовила, даже когда детей не было и мы только поженились. Я всегда слишком рано вставал, всегда слишком далеко ездил на работу. А потом, когда попал под суд, она вообще меня бросила, моя жена. Да ещё и детей на меня травила...

— Почему так?

— Она выходила замуж за меня, вероятно, хорошо подсчитав в уме мою будущую зарплату доктора наук с моей номерной специальностью. А я сидел в младших научных сотрудниках, не научившись в нашем легендарном политехе только одному — снимать шляпу и кланяться в ноги ожиревшим от тупости негодяям, стоящим у кормушки. Нет, чёрт возьми! Вот это единственное, чего не знал наш уникальный политех! Но и даже её, мою жену, тоже трудно обвинять. Мы покупали кооперативную квартиру, влезли в долги. Ей пришлось уйти из школы, дети часто болели, особенно дочка. Жена сидела дома на больничных листах. Программа школьная по математике не выполнялась. Учитель болеть не должен, он должен вычитывать часы по программе, утверждённой министерством просвещения. Короче, всё смешалось в доме Облонских!..

— Дима! Ты любил свою жену?

— ....

— Можешь не отвечать, раз молчишь! Любил, я знаю!..

— Лена, она была моя жена. Зачем ты спрашиваешь меня, как в песне Александра Галича: «А из зала мне кричат — давай подробности?!»...

* * *

Дима уходил от неё утром, едва светало. Случалось, что Лена слышала, проснувшись, как он уходил, так и не открыв холодильника, не дотронувшись до бутербродов, оставшихся после вчерашнего ужина. Он не грел чайник и уходил, едва проглотив полстакана холодного кофе. Он оставлял стакан в мойке, и Лена могла судить по использованной посуде о завтраке Димы. Но Лена не вставала с постели, раз Дима не будил её. И ещё потому, что утром, в свете наступающего дня, лицо и облик человека могут показаться вдруг иными, холоднее и жёстче, и спутник сегодняшней жизни станет вовсе не близким, как в сумерках, и не покажется больше тёплым и родным, как ночью. В жизни Лены Волгушевой уже бывали встречи и прощания. Но здесь, в Нью-Йорке, в одиночестве эмиграции, Лене вовсе не хотелось, чтобы её ровные спокойные и какие-то очень домашние отношения с Димой вдруг неожиданно разрушились. Она не хотела бы разочаровываться в Диме, хотя и не очаровывалась им тоже. Дима просто был с ней по субботам и воскресеньям, и время этих выходных дней было заполнено чем-то, а именно присутствием этого очень даже положительного Димы!..

Но, как и всякая — положим даже, совсем простенькая (то есть без косметики!) — москвичка, Лена Волгушева вполне оптимистично относилась и к коротким романам, и к неизбежным расставаниям. Она вообще никогда не шла по жизни с явной грустью, хотя и была в её душе затаённая печаль. Но Лена Волгушева старалась побыстрее забыться в вечно кипящем ритме московских центральных улиц, переполненных приезжими гостями столицы. Сделать это было довольно легко — Лена работала в одном из самых шумных московских

115

мест, то есть в одном большом универмаге, популярном и прославленном среди других столичных магазинов. Она работала продавщицей с юности и за многие годы работы, словно актриса, которую ждут аплодисменты, привыкла к улыбкам покупателей, гаму огромного торгового зала и вечному зову в России со всех сторон, к выкрикам с надеждой в голосе:

— Девушка! Де-ву-шка! Дее-е-вушка! Ой, дочка, миленькая!..

Лена Волгушева, как и большинство работников советской торговли, не считала себя человеком, материально обиженным судьбой. Не все вещи можно купить, но почти все красивые и дефицитные товары работник торговли может потрогать руками, посмотреть, потеребить, обсудить их качество и количество среди своих коллег и даже прикинуть возможную прибыль для себя от их продажи, если имеешь в торговле верных друзей или умеешь быть среди общей суеты человеком себе на уме. Лена Волгушева работала в отделе женского белья. Она не могла бы сказать о себе, что была прилично упакована, как, например, её подруги-продавщицы из секции женской обуви, которые за импортные женские сапоги безбоязненно снимали с покупателей двойную цену. Но Лена тоже стригла себе свои заслуженные купончики! Лена Волгушева знала толк в кружевных французских пеньюарах, в немецких лифчиках и комбинациях. Через её ловкие, быстрые руки московской продавщицы прошли сотни импортных бикини разных цветов, материалов и форм. И когда в универмаг, словно по милости бога, с неба упавшие, вдруг начали поступать японские грации, да ещё и ходовых расцветок — чёрные, белые, бежевые и красные, то в секции Лены появились такие солидные провинциальные дамы, которые пытались выписать — без очереди, конечно! — чек на эту ажурную вещь из волшебной резины, делавшей из любых расплывчатых женских фигур просто фирменный манекен! Да, такие состоятельные дамы, что получали из рук Лены Волгушевой бумажку чека в обмен на бумажку в двадцать пять рублей. Лена даже глаза, бывало, зажмуривала от радости, припоминая те золотые деньки её юности! Она прочно стояла на своём месте, Лена Волгушева, ещё и потому, что могла понять и трудности знакомых людей, скажем, приглянувшихся с лица частых покупателей универмага или своих соседей по квартире, и достать им дефицитную или модную вещь просто так, без переплаты сверху. Да и потом, она не жадничала, Лена Волгушева, никогда. Только не алчность! Вот эта черта в торговле не уместна — заработаешь себе врагов среди товарищей по сбыту товаров из-под прилавка! Потому Лена Волгушева врагов не имела и даже лёгкую враждебность старалась отводить от себя или молчанием, или шуткой.

Неплохой она вела образ жизни, Лена Волгушева, простая продавщица из универмага! После работы можно было запросто позволить себе заглянуть в какое-нибудь модное кафе и взять бокал белого вина и порцию мороженого в вазочке, и популярный тогда в Москве кофе по-турецки. Можно было даже пригласить с собой кого-нибудь из подруг и заплатить за её бокал вина. Запросто заплатить! Что и говорить — дружба тоже должна вовремя оплачиваться.

Лена никогда не причисляла себя к красавицам, честно говоря. Но всегда подкрашенная, с модной коротенькой стрижкой, рыжеватая и проворная, она удачно сглаживала свою прирождённую склонность к полноте теми же бельевыми средствами, которые она предлагала своим покупательницам. Лифчик всегда туго стягивал её грудь, делая бюст выше, бёдра казались шире, а талия тоньше. Она умела подтянуть себя, Лена Волгушева, и целый день без устали крутилась в универмаге, словно на празднике, в туфлях на каблучках, в коротой клетчатой юбочке и всегда в отличных импортных колготках. Конечно, золотое колечко было у неё всего одно, с белой жемчужинкой, как и серёжки, но зато какие у неё были многочисленные, перламутровые лаки на ногтях! Были фиолетовые, нежные, розовые, телесные, тёмные, бордовые и алые, пронзительные! Лена Волгушева очень следила за своими руками и ногтями. Лена считала свои руки незаменимой и важной частью своей профессии. Что видит покупатель в продавщице? Лицо и руки. И даже неизвестно, видит ли он лицо, но вот руки продавщицы он видит точно, потому что именно в руках и товар, и чек на покупку!..

Лена Волгушева запросто знакомилась с парнями, легко соглашалась на уличные свидания у кинотеатров и в метро, хотя среди упакованных её подруг из продавщиц и парикмахерш ожидания на улице считались дешёвыми. Лучше парень пусть назначит свидание сразу в кафе, показав тем самым свою платёжеспособность! Но Лена Волгушева, чувствуя себя уверенно и спокойно, не слишком задумывалась о материальных возможностях своих кавалеров и выбирала молодых людей по любви! Например, ей нравились парни с бородкой, в очках, с каким-нибудь модным клетчатым шарфом на шее. Она легко и запросто общалась с парнями, целовалась в подъездах и слушала музыку в шумном московском метро, когда парень подносил к её уху маленький транзистор. Лена не особенно задумывалась также и об опасности случайных связей. Но только вот с замужеством ей явно не везло...

Она жила в старом районе Москвы, у Савёловского вокзала, в коммунальной квартире, в солнечной восемнадцатиметровой комнате вместе со своей ещё не старой мамой, страдавшей сахарным диабетом. Когда Лена возвращалась домой, она старалась побыстрее снять с лица косметическими салфетками свой густой профессиональный макияж и переодевалась в выцветший цветастый халатик. Дневной праздник работы на сегодня заканчивался! Наступали печальные вечерние будни.

Мама плакала, стонала, колола себе инсулин. Лена тоже научилась неплохо делать уколы, но мама считала, что Лена делает уколы слишком больно, и лучше она сама уколет себя в ногу. Но потом оказывалось, что нога от уколов болела, а ведь надо было двигаться по квартире хотя бы до туалета! И Лена снова делала маме уколы в мягкое место, а мама плакала, охала и говорила, что из-за Лены она не может теперь даже подняться с дивана! Больные люди, бывает — и нередко бывает! — становятся слишком эгоистичны, причём -как-то бессознательно для самих себя, но здорово заметно для окружающих. Но в чём Лена могла бы упрекнуть свою маму? Больная мама — это всё равно мама! Лена, молча всхлипывая от обиды, варила маме через день свежую гречневую кашу, чуть прижаривала отварную рыбу, делала ей чай с лимоном. Она ухаживала за мамой как могла. А мама ворчала, что Лена возвращается домой с работы в разное время, что вечно ей трезвонят по телефону разные парни, что Лена слишком часто ходит в кино, хотя можно спокойно, сидя дома, смотреть японский цветной телевизор, который удалось купить отцу незадолго до смерти. Пусть он был с небольшим совсем экраном, этот телевизор, но зато цвет был замечательный! Мама напоминала Лене, что их обстановка в комнате очень хорошая, даже богатая, что есть хрустальные вещи в серванте, что платяной шкаф, например, прекрасный, полированный, импортный, румынский, с великолепным зеркалом внутри, что на стене висит чудный, голубой с розовым орнаментом, бельгийский коврик. Мама говорила Лене, что все эти вещи они нажили и накопили с отцом именно для неё, для Лены, и что папа, который тоже всю жизнь работал продавцом мужской одежды в отдалённых московских тихих магазинах, всё время заботился только о своей семье, и всё-таки правдами или неправдами, а сумел устроить свою единственную дочь Лену на видное место в отличный универмаг, где огромные возможности в работе. Словом, выходило по маминым словам, что безусловно и бесспорно вся жизнь родителей была посвящена их любимой дочери, Лене! Но когда Лена попробовала в первый раз закинуть маме удочку насчёт замужества и прописки Толика Лихачёва в их отличной восемнадцатиметровой комнате, потому что Толик родом из города Калинина и у него нет московской прописки, хотя он и умница, и пока что учится в Московском экономическом институте (был в те годы такой парень Толик Лихачёв у Лены Волгушевой, рыжеватый блондин с бородкой и в очках, и она его ужасно любила!) — то мама разразилась такими громкими рыданиями и криками, что даже соседи по квартире сбежались от страха в их комнату! Нет, лучше не вспоминать! Соседи заявили Лене, что они не допустят ещё одного человека в общий туалет и ванную, что своих трёх семей достаточно в квартире, где нет больше, к великому сожалению, общих мест пользования и что Лена вообще девушка неблагодарная и не ценит коммунальных удобств! А мама добавила, под одобрительные замечания хлопотливых соседей, с которыми она жила вместе в квартире уже много лет, что не позволит калининскому проходимцу выставить её из собственной квартиры, и что если её родная и единственная дочь втайне желала всегда её смерти от убийственного сахара, то эта смерть наступит быстро, даже мгновенно, потому что как только Толик Лихачёв переступит порог их прекрасной комнаты уже не в качестве гостя, а в качестве хозяина, то сахар кинется маме в голову и в сердце, взбесившись от присутствия этого лихого Толика, в чьём тихом болоте водятся все черти, как то известно по русской пословице. Потом мама долго причитала, вытирая глаза платочком, и слышались в её причитаниях, например, рассуждения о том, что если единственная её дочь Лена собирается уехать с этим пропащим Толиком в его дырявый город Калинин, то она там и вовсе пропадёт. Хотя Калинин Михаил Иванович был человеком известным, но зато город, названный в честь него, давно захирел и нет там огромных магазинов, как в Москве, столице! Где, спрашивается, будет Лена работать? И кем? И если Лена собирается ради такой аферы бросить свою совершенно больную и беспомощную мать на произвол судьбы, то накажет бог такую дочку!..

В общем, через какое-то короткое время на этом у Лены Волгушевой с Толиком Лихачёвым было закончено. Позже Лена узнала, что Толик не пытался больше сделать себе московскую прописку и уехал из Москвы куда-то на Север, долго и слёзно ходатайствуя в деканате своего института именно о северных краях для себя. Толика устраивал северный коэффициент, он не собирался погибать от нищеты в своём славном городе Калинине! Он всё-таки сумел устроиться, этот хитрый Толик. Он исчез навсегда из жизни Лены Волгушевой, и не писал ей, и не звонил. Напрасно она ждала и вздрагивала при каждом телефонном звонке. Да, совершенно напрасно...

Потом среди каждодневного карнавала бойкой жизни в торговых залах универмага вдруг появился и воткнулся в жизнь Лены Волгушевой, словно кнопочка в листок бумаги на стене, незаменимый Кирюшка Смирнов. Самое первое свидание он назначил Лене в кафе, набрал бутербродов с чёрной икрой, шампанского, шоколадных конфет «Мишка на Севере» и повёл Лену на вечернее представление в Московский цирк, благо было их первое свидание в воскресенье. В цирке к ним присоединились трое Кирюшкиных друзей, тоже с девушками, и одна молодая семейная пара с трехлетним мальчиком. Начался весёлый общий кутёж, снова с шампанским, пирожными, бутербродами с копчёной колбасой и солёной рыбкой и, конечно, с мороженым, которое ребёнку запрещали есть большими кусками. В конце представления Кирюша преподнёс цирковым акробатам охапку цветов, а Лене — коробку конфет «Белочка», а всей компании подарил по плитке пористого шоколада каждому. И ребёнку игрушку-погремушку. Словом — знай наших! Рабочий класс в Москве умеет получать квартальную премию! Зачем мелочиться, если жизнь можно прожить и красиво, и со вкусом? Помните, как в песне поётся? Кирюшка Смирнов напомнил, похлопав себя по карману, что в песне поётся:

Москва-столица!
Моя Москва!..

Кирюшка Смирнов работал на одном из крупных московских заводов слесарем-сборщиком. Начались весёлые встречи в буфетах кинотеатров, где Лена с Кирюшкой, случалось, просиживали весь сеанс, так и не заглянув в кинозал. Зато они брали себе коктейли с коньяком, снова до чёрта разных бутербродов и, конечно, апельсины, ананасы, абрикосы и другие фрукты, и шоколад. Случалось и так, что Кирюшка крепко засыпал во время киносеанса, но, проснувшись, просил Лену после рассказать, о чём было кино, всегда соглашался с её суждениями о фильме и ни разу не попрекнул Лену тем, что она не пошла учиться после окончания школы-десятилетки ни в техникум, ни в институт, чем не раз пытался уколоть Лену Толик Лихачёв. Кирюшка Смирнов стеснялся того факта, что он засыпал в кино, но Лена объясняла себе самой его поведение просто: он работал и в ночную смену тоже и приезжал к ней на свидание, бывало, не успев отоспаться в своём рабочем общежитии, затерянном где-то на окраине Москвы. Лена быстро полюбила своего Кирюшку Смирнова... Он был обыкновенный, не манерный, как Толик Лихачёв, а весёлый и компанейский, да ещё и с целым морем верных друзей и приятелей. Коренастый и крепкий Кирюшка старался понравиться ей, московской девушке, и начал носить клетчатые ворсистые шарфы, удачно подбирая их по цвету под свои целых три модных курточки! С Кирюшкой Лена носилась по Москве исключительно на такси, а не на метро ездила или на автобусе, как с Толиком Лихачёвым и остальными знакомыми парнями. Кирюшка подарил ей несколько металлических блестящих кулончиков, которые он выточил на станке на своём заводе — они смотрелись не хуже импортных польских подвесок. Кирюшка покупал билеты на все эстрадные концерты, стараясь действовать через профсоюз и культмассовый сектор своего цеха, и в отношении музыки они с Леной были обеспечены полной программой. Несмотря на то, что Кирюшка Смирнов жил в рабочем общежитии, он был всегда в чистой отглаженной рубашке и при галстуке. И хотя чистая сорочка не спасала Кирюшку от каждодневного лёгкого винного перегара, встречаться с ним было здорово. У него всегда были наготове гвоздики или розы для своей девушки, и частенько можно было заполнить очередной вечер выпивкой на дне рождения у кого-нибудь из разухабистых друзей верного Кирюшки Смирнова из города Саратова. И, конечно, в связи с городом Саратовым привязалась и за Кирюшкой песенка знакомая. Про эту песенку все приятели Кирюшки знали и помнили:

> Огней так много зо-о-лотых
> На улица-ах Сара-а-това!
> Парней так много хо-о-лостых,
> А я люблю же-е-натого!..

Он был в разводе с женой, этот смирный Кирюшка, и какое-то время даже скрывался от алиментов. Но алименты нашли его, и он посылал деньги в этот проклятый, по его словам, Саратов. Кирюшка не любил ни в чём поломок, как отличный слесарь-сборщик, и, стараясь исправить поломку в собственной жизни, объяснил Лене просто:

— Нам с тобой нужен здоровый ребёночек. Только один, другого, пожалуй, и не понадобится. Когда поженимся и твоя мать пропишет меня в вашу комнату, мы немедленно родим ребёнка и будем разменивать нашу жилплощадь. В будущем прикупим кооператив. Мать умрёт — пропишем в её комнатку ребёнка. В общем, когда разменяем вашу жилплощадь, надо постараться твоей матери подыскать что-нибудь получше. Всё равно эти квадратные метры тоже будут наши — в будущем приют для ребёнка. Если родится мальчик, то хоть будет нашему парнишке куда девчонку привести, когда он вырастет. Начнём, пожалуй, деньги копить. Расходы предстоят.

И Кирюшка запретил Лене есть пирожные, объяснив, что сахар ей надо ограничивать, не то появится диабет, как у матери. Кирюшка старался быть разумным и рассказал, как он ловко удрал от проклятых алиментов и долго держался неопознанным в шуме огромного московского завода, который хорошо платил своим рабочим, но постоянной московской прописки, правда, пока никому не обещал. Невзирая ни на какие невзгоды, Лена Волгушева любила Кирюшку, коренастого черноволосого парня с синими глазами. Он мог бы родиться, конечно, повыше ростом, но если у них будет девочка, похожая лицом на папу, то есть на Кирюшку Смирнова, то она сразу после своего рождения будет сниматься на Мосфильме. Ведь она родится сказочной красавицей!

Так мечтала Лена Волгушева!..

И Лена закинула удочку своей маме — Кирюшку Смирнова надо срочно прописать в их восемнадцатиметровой комнате. И это факт! И тогда мама в промежутках совместного плача привела неоспоримые доказательства Кирюшкиной практичности:

— Хорошо, мы пропишем его здесь, доченька! Но это Москва! Это столица, где есть и продукты, и одежда, и работа! И он привезёт свою семью сюда! Ради сына своего он и с женой своей потом помирится! Он построит кооператив для своей семьи, глупенькая моя Леночка! Почему он требует от тебя здорового ребёнка, и только одного? Потому что ты — только ступенька в его будущую московскую жизнь! А вот что же будет, например, если ты захочешь иметь троих детей? А что будет с ним, если вдруг у тебя, действительно, как и у меня, появится сахарный диабет? Будет он ухаживать за тобой, твой Кирюшка? Я сомневаюсь. Диабета у тебя пока нет, но он вдруг запретил тебе есть пирожные? Да ему денег просто стало жалко! Он, наверное, посчитал, что он тратит на тебя слишком много денег, и решил сэкономить на пирожном. Ему пора подводить итог под вашими встречами — если женитьба и прописка не состоятся, так какого чёрта ему дальше бросать деньги на ветер? Погуляли — разошлись, вот и весь сказ! Ты ведь ещё даже не забеременела от него, чтобы ставить условия насчёт сладкого! Ты хочешь пирожных, Леночка? Пойди и купи свежий тортик на Арбате! Я тоже съем небольшой кусочек — можно и диабетикам иногда позволить себе такую роскошь! Нет, твой Кирюшка никогда не будет таким внимательным к тебе, как твой отец ко мне! Второго такого мужчины, как твой покойный отец, больше нет!..

И глубоко вздохнув, Лена перестала отвечать по телефону Кирюшке. Он не приехал к ней домой объясняться в любви и не подошёл к ней за разъяснениями в универмаге, хотя она дважды увидела его в толпе посетителей. Кирюшка был уже не один, такие парни не залёживаются!.. И Лена начала остро ощущать всю глубину потери этого неунывающего Кирюшки Смирнова. Ей стало скучно без него, она не знала, чем заполнить свободное от работы время! Не было больше воскресных вылазок в цирк или на эстрадные концерты, не было букетика цветов в руках, не было смешных солёных анекдотов в шумных приятельских компаниях! Тогда мама, внимательно глядя в её лицо, заставила её вдруг, перед самым Новым годом, перемыть и перетереть посудными полотенцами оба сервиза их семьи Волгушевых — обеденный и чайный, да ещё и прополоскать хорошенько хрустальные салатницы и тем самым убедиться в собственном материальном благосостоянии. И мама посоветовала Лене попросить у начальства ещё дополнительные часы работы ей, Лене Волгушевой, примерной и дисциплинированной, в целом, продавщице, в эти горячие дни предпраздничной новогодней торговли. И Лене дали дополнительные часы, и снова вокруг была праздничная, почти что маскарадная толпа покупателей, и Лена сновала в привычном лабиринте универмага и делала своё дело, по привычке стригла свои маленькие заслуженные купончики. А жизнь вовсю кружилась и кружилась, и шла себе, шла! В эти дни сквозь новогоднюю толпу к Лене Волгушевой пробился недурной военный Серёжа, потом был ужасно пьющий Саша из медицинского института, да ещё привязался совсем неожиданно свой, продавец из обувного отдела, Гриша Семёнов, с разболев-шейся душой, женатый, с двумя детьми, с московской пропиской, разумеется, но совсем несчастный из-за кровоточащей язвы в душе. Лена Волгушева начала тоже лечить Грише Семёнову душу, как это сделали до неё уже добрый десяток продавщиц и даже заведующая отделом обуви, богатейшая женщина средних лет, то есть ощутимо старше любимого ею Гриши Семёнова. Но Лену Волгушеву ничто уже не пугало. Она с энтузиазмом лечила язву в его душе, и, по-видимому, здорово подлечила между работой, выпивкой с коллегами и закусонами выпитого с Гришей в его перламутровых, серых новеньких «Жигулях». Лена Волгушева мало бывала теперь дома, всецело поглощённая отношениями с Гришей Семёновым и сплочённым в общей любвеобильности коллективом универмага. И когда однажды, возвратясь домой, Лена увидела записку от соседки на двери своей комнаты о том, что маму два часа назад в бессознательном состоянии умчала «скорая помощь» в больницу, Лена поймала себя на мысли, что ей это совершенно безразлично. Она явилась в больницу к маме только через два дня, когда утрясла их временную размолвку с Гришей Семёновым. Она вовсе не пыталась взять на работе оттул в связи с тяжёлым состоянием мамы. Лена Волгушева перестала любить и жалеть свою маму. Лена всем своим существом, всецело и глубоко была втянута в весёлый карнавал универмага, и уходить с этого веселья в мрачный мир больничной палаты ей вовсе не хотелось. В конце концов, чему быть — тому не миновать!..

— Все помрём, — мудро заметил ей однажды Гриша Семёнов. — Только один, сука, загнётся где-нибудь у себя на даче и с кубышкой в руке, а другой, блядь, так и отдаст богу душу с голой жопой! Потому, пока можешь и хочешь, своего не упускай! Тем более что деньги всегда идут к деньгам! А зелёные денежки тем более текут себе тихонько по своему руслу!..

Наконец, Гриша Семёнов, правильнее будет сказать, не ушёл, а смылся с раздольного карнавала универмага, нырнув в зелёную ветвистую аллею валютного магазина для иностранцев, известного под наивным названием «Берёзка». А карнавал московских универмагов прекратился сам по себе, вернее, перешёл в другие места столицы огромной страны. Всё меньше стало появляться дефицитных импортных товаров на московских прилавках и в витринах. Во многих торговых точках почти не стало спроса на кружевные дорогие пеньюары. В ходу была только джинса, неплохо продавалась дешёвая импортная косметика, и всё длиннее становились очереди за продовольствием, и всё труднее становилось Лене Волгушевой, простой продавщице, выпрашивать у знакомых ей девчонок из гастронома гречневую крупу для мамы. Потом мама умерла...

После смерти мамы в жизни Лены возник обаятельный Луи из Бельгии — Гриша Семёнов помнил о Лене Волгушевой, вылечившей ему душу, и дал обаятельному бельгийцу Луи телефон своей врачевательницы Лены, хорошенькой женщины, по обоюдному мнению многочисленных приятелей Гриши Семёнова. Итак, обаятельный бельгиец Луи посетил Лену на дому, осмотрел её обстановку и объяснил Лене, что она тоже вполне девушка нищая, как и многие девушки в России. Хрустальные рюмочки и салатницы в серванте у Лены были вовсе не богемские, а производства отечественного. Солидная хрустальная ваза, которой так гордилась мама, хотя и была богемская, но со сколом на донышке. Лак полировки на платяном шкафу за многие годы успел кое-где покрыться тонкой паутинкой трещинок, и только японский телевизор ещё всё-таки работал, хотя уже подозрительно потрескивал и был, по мнению обаятельного Луи, с совсем маленьким экраном по современным сегодняшним стандартам. Обаятельный бельгиец Луи указал Лене отлично освоенный европейцами путь в бары московских гостиниц, причём, желательно, в валютные бары. Так у Лены Волгушевой появилась кое-какая валюта. Подруги постепенно исчезли из её жизни, да и Лена не приглашала с собой в такие закрытые места, как валютные бары, никого из своих подруг. Многие знакомые девчонки повыходили замуж, и почти у всех родились дети. Среди коллег по работе в универмаге были и такие, кто успел выскочить замуж и развестись, и некоторые из этих молодых женщин явно опустились.

Приходили утром на работу с лицом, помятым и припухшим от ежевечернего одинокого пьянства, без причёски на голове, без былых, наведённых косметикой, романтических теней на веках, без пудры и румянца на щеках. И это были московские продавщицы?! Они грубили покупателям, вызывая своим внешним видом раздражение приезжих провинциалов, которые всегда в Москве стараются приодеться и показать свою состоятельность, с готовностью тратя на ерунду скопленные в глухомани деньги и требуя от продавщиц (и приличных!) товаров тоже. Лена Волгушева стала вдруг почему-то вызывать у сослуживцев чёрную злобу, ревность и явную зависть своей всё ещё подтянутой внешностью и неувядаемой миловидностью в тридцать шесть лет. Бывшие верные соратницы Лены по продаже дефицитных товаров из-под прилавка сумели разглядеть у неё в руках зелёные иностранные денежные купюры и не только зелёные, но и другие, тоже окрашенные не по-нашенски! Вспомнилось следом за этим и лечение души многострадального Гриши Семёнова известными процедурами со стороны Лены Волгушевой, а именно — поцелуями взасос при всём честном народе в годы буйства на карнавале универмага. Вот тогда-то и стала приглядываться к Лене Волгушевой администрация универмага, будто Лена Волгушева вновь мо登ькой девчонкой после десятого класса появилась в универмаге на работе! Разве Лена Волгушева торговых законов не знает? В торговле принято делиться фартовой копеечкой и одаривать её звоном тех, кто уже не просто стоит за прилавком, а счастливо сидит кое-где повыше, например, в замдиректорском кресле. А Лена Волгушева не поделилась ни с кем! И даже не побоялась не поделиться, хотя она простой продавец, не старший, не заслуженный. Найдётся на неё управа в московской милиции! Таких жалеть не надо! Тем более что она вылечила всеобще любимую душу Гриши Семёнова, который бы с насиженного места в универмаге в жизни бы не ушёл, не вмешайся Лена! А ведь он убежал, ходит слух — бросил употреблять спиртное и бросил также женские судьбы на произвол! И даже «пиковую даму» свою навеки позабыл, то есть заведующую отделом обуви, которая как раз его, Гришу своего любимого, и обувала и одевала! И что ей делать теперь, этой пиковой даме, если и молодость давно ушла, и Гриша от неё безвозвратно смылся?! А ведь она очень нужный человек для админи-страции универмага, потому что у неё водилась фартовая копеечка всегда!..

Лену Волгушеву уволили из универмага за пять минут. Утром её неожиданно вызвали к директору, Павлу Ильичу, и он с улыбкой и даже подмигнув вручил ей трудовую книжку. Там не было, конечно, вписано никакой статьи, а значилось нормальное «по собственному желанию». Лена Волгушева открыла было рот, чтобы объяснить Павлу Ильичу, — произошла, мол, ошибка, миленький Павел Ильич! Сроду, мол, я никакого такого собственного желания уволиться из универмага не изъявляла, тем более что работаю я в здешнем месте, считайте, вот уже половину моей жизни! Однако рядом с Павлом Ильичом, который всё ещё ей старательно подмигивал, стояли серьёзные люди в штатских костюмах, но с военной выправкой. Лена Волгушева видела такие лица в валютных барах гостиниц, где теперь проводила свои вечера. Лена знала, как и все граждане советской страны, откуда эти люди. Спорить было бесполезно, а Павел Ильич был прожжённый комедиант, возгордившийся тем, что всё-таки не вписал ей статью в трудовую книжку, но отстоял перед людьми её якобы собственное желание! Лена Волгушева, отлично обтёртая за годы пребывания на карнавале универмага и отполированная валютными барами за последнее время, закрыла свой накрашенный чувственный ротик и молча ушла домой. Пропасть разверзлась под её ногами на улице — она взяла до дома такси. Водитель посоветовал ей выпить водки с перцем — она соврала, что её тошнит после рыбных консервов. Вероятно, она была смертельно бледна. На что теперь она будет существовать? И вдруг дома её ждут те же люди, просто в штатском, и у подъезда поджидает Лену Волгушеву легендарная машина «чёрный воронок»? Ох, как она струсила тогда, Лена Волгушева! Даже вышла из такси, не доехав до дома, и всмотрелась издали — где он, «чёрный воронок»? Но ничего такого не было, и Лена поднялась на лифте в квартиру и зашла к себе домой.

Никто её, ясно, не ждал, Лену Волгушеву, кроме соседки тёти Маши. Несмотря на поздний час, та спросила, не пустит ли Лена жить к себе в комнату сына её младшего, Лёшу, который должен зубрить свои учебники в тишине. Лёша учился в Менделеевском химическом институте, и тётя Маша запросто спросила Лену: не пустит ли? Можно за бесплатно, по-соседски, а можно и за плату сдать студенту угол в комнате! Тётя Маша явно протягивала Лене руку помощи. Понятно, не без выгоды для себя, но всё-таки протягивала! Не забылось добро — Лена не раз доставала для Маши нужные ей вещи в универмаге. Шубу ей достала из стриженной овчинки, недорогую и за настоящую цену, без переплаты сверху. Курточку достала для Лёши, свитер, ещё кое-что. И Лена ответила Маше, что подумает. Лена заперлась в своей комнате на три дня, сказавшись больной. Маша её не беспокоила, и Лена поняла, что Маша посвящена в её «собственное желание»! Никто Лене не звонил. И хотя директор, Павел Ильич, подмигивал Лене при увольнении, скорее всего, потому что был уверен в возможностях Гриши Семёнова — дескать, сильный он, твой партнёр Гриша Семёнов, и тебя пристроит, — но Гриша Семёнов тоже не звонил Лене. И вдруг она поняла: надо срочно убираться из Москвы! Ей не зайти больше ни в один валютный бар — она засветилась, её незаметно сфотографировали, скорее всего, и проследили, чем именно она занимается с иностранцами! Прослушали, ясно, её блядство и выпрашивание денег в гостиничных номерах. И вот теперь она, Лена Волгушева, — московская шлюха, простая проститутка, а не смазливая и сметливая продавщица за прилавком, как прежде! И Лена заплакала — позор, какой позор! Надо немедленно уехать -куда-нибудь, хотя бы на время, вроде как в отпуск. Иначе как бы её не выслали из Москвы вообще! Куда высылают девиц лёгкого поведения? Она рискует потерять навсегда свою единственную ценность — московскую комнату! Жильё! Это ужас!..

Сжав голову обеими руками, Лена думала за недопитой чашкой хорошего импортного кофе, куда уехать. У неё не было ни братьев, ни сестёр. Просить сейчас Гришу пристроить её на другую работу — опасно для Гриши. Он и так был по уши запутан в валютных спекуляциях. Правда, он был умён и делился с теми, с кем надо было делиться зелёными. Но не стоило именно сейчас осложнять его дела своим позором и провалом. Нужно было выждать время; Гриша, конечно, поможет. Недаром Павел Ильич упорно и бесстрашно подмигивал ей при людях в штатском!.. Как жаль, что у своих престарелых родителей Волгушевых она, Лена, была только одна дочь. Вернее, она единственная из детей Волгушевых осталась в живых. Были у них два мальчика-близнеца, но не выдержали они трудного голодного послевоенного времени. Сыновья умерли, унаследовав от матери сахарный диабет. Но возможно, что болезнь развилась у них слишком быстро именно из-за нехватки хороших продуктов в послевоенное жестокое сталинское время. А Лена родилась намного позже, когда не стало Сталина, когда исчез Берия Лаврентий Палыч, а Никита Хрущёв начал вытаскивать людей из трущоб, переселяя их в хрущёбы. Но Волгушевы оставались жить в центре Москвы — по санитарным нормам столицы, их семье, пусть отдалённая и неудобная, но -всё-таки отдельная хрущёба не грозила!..

На третий день размышлений, собрав мужество, Лена Волгушева позвонила обаятельному бельгийцу Луи, который пока, как иностранец, московских властей особенно не боялся. Обаятельный и предпринимательный бельгиец постарался вникнуть в убогое положение Лены. Сам он тоже был из очень бедной европейской страны — бельгийские марки стоили центы на валютном подпольном московском рынке. Луи посоветовался со своими небогатыми друзьями, имевшими, однако, хорошие деловые связи. Это Луи и его компания уговорили Лену попробовать купить билет до Нью-Йорка. И начали сразу незамедлительно помогать ей в покупке авиационного билета на самолёт в Америку, прикрывая её перед столичной властью тем, что русская девушка хочет попасть в Нью-Йорк вполне официально, по контракту с бельгийским агентством, занимавшимся наймом рабочей силы. Девушка поедет в Америку работать няней, убирать гостиницы или ухаживать за стариками. Почему бы ей не заработать немного денег? Она ещё молодая и работоспособная — Лена даже засмеялась — в свои тридцать шесть лет она всё ещё была девушка! Нет, она никогда не выходила из своей роли продавщицы на карнавале универмага, она не хотела её снимать со своего накрашенного лица — вечную маску улыбчивой продавщицы. Недаром сердобольные бельгийцы, в поисках денег и нехитрого благополучия перебравшие целый ряд стран мира, уверенно рекомендовали Лену Волгушеву своему бельгийскому агентству на работу в обслугу. Лена сумеет продержаться на этой работе и не подведёт европейское агентство, которое тоже зарабатывает зелёные тяжким трудом. Не подведёт хотя бы первое время!..

Соседка Маша дала Лене триста долларов. Взаймы дала. И сын её, Лёша, вселился в комнату Волгушевых, клятвенно пообещав Лене, что будет за комнатой следить и поддерживать в ней чистоту. Лена Волгушева ни в коем случае не продавала Маше, соседке, свою солнечную тёплую комнату! Она со всеми людьми, ей близкими в этот трудный период её жизни, хорошо рассталась, Лена Волгушева. И с Машей, и с Луи, обаяшкой, и с его компанией, и с агентом из Бельгии по найму рабочей силы. И Грише Семёнову тоже через бельгийцев передала привет! На всякий пожарный случай. Кто знает и может предсказать своё будущее? Гриша Семёнов ещё пригодится!..

Наконец, и в итоге рассказанного здесь и всего произошедшего с милой мне Леной Волгушевой, она вышла из самолёта на американскую землю. Вот уже два года, как она поселилась в Нью-Йорке, открыв неизвестную главу в её эмигрантской жизни, словно в незнакомой, ещё не прочитанной книге. Теперь в этой её новой и довольно шаткой жизни появился затёртый, нелюдимый, немодный, хотя и положительный Дима в своей вечной серенькой клетчатой рубашке, в старых джинсах, в помятом пиджаке. Она никогда бы не пошла с таким мужчиной в Москве! Но Лена Волгушева утешала себя тайной мыслью: Дима у неё был не один. У неё в большом городе Нью-Йорке жил глубоко любимый ею человек. Его звали Вальтер. Он был немец по своей несчастной национальности.

* * *

Невозможно отрицать — возникает тень позорной фашистской свастики при слове «немец» у каждого русского, бывшего советского человека!..

131

Лена Волгушева, однако, всегда старалась прогнать от себя эту тень. Ей пришлось иметь дело с немцами, согласно своему былому мелкому бизнесу в барах Москвы. Да и к тому же правилом её жизни было не впадать в крайности и не распускаться, и держаться на плаву изо всех сил! Сильной чертой своего характера она считала именно эту черту — не показывать зрителям своих слабостей. Возможно, продавщице хочется заплакать, но надо улыбаться покупателям. Ты на работе! Это было в ней уже профессиональное, выработанное за годы у прилавка, — лучше принять таблетку от головной боли, чем возвращаться с карнавала домой раньше времени и утыкаться носом в унылый одинокий быт надоевшей комнаты с ветхими обоями в голубых незабудках, насквозь пропахших мамиными лекарствами и лёгким папиросным дымком от соседей. Нет, универмаг ещё не закрылся, ещё не вечер, ещё не тушат в люстрах свет, и блестят ещё освещённые, разукрашенные витрины, и отливают серебром банты праздничных лент на упакованных коробочках с новогодними подарками. И мелькают золотые, красные и синие шары на ёлках с гирляндами, и в центральном зале универмага, по распоряжению директора Павла Ильича, щедро сыпанули на пол разноцветные конфетти, прикрывая снежную кашу в лужицах, оставленных следами толпы покупателей. Ещё не звенит звонок к закрытию магазина. Дружный коллектив заметной торговой точки столицы в общей цепи славных московских торговых точек выполняет и даже перевыполняет квартальный план! Жизнь хороша, жить надо хорошо и уж, пожалуй, можно — конечно, можно, ещё как! — надеяться на премию в их бригаде коммунистического труда!..

Лена Волгушева никогда не падала духом, быстро ориентируясь в окружающей обстановке. Спекулятивная рука бельгийца Луи оказалась если не надёжной, то во всяком случае отнюдь не обманчивой. Адрес дешёвого отеля в Нью-Йорке, который дали Лене бельгийцы, оказался на поверку не выдуманным. Правда, отель оказался простой ночлежкой, где можно было за пять долларов в сутки найти временное пристанище в грязной комнатушке отдельного номера с подозрительно измятым, но ведь всё-таки существующим постельным бельём.

В Нью-Йорке стояла ранняя весна. Холодный беспощадный ветер часто налетал на прохожих, отгоняя их своими резкими порывами с авеню и стритов поближе к стенам небоскрёбов. Пустые коробки из-под каких-то товаров, довольно объёмистые, использовались иными жителями необъятного города, названного европейцами столицей мира, в качестве спальных мешков — у бездомных не было средств, чтобы уплатить даже в дешёвой ночлежке. Да и кто бы пустил их туда, грязных, оборванных, потерявших человеческий облик гуманоидов? Они даже милостыню не пытались выпрашивать у прохожих, удачно устроившись на ступеньках иных больших церквей. Просить милости надлежало им, вероятно, только у богов, раз люди и власти города им уже отказались помогать, судя по всему!..

Лена от увиденного заспешила — встала утром рано-рано, едва светать начало. Не так уж много у неё было с собой денег. Едва дождалась восьми тридцати утра — начала звонить по телефонам, добытым для неё обаянием бельгийца Луи. Это были телефоны двух польских агентств по трудоустройству. Одно из спасительных агентств ответило в восемь часов утра, другое — в девять, и Лена мысленно воззвала к милости божьей по отношению к Луи! Оставив две свои небольшие спортивные сумки с пожитками в отеле, Лена помчалась в агентства, благо польские граждане все как один отлично понимали и говорили по-русски и дорогу ей разъяснили. Здесь впервые именно через них, поляков, пронырливых и ловких, Лена стала осваивать свою заграничную американскую жизнь — медленно, но верно, шаг за шагом. Для начала поляки устроили её жить на квартиру вместе с двумя своими же полячками, Стеллой и Вандой. Полячки были немолодые, снимали комнату в двухкомнатной квартире вдвоём, но удачно поставив раскладушку в ней для Лены Волгушевой, скостили себе плату за комнату — теперь они намеревались раскинуть плату на троих! Это было удобно, на троих поменьше оказывалась с каждой из них сумма оплаты жилья, и грядущий день казался легче. Стелла и Ванда, разумеется, имели детей, обе были в разводе со своими мужьями и героически существовали в своём каждодневном примитивном быте, экономя даже на пакетиках сахара, которые они утаскивали в сумочках то от своих хозяев, у которых служили домработницами, то из кафе с фаст-фудом, где наскоро выпивали свой стаканчик кофе, удачно и довольно нахально прихватив к нему как можно больше пакетиков сахара, благо те пакетики никто из менеджеров «МакДональдса» или «Бургер-Кинга» сроду не считал! Бывалые полячки твёрдо сказали Лене Волгушевой, что в Америке жить гораздо проще и легче, чем в других, особенно европейских, странах, и Лене оставалось только наблюдать, как эти женщины изо всех своих сил старались одолеть свою национальную роковую бедность. Они усердно посещали костёл, хвалили папу римского Иоанна, который открыл своим соотечественникам двери всех богатых стран мира, они были ревностными и честными католичками! А Лена Волгушева?..

Она считала себя христианкой, но не католичкой, а в церковь не ходила. Кто посещал церкви в советские времена в Москве? Никто. Даже её больная мать церковь не посещала. Но Лена не влезала в церковные споры с полячками и старалась с ними подружиться, с этими хозяйственными женщинами, и даже почерпнуть от них что-нибудь для себя. Лена старалась запомнить до мелочей их скаредную бытовуху. Полячки аккуратно прополаскивали уже однажды использованные листы небольших бумажных полотенец, которые в Америке продаются в рулонах, стараясь обсушить их и применить для протирания кухонного стола ещё два-три раза. Полячки заваривали трижды один пакетик чая, отрезали от лимона тоненький-претоненький ломтик, варили постные супы с овощами и перловкой, и считали, бережливо считали медные центы, посылая деньги в Польшу своим детям и матерям, и копили, копили, копили!..

Потом оказалось, что условия жизни в квартире довольно трудные — в двухкомнатной квартире проживало семеро женщин: четверо в одной комнате и трое теперь вместе с Леной — в другой. Четыре женщины работали по уходу за престарелыми, две из них — с проживанием в американских семьях, Ванда нанялась в бебиситтеры, а Стелла работала горничной в гостинице. В выходные дни — то есть на уик-энд, говоря по-американски, — в квартиру набивалось множество народа. Приходили посудачить и почаевничать, а то и пропустить пару рюмочек спиртного не только приятельницы, но и сожители женщин, поляки, чехи, венгры или югославы. Словом, вокруг Лены сложился хорошенький лагерь братских социалистических стран, который, однако, чашки чая лишней русской девке пока не наливал. Лена купила свой чай, свои пакетики сахара, свою коробочку соли, всё своё! Социалистический лагерь своего славянского и политического братства никак не выражал, даже наоборот, упрёки кидались в сторону бывших военных славных заслуг Страны Советов.

— Тако, если бы не Иосиф Сталин, пили бы мы по сию дни славный немецкий кофе, сидели бы себе то в нашей Европе, а до чужих стран бы тако не скиталися! То немцы были себе с Гитлером не так и плохи, то русски их фашистами назвали! То моя мать немцам служила, убирала хорошо себе немецкую комендатуру, зато паёк хороший те фашисты ей за то давали. Тако кофе, сосиски хороши, копчены. Не, таки немцы не фашисты! Тако русски советы на немцев наврали, с нашими поляками их ссорили. А поляки наши завсегда со всяким народом хорошо, а с немцами извечно, были мы дружные! Тако русски советски во всех польских бедностях виновны. И чехам, и венграм они, русски советы, по всей стране тако тоже нагадили. Тако чехов и венгров танками давили, кишки славянски на те колёса танкови намотавши! Знаем мы все те русски кровави ужаси по Европе. Тако не надо было русским выигрывать ту велику войну! То надо было с Гитлером мирные договоры держать. Тако мы были богаты бы, да попивали бы хороший немецкий кофе по сию дни! То немцы чистый народ, аккуратны, ни пылинки, ни соринки, нигде нема!..

Лена Волгушева старалась пропустить мимо ушей эти рассуждения и упрёки. Зачем ссориться с теми, кто хоть и со скрипом, но всё-таки помогает в делах? Польское агентство помогало ей в заполнении документов для получения права на работу, для получения соушел секьюрити, чтобы в дальнейшем она смогла бы работать на чеки. Внимая советам агентства, Лена пошла работать бебиситтером в американскую семью к трехлетнему ребёнку, страдавшему эпилепсией, но через две недели агентство прислало туда другую женщину, и Лена работу потеряла. Агентство брало комиссионные с работницы — недельную зарплату.

Улыбчивые поляки успокоили огорчённую Лену и тут же дали ей другую американскую семью, с двумя близнецами — мальчиком и девочкой. Это была большая американская семья, и в обязанности Лены входила уборка всего дома каждый день, помимо заботы о шестимесячных близнецах. Были ещё старшие дети семьи — два студента колледжа и один учащийся хай-скул. Эти трое американских подростков были неряхами, по русскому мнению Лены Волгушевой. Они небрежно бросали на пол в разных углах огромного трехэтажного дома свои джинсы и кроссовки, швыряли расчёски прямо в ванную, а сумки и портфели вместе с их содержимым бывало нередко скатывались по лестницам дома, и Лена собирала со ступенек ручки, карандаши, записные книжки, учебники... Особенно старшая дочь отличалась, Джессика. Она имела привычку развешивать свои грязные бикини и лифчики на перилах лестницы, ведущей в бейсмент, где стояли спортивные снаряды. «И ведь братья у неё уже взрослые, и не стесняется она их совсем, бросает трусики где попало, — осуждающе думала Лена и удивлялась мысленно: — Почему этих детей мать не ругает? Ох, меня бы мать за такое не похвалила! Как не стыдно быть такой неряхой? Ладно ещё братья, они в конце концов мальчишки. Но вот девочке как не стыдно? Да нет, девушке! Ведь Джессика уже в колледже учится!»

Через пять недель этой службы Лена просто-напросто надорвалась — убирать каждый день пять ванных комнат, ухаживать за близнецами и пылесосить шесть спален слишком тяжело! К тому же готовить ужин не входило в привычку хозяев — члены семьи питались в разных кафе и ресторанах, и только в воскресенье отправлялись все вместе кататься на машине и заодно ужинать, конечно, не считая близнецов и Лены! Русская няня, накормив близнецов смесью из бутылочек, могла питаться, как обычно, бутербродами. В холодильнике хлеба, сыра и листьев салата было много. Хватало и нарезанной варёной колбасы. Лена могла бы сварганить и яичницу, пока близнецы спали. Но работа, в целом, в такой семье была слишком тяжела!..

Когда агентство, по просьбе Лены, прислало туда другую женщину, с виду покрепче и постарше, она с радостью ушла из этого неуютного американского большого дома. По просьбе хозяев, Лена отработала свои пять недель почти без выходных дней и, вернувшись в свой польский район, зашла в польскую столовую и взяла себе украинский борщ со сметаной, благо социалистический лагерь питал симпатию не только к немецкому кофе, а всё подбирал, что годится, вот, например, украинский борщ поляки весьма любили и вкусно варили. Лена съела тарелку борща и облизнулась — хороший был борщ!

Потом были три-четыре унылые, однообразные работёнки, в основном по уборке домов. Потом снова были сборища граждан соцлагеря на квартире, речи о возвращении Польши к богатой довоенной жизни, изломанной русскими советскими вой-сками, экономный быт и прочее, прочая чепуха! Но было и рациональное зерно в этой осточертевшей ей убогой жизни — скопив деньги, Лена Волгушева бесстрашно пошла в русские районы Брайтона, как и советовали ей поляки. Русские, по мнению славянских собратьев, жили на Брайтоне очень богато, снимали хорошие квартиры, да без денег к ним соваться было не к чему — то были русские евреи, то есть евреи, приехавшие из России. В Америке они стали все называться русскими, но католики-поляки помнили про них — они ходили в разные храмы. А у русских христиан здесь были свои небольшие церкви...

Но Лена всё равно решила снять подходящую по цене небольшую комнатку где-нибудь у своих, у бывших советских. Надоел ей славянский говорок, надоели эти польские работницы-крохоборки, охотницы за американскими зелёными долларами. Пошли они вместе со своим агентством! Пока! До свидания, ребята!..

Конечно, у Лены Волгушевой позади была её родная Москва, столица огромной страны, власти которой легко вытолкнули Лену Волгушеву за кордон, когда её собственный быт, как и быт всей этой непобедимой страны социализма, вдруг дал резкий крен и пошатнулся. Лена вспоминала и бельгийца Луи. Лена начала вдруг понимать, что этот ушлый проныра был профессиональным охотником за зелёными — валюта его страны была просто на нуле! Бельгийские марки обменивались в Нью-Йорке не на доллары, а на центы. Лена припоминала, с какой лёгкой улыбкой пренебрежения осматривал Луи хрусталь семьи Волгушевых, которым так гордилась её покойная мать! Несчастный бельгиец был не прочь заработать у русских разинь, купив хрусталь на марки своей страны и перепродав вещи где-нибудь в Вене на доллары или шиллинги. Он бы неплохо заработал на них и в Италии, куда возили бельгийцы хороший русский крепдешин — в жаркой Италии он пользовался спросом, натуральный русский шёлк! Разумеется, Луи был не прочь заработать и на Лене Волгушевой, этот сметливый, битый-перебитый экономикой своей страны жизнеустойчивый бельгиец. По русской пословице — за одного битого двух небитых дают! Но Лена Волгушева и сама была изрядно битая карнавальной жизнью московского универмага, и беда в том, что бельгийцу Луи совершенно нечего было покупать у Лены. Какие у неё были ценности? Единственная богемская ваза оказалась со сколом на донышке — наверное, покойному отцу потому и удалось купить её удешевлённую по причине дефекта. Но кто же на международном рынке продаёт или покупает битое стекло? Это было, вероятно, возможно только в бывшей Стране Советов! Но Лена Волгушева там родилась и выросла, и работала там, веселясь на пёстром карнавальном празднике кипевшего жизнью универмага. И для Лены Волгушевой это была всё равно её родная страна!..

Постепенно осматриваясь в Нью-Йорке, помня, что это столица мира, а не столица одной страны, как её родная Москва, Лена Волгушева профессиональным взглядом продавщицы оценивала витрины в районе центральных улиц Манхеттена. Она никогда не видела таких сумок и сумочек, таких мехов, таких наручных часов, таких ожерелий! Она не встречала подобного даже в легендарной «Берёзке», куда её пару раз приглашал не без хвастовства Гриша Семёнов. Лену победили роскошь магазина «Тиффани» и огромный выбор товаров в универмаге «Сакса» на Пятой авеню. Лена бродила по магазинам, смотрела, любовалась! И Лене невольно припоминалась мамина шубка из чёрного котика, которую она берегла для Лены, и эти два сервиза: белый, обеденный, с зелёными листьями и жёлтыми цветами подсолнухов, и розовый сервиз, чайный, в мелких красных рябинках. Её бедным родителям, преодолевшим тяжёлый московский послевоенный быт, эта посуда казалась просто королевской! Как любят в России посуду! Она означает в русском застолье незыблемую респектабельность хозяев. А здесь, в Америке, можно было запросто есть из бумажных тарелок пластмассовыми вилками. Хозяева домов, где работала Лена, накрывали столы для гостей и родственников бумажными скатертями, ставили бумажные стаканчики для питья, подбирая изделия по цвету, а после застолья всё сворачивали и выбрасывали в мусор. Почему бы и нет, раз это удобно? Не надо мучиться, мыть большое количество посуды, не надо переживать, если дорогостоящий фужер разбивается, не надо мочить лишний раз в мыльной воде свои сверкающие перламутровые ногти! Американцы предпочитали также пользоваться посудомоечной машинкой, если она имелась на кухне, и выполнять даже малейшую работу в резиновых перчатках. Американские женщины почти все носили длинные приклеенные ногти. Такой маникюр в салонах красоты стоил немалых денег, и руки свои уже потому женщины предпочитали беречь. Это вызывало некоторое уважение у Лены Волгушевой. А сервизы, как у семьи Волгушевой, можно было запросто купить, например, в турецком магазине. Ничего в Америке не надо было доставать. Надо было просто купить, пойти в подходящий магазин, выбрать вещь и заплатить за неё цену. Нормальную цену, которая тебя устраивала, без переплаты сверху! И Лене даже стало жарко при мысли, что обыкновенные продавщицы здесь могут вполне существовать на обыкновенную зарплату! И никому из них не надо рисковать, продавая вещи из-под прилавка!..

Привычные ценности привычного жизненного уклада подвергались постепенно в глазах Лены Волгушевой переоценке. И она подумала вдруг как-то рассеянно: «А что, если бы ту великую войну, допустим, выиграли бы немцы? И Россия была бы иной страной, с другим, богатым, как здесь, например, укладом жизни?..»

Лена Волгушева то работала, то не работала, с успехом проживая деньги, скопленные ею на подённых тяжёлых работах. Но она не кляла себя и не раскаивалась. Отдохнуть не мешает! Американцы не такие плохие или опасные люди, какими описывали их русские журналисты в многотиражной советской печати. Даже неряха Джессика с радостью совала русской няне Лене Волгушевой — Хелен, как звали её здесь, — жевательную резинку при встречах в доме, помогала ей сделать нехитрый шопинг (покупки в супермаркете), лихо вела машину под опасливые вздохи Лены и даже с огромным энтузиазмом подарила ей крохотную записную книжечку-брелок, куда можно было записывать телефоны бойфрендов, как Джессика объяснила, цепляя ту книжечку куда угодно — на сумку или на карманы джинсов, причём на задницу тоже, чтобы все желающие могли бы убедиться, что такие телефоны и бойфренды у девицы, уважающей себя, уже имеются! Она даже рассказала Хелен, закусив губы и сдерживая слёзы обиды, что её факен бойфренд имел секс с другой девушкой из колледжа, и она, гордая Джессика, прогнала его именно потому, что он не кто иной, как факен! Но Джессика ждала его звонка по телефону, ждала объяснений! Лена поняла это и вспомнила Толика Лихачёва и Кирюшку Смирнова. Стоит ли объясняться, действительно, с факенами?..

Теперь Лена Волгушева точно знала — работа ей в Америке найдётся, тяжёлая или грязная, которую готов был выполнять социалистический лагерь обедневших стран. И снова Лена Волгушева из обнищавшей России опустится в ад проживания в чужом доме. Но зато потом она будет возвращаться только к себе домой! Ей удалось снять, наконец, по объявлению в русской газете, которую она купила на Брайтоне, маленькую студию в частном доме у американцев. Свой тихий уголок! Студия напоминала вытянутый носок, вход был прямо с улицы, под лестницей. Это называлось вок-ин. И Лена радостно ныряла под лестницу, мгновенно открывая дверь ключом — крохотулька-прихожая, потом кухонная плита и столик для еды. На этом пятка воображаемого носка закруглялась, и дальше вытягивалась его стопа: то есть узкая комнатка, скорее похожая на широкий коридор коммунальной квартиры, но это была всё-таки комнатка, а не коридор, и причём ещё отдельная комнатка и в отдельной, а не коммунальной квартире! Здесь не нужно было бесшумно двигаться, чтобы вокруг не разбудить кого-то из спящих соседских семей — в московской квартире вместе с семьёй Волгушевых проживало ещё целых три семьи! Здесь Лена могла посмотреть телевизор, включив его негромко, по привычке из боязни нарваться на замечания хозяев, супружеской пары средних лет, которые пока, правда, не делали Лене никаких замечаний и, кажется, делать их вообще не собирались, а при встрече награждали Лену радостными улыбками. Лена, русская девушка, держала свою комнатку в идеальном порядке, в чистоте. Она давно вычистила и ванную, и холодильник, и мебель протёрла — ведь всё это было хозяйское! Есть чему радоваться! У хозяев, конечно, имелся свой ключ от жилья, которое они сдавали, и был свой вход в это жильё. И они оценили по заслугам эту русскую чистюлю Лену. Бедноватая, да устроится со временем, платит за жильё пока вовремя. Пусть себе живёт!..

А Лена думала, что теперь может в своей отдельной квартирке принимать душ в любое время суток, о чём невозможно было даже мечтать в московской коммуналке, сидеть в туалете, читая журналы, и главное — у неё теперь был в полном распоряжении целый холодильник, а не только полка в общем для всех соседей холодильнике! Лена отлично помнила, как рад был папа, когда ему удалось достать маленький холодильник «Саратов», который они с мамой поставили прямо в комнате, отдав, к радости соседей, свою нижнюю полку в холодильнике на коммунальной кухне!..

Но радость так же, как и печаль, постепенно проходит и даже забывается. И Лене Волгушевой стало скучно. К-ак-то одним тёплым августовским вечером она оделась получше, наложила на лицо привычный густой макияж и отправилась на трейне на Таймс-сквер. Лена Волгушева всегда садилась в нью-йоркский, не блиставший чистотой, трейн, подавляя в себе глубокий вздох. Подземные дворцы московского метро вспоминались ей ярко и долго — станции ВДНХ,

Новослободская, Белорусский вокзал и другие, другие!.. Не дай бог уронить в московском метро на мраморный выметенный пол фантик от конфетки — сразу над ухом послышится чей-нибудь убийственный издевательский шепоток, а то и властный голосок:

— Вы из какого-растакого медвежьего угла к нам в Москву приехали? Ну-ка, поднимите то, что вы на пол бросили! Вы у себя дома в деревне на пол мусор бросайте, а здесь вам — Москва, столица, граждане!..

Постепенно Лена привыкла к трейну — поезд идёт быстро, не хуже московской пригородной электрички, что намного быстрее, чем московское метро!..

Итак, в тот августовский тёплый вечер Лена быстро доехала до знаменитого Таймс-сквера и побрела по шумному Бродвею, слегка осматриваясь, аккуратно и очень осторожно поворачивая голову по сторонам. Начиналась привычная вечерняя охота в большом городе. Лена видела приодетых девиц вокруг себя — они косились на Лену так же осторожно и тоже аккуратно осматривались по сторонам. Девушки шли с тем же намерением, что и Лена Волгушева. А Лена брела здесь с намерением познакомиться с мужчиной и, по возможности, не отказаться от денежного вознаграждения, если страстный и нетерпеливый кавалер сразу решит пригласить её в номер гостиницы. И Лена не ошиблась — её тихонько и просто пригласил к себе негр из Марокко, упитанный, приятный, надушенный, с седыми височками на вьющихся волосах, сверкающий белозубой улыбкой хорошо устроенного человека! Лена следовала за ним, стараясь не потерять его из виду на небольшом расстоянии — её вполне устраивала цена, которую он ей назвал. Негр жил в отличной гостинице, правда, довольно высоко — на тридцать шестом этаже. Лифт мягко остановился, и Лена вышла — негр нетерпеливо ждал её у самой двери лифта, словно боялся, что русская девушка заблудится, чего доброго, хотя он и назвал ей номер своей комнаты. Негр дал Лене три бумажки по пятьдесят долларов и в шутку отпустил комплимент самому себе — кожа у негров чёрная, но деньги зелёные, как у всех остальных мужчин! И хотя Лену чуть не стошнило от приторного запаха его масляных, сладких духов, она нашла в себе силы улыбнуться его шутке и, оказав необходимые услуги своему любовнику-на-час, быстро покинула отель, не забыв нацепить на нос тёмные очки. Дело было сделано! Удача шла в руки, и Лена была довольна. Она неплохо заработала за часок! Можно было гордиться таким успехом — в свои под сорок она ещё котировалась не хуже других на уличном маркете! А ведь все подступы к Таймс-скверу в этот прекрасный тёплый вечер были просто забиты молодыми красивыми девицами!..

Волгушева стала выходить на улицу каждый вечер, благо стояли хорошие вечера, и погода располагала желающих слегка согрешить к романтическим любовным порывам. Лена старалась, когда стемнеет, проскользнуть мимо хозяев дома мгновенно, торопливо, словно кто-то ждёт её неподалёку в машине, лишь бы хозяева не заподозрили её в чём-то! Супруги-хозяева вечерами восседали на крыльце дома, дыша свежим воздухом с океана. Но они, кажется, совсем не интересовались жизнью Лены, и она исчезала, утешая себя мысленно: «Пусть они думают, что я выхожу из дома такая принаряженная, потому что я встречаюсь с -кем-то, хочу выйти замуж — словом, устраиваю свою личную жизнь!» Волгушева бродила по ночному городу, выискивая, словно хитрая лисица, удачные места охоты. Она старалась держаться в районах скопления солидных гостиниц и дорогих ресторанов. Мужчины улыбались ей, делая определённые, ей понятные знаки, и Лене то везло, то совсем не везло. Мужчины умели обманывать! Один, с виду состоятельный дядя в костюме и ковбойской шляпе, задержал её в своей машине всего на десять минут, дал ей мизерные деньги и укатил. Волгушева зареклась отныне идти с клиентами в машины — с хамами лучше не связываться! Настрадавшись в ночах от унижений, Волгушева тихо плакала дома, наслаждаясь врачующим одиночеством в своей комнатке-носке. И в один из вечеров судьба вдруг сжалилась над Леной и послала ей эту неожиданную любовь — немца Вальтера, совсем молодого парня, почти мальчишку! И это было горячее и роковое чувство, потому что Вальтер был молод, а Лена Волгушева совсем не молода! Но она старалась, в силу своего характера, сориентироваться в обстановке и не отчаиваться.

В последнее время в её блудливой московской жизни немцы встречались. Волгушева не отягощала свои отношения с немцами разговорами о войне, хотя они сами частенько пытались что-нибудь высказать на эту тему, чаще всего с сознанием своей национальной вины. Они охотно выкладывали русским девушкам свои немецкие двести марок — сумма для немцев немалая, если учесть, что немцы преодолевали в себе врождённую германскую скупость, извиняясь за грехи своих дедов и отцов, побывавших в России в войну в военной форме со свастикой. Молодой немец, Вальтер, неслышно подкрался к Лене в полутёмном баре в шумной гостинице на Таймс-сквер, где Волгушева, сидя за стойкой, медленно приканчивала свой стаканчик тоника — деньги тратятся, а доходов нет! Ей не везло уже несколько вечеров — юные красотки из разных концов света штурмовали столицу мира — летний город Нью-Йорк! Волгушева переходила аккуратно из одного бара гостиницы в другой, стараясь особенно не мелькать в глазах барменов и разных прочих служителей гостиничного сервиса. В этой гостинице, причём довольно захудалой, по сравнению с остальными, многоэтажными и модерновыми, Лена была впервые. Чёрный атласный пиджак с вышивками и чеканными крупными пуговицами подчёркивал её заметно похудевшую, пухленькую фигурку, и Лена старалась смотреться моложе, как можно моложе, в полутьме старомодного бара, со своей розовой наивной помадой на полных губах и со своим неизбежным перламутровым лаком на ноготках коротеньких пальцев. Но Вальтер объяснился с ней тихо, понятно и просто, выражаясь по-английски примитивными предложениями, чтобы не было сомнений в их доступном каждой женщине смысле. В русском переводе, в памяти Лены, потом возникал примерно такой диалог:

— Я согласен, потому что ты очень красивая. Пойдём к тебе в номер. Скажи, я запомню. Можешь написать мне здесь, на салфетке. Вот ручка. Итак, сколько ты мне дашь?..

— Я не понимаю?..

— Послушай, не будь дешёвой. Я хотел бы триста долларов. Я знаю себе цену и цены в Нью-Йорке. Уверяю тебя, я не беру больше, чем другие парни. Я — как все! Значит, ты согласна?

Какой у тебя номер? Ты живёшь одна? Меня зовут Вальтер. Я немец, как ты поняла по моему имени. Я очень аккуратный и чистоплотный, как все мы, немцы. Это наша лучшая природная черта. Идём к тебе? Можно я поцелую твоё очень красивое ушко?..

— Послушай, я не понимаю. Я не живу в этой гостинице!

— Если ты остановилась в другой, скажи, где это. Это прекрасно, что ты не останавливаешься в таких забегаловках, как наш отель! Я тобой просто горжусь, наверное, ты богата! Да, я рад за тебя. Я приду, как только освобожусь. Я здесь, представь себе, работаю. Вот в этом убогом баре, я — и вдруг здесь, да? Но что делать — надо -где-то пристраиваться. Я помогаю барменам убирать посуду. Не слишком грязно, и мне за это неплохо платят. Плюс мой личный доход от женщин, которые меня хотят! Ведь я неплохой мальчик, как ты считаешь? Поверь мне, ты тоже не разочаруешься во мне!..

— Ты работаешь здесь? В самом деле, неплохо. И сколько тебе платят за вечер?

— Пару долларов платят, но это, ясно, не заработок для такого парня, как я. Вот у тебя я заработаю, я уверен! Ты увидишь, на что я способен! Я — самый сексуальный парень на свете. Все женщины, которые были у меня, остались мной очень довольны. Нет, скажи, ты мне веришь?

— Конечно, верю. Но мне нужны сейчас деньги. Я русская, совсем не богатая. Я — из России, понимаешь?

— Ты — русская, это я понял. Как тебя зовут, ты не сказала? Из какого ты города?

— Меня зовут Лена. Я из Москвы.

— Москва, это, кажется, столица России? Неплохо! Послушай, я ещё ни разу не имел дело с русскими девушками. Я больше имел дело с итальянками, но многие немцы говорили, что русские женщины самые красивые в мире! Наши немцы Россию знают, ты помнишь? Мы вели в России войну! Впрочем, итальянками я доволен. Они платят мне хорошо. Я — их любимый бамбино, я — их медовый мальчик! Ты веришь мне, Лена?

— Конечно, верю!..

— Они в восторге от меня! Они покрывают меня поцелуями с головы до пяток. Ты мне веришь, Лена? Они меня просто готовы съесть, такой я сладкий!

— Ты, наверное, страстный, Вальтер?..

— Ещё бы! Да, я очень страстный. Увидишь. Короче, сейчас иди к себе и жди меня. Давай свой адрес. Какой у тебя отель?

— Я не в отеле живу. Я квартиру снимаю.

— Далеко?

— Далеко. В Бенсонхерсте.

— Это и вправду далеко. Но мне это всё равно, раз ты мне нравишься. Однако мне придётся заплатить за такси. На какую сумму я могу рассчитывать? Ведь я потрачу деньги, которые ты мне дашь, за такси туда и обратно. А я хочу заработать у тебя никак не меньше трёхсот долларов! Ладно, я не дешёвый парень. Но могу я всё-таки надеяться, что ты подаришь мне хотя бы двести пятьдесят зелёных?..

— Я?! Тебе?! Двести пятьдесят долларов?! За что?!

— За любовь! За мою любовь к тебе на этот вечер. На ночь я не смогу остаться, да и за целую ночь всё-таки платят больше. А у тебя, ты говоришь, денег немного. Я не удивляюсь. Ты из России. Мы в одинаковом положении, хотя твои русские победили нас. Да, мы оба с тобой представители разорённых войной наций! Мы теперь равные, немцы и русские, в этом холодном мире!..

— Разве равные? Слушай, отойди от меня. Я, наконец, тебя поняла. Но ты всё-таки парень, а я — девушка. Тебе всё равно легче тут работать. Как думаешь, почему я здесь сижу? Пора тебе отойти от меня. Ты мне мешаешь работать!..

— Извини, Лена. Я, конечно, сейчас отойду. Во-первых, мне нужно убирать посуду. А во-вторых, чтобы ты меня простила за то, что отнял у тебя твоё драгоценное время работы, я принесу тебе второй бесплатный дринк. И сиди, пожалуйста, работай. У нас бар старомодный, но работать тут можно свободнее, чем в других местах. Я это по себе знаю! Я тоже постараюсь наверстать своё время. Как тебя зовут на работе? Знаешь, имя лучше заменить. Русское имя слишком заметно. Можно называть тебя Лолой?

— Да, Лола — красивое имя. Насчёт имени я как-то не подумала. Ты прав. Пусть будет Лола.

— Прекрасно, Лола! Ты выглядишь — просто блеск! Сейчас я принесу тебе дринк. Ликёр пьёшь? Очень вкусно. Русские любят амаретто. Тебе со льдом?..

Вальтер принёс ей амаретто со льдом в массивном широком стакане. Волгушева Лола пригубила стакан, осторожно разглядывая издали Вальтера. Он выглядел очень эффектно в этом тёмном баре. Удачно выигрывала его чистая белая рубашка с расстёгнутым воротником, из-под которого вытягивалась стройная шея с тоненьким острым кадыком. Худощавый и высокий блондин, в полутьме он казался ещё моложе своих лет. Глубокая чёткая ямочка разрезала на две части его довольно широкий упрямый подбородок, и явно короткий для его высокой фигурки чёрный бархатный жилет открывал чересчур гибкую для парня талию. Вальтер был одет в чёрные брюки, в чёрные туфли — костюм бармена или официанта. Служитель бара. Но ещё кто?..

Волгушева задумалась. Она слышала в Москве от Гриши Семёнова, что есть такое в мире — мужской эскорт-сервис. Но до сих пор она ни разу не встречалась ни с кем из его представителей. Хотя, возможно, она просто не догадывалась о роде занятий иных мужчин, сидящих в баре. И вот такая встреча с этим немцем! Волгушева думала: «Значит, не только мы, девушки, продаёмся, но и мужики тоже. Гриша сказал правду — парни продаются, да ещё подороже, чем девчонки. Вальтер попросил триста долларов! Неслабо. Хотя парням заниматься сексом с каждой дурой, готовой заплатить, наверное, гораздо труднее, чем нам — полежать часок с идиотом!» Волгушева даже поёжилась, как будто снова ощутив на своём лице сладкое дыхание чёрного марокканца. Иногда и часок покажется вечностью! Между тем Вальтер энергично сновал между высокими стойками бара, собирая пустые бокалы на круглый поднос. Потом он унёс поднос куда-то в глубины выхода из бара, вероятно, на кухню. Но перед тем, как исчезнуть, он ловко выхватил с подноса наполовину недопитый бокал со светлым вином и пристроил его на одном из пустых столиков. Потом он вернулся в бар, быстро подхватил прибережённый бокал вина и, поигрывая ножкой бокала, покачал его между пальцами полусогнутой правой руки. Левой рукой он проворно выпустил из-под жилета золотую довольно длинную цепочку, и она заструилась игривой линией по чёрному бархату. За столиком в углу, у синей шёлковой шторы, раздался одобрительный нетрезвый смешок. Полная женщина, едва уместившая голые плечи в узкие зелёные лямки сверкавшего платья, громко крикнула:

— Чао, бамбино!..

«У него здесь, кажется, уже своя фирменная клиентура, — невольно сообразила Лена. — Наверное, итальянки передают своего бамбино из рук в руки».

Вальтер присел за столик к итальянке. Волгушева отвернулась. Потом обвела глазами бар. Клиентов явно не было. И даже не намечалось — сидели -почему-то одни питейные компании. Или русской Лоле так показалось, или она была не в рабочем настроении сегодня, и её обычная, рассеянная, но ласковая улыбка слетела с накрашенных губ. Волгушева решительно встала и пошла на выход. Но на выходе она не удержалась и оглянулась — Вальтер сидел с итальянкой в зелёном платье и смеялся вместе с ней над чем-то. Безудержно смеялся! Толстуха тоже ржала во всю глотку, но Лена вдруг поймала на миг горячий, мрачный взгляд Вальтера. Волгушева выскользнула из бара, и мороз пробежал по её спине.

«Это ужасно! — хотелось крикнуть ей на всю улицу. — Эта дура не соображает, с кем она имеет дело! Ведь он ещё мальчишка! А она — старая толстая ведьма! Каракатица несчастная! Болотная жаба! Подумаешь! У неё есть деньги! Она, может быть, английская королева? Да куда ей со свиным рылом в калашный ряд! У нас в Москве ребята из органов взяли бы её под белы ручки да туда бы, в „чёрный воронок“!..»

Волгушева быстро шла по улице, ещё дышавшей остывающим жаром позднего летнего вечера. Внезапно чьи-то холодные пальцы сжали её ладонь.

— Это, конечно, я и только я, — сказал Вальтер. — Мы сейчас поедем ко мне. На сегодня я свободен!

— Но итальянка?..

— Она слишком много выпила. Я не имею дела с такими пьяными женщинами.

— Послушай, Вальтер. У меня нет денег. Ты напрасно рассчитываешь на меня!..

— Нет, я не рассчитываю больше на тебя. Ты сегодня просто будешь моей девушкой, ты мне веришь? Я тебя люблю — это так по-русски? Видишь, я сказал. Теперь — ты со мной. Сейчас — ахтунг! Внимание! Эй, такси! Я живу недалеко, но мы оба устали, и лучше нам вообще сейчас быть незаметными и скрыться в такси! Эй, такси! Нам повезло, вот машина! Садись!..

— Но я слишком старая для твоей любимой девушки, — грустно сказала Волгушева ему в такси.

— Я тоже старый. Мне тридцать три — возраст Иисуса Христа! Я думаю, ты старше меня на один-два года...

Он безусловно врал — ему не было больше двадцати семи. Лена Волгушева со своим намётанным глазом продавщицы редко ошибалась в предполагаемом возрасте человека. Но она не стала продолжать этот разговор — пусть Вальтер думает, что она моложе своих лет. Каждой женщине это приятно — быть всё ещё молодой!..

— Ты должна позабыть обо всех своих проблемах и подарить мне этот вечер целиком и полностью. И думать только обо мне, только обо мне единственном! Ты согласна на такой вечер любви, Лена?

— Пусть будет по-твоему, Вальтер, — отвечала Волгушева.

Она любила его уже тогда! Она втюрилась в него просто по уши.

И он понял это.

— Я живу очень близко, всего шесть кварталов отсюда. Ты не успеешь соскучиться, — сказал Вальтер, приникнув к её губам в жарком поцелуе...

* * *

Вальтер жил недалеко, в небольшом четырёхэтажном здании, затерявшемся в неухоженной, безлюдной, перепутанной паутине пыльных коротких улочек. Вход в здание без лифта, где Вальтер снимал квартиру на третьем этаже, был со двора.

— Какая крутая лестница! Я даже задохнулась, пока поднялась! — сказала Лена.

— Жаль, что лифта нет, — согласился Вальтер. — Но здание маленькое. Здесь с лифтом квартиры были бы дороже. Я плачу за свою квартиру совсем немного.

— Интересно, сколько?

— Четыреста долларов. Включая свет и газ. За телефон я, правда, плачу отдельно. Но гнёздышко у меня замечательное — вот увидишь! Входи!..

Лена робко перешагнула порог квартиры, а Вальтер пошёл дальше, быстро щёлкая выключателями. Лена замерла в прихожей. Куда она попала? В артистическую уборную, за кулисы театра или прямо на сцену? Или снова в мастерскую художников, как в Москве, где она бывала со своим незабвенным Кирюшкой Смирновым, имевшим приятелей в самых разных кругах московских жителей?..

Так или иначе, но богемная обстановка начиналась в этой квартире с прихожей, совсем как театру надлежит начинаться с вешалки, как говорил о том Константин Сергеевич Станиславский, утверждая высокий момент истины в искусстве и в существовании живучей, неунывающей богемы. Над головой Лены свисали с потолка прихожей ажурные алюминиевые цепи, окружавшие причудливый фонарь, напоминающий о дореволюционном русском Петербурге или о вечно прекрасной Венеции, к счастью, отнюдь не разрушенной пролетарской революцией рабочих и крестьянских масс. Там же, под потолком, но в осязаемой зоне зрителя, висел ощутимых размеров деревянный парусный корабль. Кругом на стенах разместились африканские маски, на полках устойчивой резной этажерки стояли причудливые бутылки из-под вина с прихотливыми наклейками. В пузатых фляжках, оплетённых соломой, и в широких стеклянных зеленоватых пробирках торчали там и сям страусиные перья. На кухне, оказавшейся проходной в комнату, над плитой растянулся «Весёлый Роджер» — чёрный пиратский флаг. В квадрате освещённой комнаты красиво разместился изрядно потёртый кожаный тёмный

диван, придававший обстановке ещё более старинный, полузагадочный вид. Было и плюшевое коричневое кресло, и жёлтое одеяло с мексиканским рисунком — всё в пальмах и разноцветных сомбреро, рваное, но зато с длинной бахромой. Одеяло было небрежно наброшено на небольшой тёмного дерева
топчан. На журнальном столике в пивной кружке, впаянная
в воск на дне, сияла яркая пышная шёлковая роза. И кругом
висели и стояли какие-то медные чеканки, картины, изображающие лошадей и всадников на них. Особенно выделялась
крупными размерами висевшая над креслом фотография чёрного пуделя с милыми преданными собачьими глазами. Рыжий обшарпанный крашеный пол был удачно прикрыт мягким ковром, тоже бывалого, изрядно вытертого вида, и золотой напольной вазой в углу, высокой, с крупными бутонами
цветущей японской вишни из накрахмаленного тугого коттона. И снова с потолка в комнату низко свешивался сероватый круглый японский светильник — настоящий, расписанный иероглифами, бумажный абажур. И снова книги — на столиках, перед зеркалом, на полках, у телефона, всюду книги,
журналы, книги!..

— Это восхитительно, — сказала Лена, — это просто по-
настоящему здорово! Это очень красиво!..

— Но это очень микс, хотя и красиво, — сказал Вальтер. —
Это коктейль из разных стилей. Но в общем неплохо. Тем более что я здесь живу!..

— Эти вещи — обстановка, это всё твоё? — уточнила Лена.

— О, нет, ты слишком переоцениваешь мои материальные
возможности. Это вещи дизайнерские. Это квартира американской художницы, довольно состоятельной персоны. Она
и сдала мне пока, на время своего отъезда, эту комнату. Здесь
жил также её сын, который тоже метил куда-то дизайнером
в Голливуд. Этот сумасшедший сейчас умотался из Америки
крутить свой дизайнерский манки-бизнес, допустим, на Карибские острова. Так, по крайней мере, думает его мать. Она
тоже совсем сумасшедшая, ищет его по всему миру! Муж её
был пожарным и погиб незадолго до выхода на пенсию. Она
рехнулась сразу на этой почве. Но город пожалел её и платит
в этой квартире-студии за свет и газ, предоставив льготную

программу вдове. Но вдова не бедная! Она путешествует, носится за своим сыном-бродяжкой и пьяницей и пока сдала квартиру мне. Я сумел ей понравиться, и она пожалела меня. Надо уметь нравиться людям — я умею! Потому я здесь живу.

— А если она найдёт сына?

— Пусть попробует найти! Впрочем, тогда они вернутся сюда, пожалуй, вместе, а я подыщу себе подходящее жильё и перееду куда-нибудь отсюда!

— Когда же они могут вернуться, Вальтер? Здесь так хорошо!

— Они могут вернуться в любой момент, как только найдут друг друга. Но зачем об этом нам с тобой думать? Тебе, значит, нравится у меня?

— Да, очень! Безумно нравится! Здесь — как в театре!

— Я тоже очень рад, что тебе здесь нравится. Сейчас я угощу тебя холодным кофе. Здесь немного жарко, но можно включить кондиционер. Пива хочешь? У меня, разумеется, есть наше отличное немецкое пиво.

— Лучше холодный кофе. Он так бодрит!

Вальтер послушно принёс две баночки холодного кофе, себе и Лене.

— А теперь, моя дорогая Лола, — сказал Вальтер с улыбкой, глотнув кофе, — мы приступим с тобой к нашему профессиональному делу! Не так ли?..

Кожаный диван оказался раскладным. Лена ушла от Вальтера только к обеду следующего дня — она крепко заснула на рассвете. Она покинула квартиру, захлопнув дверь, по просьбе Вальтера, и оставив ему записку со своим телефоном. Он оставил выбор за ней, за Леной, — он не спрашивал заранее её номера. Вальтер ушёл раньше по своим делам, и Лена сделала свой выбор. Она будет встречаться с ним. В его записке, оставленной для неё, он сообщил ей целых два номера его телефонов — домашний, этой богемной квартиры, и номер личного селфона.

Так началась их любовь — между ними всё было хорошо. Они встречались и звонили друг другу. Вальтер оказался опытным мужчиной. И Лена Волгушева очень привязалась к нему. Как говорится, и душой, и телом!..

Но положа руку на сердце — что это значит для русской девушки из бывшего СССР, привязаться довольно крепко хотя бы и к культурному, чистому, вежливому иностранцу? Всё равно образуется ощутимая брешь — не с кем послушать славных песен Владимира Высоцкого, некому рассказать многогранный закидистый анекдот про Василия Ивановича Чапаева, Петьку и Анку, а уж про чукчу иностранцы вообще бывших советских анекдотов не поймут! Например, как чукча поступал учиться в Литературный институт имени Горького в Москве. Все неиностранцы, простые бывшие советские люди это понимают, как он поступал.

— Чукча, вы хотите быть нашим студентом? А вы Пушкина читали?

— Нет, чукча Пушкина не читал!

— Ну, а Лермонтова вы хотя бы в руках держали?

— Нет, чукча Лермонтова за руку не держал!

— Ну тогда хоть Льва Толстого вы читали? Конечно, читали?

— Нет, Льва ни толстого, ни худого у чукчи нет. У чукчи только олень! И чукча не читал! Чукча ничего не читал! Зачем такой трудный вопрос чукчу спрашивать? Чукча — вовсе не читатель. Чукча — писатель!..

И ведь как не хватает иногда в русской речи этого крепкого русского словца, которым восхищался ещё Николай Васильевич Гоголь! И потому, наверное, так далеко от других стран улетела специфическая быстрая русская тройка, по такой заковыристой дороге ускакала, что только и найдёт, куда она умчалась, именно и только он, советский наш сообразительный и дружный народ, бывший строитель социализма и коммунизма! Вот потому, наверное, в русском районе Брайтона оно слышно часто, это беспутное, но точное до боли:

— Эй, бля! Да ведь это Димка, дружок мой, кореш! Ох, бля, Димыч! Это же сколько мы с тобой годов не виделись? А ведь ты не изменился ни капли! И седых волос не много! Да нет, ему ещё только двадцать лет, как на первом курсе! Глянь на него, Аркаша! Я тебя с ним сейчас познакомлю — это Димыч из нашего политеха! Это, брат, Аркаша, свой, до гроба свой в доску парень! Его хоть под пытку подведи, хоть к стенке поставь — из него лишнего слова не выдавишь! Он сроду друга не выдаст, не продаст! Только вот женщины, его, пожалуй, не понимают. Но и женщин я сейчас организую — они его оценят и поймут! Хотя бы здесь, наконец, в Америке! Эй, девушка! Подойдите, пожалуйста, к нам. Перед вами стоит золотой, по-настоящему золотой парень! Я вам правду говорю. Посмотрите, это — Димыч! Уникальный инженер из уникального Т...го политеха! Не уходите от нас — я вас не отпущу!..

— Но что вам от меня нужно?

— Вообще, Димыч, ты не находишь, что это странный вопрос? Ребята! Что нам вообще бывает нужно от женщин? Ну, немного ласки, немного внимания! Вот и всё! Димыч! Что тебе ещё нужно от такой приятной и красивой, даже очень красивой девушки? Как вас зовут, кстати?

— Меня зовут Лена. Ох, отстаньте от меня!

— Да не отстанем! С нами Димыч! Сейчас вы идёте с нами, девушка, Леночка. Потом вы идёте с ним! Идёт! Он помогал нам учиться, Димыч. Объяснял трудные вопросы, которые мы не рубили. Хотя я учился на простой автоматике, а он, Димыч, на номерной...

Так он и попал к ней, этот положительный Димыч! Не стоит ломать русскую компанию, если она возникает даже спонтанно — нет, не стоит! А Лена Волгушева стосковалась по русской компании. Они пошли в этот вечер в вареничную, ели русские вареники с творогом, вишнями и картошкой, кутнули. Выпили. Он казался в компании разговорчивее, этот положительный Димыч, обыкновенный, в потёртых джинсах, худощавый, за сорок лет, сероглазый мужчина. В конце вечера два его приятеля ушли, а Дима остался с Леной Волгушевой. Вдвоём они продолжили этот маленький кутёж в молчаливом согласии, пили кофе в кафе «Арбат», ели пирожные. Потом Дима сказал:

— Похоже, Лена, придётся нам податься к тебе. Завтра у меня выходной день, но я тебя никуда, в отель или к себе, например, пригласить не могу. Я снимаю угол в комнате у одного знакомого. Устал я после работы. Мою встречу с тобой вроде бы судьба рассчитала — я на Брайтон случайно забрёл. У меня с собой хорошая кассета Володи Высоцкого есть. Хочешь, послушаем? Здорово он поёт «Охоту на волков»! «Sony» у меня с собой тоже всегда, в сумке. Давай карсервис брать. Я заплачу, естественно...

Дима возил за собой небольшой чемоданчик на колёсиках. И они взяли карсервис до американского дома, где Лена Волгушева снимала квартиру. Было ещё не поздно, хотя и стемнело порядочно. Хозяева удобного жилища Лены, её тихой спасительной обители, как всегда, сидели на крыльце. Но Лена Волгушева ничуть не смутилась. Наоборот! Они с Димой говорили по-русски, с шофёром машины тоже шутили по-русски, расплачивались, громко считали деньги, смеялись и приглашали не в гости, а сразу на свадьбу. И американские хозяева вдруг спустились со своего крыльца и подошли прямо к Диме. Хозяин протянул ему руку:

— Хелло! — сказал он приветливо. — Хелло!

Дима спокойно пожал ему руку и представился:

— Май нейм из Дмитри. Ай эм рашен.

Хозяйка заулыбалась — супружеская пара переглянулась между собой. И они тут же удалились к себе в дом со своего насиженного крыльца. Удалились с явным облегчением для их подозрительных, хотя и скрытных американских душ! Вероятно, они пришли к выводу, что русская жиличка гуляет со своим, русским, и это очень правильное решение с её стороны. Вполне серьёзный мужчина из её же страны! С таким бойфрендом, пожалуй, осложнений у неё не будет. Он удержит её при себе! Она не будет теперь исчезать по вечерам на долгое время! Над женщиной всё-таки нужна мужская твёрдая рука.

«Как хорошо, что я привела его сюда! — радостно думала Лена. — Как мне повезло! Теперь хозяева ни в коем случае не заподозрят меня в моих вечерних занятиях! Ведь я исчезаю из дома не днём, а каждый вечер. Они понимают, что я не работаю! Спрашивается, на какие средства я существую и плачу за квартиру? Теперь они решат, что это, конечно, Дима мне подкидывает деньги на жизнь. Вот кто прикроет меня, пока я снова пойду куда-нибудь мучиться в бебиситтеры».

Оно и вправду так угодно было судьбе, встретиться с Димой, одетым, кажется, навечно в клетчатую рубаху. Правда и то, что Лена Волгушева встречалась с Кирюшкой Смирновым, простым рабочим парнем, и правда то, что он был хотя и обыкновенного роста, но зато пижон, носил модные курточки и узкие джинсы в обтяжку. У себя на работе, на заводе, он выглядел совсем по-другому, этот Кирюшка, и это тоже законченная пролетарская правда! Лена вспоминала, как однажды она взяла отгул в универмаге вместе со своей тогдашней подружкой Наташей Солнцевой (она тоже работала в то время в универмаге), и они поехали на трамвае к Кирюшке Смирнову, прямо на завод, по адресу, который Кирюшка однажды дал Лене. Лена решила познакомить Наташу с Виктором, другом Кирюшки, тот работал с ним в одном цехе. На самом же деле можно было позвонить, условиться о встрече, но Лене вдруг захотелось увидеть Кирюшку именно на работе (мама видела в каждом парне проходимца, и в сердце Лены брызнул кровью фонтанчик сомнения — что если Кирюшка просто вор или, например, главарь воровской банды, или ещё страшнее — вор в законе — отсюда и деньги!). В общем, долго они с Наташей Солнцевой ехали на трамвае на этот знаменитый московский завод. Пересели на метро, потом ещё на троллейбусе катили, наконец доехали. А потом стояли на проходной завода как дуры, хихикали, причёсывались, красили губы — словом, ждали парней, которых попросили вызвать из цеха по срочному делу. И парни вышли, перепачканные машинным маслом, в рабочих спецовках. Нет, мама была не права! Лена даже не сразу узнала всегда весёлого Кирюшку в этом серьёзном рабочем, с каким-то инструментом в кармане спецовки. Парни смотрели на девок с недоумением — ополоумели они совсем, что ли, в своём магазине? Да ведь завод — это не ушлый карнавал универмага! На завод каждого не пускают! И кто, спрашивается, просил сюда приходить? Да и проходная завода — это тоже не парикмахерская! Завод — это настоящая серьёзная работа, девчонки!..

Потом Кирюшка улыбнулся как-то виновато — мы, мол, заняты, сейчас не до вас! Хотя, конечно, жаль! И друг его, Виктор, тоже улыбнулся. Условились вечером все прийти на Красную площадь к кинотеатру «Зарядье». Постояли минут пять, и парни ушли, скрылись в недрах завода. Не побежишь за ними.

— Что здесь за шалавы приходят к нашим парням? — вдруг прозвучал на проходной женский голос. — У нас девушки свои есть на заводе. Серьёзные!

И тогда они убежали поскорее с этой проходной, Лена с Наташей. До самой троллейбусной остановки бежали, как будто гнался за ними кто-то с проклятой проходной, как из преисподней, стараясь оглушить их по голове, словно тяжёлой кувалдой, своей рабочей гордой доблестью. Парни не пришли в тот вечер к кинотеатру «Зарядье». Лена и Наташа напрасно ждали их до окончания самого последнего сеанса. Кирюшка позвонил Лене на следующий день и объяснил, что их с Виктором оставили работать в ночную смену. Потом они заявились вместе, Виктор с Кирюшкой, в универмаг, сводили девчонок в кино. Какой был хороший вечер тогда! У Наташи с Витей всё вышло хорошо — они поженились. А у Лены с Кирюшкой так ничего и не получилось. Возможно, мама была на этот раз права — он выписал свою жену с сынишкой из Саратова, этот Кирюшка Смирнов, как только получил, наконец, московскую прописку от завода и встал на очередь на квартиру в микрорайоне. Но долго ещё мерещилась Лене та заводская проходная, которая, может быть, и вывела Кирюшку в люди, как поётся о том в песне, но вряд ли сделала его счастливым, своего передовика производства! И долго снился Лене тяжёлый сон, и этот дурной оклик о «шалавах», и Кирюшка в этом сне гнался за кем-то с кувалдой, бил кого-то на своей заводской проходной! Лена просыпалась — никого не было рядом. Иногда Наташа Солнцева звонила ей. Она сменила фамилию после замужества — из Солнцевой стала Блохиной. Но это не смущало Наташку — счастье в виде Виктора Блохина, который оказался преданным и внимательным мужем, согревало её в своих лучах.

Но так угодно было судьбе! Лена Волгушева, бывало, здесь, в эмиграции напевала популярную песню, собираясь вечером в бар:

<blockquote>...ту заводску-у-ю-ю проходну-у-ю,
что в люди в-ы-ве-ела меня!..</blockquote>

Подводя итоги, Лена радовалась, что в трудных обстоятельствах её эмигрантского жития-бытия возник этот очень полезный ей человек — Дима из легендарного политеха. И Лена старалась сделать его беседы с ней интересными.

— Дима, что ты молчишь?..

— Я слушаю!

— Дима, рассказал бы ты что-нибудь замечательное. Любопытное! Чтобы мне стало интересно!

— Что, Лена, такое тебе рассказать, чтобы тебе стало интересно? Не представляю себе...

— Вот расскажи мне, Дима, про свою работу. Ты ведь любишь свою работу, да?

— Про какую работу, Лена? Про свою инженерную — не могу. Это секреты государства. Про такси — уже рассказал. А про нынешнюю работу что рассказывать? Ну, ремонтируем дома.

— Вот, расскажи. Как ремонтируете?

— Как ремонтируем? Да просто, Лена. Ломаем, красим. Вставляем окна. Двери навешиваем. Пыль, грязь. Вот и вся печаль.

— Дима, тебе надо идти на такси!

— Лена, зачем мне сейчас на такси? Я здесь пока что в покое. Никакой мужик мне под колёса не свалится! Стройка — она и есть стройка!

— Да ведь на стройке никогда и никому сроду не нравилось!

— Лена, разве я сказал тебе, что мне сроду на стройке не нравилось? Нет, вот в стройбате нашего политеха мне очень даже нравилось!

— Почему тебе там нравилось?

— Потому, что там друзья все мои были, то есть вся наша общага в стройбате работала! Все наши парни, с которыми я вместе учился и вместе жил в общаге!

— Вот Дима, расскажи, как ты жил в общаге!

— Да всё рассказывать — надо язык без костей иметь, Лена! Общага и жизнь в ней — это целая эпоха! Это, можно сказать, почти то же самое, что лицей в жизни Пушкина. Такой была жизнь в общаге для многих наших парней. И для меня.

— Но ты вспоминай и рассказывай, Дима!..

Из воспоминаний Димы о жизни в общаге политеха

...У нас в общаге было три этажа — здание было вытянутое, большое, но всего лишь трёхэтажное. Комнату, в которой я жил, мы назвали «двойная шестая», потому что на самом деле это была шестьдесят шестая комната. Поселилось нас в ней пять человек, как и было то комендантом общаги рассчитано. Лишних коек не было, но мой друг Сеня Вайсман, который жил у себя дома и к нам в общагу обычно приходил к вечеру, иногда оставался у нас ночевать, особенно в сильном подпитии. Он не хотел показываться на глаза своим родителям в этаком виде, и мы ставили для него раскладушку посредине комнаты. Надо сказать, что у нас было довольно тепло, особенно холодной комната наша не считалась, как это было у других ребят. На нашем третьем этаже поселилась почти вся наша номерная группа. Только двое парней из нашей группы стали жить отдельно на втором этаже в маленькой комнатке всего на двоих, которая была расположена в небольшом закутке коридора и выходила окнами во двор. Ох, и тихо было у них по этой причине! Запросто можно было выспаться утром, никакого шума троллейбуса или сирен «скорой помощи» прямо под окнами! Эти два парня были украинцы с очень смешными фамилиями — Остап Подопригора и Глеб Поросёнок. Мы прозвали их «наши хохлы». Глеб был обрусевший украинец и по-русски говорил чисто, хотя по-украински здорово понимал и, бывало, запросто шпарил по-ихнему с Остапом! Подопригора был чистокровный украинец, то есть поступивший учиться в наш легендарный политех парень с Украины, выбравший себе нашу специальность. Он говорил на адской смеси украинского и русского языка, вступительное сочинение в политех написал по-украински, но блестяще выдержал экзамены по математике и физике и был зачислен в студенты. Когда Остап Подопригора начинал говорить на своей смеси двух славянских языков, слушателя рано или поздно разбирал неизбежный смех. Мне кажется сейчас, что Остап Подопригора великолепно знал это и нарочно, с некоторой хитростью, подчёркивал свой акцент. Со временем Остап Подопригора стал заведующим кафедрой гражданской обороны в одном хорошем институте на своей родной Украйне, хотя по своей номерной специальности на работу так и не попал. Но личное обаяние, вызывавшее всеобщие симпатии, -всё-таки вытолкнуло его из толпы вперёд. Уметь надо!..

Словом, наши хохлы очень быстро стали в общаге прекрасным объектом самых разных дурацких шуток из-за своих нелепых украинских фамилий. Позже мы поняли, что таковым было решение деканата — поселить ребят вместе и хотя бы немного подальше от общей группы. Им доставалось! Чтобы не было смеха на лекциях, наши преподаватели стали через -какое-то короткое время называть Остапа просто

Горой, изменив таким образом в устной речи его фамилию. Что касается Глеба, тот не растерялся сам и, по-видимому, привычно, а не впервые в жизни, начал поправлять преподавателей, силившихся прочитать его фамилию вслух:

— По-ро... — начинал было преподаватель, выясняя посещаемость группы.

Глеб немедленно вскакивал со своего места и быстро говорил:

— Моя фамилия — По-ро-се-нóк Глеб! Запомните, пожалуйста — Поросенок. Совсем нетрудная фамилия!.. С ударением на последний слог!..

Но уже в первые недели занятий нам в группу принесли на подпись какие-то анкеты из деканата, и кто-то из парней, раздавая нам листы анкет, случайно увидел в анкете правильную фамилию Глеба — кажется, это был Серёга Бубликов. Он учился не в нашей номерной группе, а на общем курсе автоматики, но в первые месяцы очень суетился в деканате, выказывая свою готовность помогать в бумажных делах. Позже, когда выяснилась его плохая успеваемость, ему уже заказана была дорога в деканат! Итак, Серёга глянул в анкету и отлично разглядел две круглые, ясные, старательно поставленные точки над русской буквой Ё, и это означало, что фамилия Глеба была Поросёнок! И сразу покатились по всей общаге дурацкие шутки. Даже Серёгу Бубликова, которого тоже успели наградить прозвищем, данным по фамилии, Бубликом, парни словно начисто забыли! Да ведь это просто анекдот — двое в одной комнате, из которых один — Подопригора, а другой — Поросёнок! Да ещё и оба — хохлы!.. Вскоре любимой шуткой в общаге стало следующее: надо было ворваться к хохлам в комнату, которую они никогда не закрывали на ключ, даже на ночь, если были дома, утром в воскресенье, этак часов в десять, когда Остап, который был не дурак всхрапнуть, уже успел проснуться, но был ещё сонный, а Глеб потягивал себе припасённый втихаря стаканчик пива, опохмеляясь после вчерашней субботней нагрузки, — и вдруг заорать что есть мочи, пугая, в основном, довольно заводного Глеба:

— Это у вас на хуторе решили подпирать забором гору и откармливать хлебом жирного-прежирного поросёнка? Признавайтесь, так вашу мать!!!

— Щас убью всех! — едва проговаривал Глеб, ещё не преодолевший окончательно вчерашнее горячительное. — И пусть-ка меня потом судют! Разэтак вас всех!..

Но Остап Подопригора был добродушный парень. Черноволосый и коренастый украинец, он мгновенно садился на своей койке, если ещё лежал, или быстро подходил к шутнику, если уже был одет, и отвечал вразумительным своим обычным густым баритоном, ничуть не повышая голоса:

— Та тикайтэ вы, хлопцы, до сэбэ, то прямо в той номерни этаж, та прямо в тэ номерни червони тры русских буковки! Зато як схлопочешь по шеям в тим украинським в хутори, то свою ридну мову забудэшь, а буде тож по украинський наший мови шпарыты!.. Эх, людыно ты, людыно моя, башковита, як моя задныця!..

У нас на третьем этаже, в туалете, каким-то неизвестным обитателем общежития, отстрадавшим здесь своё до нашего поселения, было старательно и ровно выведено красной краской очень известное то самое русское словцо из трёх букв!..

Глеб Поросёнок был довольно щуплым и невысоким парнем, хотя в шутках его внешность варьировалась: поросёнок на хуторе был то розовый, то жирнющий, то во какой! — при этом шутники показывали размеры воображаемого животного как угодно! Но симпатии к Остапу на Глеба распространялись тоже, хотя Глеб не выносил критических замечаний по поводу своего поэтического таланта. Глеб писал какие-то стихи, бойко бренчал на гитаре разные песни. Гитара у него была хорошая, он привязал большой голубой бант на её грифе. Возможно, Глеб был когда-то гомосексуалист, когда-то случилось с ним такое! А может, просто так — любил голубой цвет и потому привязал голубой бант на гриф гитары и ходил зимой с голубым шарфом на шее. Во всяком случае, Глеба любили не без повода — он был артистичный парень, с большими серыми глазами при тёмных волосах. Однако его непомерная тяга к спиртному и явно завышенное самомнение о собственной персоне толкало нас к ещё более лихим шуткам.

Бывало, что кто-нибудь из шутников спускался утром в воскресенье на второй этаж и, прежде чем вой-ти к хохлам в комнату, делал вид, что с -кем-то разговаривает, отыгрывая разными голосами, вроде: «А вы уверены, что это он? Неужели наш Глеб? Вот это да! Он, конечно, приедет на этот конкурс!

Обязательно! Он у нас вообще огромнейший талант! Я сейчас ему всё сообщу и вам позвоню! Ой, вы торопитесь! Нет, зайдите сами в комнату! Да, я позвоню!..»

На этом шутник вбегал в комнату.

— Глеб! Глебушка! — возбуждённо выговаривал он. — Ты слышал, нет? Объявили конкурс на радио на лучшее исполнение бардовской песни! О тебе слышали, ты понимаешь? Приходили, приглашают принять участие! Нет, ты уже протрезвел? Я серьёзно! Конкурс объявили!..

— Какого чёрта? Какой конкурс? — не выдерживал, наконец, Глеб.

— Ну я не знаю!.. Просто такой вот, понимаешь! Конкурс!.. — тянул шутник.

— И что я должен сделать? — вдруг решительно спрашивал Глеб. — Ну, допустим, они обо мне слышали наконец, в чём я никогда не сомневался! Ну, услышали! И что теперь?..

— Ты должен спеть песню! — заявлял шутник.

— Яку писню?! — не выдерживал Остап. — Он спивает яку хочешь писню, то украинську, то руську. Яку же писню такую?

— Да песню известную! «Не было пича-али, купила-а баба по-ро-ся!!!»

На этом шутник прыскал смехом и проворно убегал за дверь.

Подопригора выходил за шутником в коридор. Здесь он произносил снова вразумительно и спокойно, безошибочно зная, что шутник находится где-то недалеко и преотлично его слышит:

— То людыно моя, башковита! За ти шутковинки то схлопочешь у мэнэ по шеям на тим конкурси! То побачишь у мэнэ скорэнько!..

Эта шутка про конкурс была немного замысловатой, но понятной для посвящённых в мужские тайны. В общежитии девушек жили две подружки, две Ольги, Ольга Баба и Оля Клубничкина, которую нередко называли Клубничкой. Ольга Баба, тоже с дурной фамилией, откровенно заглядывалась на Глеба. К тому же у неё был хороший голос, и она знала пару украинских песен. Она предлагала Глебу выступить дуэтом, например, где-нибудь на конкурсе. Для красоты и чтобы её не путали с подругой, она стала называть себя Алёна Баба, с проверенным, выручающим всех из фамильной нелепицы, ударением на последнем слоге. Ольге Клубничкиной повезло больше — она была и красивей своей довольно обычной по внешности русой подруги, и с фамилией нормальной. Клубничкина была эффектная девушка с отличной женской фигурой. Правда вот, училась она плоховато при отличнице-подруге Алёне.

Однажды наши подружки забрели в комнату к хохлам на чай. Дело было довольно позднее — девять часов вечера. Вышла из этого целая история, потому что верно сказано — каждый понимает всё в меру своей испорченности. И ревности — я бы добавил! Глупой ревности! Совершенно необъяснимого, хотя и очень мужского чувства!..

...Остап Гора был совсем беззлобный, и уже через пять минут совершенно забывал, кто именно шутил... Он охотно угощал нас салом, которое ему присылали с Украины, как правило, зимой. Он держал сало в сетке, подвешивая её снаружи к форточке — при зимних морозах сало сохранялось отлично. Однажды сетка с салом исчезла с форточки — Остап обнаружил это лишь на следующий день после её пропажи. Он огорчился и вышел во двор искать сетку, бормоча под нос, что на сало найдутся охотники, раз уж оно упало с окна. Но сетка лежала себе, где упала — под окном. Никто её не взял, точно зная, что это сало Остапово. Подопригора по этому поводу распечатал свою заначку и пошёл в ларёк за пивом для наших парней, прихватив нашу знаменитую трёхлитровую банку с жёлтой пластмассовой очень тугой крышкой. Уникальная у нас была банка с крышкой — ни капли пива попусту не проливалось дорогой из пивного ларька до общежития!..

В каждой стенгазете появлялись карикатуры на наших хохлов, вроде такой, например.

Нарисована гора, на вершине её развевается шевелюра из кудрявых волос. Гора, конечно, имеет улыбающуюся круглую физиономию, а под горой бегает симпатичный поросёночек с завитым хвостиком и красивым цветным бантиком на нём. (Глеб имел привычку цеплять на шею галстук-бабочку при случае. У него их было штук шесть — красных, синих, в горошек, в полосочку, словом, разноцветных! Это кроме гитары с бантом!) На карикатуре бантики были завязаны и на шейке поросёночка, и на всех четырёх косолапых ножках, и поперёк спинки, и под животиком. Стенгазету у нас рисовали обычно девочки, и потому бантики на поросёночке они разрисовали особенно тщательно. Под карикатурой обязательно была -какая-нибудь надпись. Например: «Хутор Глебово-Остаповский. Украина. Ночь перед зачётом»...

Глеб Поросёнок учился очень неважно, но здорово бегал перед зачётами или экзаменами по всему нашему третьему этажу, выпрашивая конспекты и прося помощи в виде объяснений трудных вопросов. Остап учился лучше Глеба, конечно, и конспекты не просил, потому что знал — Глеб точно выпросит. Остап не любил признаваться в своих слабостях и только смущённо улыбался, чесал в затылке и вздыхал, встряхивая кудрявой шевелюрой.

Лучше всех у нас в группе учились двое — Алексей Конюшин и Семён Вайсман, мой друг. Но Сеня Вайсман только приходил в нашу «двойную шестую», а Лёша Конюшин жил с нами вместе, и именно на него падала эта нагрузка — помогать ребятам в сессию, объясняя трудные вопросы. Лёха Конюшин всегда точно отвечал, когда его спрашивали преподаватели на лекциях и семинарах. Ребята засекли его ответы и начали спрашивать и в общаге тоже. Конюшин объяснял не очень охотно, но коротко, ясно и очень понятно, логика у него была замечательная! Объяснения его хорошо запоминались, лучше, чем иных преподавателей. Голос у Конюшина был громкий, дикторский, а почерк круглый, крупный. Он писал формулы на листах белой нелинованной бумаги, которая была у него всегда с собой в портфеле в отдельной картонной папке. На таких листах писали в советские времена в -каких-нибудь министерствах, бумага была дорогая, но Конюшин никогда не распространялся, откуда она у него...

Однажды вечером начались в нашей комнате обычные шутки про наших хохлов. Остап и Глеб сидели тут же, с нами. Глеб бренчал на гитаре, а Подопригора со смаком выскрёбывал остатки жареной картошки со сковороды. В нашей уникальной трёхлитровой банке с жёлтой крышкой было ещё пиво на донышке. Остап аккуратно разлил его на два стакана — по глотку себе и Глебу. Выпили. Тут-кто-то и заметил:

— Глеб, ты можешь сменить себе фамилию. Женись и возьми себе фамилию жены. Например, женись на Алёнке Бабе. Был Поросёнок, а станешь Бабой!..

Конечно, раздался гогот. Но Глеб невозмутимо перебрал струны гитары, поправил голубой пышный бант на грифе её и ответил вполне серьёзно:

— Я лучше на Ольге Клубничкиной женюсь. Красивая девка! Фигура такая, талия, сиськи на месте! Аж забирает, когда она мимо меня проходит! Женюсь и буду Клубничкин!..

Все помолчали, но вдруг Остап произнёс:

— То стоит разве Алёнку Бабу забижать, Глиб! Та Алёнка тоби всэ свое сэрдце виддасть! А Клубничка — нэ твоя дивчина, она тоби нигдэ нэ шукае. Она до другого хлопца замирае, а та Алёнка еи по́друга, вот она всюды с нэю ходэ, як нитка за голкой! Куды Алёнка пидэ, туды Клубничка дуе! Вот и усэ! То не до тэбэ она зитхае!..

— Это мы ещё посмотрим! — отвечал Глеб. — Если я захочу — она моя будет, никуда не денется!..

И он забренчал на гитаре, забренчал! И кажется — всё забылось!..

Но вскоре после этого Сеня Вайсман подошёл ко мне и говорит:

— Димыч? Что произошло? Глянь, Конюшин перестал с Глебом разговаривать. Прямо не замечает его!..

— Да вроде ничего между ними не произошло, — ответил я, — тебе кажется, Сеня!..

— Не кажется, — сказал он. — Вчера Конюшин даже толкнул Глеба. Вроде как нарочно, легонько так! Да Глеб не заметил. Но я заметил — у Лёхи аж лицо перекосило от ненависти! Что такое?

— Бывает такое с Конюшиным, — сказал я. — Не обращай внимания, Семён. С ним случаются приступы ненависти! Но, правда, и приступы великодушия тоже! Скоро сессия — всё забудется. Ему снова придётся помогать ребятам, и он придёт в равновесие...

Мы уже знали кое-что об Алексее Конюшине. Перед Новым годом пришли к нам в «двойную шестую» неожиданно высокие гости — генерал в форменной шинели и солидная дама в норковой шубе и белой пушистой шапочке.

— Лёшенька! Сыночек! — воскликнула она, бросаясь к сыну.

— Мать, я не звал вас в гости! Какого чёрта вы сюда явились? — возмутился в ответ Конюшин.

— Мы не можем туда идти без тебя, Алексей, — пояснил генерал. — Я тебе говорил это по телефону! Мы идём туда именно из-за тебя и твоего будущего!..

— Я не хочу туда идти, папа, — сказал Конюшин.

— Поздно что-то менять, — сказал генерал. — Машина ждёт нас внизу. Пожалуйста, собирайся!.. Нас отвезут прямо к самолёту! Лететь всего три часа! Очень удобно!..

— Надень вот этот новый свитер, сынок, — сказала мать, протягивая Лёше пакет.

Конюшин быстро натянул через голову свитер с белой большой снежинкой на груди. Лицо его резко изменилось — из узкого, вытянутого и желтоватого стало казаться каким-то аристократическим, чуть бледным. «Вот что значит хорошая одежда!» — подумалось мне.

— Это вам, мальчики. Ешьте на здоровье! — сказала мать Конюшина и положила на стол ещё один пакет.

На этом Лёша Конюшин мгновенно исчез с родителями на целых четыре дня. Я развернул бумажный пакет — там были мандарины, много, килограмма три. Сеня Вайсман сидел с нами тогда в комнате. Он взял один мандарин, очистил его и, обращаясь к мандарину, процитировал:

> Не тот ли вы, к кому меня ещё с пелён,
> Для замыслов каких-то непонятных,
> Дитёй водили на поклон?
> Тот Нестор негодяев знатных...

— Откуда это? — спросил я. — Ч-то-то знакомое.

— Из Грибоедова. «Горе от ума», — ответил Сеня и стал есть мандарин, разломив его на дольки.

— Лучше бы она принесла кило колбасы, — сказал я.

— Я принёс колбасу и батон, — сказал Сеня. — Вон, на подоконнике лежит, питайтесь. Она права — в мандаринах витамины. И к тому же мандарины в магазинах не продаются свободно. Поди постой в очереди, если и наткнёшься на них -где-нибудь!..

Нельзя, конечно, сказать, что мы голодали. Деньги уходили на спиртное, потому что пили мы, особенно после сессии, просто ужасно. Принимали по сто грамм каждый день, будто на фронте бойцы перед атакой. Один Конюшин не пил или пил совсем мало — один глоток. Правда, деньги давал на общую складчину...

Мы узнали о Конюшине и его семье от Серёги Бубликова, который учился на общем курсе автоматики. Это именно Бублик травил шутки про наших хохлов и вместе с девочками рисовал стенгазету. Серёгу Бублика любили за весёлую бесшабашность, которая скрадывала его плохую успеваемость — он учился хуже всех. Но он был близок к девочкам, в общежитие к которым он запросто заходил, и потому был своим парнем для нас тоже. Всё-таки не каждый мог запросто войти в общагу к девочкам в любое время! Девчонки нередко кормили Серёгу Бублика супом с вермишелью, яйцами и манной кашей. Но всё равно Бублик был голоден всегда, сколько я помню его в наши студенческие годы. Он очень нуждался материально, ходил в рваных ботинках, которые не мог позволить себе отнести в ремонт, и зимняя куртка на нём была очень ветхая. Родители Бублика были давно в разводе, и нам было понятно, что Серёга ходит от матери к отцу и от отца к матери, но ни от кого из них нет ни толку, ни помощи, тем более что на момент учёбы он жил с ними на расстоянии, в другом городе. Похоже было, что родители вообще забыли его: он не получал ни денег, ни посылок. От такой весёлой жизни Бублик много пил, сразу просаживая всю стипендию за несколько дней, пользуясь полнейшей родительской безнадзорностью. Мать даже не писала ему писем или открыток.

Серёга Бубликов учился с Алексеем Конюшиным в младших классах средней школы, они были из одного города, я уже не помню, откуда. Серёга ненавидел Конюшина, совершенно не скрывал этого и всегда изображал его втихую: вытягивал лицо и кривил рот налево — получалось похоже на Конюшина и потому смешно. Алексей Конюшин действительно был длинный парень с узким вытянутым лицом. Он смотрелся худощавым за счёт своего роста, но худым не был при его денежных родителях. Когда он волновался, его губы искривлялись в иронической улыбке. Алёна Баба заметила по этому поводу, что Конюшин похож на Исаака Ньютона.

Лёша Конюшин был страшно ревнив, страдал от собственного огромного самолюбия, и Серёга Бублик побаивался его, хотя и передразнивал при случае у него за спиной. Однажды в младшей школе они здорово подрались из-за какой-то пионерки-отличницы, которую Серёга Бублик имел несчастье уже тогда отбить у Конюшина, потому что догадался на последние свои десять копеек купить ей фруктовое мороженое. Потому, когда Алёша Конюшин купил ей дорогое мороженое-пломбир, пионерка-отличница не взяла его у Алёши, поедая фруктяшку. Конюшин обиделся и всыпал Бублику где-то в туалете после пионерского сбора и возвращения в школу. Их разняли учителя. Несправедливость этого давнего пионерского дела, по мнению Серёги, была в том, что Алёше Конюшину не попало, потому что он уже тогда считался мальчиком, который далеко пойдёт, а Серёга Бублик никем не считался, хотя учился в младшей школе по всем предметам хорошо. Попало, ясно, Серёге, как мальчишке уличному. А Конюшин остался вроде бы в стороне, хотя это он затеял драку!..

Но нравилось это Конюшину или нет, а Серёга Бублик приходил всё равно в нашу «двойную шестую». Дружил Бублик в основном с Сашей Никифоровым. Саша Никифоров любил прифрантиться, у него были уже тогда модные импортные джинсы, которые он давал иногда поносить Серёге Бублику. Серёга дружил также с Сашей Максимовым, который тоже жил с нами в комнате и отлично фотографировал. Мы звали его Шуриком, чтобы не путать с Сашей Никифоровым, которого иногда звали Никифором. Моя койка стояла у окна рядом с койкой Мишки Иванцова. Мишка Иванцов варил нам лихой борщ с селёдкой в большой кастрюле, бросая туда очищенные кислые яблоки вместе с картошкой, капустой и свёклой. Он клялся, что это рецепт из монастыря, в котором до революции проводила своё время в молитвах его бабушка. На этот монастырский борщ он всегда звал Серёгу Бублика и старался зачерпнуть ему побольше картошки и селёдки. В общем, ничего был борщ, вкусный! Мы ели его с чёрным хлебом...

От Серёги Бублика за монастырским борщом мы узнали постепенно, что дед Лёхи Конюшина работал в былые легендарные времена под начальством Лаврентия Палыча Берии и после развенчания своего шефа пустил себе пулю в лоб. Серёга уверял нас, что отец у Лёхи Конюшина тоже такой. Жестокий и приказной. Это потому, что боялись именно Конюшина-отца, пионеру Алёше Конюшину не влетало от учителей за драку. Серёга утверждал также, что насчёт Конюшина-сынка мы можем быть спокойны — яблоко от яблони недалеко падает, и злой характер Лёхи ещё проявится! Серёга добавлял с горечью, что Алёша жил всегда припеваючи, катался как сыр в масле, сроду не голодал, не ходил в школу раздетым, и потому не надо его приглашать к общему столу на борщ и картошку. Но мы не соглашались с этим — на общую жратву мы скидывались в нашей комнате после получения стипендии. И Конюшин давал нам деньги на общий стол. Правда, ел он всегда мало, вроде бы как для приличия. Картошку обычно жарил я — на подсолнечном масле, конечно, а в конце добавлял чайную ложку сливочного масла. Тогда картошка пахла грибами, и я замечал, что она нравится Алёше Конюшину. Однажды он спросил меня:

— Ты где-то грибы добываешь и кладёшь туда, Димыч?

Но я сказал ему рецепт — он только улыбнулся. Конюшин здорово уставал, потому что очень внимательно слушал все лекции, хотя остальные ребята, случалось, позволяли себе вздремнуть в тени от нашей серьёзной профессуры. Я уважал Лёху Конюшина за его глубокие знания, а Серёга Бублик — он был всё-таки просто гостем в нашей комнате и группе...

Конюшин никогда не разговаривал с Серёгой Бубликом, хотя его не сторонился — он, наверное, привык к присутствию Серёги ещё с детства. Но при появлении Бублика в нашей «двойной шестой» Конюшин всегда посматривал в сторону и кривил губы в иронической усмешке. Сейчас, через годы, я понимаю, что Алексею Конюшину было очень нелегко жить с нами в комнате: он выделялся из всего курса своей дорогой, добротной и модной одеждой, мохеровыми шарфами, укороченным кожаным пальто. Неизвестно, правда, как бы именно поступил Алексей Конюшин, если бы кто-то из нас попросил у него, как у Саши Никифорова, дать поносить свитер или пальто. Но никто из нас ничего у Алексея никогда не просил из одежды, как будто все заранее были уверены, что он не даст. Да и на чёрта, спрашивается, была нам нужна такая дорогая одежда? Того и гляди посадишь масляное пятно на чужой свитер — оно нужно кому-то потом в химчистку бежать, сдавать вещь?

Да, одежду наши парни у Конюшина не просили — другое дело — помощь по предметам! Я думаю теперь, что родители могли бы снять Конюшину отдельную квартиру, но он, вероятно, сам от этого отказался. Он как будто сверял свои знания с общим уровнем нашей группы и хотел подняться выше этого уровня изо всех сил! Возможно и то, что мать побоялась оставлять Лёшу наедине с самим собой — отец и дед Конюшины были наследственные алкоголики, по словам Сергея Бублика. Может быть, мать правильно рассудила, что огромное самолюбие не даст Лёше упасть в глазах товарищей по комнате и наследственный порок не разовьётся в её сыне. Но Сергей Бублик уверял нас, что Алёша Конюшин к спиртному прикладывался со школьных пионерских лет так же, как и он сам, Серёга. Только снова не был Алёша Конюшин, отличник, в этом пороке уличён. За ним стояла вовсе не улица, как за спиной несчастного Сергея Бублика!..

...Надо сказать, что Алесей Конюшин тянул нас как мог: я, бывало, вдруг обнаруживал в коробке для овощей в нашей комнате в трудные минуты студенческого существования «под завязочку» пакеты с картошкой, которые ни я, никто другой из ребят не покупал и Сеня Вайсман тоже не приносил. Находились у нас в общем холодильнике общаги, стоявшем на кухне, и внезапно ниоткуда появившиеся, как с неба упавшие, сосиски с надписью на пакете «комната 66». Я начал понимать, что это делает Лёха Конюшин, подкидывает жратву, помогает в силу своих денежных возможностей. Я не стал афишировать это или благодарить Алексея, я просто принял это как должное и продолжал жарить картошку по своему методу. Конюшин хотел оставаться втайне со своими порывами великодушия — пусть будет так. Сам он, действительно, судя по всему, не голодал, он где-то на стороне и обедал, и ужинал. Когда он отказывался от жареной картошки — я не настаивал. Я знал, Серёга Бублик прав в одном: голод берёт своё, значит Алексей сыт. И опять-таки, по утверждению Серёги, Лёха Конюшин с малолетства бесстрашно заходил в любой буфет и кафе!..

Как бы то ни было, но без Алексея Конюшина и Сени Вайсмана сессию сдавать нашим ребятам было трудновато. Сеня Вайсман во время сессии приходил к нам в «двойную шестую» каждый вечер. Он приходил не столько, чтобы помочь ребятам, сколько помочь Лёхе Конюшину, который не мог отказаться объяснять трудные вопросы тоже каждый вечер. Днём мы учили наши трудные предметы в полнейшем молчании — нагрузка была огромной. Я чувствовал порой жар в голове —

мне даже казалось, что сейчас у меня лопнут виски и мозг заструится белым маревом наружу! Потом наступал момент — и Шурик Максимов бросал учебник на стол.

— Всё, парни! — говорил Шурик Максимов. — Наступает час фотографии...

И он поворачивался к койке Конюшина, где Лёша сидел, обыкновенно, закрыв учебником лицо.

— Этот час уже наступил! — подтверждал Миша Иванцов. — Сейчас Шурик отснимет многосерийный фильм под названием: «Уроки Алексея Конюшина». Будущее светило советской науки, Алексей Конюшин, объясняет трудные вопросы автоматики своим друзьям по комнате!..

Конюшин усмехался и, отложив учебник в сторону, вставал с койки. Он подходил к столу со своими нелинованными листами белой бумаги в руках. Потом он усаживался за стол поудобнее, какое-то время поёрзав на стуле, и поднимал голову, приготовив аккуратную стопку бумаги перед собой.

— Ну, погнали коней, — говорил он уверенно своим дикторским голосом, — Конюшин перед вами. Итак, что непонятно, парни? Давайте вопросы!..

Ему кидали трудные вопросы — он легко отвечал на них, как орешки щёлкал. Всё больше и больше ребят набивалось в нашу комнату — уже знали про эти «уроки Конюшина». Скорее всего, в некоторых из ребят говорил страх — после первой сессии из нашей номерной группы почти с десяток студентов перевели на общий курс автоматики и телемеханики — спецпредметы нашей номерной специальности они не смогли освоить. Были и те, кого отчислили из института сразу — отсев был порядочный! Были несколько девушек, кого лишили стипендии до следующей сессии — свирепая профессура нашего института боролась за успеваемость и реальные знания студентов. Шёл естественный для технического института отбор. Но в каждом из нас была неуверенность в себе после такой расправы! Будто кошки на душе скребли — а вдруг именно я следующий? Потому они и возникли в нашей «двойной шестой» — эти значительные и необходимые «уроки Конюшина»!..

Обычно Лёша Конюшин объяснял часа два. Потом — будто было так условлено — появлялся Сеня Вайсман. При его появлении Лёша Конюшин вставал из-за стола и возвращался на свою койку.

— Теперь очередь Сени рассказывать, — говорил он. — Я устал, парни!..

Некоторый галдёж в комнате прекращался — Сеня говорил тихо и слегка заикаясь, он объяснял трудные вещи очень тщательно, но слушать его надо было изо всех сил. Нередко Сеня обращался ко мне:

— Ну-ка, Димыч, — говорил он. — Ты знаешь это тоже не хуже меня. Давай, помогай!..

Я приходил ему на помощь — мы разбивались на две группы...

В ту зимнюю сессию, на втором курсе, Глеб Поросёнок влетел в нашу комнату и вплотную шагнул прямо к койке Конюшина.

— Лёха! — воскликнул он. — Я потону завтра на зачёте, Лёха! Меня или лишат стипендии, или вообще отправят отсюда к чёртовой бабушке! Я ничего не руб-лю, а ты меня совсем игнорируешь! Скажи, что я тебе такого сделал?..

Но Конюшин молчал, не поднимая головы от учебника. Как будто и не было вовсе в комнате Глеба! Как будто никто и не обращался к нему, к Алексею Конюшину!

— Остап тоже не врубается, как и я, — сказал Глеб. — Помоги нам, Лёха! Ты слышишь?

— Нет, я не слышу, — громко сказал Конюшин. — И слышать, кстати, не хочу!

— Это ужасно, — сказал Глеб и сел верхом на стул напротив койки Конюшина.

Наступило молчание.

— Парни, я погиб! — воскликнул Глеб. — Посмотрите на него! Нет, что я сделал тебе, Лёха?..

Шурик Максимов с силой хлопнул учебником по столу.

— Час фотографии настаёт... — начал было он.

— Не будет вам ни часа, ни секунды фотографии, — спокойно, не вставая с койки отвечал Алексей Конюшин.

Мы молчали. Дверь открылась — и вошёл Остап Подопригора. Он как будто подслушал всё происходящее за дверью! Он молча сел на койку Конюшина рядом с Лёшей. К этому времени, за полтора года учёбы, Остап заслужил славу самого славного, самого отличного парня во всей общаге! Эта слава пришла к нему не без участия всё тех же шутников. По воскресеньям над хохлами практиковались с очередной шуткой, разработанной в деталях Серёгой Бубликом. Кто-нибудь входил в комнату к хохлам с озабоченным видом и начинал крутить мозги:

— Остап! Там, внизу, у вахтера, -какие-то люди тебя, кажется, спрашивают. Да, тебя, точно!..

— Яки люды? — удивлялся Остап.

— Не знаю! Совсем простые люди! Говорят по-украински! Их никто не понимает! Иди, спустись вниз, к вахтеру, Остап!..

Подопригора тут же начинал быстро собираться — заправлял майку в свои обычные, вытянутые на коленках, спортивные синие штаны, а на майку натягивал свою незаменимую серую шерстяную вязаную безрукавку. Потом он оправлял постель и развешивал на спинке кровати вышитый красными вишнями рушник, дабы если вдруг придётся пригласить неизвестных земляков в свою комнату, так в комнате был бы порядок. Оставалось только идти вниз, к вахтеру общежития.

— Да, погоди, Остап, — останавливали его обычно шутники в последнюю минуту. — Кажется, мы поняли, что эти люди ищут!..

— Шо шукають? — допытывался Остап. — Они мэнэ шукають?

— Да, тебя! Они спрашивают, то правда ли, что на хуторе Подопри-Гора откормили чистым хлибом жирного поросёнка?!

На этом шутники прыскали смехом и убегали. Но Остап только головой крутил в ответ, приговаривая своё обычное:

— То людыно ты ж моя, людыно! Ой, башковита ты, як моя задница!..

На следующее воскресенье снова начинали крутить шутку о приезжих гостях с Украины, и снова Подопригора начинал собираться, вешал рушник на спинку кровати! Шутники надрывались от смеха, повторяя про поросёнка и хлиб на разные лады. Дело в том, что имя Глеба в устах Остапа звучало иногда, как «Хлиб», то есть «хлеб» по-украински. Но Остап был искренний парень. И всё твердил одно и то же, не повышая голоса и ничуть не обижаясь:

— То тикалы бы вы, хлопцы, до сэбэ, да на ти червлени тры буковки!..

Словом, в тот вечер Подопригора сел на койку Конюшина и произнёс:

— Лёха! Та Хлиб з тою дивчиною не гуляв вовсе, зовсим не гуляв!..

Конюшин молчал.

— То я тоби башкой своею клянуся, — сказал Остап. — Нини! Нэ гуляв!..

— Но она заходила к вам в комнату чай пить, — угрожающе выдавил из себя Конюшин. — Вы всех девушек, разве, приглашаете к себе в комнату чай пить за полночь?

— Ни, нэ усих, — кротко отвечал Остап. — То тилькы Алёнка Баба со своею пóдругою заходыла до нас из Хлибом. И нэ вночи, а свитло було. Алёнка Баба до нас прыйдэ ти лэнински гроши до сэбэ шукать. То Клубничка тоже з нэю пидишла. З пó- другою, як нитка за голкою, то нэ одна! Та про ти гроши мэнэ дивчата пыталы. Я, кажу, ти гроши лэнински до Алёнки потрибниши, чим до тэбэ, Алёша. Потому тэбэ твий батько военный дае. А дивчатам гроши трэба завсегда бильше, як хлопцам. То я сказав. А Хлиб — вин мовчав. То ему з Клубничкой разве говорить, як Алёнка до него глаз нэ зводить? Хлиб еи любить починав усим сэрцем, Алёша! Вона дивчина добра, Алёнка!..

Но Конюшин молчал.

— Скажи ему, Димыч! — сказал вдруг Глеб и голос его сорвался.

— На фиг мне сдалась эта Ольга Клубничкина? Она не для меня, и я не для неё! А на зачёте завтра мы с Остапом потонем, как в море корабли!..

— Нашлись корабли! — раздался издевательский голос Конюшина.

Остап сделал Глебу жест рукой — молчи, мол, положись на меня.

— Хай будэ нэ корабли, хай будэ шлюпки, Лёша, — сказал Остап. — Всэ одно утопнемо. Тому ты нам поможи! А утопнуть нэможна, бо стыпэндию уризаты зачнуть. Шо хавать тогда будэмо? Дэ гроши браты?..

Я понял, о чём речь шла. Ходили слухи, что после этой зимней сессии на наш курс кому-нибудь из отличных студентов назначат ленинскую стипендию — намного большую сумму денег, по сравнению с обычной студенческой стипендией.

Кандидатами на такую стипендию, конечно, могли быть только трое: Алексей Конюшин, Семён Вайсман и Ольга Баба, которая ко всему занималась ещё и общественной работой, войдя в состав комсомольского бюро курса.

— Я думаю, что Сеня Вайсман не обидится, если стипендию назначат Ольге Бабе, — сказал я. — Ну а Лёше тоже не надо обижаться — он ведь общественной работой не занимается, как Ольга. Всё справедливо! Хорошо, если её дадут Ольге Бабе!

— И я сказал Алёне, — заявил Глеб. — У нас с ней всё хорошо, Димыч. Мы будем выступать с ней на объединённом концерте нашего политеха, а потом ещё я — отдельно на конкурсе с бардовской песней. Алёна сказала, что она звонила на радио, чтобы узнать условия конкурса. Алёна будет петь вместе с «Клуб...»! Вот чёрт!..

Глеб закашлялся.

— Вот видишь, ты сам и проговорился, — сказал Конюшин.

— Да то про писни, Алёша! — не сдавался Остап. — То Клубничка писню заспивае з по́другою! То правду тоби кажу, клянуся всиею моею украинською мовою!..

Конюшин встал с койки и поглядел на Остапа — лицо Подопригоры было насуплено. Тогда Конюшин присел за стол и привычно поёрзал на стуле.

— Ладно, — сказал он. — Поглядим дальше, что будет! А сейчас давайте вопросы, пока я добрый!..

Порыв великодушия охватил его — он начал объяснять. Я понял, что он в ударе! Он быстро и ловко выписывал на бумаге длинные формулы. Сашка Никифор, уразумев, что такой случай упускать нельзя, выскользнул незаметно из комнаты и вернулся мгновенно с Серёгой Бубликом, подтолкнув его как можно ближе к Конюшину, — ребята с общего курса автоматики сдавали некоторые параграфы этого материала первым экзаменом после нашего смертельного, каверзного зачёта всего через два дня! Через некоторое время Конюшин взглянул на Серёгу Бублика, и лицо его на мгновение вытянулось — он никогда не видел Бублика так близко рядом с собой, вероятно, с тех самых пионерских школьных лет. Серёга сидел с открытым ртом, поглощённый удивительной логикой своего бывшего одноклассника. Краска выступила на лице Конюшина, но Лёша уже не мог остановить в себе порыв горячего великодушия и продолжал объяснять с ещё большей яростью, выписывая на бумаге цепочки неоспоримых и тонких расчётов. Он объяснял так подробно, как будто отродясь был уверен, что Серёга Бублик был всё равно тупица и тупицей помрёт, и потому надо, чтобы он хоть что-нибудь понял и узнал! Много ребят набилось в комнату, и Сеня Вайсман был уже давно тут, а Конюшин всё писал и писал формулы на листах, передавая их из рук в руки. Наконец, он сказал:

— Теперь твоя очередь, товарищ Вайсман. Я своё закончил.

Он лёг на свою койку и сказал:

— Если мне позвонят, то разбудите меня, ребята. Обязательно! Мало ли кто позвонит!

Мы переглянулись с Сеней — Конюшину действительно иногда звонили мать и отец. Но мы поняли в ту минуту, что он ждёт другого звонка. После окончания института Алексей Конюшин женился на Ольге Клубничкиной...

Всем было ясно: Конюшин ревновал Ольгу Клубничкину к Глебу. Я начал объяснять Глебу кое-что ещё из материала ему, Глебу, неясное, но вдруг, через хороший час моих объяснений, Конюшин, не вставая со своей койки и не открывая глаз, перебил меня:

— Ты ошибся в этой формуле, Димыч, — сказал он. — Это не так будет!..

И он поправил меня, назвав другую формулировку — это был материал прошлого года. Сеня Вайсман не поверил ушам и глазам своим — перелистав справочник, он отыскал нужную формулировку. Оказалось, что Конюшин был прав — я действительно ошибся в этой маленькой, крохотной формуле, такой незначительной она мне показалась в прошлом году! Но Конюшин правильно запомнил её и с закрытыми глазами, лёжа на койке, слушал битый час меня и Вайсмана, сверяя в своей памяти наши формулировки.

— Ну и память у тебя, Лёша! — сказал Сеня Вайсман. — Ты просто колосс в науке, товарищ Конюшин!

— Нет, я ещё не колосс, а только колосок, — сказал Конюшин и тихо засмеялся...

...Бывало так, что Лёша Конюшин и Сеня Вайсман уединялись от всех из нашей «двойной шестой» куда-нибудь в красный уголок. И там что-то считали, считали, вычисляли, обсуждали! Позже, спустя годы, когда Алексей Конюшин станет признанным учёным, он напечатает свою статью в одном из видных научных журналов, где подробно опишет свой метод вычисления. Он назовёт это методом Вайсмана-Конюшина, а вовсе не наоборот. И объяснит в статье, что они начали считать вместе, и Сеня Вайсман получил нужный ответ, пользуясь новым методом вычисления, на целых двадцать минут раньше него, Алексея Конюшина. Естественно, что Алексей Конюшин не смог отвечать за весь учёный мир, который вскоре начал именовать этот способ решения методом Конюшина-Вайсмана, а потом уже просто методом Конюшина!..

Но это всё случится много позже. А в студенческие времена мы решили однажды сброситься деньгами и справить день рождения Серёги Бублика, купив ему в подарок новые ботинки. Денег было мало, но я взялся их собирать и решился спросить и Конюшина, объяснив, в чём дело. Он был недоволен — но я и не ждал ничего большего.

— Хочешь, дай трёху, как все наши парни, — сказал я. — Что ты, Лёша, в самом деле всё ещё носишь камень за пазухой насчёт Серёги Бублика? Пора позабыть! Мало ли что бывает в пионерском возрасте!

— Он много болтает о моём отце и дедушке, — сказал Конюшин. — Я тебе веско скажу, Димыч: разве сын и тем более внук отвечает за поступки отца и деда? Мы ведь не выбираем себе родителей, как известно!

— Но мы наследуем их пороки, это уж точно, — сказал я.

— Пороки, но не поступки, — поправил меня Конюшин. — К тому же сейчас иные времена. Люди больше не дрожат в смертельном страхе при одном лишь звуке имени Берии...

— Ладно, можешь не давать деньги на подарок Бублику, — сказал я. — У вас и вправду сложные отношения!..

— Нет, я дам деньги на этот подарок, — отвечал Конюшин. — Только если уж покупать ботинки, так купите хорошие, импортные, у спекулянтов. Около обувного магазина, я знаю, бывает, они продают приличную обувь. Да Бублику не говори, сколько я дал. Хорошо, Димыч? Знаю, ты не скажешь!..

И он протянул мне ДВАДЦАТЬ ПЯТЬ. У меня даже спина вспотела.

— Ох, спасибо, Лёша! — воскликнул я.

Мы купили с Сашкой Никифором отличные коричневые ботинки у фарцовщика. Бублик проходил в них до самого окончания нашего политеха. Но на вопрос Никифора, откуда у меня столько денег вдруг собралось, я сказал ему, откуда. И попросил его:

— Претруни немного Серёгу, Сашка. На фиг Конюшину глаза колоть семьёй? Одна глупость. Мне жаль, что детей находят не в капусте, ей-богу, жаль!..

...Мы с успехом сдали зимнюю сессию, потом летнюю и после второго курса в составе стройбата нашего политеха двинули на целинные и залежные земли строить кошары. Лёша Конюшин поехал с нами. Я не удивился — ему не так нужны были деньги, как нам, но он старался ни в чём не отстать от нас. *Он тоже, понятно, поехал на целину в составе бригады стройбата политеха. Мы старались нашей бригаде сформироваться* сравняться с нами, мстарался быть как все! Он даже отослал назад родителям несколько своих ярких свитеров, приняв решение не выделяться из общей массы студентов внешним видом. Он ни в чём старался не отставать от нас и Сеня *Вайсман. отдельную бригаду с нашей номерной группой, и ясно, что* с нашими завсегдатаями известной «двойной шестой»! И мы сформировали эту бригаду уже точно зная, кто есть кто!..

Окончание следует

Алишер Киём

Рубои

Рубои 1

> Али поведал, что Пророк сказал:
> «Тот, кто проводит ночь на крыше дома,
> ничем не укрываясь, лишается защиты».
> Хадис № 1192 в передаче имама Ал-Бухари

Без сна я, пьян и неукрыт, провёл всю ночь на крыше,
Как рёк Пророк: лишён был там защиты свыше!
Эй, кто внизу, в кибитке, били лбами у мехраба в нише,
Чтоб мне заснуть, вы в раз другой лбом бейте всё ж потише!

Рубои 2

Ой, что мне сделать с винопийцы потрохами:
С похмелья рубои мои кричат в них с петухами?!
Ведь рёк Пророк: «Лучше наполнить внутренности гноем,
Чем наполнять их немудрёными стихами».

Рубои 3

> Ибн Аббас сказал: «Считается сунной,
> когда человек садится, снимать сандалии
> и ставить их рядом с собой».
> Хадис № 1190 в передаче имама Ал-Бухари

Я, сев, сандалии мои поставил рядом, о Ибн Аббас,
Но, кончив бейт, я не нашёл их взглядом, о Ибн Аббас!
Ужель босым пойду я горним Садом, сандалии раз не упас?
А мне в Огне гореть, они с моим пребудут смрадом,

о Ибн Аббас?!

Рубои 4

> Салим поведал со слов своего отца, что
> Пророк сказал: «Никто из вас не должен
> ни есть, ни пить левой рукой, ибо левой
> рукой ест и пьёт шайтан».
> Хадис № 1189 в передаче имама Ал-Бухари

Что ешь и пьёшь в саду, ты не спеша, Киём,
Забыл совсем, что с детства ты левша, Киём?
Иль трапеза с шайтаном хороша, Киём?
Иль рада, что так ешь и пьёшь, твоя душа, Киём?!

Рубои 5

> Хусайн ибн Мус`аб поведал, что кто-то сказал
> Абу Хурайре: «Мы играем на спор двумя голубями».
> Абу Хурайра сказал: «Это детское дело. Вы дошли
> до того момента, когда пора прекратить это».
> Хадис № 1263 в передаче имама Ал-Бухари

Я помню: отроком мне мил был голубок,
Но раз хадис услышав, смысл чей был глубок,
Я усики подстриг и ногти рук и ног,
В подмышках выщипал волосья и обрил лобок!

Рубои 6

О как же пострадал Руми от происков родни:
В ней оказались злопыхатели одни.
Руми любил беседы с Шамсом Табризи наедине,
Родне же мнилось, что вдвоём распутничают дни.

Рубои 7

Ты, ИскандарИ ХатлонИ* вина налей, Киём,
Не знаешь, с гурией ли пить ему милей, Киём?
Был от любви лишь во хмелю он веселей, Киём.
Из пиалы ему что ж делать мавзолей, Киём!

*Таджикский лирик, зарубленный в Москве топором 21 сентября 2000
года.

Рубои 8

Хоть из Тернополя поэт Ильхомидин,
Таджикистану он в любви стал паладин!
Хотя на рідну мову перевёл Бозора* он один,
Игор МалЕнький** от нужды не дожил до седин!

*Классик в современной поэзии Таджикистана.
**Умер в 2018 году.

Рубои 9

Хотя Учитель* поселился в ЗимчурУде,**
Его творенья в интернетопересуде.
Пошли за мудростью к нему на гору ныне люди?
Иль не пошли, всё отнеся к очередной причуде?

*Тимур Зульфикаров.
**Горное место.

Рубои 10

О, сколько же ещё таджикских лет и зим,
На перевод Хайёма ждать мне Ваш вердикт, Азим?*
Быть может, интернет им почему-то негрузим?
Иль о Хайёме ртами только нынче мы сквозим?

*Уважаемый Хайямовед Азим Аминов.

Рубои 11

Хотя, не отходя от касс, всё денег не куём, Хайём,
Вам пиалу вином наполнит вновь Киём, Хайём!
Ему лишь с Вами остаётся пить вино вдвоём,
Хоть Вы давно уже ушли за окоём, Хайём.

Рубои 12

Эй, в юности моей поэт, Низом Косим,
Иль не подносит гроздь Хайёма, как три точки сим*,

Мой перевод Хайёма, что в изданьях всё невыносим?
Прошу ответа Председателя СП засим.

*Буква арабского алфавита.

Рубои 13

Эй, в ком к поэзии таджиков от провидцев дар,
Эй, вар кудрей, Руми воспетых, пламенный Сафар!*
Прошу сказать, коль не загас от свар Ваш правды жар:
Из рубои отар, товар вести ль мне на базар?

*Выдающийся знаток таджикской литературы Сафар Абдулло.

Рубои 14

Века проходят облака у кишлака пока,
Века течёт река у кишлака пока,
Века дух кизяка у кишлака пока,
Века зов ишака у кишлака пока.

Рубои 15

Какой давил Вам сердце груз, Хайём,
Что Вы писали про Навруз,* Хайём?
Иль вычисляли день, когда придёт Зардушт,**
И правоверным с ним не порывая уз, Хайём?

*Праздник Нового года, оставшийся от огнепоклонников.
** Зороастр.

Рубои 16

А ФирдавсИ* не возвращён ли парсам Парадиз,
Как в Газнави** открылся рабский низ?
Жаль, Парадиза языком лишь парсам и владеть,
Как им владел последним шахиншах Парвиз!

*Творец «Книги шахов», правящих в Песии до принятия ислама.
**Правитель, не оценивший «Книги шахов».

Рубои 17

Седой Учитель после множества дорог,
Головки горных черепах увидел в пальцах ног.
Что ж это? Иль в дороги в норах так готовит Бог,
Того, кто от земных дорог продрог и изнемог?

Рубои 18

Вчера очнулся я похмельным на полу,
И полную вина увидел рядом пиалу.
И вспомнил девы грудь... Ужель на ней
Я заслужил сю пиалу как похвалу?!

Рубои 19

Когда нам подан самаркандский светлый плов,
И пальцы манит лишь пригОршен риса лов,
Аллах, что держат не калАм,* есть ль в пальцах стыд,
Раз не выводят о Садах за пловом вязи слов?

*Палочка для письма.

Рубои 20

Когда бухарский подают мешочный* плов,
И пальцы манит лишь пригОршен риса лов,
Аллах, что прежде был Аюб** Иов,
Не пожалеет ли, вкусивший плова болослов?!

*Плов бухарских евреев.
**Мусульманский Иов.

Рубои 21

Когда бухарский подают мешочный плов, Хайём
И пальцы манит лишь пригоршен риса лов, Хайём,
Что прежде звали мы Аллаха также Саваоф, Хайём,
Придёт без плова ль хоть в одну из всех голов, Хайём?!

Рубои 22

Когда Учитель восхвалял в творениях панир,
То как таджикский сыр тот покорял весь мир.
Теперь же, в колбасу добавленный, инжир,
Сменив в ней жир, рекламный захватил эфир!

Рубои 23

Кто в Самарканде не едал кульчИ*,
Подковой в Киеве не рвал сам калачи,
Оставь все разговоры про харчи!
И лучше рта не раскрывай, а помолчи!

*Маленькая лепёшка.

Рубои 24

То знают только небеса, Руми,
Как Моисеем стал Муса,* Руми.
Но что пеклась и до арабов самбуса,** Руми,
Кур Бухары всем подтверждают голоса, Руми!

*Мусульманский Моисей.
**Пирожки с мясом, треугольной формы.

Рубои 25

Пусть от монголов нам пришло «мантУ»,* Руми,
И в это слово мы свою вложили красоту, Руми.
И на таджикском языке ман — я, ты — ту, Руми,
А что нам то, что в душу вносит пустоту, Руми?

*По-русски: мАнты.

Рубои 26

Учитель — очень давний девопас,
От их отар забрался на гору сейчас.
А не лукавит ль Он, имея мудрости запас,
Что от отар дев девопаса сам Аллах и спас?!

Рубои 27

О чем, Учитель, провинился мусаллас,*
Что на горЕ «водой шайтана» стал для Вас?
Так что же нам переходить теперь на квас,
Чтоб пить в Садах вновь мусаллас, чей там велик запас?!

*Сорт вина.

Рубои 28

О что же Вы таким не парсом стали, Саади,*
Ведь мог пылать Огонь Ормузда** и у Вас в груди?
Ведь так мог написать о парсах лишь кади:***
«Сколь ни служи Огню, сгоришь, в него лишь попади!»

*Персидский поэт.
**Зороастр.
***Мусульманский судья.

Рубои 29

Шамс Табризи* ли подводил глаза сурьмой, Руми?
Иль сами Вы? В смущенье разум мой, Руми.
Но Ваш родник зрачка нарцисса весь в сурьме
Истоком слёз стал красоты самой, Руми!

*Друг Чжалолиддини Руми, убитый за эту дружбу.

Рубои 30

Учитель на горе стоит, чтоб голоса
В порывах ветра слушать, глядя в небеса.
Кого ж ужалила в горнем Саду оса,
Что у Учителя текут так очеса?!

Рубои 31

Да, подлинным Устодом был Поэт БозОр,*
При всякой власти был за ним надзор.

В том, что писал Он, Власти виделся позор,
Но не водил его калАм в глуби её изор!**

*Бозор Собир.
**Шальвары.

Рубои 32

Я в Самарканде как-то пьян упал в арык,
Был молодым поэтом, пить кто не привык.
И в Самарканде тот арык без всяких закавык,
На сотворенье рубои мой развязал язык!

Рубои 33

Известно: в Самарканде пить вино привык
Хайём, на лекаря учась, когда лечил кадык!
Кадык чтоб двигался без всяких закавык,
Хайём к глотанью орошал вином язык!

Рубои 34

Али поведал, что Пророк сказал:
«Одна овца в доме — благодать,
две овцы — двойная благодать,
а три овцы — много благодати».
Хадис № 573 в передаче имама Ал-Бухари

Одна овца, что в доме — благодать!
А двум — двойною благодатью в доме стать!
А, с третьей, коль из дома не похитит тать,
То благодати будет просто не объять!

Рубои 35

Сказал б мне, НУху, до потопа всё ж ты, Ной,
Что я потопом буду разлучён с женой!
Что не пложусь в ковчеге будет мне ль виной?
Иль много жён Аллах мне даст взамен одной?

*Мусульманский Ной.

Рубои 36

Сказал бы, Адаму,* ты всё-таки, Адам:
Вернусь я с Хаввою ль к моим Садам?
Коль не вернуться с ней, то я к моим стадам
В придачу для твоей бы Хаввы и свою отдам!

*У мусульманского первочеловека ударение в имени падает на первое А.

Рубои 37

Нет не такой ты Лут* как из Содома Лот,
Кто после гибели Содома с горя пьёт!
Хоть и жену ты потерял, как тот, наоборот
Пусть Лот плодится с дочерьми, тебе ж — овец окот!

*Мусульманский Лот.

Рубои 38

Ну что поделаешь тут, винопийца Лот,
Когда столп соляной жены вылизывает скот.
У Лута вот с женою всё совсем наоборот:
Как «Бахр Лут»,*как «Морю Лута» ей почёт!

*Так называют арабы Мёртвое море.

Рубои 39

> ...а Анжаша подгонял пением верблюдов,
> на которых ездили женщины. У него был
> хороший голос, и Пророк сказал: «Анжаша,
> будь осторожен, когда везёшь стеклянные сосуды».
> Из хадиса № 1264 в передаче имама Ал-Бухари

А не о спеси ль бедуинов вечный пересуд,
Как у кого-то подгонять верблюдов пеньем зуд?!
Пророк изрёк, когда Анжаша каравану с жёнами запел:
«Будь осторожней, из стекла любой везя сосуд».

Рубои 40

О как разумно Саади писал нам про каймАк,*
Купив который на базаре, сам попал впросак:
«Когда торговец каймаком для этих мест чужак,
Не удивляйтесь, что каймак там разбавляют так!»

*Загустевшие сливки.

Рубои 41

А по Руми: была у Лута* злобная жена,
За злобу в Море Лута** и превращена.
И хоть мы знаем: и собаку Воскрешенье ждёт,
Но в Судный день не будет всё ж воскрешена она!

*Мусульманский Лот.
**Так называют арабы Мёртвое море.

Рубои 42

Поймёт, кто Саади читает «ГулистОн»,
К кому любовь его в газели «Эй сорбОн»,
Да, караван уносит вдаль из сердца стон под звон
От отрока, кто в Саади был так влюблён.

Рубои 43

Да, истинным пророком был поэт Бозор,
Как хИджра* в США его томила взор!
Лишь вместе с теми, кто кричал ему: «Позор!»,
В Лучобе он обрёл родной земли призор.

*Вынужденное переселение Пророка Мухаммада из Мекки в Медину.

Рубои 44

Тому, кто в хИджре пребывать привык, Руми,
Как Вам всего милей родной язык, Руми.
О как глотками речи сладко движется кадык,
Хотя за речь саму всем чаще и кирдык, Руми.

Рубои 45

Пусть Вам и мне навешан винопийц ярлык, Хайём,
Вином как речью только движется кадык, Хайём.
Вином как речью только движется язык, Хайём,
У тех, кто, про кирдык забыв, к вину привык, Хайём!

Рубои 46

Сказали б Вы себе как шейх мюриду,* Саади:
«О вере спор свой с иудеем больше не веди.
Ты в хИджре 30 лет провёл, где тих Зардушт в груди,
А иудею в хИджре в жизнь — путь с Яхве впереди!»

*Наставник и ученик в суфизме.

Рубои 47

Когда повсюду тупоумие владык, Хайём,
Вином как речью только движется кадык, Хайём.
Вином как речью только движется язык, Хайём,
У тех, кто, про кирдык забыв, к вину привык, Хайём!

Рубои 48

Когда побеги смолью пожирает тля, Руми,
Иль чёрною гюрзой на шее нам петля, Руми,
Становится вдруг светом мрак, Руми,
Нам в черни путь земной светля, Руми.

Рубои 49

Нет-нет, Учитель не от нынешних иуд,
Ушёл в родимый горный Зимчуруд!
Хвала Аллаху — не «во глубину сибирских руд»,
Чтоб оценил народ его при жизни труд!

Рубои 50

Фируз БахОр* по Вашим рубои создАл балет, Хайём,

В Берлине, в хИджре, он достиг восмидесяти лет, Хайём.
Хвала Аллаху, что хиджаба на танцоршах нет!
И на балет в Таджикистане не достать билет! Хайём.

*Известный таджикский композитор.

Рубои 51

Ни горний Сад ли — в ночь барханов стынь?
Да, нет червей шайтана у песков пустынь.
А быть в забвении в барханах, мой дарвЕш-устОд,*
Не величайшая ль из благостынь?

*Учитель-мастер.

Рубои 52

Не место встреч с родными горний планетарий!
Для грифов труп родных оставит только арий.
Что звёзды и Сады для вечных встреч, Учитель,
Раз кости всех родных хранит у парса оссуарий?

Рубои 53

При хвори с кем ни сонедужь, Киём,
Не снимешь тем с него удушья гуж, Киём.
И то, что вы хвораете вдвоём, не даст
Сил одному, не напустить чтоб луж, Киём!

Рубои 54

Эй, ты, кириллицы шайтан, чего ж таков,
К арабов именам приладив ев и ёв и ов оков?!
А сколько нужно и без них и без шайтана ков,
Таджикские чтоб имена вернуть, веков?

Рубои 55

Возносит к звёздам ли Зардушта гриф, Устод?
Закатит на гору ли сам валун Сизиф, Устод?

Чтоб не забыли люди наши рубои,
Не лучше ль вечно ставить имя как редиф, Устод?

Рубои 56

Поможет ли нам всем, Устод,* мудрец-даос,
Когда поймёт народ: правитель — кровосос?
Когда меж паданцев, как мёд, в саду идёте бос,
Вы не хотите затоптать, Устод, в них пьяных ос?

*Учитель-мастер.

Рубои 57

Помог ли нам, Устод, мудрец-даос,
Генсек один когда лобзал другого аж взасос?!
Когда меж паданцев, как мёд, в саду идёте бос,
Вы не хотите затоптать, Устод, в них пьяных ос?

Рубои 58

Поможет ли нам всем, Устод, мудрец-даос,
Когда не станут приглашать правителя в Давос?
Когда меж паданцев, как мёд, в саду идёте бос,
Вы не хотите затоптать, Устод, в них пьяных ос?

Рубои 59

Вы как Наставник мне рекли, Руми: «Ты знай, Киём,
Мой голос зазвучит в тебе как сладкий най,* Киём!
И будет голосом твоим мой сладкий най, Киём!
Ведь то ИблИса** голос как побед карнай,*** Киём!»

*Короткая свирель.
**Сатана у мусульман.
***Длинная духовая труба.

Рубои 60

Вы как Наставник мне рекли Руми: «Ты знай,
Киём, мой голос зазвучит в тебе как сладкий най!*»

А мне речёт в том сладком найе Адонай,**
Ведь у ИблИса*** голос как побед карнай.****

*Короткая свирель.
** Господь мой (на иврите).
***Сатана у мусульман.
****Длинная духовая труба.

Рубои 61

В арабской вязи мы провидим горний Сад, Хайём,
Там на вино для правоверных зреет виноград, Хайём!
Так кто же в вязи нас лишает Сада всех услад, Хайём,
Что ж вязи лоз как палаши, чей Сад — джихад, Хайём?!

Рубои 62

Вы скажете Руми: «Нарушили «аруз»,* Киём,
Что: не желаете арабских всех обуз, Киём?
Они же служат даже слаще римских муз, Киём!
От чьих же буз Ваш начался разрыв сих уз, Киём?!»

*Арабская система стихосложения.

Рубои 63

Не мнилось Вам, когда писали про Навруз, Хайём,
Что будет, если отменить для рубои «аруз», Хайём?
Да, это повод был бы даже для питейных буз, Хайём,
Иль слаще пить, не порывая всё ж с «арузом» уз, Хайём?!

Рубои 64

Эй, что ж о смерти у ВарзОба бурных вод,
Вам хочется всё петь и петь, Дарвеш-Устод?!
Что мудреца-певца так захватил его уход,
Когда у вод желает лишь плясать народ?!

Рубои 65

Эй, что ж о смерти у ВарзОба бурных вод,

Вам хочется всё петь и петь, Дарвеш-Устод?!
Иль Вам желанней, чтобы скрылся весь народ,
А слушал пенье только звёздный небосвод?

Рубои 66

Не для того ль, Устод-Учитель, нам всё речь и речь,
Что с тем, кто здесь, в Садах не будет встреч?
Раз полумесяц — ятаган, а крест — вОткнутый меч,
Возлюбим ближних до грядущих сеч!

Рубои 67

Не для того ль, Дарвеш-Устод, нам о любви всё речь,
Что с тем, кто здесь, в Садах у нас не будет встреч?
Раз косы как аркан летят к нам от танцовщиц плеч,
Не лучше ль нам добычей сеч их с ними и возлечь?!

Рубои 68

Что от сирени пены вод ночами у Варзоб-реки
Вы так, Дарвеш-Устод, очами далеки?!
Иль горняя сирень так манит дольной вопреки,
И Вы всё молите Аллаха: «Только к той влеки...»?

Рубои 69

Что не под вязью лоз ты в кишлаке, Киём?
Что ж не идёшь друзьями пить арак к реке, Киём?
Что ж не пылит в пути никто на ишаке, Киём?
Иль жизнь твоя не у Всевышнего в руке, Киём?

Рубои 70

А у кибитки отцветает алыча, Киём,
На молодом тебе рубахи чесуча, Киём,
Ай, как кульча прям из танура, горяча жена...
Петух у Майна что же гонит сон, крича, Киём!!!

Рубои 71

Ай-ай, Киём, какой же этот вкус
У пери на груди плодов боярки бус!!!
Ай-ай, Киём, какой же в них искус
Искать тот плод, что на таджикском назван: кус!!!

Рубои 72

Ай-ай, Киём, какой же то искус:
У пери на груди лущить фисташки бус!!!
Что ж отроком ещё не намотал себе на ус,
Что под изОрами* одной фисташки слаще вкус!!!

*Шальвары.

Рубои 73

Что ж ты не знал, Киём, что два бархана у груди
Пещерой могут стать — лишь вместе их сведи!!!
Уж отроком ты б бил ключом пещер всех посреди!!!
За то теперь, Киём, себе нещадным будь кади!*

*Мусульманский судья.

Рубои 74

Искал я отроком с отроковицей най,* Руми,
И отыскался он на мне, хоть стыдно, знай, Руми!
Когда игрой отроковица занялась, о Адонай!
Мой най вдруг выплеснул Дунай, Руми!

*Короткая свирель.

Рубои 75

«Когда скорбяще на меня глядит из трав гюрза,
(Учитель рёк) я слышу воет мать: мерзавцы, о мерза...
И слышу снова, как, в слепом убожестве борза,
Следы отца навек сметает сталинцев кирза.»

Рубои 76

> ...Тогда Пророк сказал: «Муса был Посланником Аллаха
> и он был пастухом. Давуд был Посланником Аллаха, и
> он был пастухом. Я был послан, и я пас овец для моего
> семейства в ' Ажйаде».
> Из хадиса № 577 в передаче имама Ал-Бухари

Эй, положите, положите уд,* Руми,

Ведь пастухом Муса был и Давуд,** Руми.

И сам Пророк овец пас для семьи,

Чтоб прекратить в отарах блуд, Руми?

*Струнный инструмент.
**Мусульманский Моисей и Давид.

Рубои 77

Алло Алаев в девяносто лет в Израиле дойрист,*

В Таджикистане, хоть еврей, Народный был артист.

Аллах, Вы ль в имени его, что даже коммунист,

Когда Алло в три дОйры бил, Вас восславлять был ист?!

*Музыкант, играющий на таджикских бубнах.

Рубои 78

А у суфы* цветенье было бело альчи, Устод,

А по суфе атлас тёк льдистый курпачи,** Устод.

А с курпачи я, юн, в рубахе белой чесучи,

Читаю Ваши «Десять древлих (О!) дерев арчи...» Устод.

*Широкий топчан-лежак в саду на несколько человек.
**Длинное, узкое, стёганое одеяло для сидения на нём у дастархана.

Рубои 79

Я видел в пудренице пыль любви планет, Хайём,

Я видел, как взлетал к губам помады минарет, Хайём!

Из дуг сурьмы я видел небывалый счастья свет, Хайём,

Но я не помню, видел всё я наяву иль нет, Хайём.

Рубои 80

Опять с вином ты поднял тихо пиалу, Киём,
Иль в пиале ты ощущаешь грудь в пылу, Киём?!
Иль в пиале ты ощущаешь от груди золу, Киём?
Не знаешь: вознести хвалу Творцу иль возводить хулу,
                                                    Киём?

Рубои 81

О как в пиалах блещет мусаллас,* Хайём!
Как на юницах плещет хан-атлас, Хайём!
Ужели это было и до нас, Хайём?!
Молить ли в рубои: исчезни не сейчас, Хайём?!

*Сорт вина.

Рубои 82

Что ж Вы не носите, Учитель, тюбетейки,
Иль в Зимчуруде все исчезли златошвейки?
Ведь Вам б хотелось, как цветов поникли шейки,
Из тюбетейки Ваш цветник полить, а не из лейки!

Рубои 83

Как написал, Киём, ФахриИ ХаравИ,*
Ты не от «руб» арабов рубои зови.
«Руб» лишь 4 у арабов, «Ру» таджикам — Лик,
«Бои» — обогашать — Лик Верою в любви!

*Иранский литературовед 16 века.

Рубои 84

Не Вы писали рубои, имам Умар Хайём — другой?
Не Вы: «В мечеть, под бирюзовый свод, вступив ногой,
В молитве кроток я и всё ж в молитве плох,
Не мусульманин весь ещё, не весь гяур-изгой.»?

Рубои 85

Вы знали рубои Хайёма, кто был Вам агой, Руми?
В питейный дом вступали сам ногой, Руми?
Иль рубои все о вине Вам приписал другой, Руми?
Шептали рубои Вы Шамсу в ухо с золотой серьгой, Руми?

Рубои 86

России Ваши рубои Тхоржевский рёк — изгой, Хайём,
На Соловках о. Флоренский рёк их под пургой, Хайём.
И Ваши рубои в тюрьме рёк Румер, хоть и не был гой,
Теперь России их речёт Киём в стране другой, Хайём.

Рубои 87

Не жаль мне Кира — Киру Александровну Сапгир, Хайём,
На Книжной мессе Франкфурта уж Кире нам не устроить
пир, Хайём.
Для русского Парижа Кира была пусть не кумир, Хайём,
Но для поэтов мира как без Киры вдруг опустел весь мир,
Хайём!

Рубои 88

О как на солнце чапана* сверкает бекасаб!
О как на солнце смолянО вдруг засиял хиджаб!
Киём сказал: «Раджаб**нагими проведём, никто да б не
озяб,
Как без любви под солнцем в рамадан араб!

*Халат-кафтан у мусульман.
**Месяц у мусульман, предшествующий месяцу поста.

Рубои 89

Эй, что ж от тука ваш трещит чапан-кафтан, чабан,
Как если бы чапан-кафтан одели на казан, чабан!
О если голод ваш постом пробудит рамадан,
В ночь уцелеет ли в отаре хоть один баран, чабан?»

Рубои 90

От постиженья ль древних греков теорем, Хайём,
Вы не вошли при жизни в свой гарем, Хайём?
Иль Вы постигли: Ерем сей семитам лишь носить —
Для размноженья лишь они Крем де ла Крем, Хайём?!

Рубои 91

Зачем же Блоку Ваш сверхточный календарь, Хайём,
Когда уже не будет всё ему «как встарь», Хайём,
Когда с семьёй расстрелян будет царь, Хайём,
Когда повсюду гарь, и нет спасения от харь, Хайём?!

Рубои 92

Что в имени для Вас отца, Хайём,
Арабам что давно палатки шьём?
А в имени, что от отца у Вас, Киём,
Что Воскрешенье лишь за Судным днём?

Рубои 93

Я видел: в горный как кишлак как другу х-Заде(э), Руми,
Привёз из Хамбурьга турист к досугу х-биде(э), Руми.
Турист мечтал, что друг от радости станцует па-де-де(э),
Но на немецком друг лишь прошептал с испугу: «Ade.»,
Руми!

Рубои 94

Я видел: как в горах по серпантину нёсся «мерседес», Руми,
Хоть он украден в Майнце был, а не упал с небес, Руми!
Но я не знаю: «мерседес» гнал дэв иль бес, Руми,
И за падением в ущелье дэв иль бес воскрес, Руми?

Рубои 95

Учитель сбросил с гор в ущелье свой РС, Киём,
И в Зимчуруде не ходил в немецкий свой WC, Киём.
Теперь Учитель смотрит всё за окоём, Киём,
Хвала Аллаху, в Зимчуруде нету мух цеце, Киём!

Рубои 96
Что в Зимчуруде Вы, Устод, глядите в небеса?
Иль к Вам с небес уже спускается Иса?*
Иль слышатся Вам всех умерших голоса?
И не заметите, коль в ухе лепит сот оса?

*Мусульманский Иисус Христос.

Рубои 97

Когда опять от войн пожарищ гарь, Хайём,
Когда опять придёт товарищ харь, Хайём,
Когда тошнит как от наварищ встарь, Хайём,
Ваш ли избавит ото всех угарищ календарь, Хайём?

Рубои 98

О, кто надел на Вас, Руми, с холмом такой тюрбан,
Художник ль был с кривой рукой чурбан?
Да, был МанИ*, ему был дар изображенья дан,
Его ли холм в тюрбане Вам — за упокой как сан?!

*Персидский пророк, художник и поэт,
живший в третьем веке нашей эры.

Рубои 99

О что, Киём, хоть отрок ты, мечтателен твой взор?
Иль хан-атласа так к себе привлёк тебя узор?
Иль, тайну разгадав изор,* узнаешь ты позор?
Найдёшь в «Ты щедрая» ответ, что дал Устод Бозор!

*Шальвары.

Рубои 100

Не от китайских то ль, Учитель, потрохов:
К соседям не ходя, их слышать петухов?
А вот не стало бы ковидно-мускусных духов,
Так за Китайскою стеною не было б грехов?

Юрий Диденко

* * *

Слонам ли сломали
Бивней таран?
Проганнибалили... –
Но пасаран!

В каждой травине
Вытоптан клоп.
В Альпах поныне
Всяк слонофоб.

Шлемы с рогами,
Бивни оплечь. –
Не с пирогами
Вышли навстречь.

Ценности века,
Римский канон...
Кто ты, калека? –
Цензор Катон!

Бывший дом

Извороченный ветром скрипучий за деревом дом.
Этой страшной избушке без ножек
Команда – кругом!

Домочадцы ушли, разбежались, забыв чемоданы.
Чужаки на разумность дорог направляют берданы.

Закопчённой луной громыхают ненужные ночи.
За кирпичной стеною дробятся огни многоточий.
Кто вернётся на круги своя,
А кто – не вернётся.
Полыхая, светила гася,

Бывших улиц совьётся верёвка.

По ветвям свистаков-хлестаков
Многозвучье нептичье...
Здесь, на этой развилке,
Споткнулся чужой городничий.

***

Плывут в Саратов три стерлядки –
Толь на колядки, толь на блядки.
Из этих –каждая стерлядь
Умеет плавать и стрелять!

Всплывёт вот так, стрельнет чинарик –
И в волны, как ночной фонарик.

А бурлаки, надвинув кепи,
Всем вопреки, по этой схеме
Живут и дышат, и бредут,
И с ними стерлядь там и тут.

Простак

(из простонародной английской поэзии)

Простой в количестве своём
Прохожий был один.
Он шёл на пляжный водоём,
Тот праздный господин.

Себе он моря не нашёл.
Один, простой числом,
Так по асфальту шёл пешком
С байдарочным веслом.

Простой в манерах и делах,
В совсем простом плаще,

Прост и в молчанье, и в словах,
И просто вообще...

Попроще выбрал старый дом,
Чтоб этажей на пять –
На крышу влез и стал веслом
Погоду разгонять.

И тут же солнцем просиял
Достопочтенный мир –
То был огромный хмурый зал
Воришек и громил.

Пожалуй, пара простачков
Там всё-таки была –
С отсветом простеньких очков
У дальнего угла.

Гребцу кричали: браво! бис! –
Но дом-то шёл на слом.
Зачем – поди-ка разберись –
Он там стоит с веслом.

Попутный август

Рви уклад,
Укладывай рванину
В дня коллаж.
Из дома выйди
Простенько, пешком,
Растерянным, рассеянным шажком.
Иль улетай с попутным пауком,
Вцепившись в паутинный фюзеляж.

***

В осенних тесных небесах
Последних птиц пути-пунктиры.
В иных местах приюты птах,
Что ныне холодны и сиры.

Маршруты, скрытые в крови,
В подкорках спрятанные карты...
Ветра попутные лови,
Лети, не зная сам, куда ты.

Отыщешь малый островок,
Теплом и солнцем настоящий.
А целый мир на долгий срок
Предстанет тишиной звенящей.

***

Зима как новая страница,
Река льдениста с берегов.
И лес мой инеем покрылся,
И звери вышли из него
Посовещаться в час заката
В отдельном избранном кругу
О лете, что ушло куда-то,
Следы оставив на снегу,

Забрав с собою окормленье,
Протяжных дней спокойный ход,
И сны, гасящие сомненья,
И сладкий ток пчелиных сот.

Теперь с хроническою ленью
И дрожью в норах обжитых
Хранить вчерашнее веселье
И тёплый экономный дых.

От соколиного пространства,
Чужого неба без тепла –
Уйти, проститься и расстаться
С судьбой, что летом истекла.

Первый снег

Останавливает пошагово
Снега первого белизна ль…
Не топтал бы,
Глядел да дышал бы им –
Был бы в прикупе, кабы знал.

Хлеб в дорогу да соль одалживал,
Непролазную грязь месил.
Не в такие болота хаживал,
Да и выйти хватало сил.

Дождь отлаживали да оттачивали
Взбаламученные стрижи…
Хлынет, выплеснет – так, иначе ли
О погожих днях не блажи.

Сараюшко какой, да встретится –
На укрывище да ночлег.
А к утру от стены засветится
Ярче яркого первый снег.

***

На взводе перевоплощенья
Так нас изводит упрощенье
Из формул сложных и немых,
Что объясняют нас самих,
Да и не нам –
          как лет отмщенье.

Безумные мелькают страсти,
Где все равны и всё равно. –
Скитаются в чужом ненастье
И обряжаются в рядно.

Ещё мы пляшем в перекрестье,
Напрасно – господи прости...
Безвременно пропавшей вестью
Нас время вслед перекрестит.

Богиня

...И мир мой малый взмыл, как шар,
Перевернулся, переменчив...
Богиня пышная Иштар
В покрове неба шла навстречу.

Носила в думах о своём
Лишь миг, и вечности приметы.
Под шёлка мягким рукавом
Сверкали тяжкие браслеты.

Она держала гибкий лук,
И льва ногою попирала.
Браслеты истонченных рук
Дарили звон без интервала.

Восьмиконечная звезда
Несла рассвет щитом Венеры.
И шёпот тихий навсегда –
Прообраз дня и новой веры.

Неясным треском шёл за ней
Текст керамических скрижалей.
И свет, рождённый без теней
Ложился в след её сандалий.

Саша Казаков

Хорошо бы умереть пока о тебе заботятся

Утро начинается с просыпания.
Это самый трудный момент.
Надо вернуться в себя, раз уж проснулся,
Но сначала надо разобраться,
Кто и куда должен вернуться.
Кто же вчера вечером заснул?
И в каком настроении?
И почему?
Что-то же вчера происходило...
И сын.
- А, сын! - Он помнит и спросит...
Ну, да я могу первый спросить -
Например - какие у нас сегодня планы?

Сын, наверное, знает мои уловки,
Но раз я проснулся, и думаю о уловках,
То значит я попал в себя... Браво,
День начинается хорошо.
Ага, вот и он. Улыбка.
Улыбнешься и тут же беспокойства пропа...,
нет все таки не пропадают,-
- Ты знаешь, я все таки беспокоюсь,
У меня вчера опять поднималось давление...

Ну и конечно нога, левая, но ходить,
Быстро, я уже не могу.
Ну а сын - На зарядку! Все твои жалобы
В жалобную книгу, после ужина,
А до ужина еще далеко.

- Да, но ты знаешь...

Хорошо бы умереть пока о тебе заботятся
Потому что тебя любят,
А не потому что, любя себя,
О тебе заботятся.

Май, ладожский ледоход, плыву Дворцовым мостом

Май, ладожский ледоход, плыву Дворцовым Мостом*,
Белое, тихо звенящее стадо ползёт под мостов широкие
брови.
Зимний, Лебяжья канавка, Летний Сад, Большой дом -
и на губах, как после школьной драки, соленый привкус
крови.

Архитектура языка -
строй рифм, цезур, ударений -
первичный способ познания, до-знания, река-рука
подхватила и понесла от застольных мнений,
Третьего Рима «имперской жизни», в крутом вираже,-
в признание,
          в кювет бессмертия,
в бессмысленное: «Уже?»

Невозможно уйти от себя - рифма,
случайная, пусть гроша не стоящая ломаного,
но так изначальна, как - дам, адам, адама**
(кровь, человек, земля)-
и важнее, первичнее логики жизни.

Логики, в которой тридцать шесть тысяч дней
для праотцов и избранных,
а нам курящим и пьющим смертным, нам нужней
безумие недостойнейшего из дней,
чем долгое бормотание жизни.

Разошлись. Выпил рюмку: «А что?»
В зеркале ночи сигаретой поставил точку
в конце ещё одной налетевшей строки,
начатой, незавершённой, - и там, в «Ничто»,
не будет важнее дела,

        чем закончить строчку.

* Каждому ленинградцу знакомо это чувство. В раннем мае, когда по Неве в Финский залив идёт ладожский лёд, если встать на мост и смотреть прямо на плывущий лёд, то вскоре возникает замечательное ощущение - лёд замер, а мост двинулся вверх по Неве.

** - иврит

НОВАЯ КНИГА НАШЕГО ИЗДАТЕЛЬСТВА

Вера Корчак

Эра газлайтинга

Результаты "промежуточных" выборов в США (ноябрь 2022) оказались неожиданными: всеми ожидаемая "красная волна"[1] не материализовалась. Небывалая в истории Америки инфляция, высокие цены на энергию, непопулярный президент, рост преступности, всеобщее недовольство состоянием американских школ и положением на южной границе (практически несуществующей), экономический застой и даже упадок - все это предвещало головокружительную победу партии меньшинства (республиканцев). Однако этого не произошло. Победы если и были, то скромные, в Конгрессе республиканцы едва наскребли большинство, а Сенат остался за демократами.

На протяжении 150 лет гражданское общество Америки, образно выражаясь, голосовало "от противного", не давая ни одной из двух партий слишком усилиться. Власть регулярно переходила от демократической партии (представляющей коллективизм) к республиканской (представляющей индивидуализм) и обратно, что придавало американской государственной системе завидную устойчивость и обеспечивало динамизм и экономическое процветание всего американского общества. Теперь это не так, и от выборов к выборам демократическая партия усиливается, а республиканская слабеет.

Выдвигаются многочисленные объяснения результатов выборов 2022 года. Надо было, как утверждают специалисты,

---

[1] Красным цветом традиционно обозначается республиканская партия, а синим - демократическая.

по-другому распределить финансы на предвыборные кампании кандидатов, а также более четко показать связь плачевного положения экономики с политикой демократической партии, взять на вооружение тактику демократов по сбору бюллетеней третьими лицами (так называемое bulletin harvesting), и многое другое. Все эти факторы, безусловно, сыграли свою роль. Но помимо них, есть и глубинные причины, отражающие не сиюминутные и часто случайные флуктуации, а медленные процессы, происходящие в другом масштабе времени.

Во-первых, если присмотреться к результатам выборов, то сразу бросается в глаза тот факт, что разница в подаче голосов между республиканскими и демократическими кандидатами порой составляет от силы один процент, а иногда и меньше. Это указывает на то, что вектор эволюции Америки направлен в сторону однопартийной системы власти. Эта тенденция не нова, она просто стала более явственной в последнее время. Интересы партийных элит обеих партий уже давно совпадают (власть, престиж, материальные блага), и обе заинтересованы в сохранении и усилении административного государства.

Вторым глубинным процессом является направление эволюции Америки в сторону все большего ограничения индивидуальных свобод населения и возрастания его зависимости от государства. Государство прибрало к рукам почти все функции, ранее принадлежащие либо местным властям, либо частным организациям и частным лицам (помощь неимущим, медицинское обслуживание и многое-многое другое, включая высшее и частично среднее образование). И это устраивает значительную часть населения. Действительно, 47% американцев получают государственное пособие в том или ином виде. Такие всегда будут поддерживать сильное государство, при котором им тепло и уютно, и работать не надо. Это хорошо понимали еще древние греки и разрешали участвовать в выборах только тем, кто владел недвижимостью.

Ну а как же остальные 53 процента - те, которые работают и платят налоги, которые не получают подачки от государства, а наоборот, его содержат? Почему эта производительная часть населения тоже как будто поддерживает статус кво и одобряет направление, в котором движется страна?

Вот тут нам и следует обратиться к третьему глубинному процессу, запущенному информационной революцией второй половины 20 века. Контроль информации - необходимое условие захвата и удержания власти. Недаром Ленин в своей статье "Советы постороннего" (8 октября 1917) "советовал" немедленно захватить "телефон и телеграф", эти в то время единственные каналы информации. Он хорошо понимал, что "кто владеет информацией, тот владеет миром". Поэтому любители неограниченной власти всегда стремились монополизировать право на распространение любой информации и на установление контролируемых каналов ее распространения. Манипуляция, дизинформация, пропаганда - все эти приемы испытаны веками, но становятся особенно эффективными в наш информационный век. Действительно, информационная революция создала небывалые возможности для манипуляции не только общественным мнением, но и сознанием индивида. Это последнее достигается с помощью так называемого газлайтинга. Слово "газлайтинг" становится все более популярным, и в 2022 году словарь английского языка Мерриам-Вебстера даже назвал его "словом года".

Это слово произошло от названия старого фильма "Газлайт" ("Gaslight") сороковых годов прошлого века. Главный герой фильма хочет избавиться от своей жены и завладеть ее имуществом. С этой целью он пытается внушить ей, что у нее галлюцинации, что она душевно больна и нуждается в госпитализации. Он по вечерам меняет яркость газовых светильников в их доме (gas lights), незаметно пробираясь на чердак из соседнего пустующего дома. А когда она жалуется, что с газовым освещением что-то не в порядке, он изображаем удивление и уверяет ее, что ей это показалось. И так день за днем, раз за разом. Муж устраивает и другие фокусы в таком же роде. Бедная женщина действительно начала думать, что она сходит с ума. Она перестала доверять своему зрению, своей памяти и своему восприятию реальности и стала полностью полагаться на суждения мужа.

Газлайтинг означает планомерное манипулирование сознанием человека, в результате которого "жертва" начинает сомневаться в своем восприятии реальности и перестает доверять себе. Такая жертва попадает в полную зависимость от газлайтера, так как начинает принимать навязываемую им версию реальности за действительность. Психологи и психиатры считают, что газлайтинг - это очень серьезный вид психологического насилия, по своим последствиям мало отличающийся от насилия физического, и что в крайних случаях жертва такого насилия действительно может сойти с ума.

Героине вышеупомянутого фильма повезло. Ей встретился умный человек, который доказал ей, что все, что она видит и помнит, происходит на самом деле, а не является плодом ее больного воображения. А если такой человек не встретится? Если все вокруг повторяют заведомую ложь, что тогда? Мы ведь с этим имели дело на своей исторической родине. Население СССР не могло не видеть окружающую нищету, бесправие и тому подобное, но верили ведь (многие! большинство!), что "жить стало лучше, жить стало веселей".

Газлайтинг употребляется индивидами, страдающими расстройством личности (это психопаты, социопаты, нарциссисты и т.п. - на самом деле страдают не они, а их окружение), или руководителями больших групп людей, партий и государств. Во всех случаях применяются одинаковые методы воздействия, цель которых - подчинить индивида своему контролю, лишить его собственной воли и навязать ему нужное видение мира "окончательно и бесповоротно".

Власть имущие не любят инакомыслящих, свободно мыслящих, нонконформистов и вообще слишком выделяющихся индивидов из-за трудностей контроля за их деятельностью и невозможностью влиять на принимаемые ими решения (например, за кого голосовать). Для того, чтобы уничтожить всякую вероятность несогласия, и нужен газлайтинг: надо внушать электорату, что то, что он видит и слышит - иллюзия, что его интерпретация событий - неправильная, плод больного воображения или недостаточного ума. Только так и можно навязать вышеупомянутым пятидесяти трем процентам населения чуждые им взгляды, отучить их от независимого мышления и заставить принять (добровольно!) непопулярную идеологию и непопулярную политику. А для этого надо прибрать к рукам все источники информации и использовать их для постепенной обработки населения и внушения ему леворадикальных идей, несовместимых с американскими ценностями. Это и осуществляется, и вирус лево-либерализма, авторитаризма и коммунизма уже заразил не только Силиконовую долину, Голливуд, университеты, школы и средства массовой информации, но и государственные учреждения, которые должны быть политически нейтральными, но уже давно таковыми не являются (например, ФБР, ЦРУ, военное ведомство).

Манипуляция, дизинформация, пропаганда и прочие испытанные приемы влияния используются и в газлайтинге, но с особой целью. Реклама какого-то товара, например, это своего рода манипуляция, целью которой является заставить потребителя этот товар покупать. Цель пропаганды - убедить индивида или группу людей в чем-то (применяется в политике, предвыборных кампаниях, формировании общественного мнения и т.п.). Но ни то, ни другое - само по себе не газлайтинг, так как цель газлайтинга гораздо шире - добиться полного контроля над индивидом, уничтожить всякую вероятность несогласия, формирования независимого мнения и независимого толкования действительности, то есть уничтожение суверенитета личности. Газлайтер стремится запутать индивида и заморочить ему голову настолько, что этот индивид будет навсегда излечен от независимого мышления.

Американский потребитель не может не ощущать “на собственной шкуре”, что расходы на продукты питания, товары первой необходимости и бензин отнимают все большую часть семейного бюджета. Но с экранов телевизора ему вдалбливают в голову, что рост цен замедлился, и даже остановился, и что Президент день и ночь работает над тем, чтобы облегчить жизнь народа, и что виноват в повышении цен предыдущий президент (Трамп), виноват и Путин, а заодно и жадные капиталисты, да и обыватель тоже - зачем на машинах ездит, а не пешком ходит? Зачем много мяса ест, а не переключается на ляжки саранчи? А тут еще и глобальным потеплением пугают, значит, надо потерпеть ради спасения планеты. А тот парадокс, что свои нефтеперерабатывающие и нефтедобывающие предприятия закрываем (планету спасаем!), а арабов просим увеличить производство нефти, кажется, никого не беспокоит. Народ уже не верит себе, а верит всему, что ему скармливают сверху.

Теперь обратимся к практически несуществующей южной границе. Согласно опросам, 65% американцев (и даже 59% демократов!) не согласны с политикой открытой границы, проводимой президентом Байденом. Администрация президента, однако, уверяет народ, что ситуация на границе - под контролем, граница закрыта, и что никакого кризиса там нет. Это - откровенная ложь. Каждый день тысячи людей беспрепятственно пересекают границу. Многочисленные видеоролики и показания свидетелей (включая официальных лиц) подтверждают этот факт[2]. Тем не менее, хотя народ и обеспокоен, результаты выборов этого не показали. Поверили заявлениям правительства? Поверили тому, что те, кто бьет тревогу по поводу положения на границе - либо преувеличивают, либо человеконенавистники и расисты, а показания свидетелей замалчиваются или дискредитируются. Поэтому если кто и

---

[2] Во время написания этой статьи (декабрь 2022) правительство США выпустило приказ, запрещающий пограничным агентствам и их представителям делиться с общественностью любой информацией о положении на границе с Мексикой. (https://www.breitbart.com/border/2022/12/21/exclusive-dhs-sets-gag-order-on-migrant-apprehension-numbers-at-border/). До этого всякий, скептически относящийся к заверениям правительства о том, что граница под контролем, мог такую информацию откопать в интернете. Опросы общественного мнения показали, что чем больше народ знает о фактическом положении на границе, тем менее он поддерживает политику открытых границ. Отсюда и приказ. (https://www.breitbart.com/immigration/2022/12/26/polll-shows-media-politicians-hide-migration-numbers-americans/).

сомневается в преподносимой правительством версии, то под давлением "общественности" и средств массовой информации, социальных сетей и уже "обработанных" друзей и членов семьи, начинает сомневаться в себе. Непрекращающееся отрицание очевидного оказывает на всех сомневающихся такое же действие, как и на героиню вышеупомянутого фильма. Это ли не газлайтинг!

Один из последних фронтов сопротивления засилью государства - борьба родителей за право воспитывать своих детей по собственному усмотрению. На ключевой вопрос: кто отвечает за воспитание и образование детей - есть два полярно противоположных ответа: либо это родители и семья, либо - эксперты, то есть государство, бюрократы от образования и профессионалы-учителя. На протяжении большей части современной истории выращивание детей было прерогативой родителей, семьи. Коммунистический Китай, СССР, нацистская Германия дают нам примеры противоположного подхода, когда дети становятся предметом государственной обработки. Результат известен.

В американских школах, как я уже писала, полным ходом внедряется идеология, мало отличающаяся от марксизма (белая привилегия, анти-расизм, анти-американизм, анти-капитализм, антииндивидуализм, трансгендеризм и проч., проч., проч.), с подробными рекомендациями о том, как это скрывать от родителей. Для этого создан внушительный бюрократический аппарат. Вот статистика: с 2000 по 2019 год количество учащихся в средних школах США возросло на 7,6%, учителей - на 8,7%, а администраторов - на 87,6%! Чем же эти администраторы занимаются? Да вот этим самым внедрением и воспитанием "в духе".

Родители озабочены всеми этими новшествами, о которых они зачастую узнают случайно. Их беспокоит невозможность влиять на то, чему обучают их детей в публичных школах. Поэтому в последнее время обострилась борьба за право выбора школ (school choice). Сторонники этого права предлагают передать в распоряжение родителей средства, выделяемые правительством на обучение их детей в т.н. публичных школах. В среднем по стране на одного учащегося средней публичной школы расходуется 16 тысяч долларов в год. Родители смогут использовать эти средства для обучения своих детей в тех школах, которые они сами будут выбирать.

Оппоненты этой разумной идеи - демократическая партия, профсоюзы учителей, департаменты образования и администраторы школ и школьных округов - отчаянно сопротивляются. Непрекращающийся поток дезинформации с целью смутить и напугать родителей включает следующие утверждения: пропоненты свободного выбора хотят обокрасть школы, лишить детей средств для качественного обучения, это выгодно только богачам, а всем остальным будет хуже, не на что будет покупать учебники, делать ремонт школьных зданий и т.п. Все это сопровождается нападками на личные качества пропонентов идеи свободного выбора.

Эти заявления, произносимые специалистами с экранов телевизоров, в местной печати, в социальных сетях и сопровождаемые графиками и таблицами, ставят целью запугать электорат, заставить его усомниться в выгодах идеи свободного выбора школ, посеять в умах неуверенность, страх, боязнь перемен. А если родители осмеливаются задавать вопросы и оспаривать аргументы противников свободного выбора, их стыдят, обвиняют в несознательности, подвергают осмеянию, а то и просто отмахиваются от них как от надоедливых мух. Все это - типичные приемы газлайтинга. В этом случае они (пока!) не сработали. Родители упрямо желают сами выращивать и воспитывать своих детей. Согласно последним опросам, не только 82% республиканцев, но и 68% демократов и 67% независимых - за свободу выбора школ. Известно, что материнский инстинкт защиты потомства даже сильнее инстинкта самосохранения. Разрушить его так просто не удастся. Не вызывает никакого сомнения, что атака на идею свободного выбора школ будет продолжаться и усиливаться с применением всех дозволенных и недозволенных приемов, одним из главных среди которых будет газлайтинг.

Почти единственное "светлое пятно" в выборах 2022 г. - это довольно внушительные победы родителей на уровне штатов и школьных округов. Выборы были выиграны именно теми кандидатами, в программу которых входило положение о защите прав родителей. Таковыми, например, являются губернаторы ДеСантис (Флорида), Янгкин (Виржиния) и многие другие.

Право родителей на собственных детей - это последний бастион борьбы за душу Америки. И именно на этом фронте ведутся наиболее яростные атаки на традиционную нуклеарную семью (устарела!), на биологию человека (существует не два биологических пола, а двадцать, и даже тридцать один - как утверждает недавно принятый городом Нью-Йорк закон), на генетику (путем хирургической операции и введения в организм человека соответствующих гормонов можно мужчину превратить в женщину - Лысенко порезвился бы на этом поприще!), да и на самое определение женщины. Во время слушаний по поводу утверждения на пост верховного судьи США Катаньи Браун-Джексон, ей был задан вопрос: "Можете ли вы дать определение женщины?" Браун-Джексон замялась, и после некоторой неловкой паузы ответила: "Нет, не могу… Не в этом контексте. Я не биолог".

Я тоже не биолог, но мне совершенно ясно, что такое женщина и что такое мужчина. Но все же решила посмотреть, что по этому поводу пишут биологи. К своему удивлению обнаружила, что биологи - особенно молодое их поколение - тоже считают, что дать определение женщины не так уж просто, потому что понятие пола - это социально-психологическое понятие (!!!), и следовательно оно якобы действительно зависит от контекста. Оказывается, есть такая новая наука - философия биологии, и она тоже поддерживает положение об относительности понятия пола, а значит и женщины.

Этому хору подпевают социологи, психологи, преподаватели и даже медики, одобряющие и даже пропагандирующие гендерную флюидность и трансгендеризм среди молодого поколения, школьников и даже дошкольников. Трансвеститы, трансдендеры, небинарные гендеры, гендерквиры стали желанными гостями в публичных библиотеках и школах. Объектом газлайтинга, таким образом, стали дети - публика более податливая, чем их родители, и легко поддающаяся внушению. Только вот родители бы не мешали. На этом фронте и ведется борьба, и женщина-мать становится главным врагом прогресса.

Женщина гораздо лучше мужчин приспособлена к уходу за новорожденными детьми и малышами: она лучше различает нюансы эмоций в речи и в выражении лиц, у нее лучше развита эмпатия и способность сопереживания. Обо всем этом позаботилась эволюция, и до недавних пор это считалось общепризнанным фактом. Но теперь общепринятой позицией является взаимозаменяемость женщины и мужчины, и во многих штатах судьи автоматически делят ребенка "пополам" между разведенными родителями независимо от его возраста: неделя у папы, неделя у мамы, или три с половиной дня у папы и три с половиной дня у мамы, пятьдесят на пятьдесят. Вспоминается суд царя Соломона…

Да и вообще, что такое женщина? Понятие вполне заменимое. Любой мужчина может стать женщиной - всего-то и надо надевать платье, красить губы и принимать гормоны. Ну а как же воспроизводство? Ведь как ни крути ни верти, но вынашивать и рожать детей могут только женщины.

Но и это препятствие наука надеется преодолеть. Эктогенез - созревание и выращивание плода в искусственной среде-искусственной матке, привлекает все больше внимания (и денег). Уже, кажется, есть некоторые успехи в поддержании эмбриона мыши вне материнского тела. Ученые бьются над созданием искусственного человеческого эмбриона. Гляди и впрямь сумеют выращивать детей в бутылках! Тогда и удастся, наконец, избавиться раз и навсегда от традиционной нуклеарной семьи, и воспитание подрастающего поколения перейдет полностью в руки государства.

В первой главе антиутопии "Счастливый новый мир" ("Brave New World", 1932) Олдос Хаксли описывает посещение группой студентов-новичков Центрального лондонского инкубатория и воспитательного центра. Экскурсию ведет директор этого центра. В одном из залов центра, называемом младопитомником, директор рассказал студентам о том, как родилась наука гипнопедия:

— В давние времена... жил-был мальчик по имени Рувим Рабинович. Родители Рувима говорили по-польски. – Директор приостановился. — Полагаю, вам известно, что такое «польский»?

— Это язык, мертвый язык.

— Как и французский, и как немецкий, — заторопился другой студент выказать свои познания.

— А «родители»? — вопросил Директор.

Неловкое молчание. Иные из студентов покраснели. Они еще не научились проводить существенное, но зачастую весьма тонкое различие между непристойностями и строго научной терминологией. Наконец один набрался храбрости и поднял руку.

— Люди были раньше... — Он замялся; щеки его залила краска. — Были, значит, живородящими.

— Совершенно верно. — Директор одобрительно кивнул.

— И когда у них дети раскупоривались...

— Рождались, — поправил Директор.

— Тогда, значит, они становились родителями, то есть не дети, конечно, а те, у кого... — Бедный юноша смутился окончательно.

— Короче, — резюмировал Директор, — родителями назывались отец и мать.

Гулко упали (трах! тарах!) в сконфуженную тишину эти ругательства, а в данном случае — научные термины.

В антиутопии Хаксли воспроизводство населения осуществляется путем оплодотворения в пробирках, и потомство выращивается в бутылках. В этом мире даже научились получать десятки идентичных близнецов ("стандартных людей равномерными и одинаковыми порциями") путем почкования оплодотворенной яйцеклетки. "Раскупоренные" младенцы поступают сначала в младопитомник, потом в групповые ясли и детсады, где их приучают с малолетства к эротическим играм, где слова "отец" и "мать" стали ругательствами - так ли все это неправдоподобно? В счастливом новом мире все беззаботны, и скользят по жизни без мук творчества или совести, без глубоких чувств, от партнера к партнеру.

Случайные дефекты конечно бывают и тут, и изредка на свет появляются индивидуалисты. Но этот мир - гуманный, здесь нет показательных судов, нет публичных казней и пыточных камер. Этих дефективных отправляют в ссылку на отдаленные острова, где они и варятся в собственном соку среди себе подобных. Вот что говорит главноуправитель Западной Европы Монд одному из таких ссылаемых: "Я почти завидую вам, вы окажетесь среди самых интересных людей, у которых индивидуальность развилась до того, что они стали *непригодны для жизни в обществе*" (курсив мой-В.К.).

Нам, конечно, до счастливого нового мира далеко (далеко ли?[3]), но лиц с развитой индивидуальностью, не поддаюшихся газлайтингу и осмеливающихся высказывать свои взгляды, не соответствующие "линии партии" и официальной идеологии, уже начинают травить и высмеивать даже в демократическом обществе. Травят и высмеивают родителей, осмелившихся выступать против тотальной сексуализации школ, травят докторов, протестующих против хирургического и медикаментозного вмешательства в половое развитие детей, травят верующих... Пока индивидуализм не будет вытравлен полностью, эра системного газлайтинга будет продолжаться. И только после того, как человечество будет превращено в послушное однородное стадо, аккуратно разделенное с момента оплодотворения на полезные обществу категории ("стандартные люди равномерными и одинаковыми порциями"), эра газлайтинга завершится и наступит счастливый новый мир. Хотели бы вы жить в таком мире? Я - нет.

---

[3] В предисловии к первому изданию (1932) Хаксли отмечает, что счастливый новый мир вполне может осуществиться лет через 500-600. А вот в предисловиях к последующим изданиям (1946, 1958) он пишет, что мы движемся к счастливому новому миру гораздо быстрее, чем он ранее предполагал, и возможно, достигнем его через 2-3 поколения.

Ирина Бирна

VOZ[4] московщины

Краткая прогулка под руку с философом

А воз и ныне там

Идет восьмой месяц очередной вспышки имперской войны московии против Украины. Гибнут люди, дохнут москали, украинская армия постепенно, шаг за шагом освобождает пропитанную гарью и смрадом русского мира - *русской культурой* - украинскую землю. Восемь месяцев войны унесли жизни более четырехсот украинских детей, а вес уничтоженной в Украине московитской биомассы достиг пяти килотонн. Зачем?! Во имя чего?! Эти вопросы звучат в той или иной формулировке, в том или ином контексте ежечасно. Но для меня вопрос все-таки в другом. А именно: Почему, несмотря на исторические уроки, колоссальные жертвы, заявленную чуть более двухсот лет назад претензию на принадлежность к европейской культуре, наличие европейски образованной интеллигенции, почему московия так и осталась в *до*ордынском средневековье?

Или, формулируя иными словами:

ПОЧЕМУ ЕВРОПЕЙСКИЙ ПРОГРЕСС ПРОШЕЛ МИМО ЦЕЛОЙ ЦИВИЛИЗАЦИИ, ПРЕТЕНДУЮЩЕЙ БЫТЬ ЧАСТЬЮ ЕВРОПЫ?

Или совсем уж лаконично:

ПОЧЕМУ ВОЗ МОСКОВЩИНЫ И НЫНЕ *ТАМ*?

Ответа у меня, разумеется, нет. Есть несколько мыслей, наблюдений и сравнений, которыми я и собираюсь поделиться с читателями. И начать следует с того, что мне

---

[4] V, O и Z – буквы, нанесенные на военную технику московитов, и обозначающие направления, с каких были нанесены первые удары по Украине.

I

ТОШНО!

[…] наша речь:
в ней нет ни смысла, ни опоры,
но всё ещё во всех краях земли
бездумные, пустые разговоры
ведут, как мы вели.

Виктор Фет, *Разговоры*,
24 июля 2022

Тошно читать и слушать ежедневно о болезнях и скорой смерти путина, о «нарушении многих функций его организма», диагностированном *знаменитым американским психиатром,* проанализировавшим видео с выступлениями пациента; о *хороших русских*, которым некие доброхоты-идиоты, носители довольно известных имен, собираются даже выдавать в Европе паспорта, удостоверяющие *хорошесть* владельца[5]; о якобы существовавшей у путина перед вторжением твердой уверенности том, что его биомассу встретят в Украине цветами, и о том, кто путина в этом убедил, и какие деньги при этом украл; о *зомбированном* восьмилетней пропагандой *русском* народе; о *диктатуре серости* в современной московии; о *семидесяти* годах негативного отбора; о параллелях между фашизмом и рашизмом, Германией времен нацизма и современной московией, и вытекающей отсюда панацеи денацификации последней; о исторических примерах успешного преодоления опыта диктатур различными странами и выводом, что и московия преодолеет *путинизм*; тошно читать и слушать удивления подлостью московитского православия и низостью служащих по этой части; о славянском прошлом и одном истоке двух (sic!) народов; о том, что многие (sic!) московиты выступают против войны в

---

[5] Эссе я начала в августе, т. е. до начала *частичной мобилизации* и последовавшего за ней уже в день объявления массового исхода потенциального пушечного мяса за границы империи. Сегодня к списку следует добавить еще и тех, кто ратует за прием дезертиров и предоставление им убежища. Мою позицию я попробую обосновать ниже, в главе *Оппозиция*.

Украине, причем кое-кому мерещатся уже миллионы этих протестующих; о том, что путин превратил московию в какого-то монстра; о том, что у власти здесь «находится группа алчных, злобных, тупых и сумасшедших дедов»; тошнит от *табакерки и шарфика*, от заговора военных против ФСБ и наоборот, от бунта олигархов…

Тошно от того, что все эти комментаторы, кем бы они ни были, говорят о *брато*убийственной войне. И эта вот *братоубийственность* и есть самое страшное, она есть объявление следующей войны, той, что начнут они, случись чудо и попади они на московский престол.

Нет ничего удивительного в том, что на основе всей этой злонамеренно сочиненной и тупо идиотами тиражируемой пропаганды возникают прожекты *свободной* (sic! sic!) россии, *антивоенные* комитеты, и прочие необременительные моционы изгнания скуки. И особенно тошно становится, когда, наблюдая эту болтовню на протяжении восьми лет, вдруг понимаешь, что единственная и главная цель всех этих комитетов, форумов и *балачек* как раз в том и заключается, чтобы не дать собраться антимосковским силам в один кулак, чтобы отвлечь внимание, свести причины войны к нескольким примитивным и, в силу примитивности, легко устранимым. Убить путина или, еще лучше, дождаться его смерти, и все проблемы решаться сами собой; подождать еще немного, и Украина, с помощью *Хаймерсов*, выиграет эту войну, режим кремля не перенесет поражения и рухнет, и благодарный московский люд внесет на руках в москву всех этих каспаровых, ходорковских, иноземцевых, гуриевых, гудковых или как их там еще зовут; темницы, разумеется, рухнут, и к тем, кто отсиделся в заграничном далеке, присоединятся всякого рода навальные с яшиными. И сядут они царями на москве, но уже царями демократическими и добрыми.

Словно нет войны, словно не погибают лучшие и светлейшие на фронтах, словно не стирают прямоходящие хомо *московитиенсы* наши города и села с лица земли, не уничтожают наши предприятия, не сжигают наши поля!

Сколько еще должно погибнуть детей, чтобы эти господа, наконец, перестали лгать и кривляться?

Неужели, господа московитские оппозиционеры и некоторые украинские эксперты, вам не понятно, что глуповатое и полуобразованное майоришко в кремле никакого отношения к этой войне не имеет? Оно случайно оказалось здесь в тот исторический момент, когда московия, припертая спиной к стене реальности, иного выхода не имела и, следовательно, смерть его, возможно, приостановит *военные действия*, возможно, даже, на несколько десятков лет, но не закончит *войны*, развязанной московией ровно триста шестьдесят восемь лет назад.

Какую цель имеет ваша ложь о том, что майоришко превратило московию в какого-то *монстра*? Не была монстром московия иванов, петров, екатерин и далее по списку? Назовите хоть одну декаду за восемь веков существования, когда бы эта территория не воевала, не пожирала целые народы, не расползалась слизью по карте?

Зачем лгать о просчетах путина, построившего стратегию нападения в надежде на цветы и сопли *освобожденных* украинцев? Рассчитывающий на цветы, не собирает на границе почти три сотни тысяч тех, кто цветы эти должен принять, не подгоняет тысячи танков, самолетов и стволов артиллерии, не начинает поход за цветами массированными ракетными и авиаударами по жилищам дарителей цветов.

Зачем тиражировать глупости о том, что «по данным эстонской разведки, путину либо врут о состоянии на фронтах, либо он не верит сводкам»? Если ссылка на первоисточник верна, то правительству Эстонии следует крепко задуматься о профессионализме своих разведчиков, что, впрочем, остается делом единственно этого правительства, украинским же новостным ресурсам стоило бы обратить внимание на профессионализм редакторов — ведь перед нами ни что иное, как очередная версия вечной московской сказки о добром (или простоватом) царе и злокозненном окружении.

Кому на пользу полноводным потоком льется ложь о подлости служащих московского православия? Ведь удивление их подлостью есть ничто иное, как ложь, причем ложь намеренная и не менее подлая, чем само православие. Вы, господа московские оппозиционеры, люди образованные, и не можете не знать — хоть кратенько, хоть поверхностно — историю этого явления. Того, например, что церковь московская стоит на святых поддонках — александре невском, сергии радонежском, алексии московском, стефане пермском и им подобным, и что компанию эту собираются дополнить очередным мясником - александром суворовым; вы не можете не знать о том, что православие всегда, во все века было неотъемлемой частью карательного аппарата империи, что служки его занимались слежкой за прихожанами и активно преследовали любое проявление инакомыслия; вы не можете не знать, что гиркин-стрелков и его приспешники получили оружие в церквях московского патриархата в Украине, куда оно было завезено задолго до нападения на Крым и даже еще до начала Майдана; вы не можете не знать и того, сколько попов этой церкви было схвачено украинцами с поличным, когда они собирали информацию о военных объектах и наводили моковитские ракеты на жилые кварталы украинских городов. Одним словом, дело не в людях, служащих церкви, а в церкви самой, как важнейшей составляющей имперского фундамента. Ваше навязчивое удивление подлости отдельных попов уводит в сторону от главного: *московское православие должно быть уничтожено.* Его следует истребить, как всякую человеконенавистническую идеологию. Как всякую террористическую организацию.

Подведем предварительный итог.

У изобретателя и препаратора *загадочной русской души* Достоевского читаем:

Что же собственно до вранья [...] то я [...] не считаю его пороком, а наоборот, естественным отправлением нашего национального добродушия. Злых лгунов у нас почти нет, а, напротив, почти все русские лгуны – люди добрые.[6]

Не станем спорить с покойником, тем более, обладающим весом и влиянием классика, обратим лишь внимание на то, что военные преступления в Украине, равно как и их пропагандистское обеспечение - как кремлем, так и оппозицией –, реализуют те самые русские добродушные национальные лжецы. Буча, Ирпень, Гостомель, Мариуполь, Оленовка, Николаев, Харьков – это и ваших рук дело, господа оппозиционные лжецы.

---

[6] Ф. М. Достоевский, Маленькие картинки, п. с. с. в 30 тт., т. 21, Л., Наука, 1980

До тех пор, пока разным шендеровичам «за державу обидно», мира на ближних и дальних кордонах московии не будет. Те, кому обидно за державу, построенную на лжи, будут преследовать правду по всему миру.

***

Общество, построенное на лжи, живущее ложью, пропитанное ложью на всех этажах социальной иерархии, вплоть до тех, кто назвал себя *оппозицией* официальному режиму, лишено возможностей развития. Единственный прогресс, доступный этому обществу, есть движение в сторону еще более изощренной лжи. Восьмивековая история московии не даст соврать: на лжи можно построить государство, ложь можно сделать его главной скрепой, но процветать такое государство не может. Вот почему московия всегда была - и остается сегодня - государством нищих, государством-мародером, государством-изгоем.

Вот почему воз московщины и ныне там – во лжи и смраде придуманного московитами мира.

II

О *ХОРОШИХ* РУССКИХ
или Народ и империя едины

Они всегда хотят войны,
России верные сыны.
И воевать,
И убивать
Им хочется опять, опять…

Григорий Яблонский, *Песнь о Новой Войне*, 2022

«Теперь уже нет сомнения в том, что русский народ испытал и испытывает настоящую войну, как призыв, — как призыв, ответить на который составляет для него не только

226

правовую обязанность, или моральный долг, но живую ду-
ховную потребность.»[7]

*«С отношением к военным действиям тоже все не так про-
сто. [...] война это [...] самоутверждение людей, самоутверждение нации. Каждый человек хочет самоутвердиться. И в
своей позиции по отношению к войне несомненно самоутвер-
ждается. Ну и мы все воспитаны все-таки в имперской традиции [...]»[8]*

Между цитатами чуть более ста лет.
Пять поколений.
Пять поколений, а какое трогательное, животрепещущее
единство! Словно и не было войн, слез, страданий, словно не
развязала московия Первую и Вторую мировые, Афганскую,
обе Чеченские войны, не завалила миллионами трупов своих
рабов территории Европы и Азии, словно не было сотен миллионов вдов, сирот, инвалидов.
Пять поколений...

А вот еще две цитаты с разницей в сто лет:

*«Великий народ, т. е. всякий духовно творческий народ
только и может и должен воевать, оставаясь на духовном
уровне. Такой народ не может и не должен и не смеет мириться с тем, что война станет для него духовным падением.
Война есть для него духовный подъем, в котором он не
только остается верен себе и своему уровню, но поднимает ее
еще выше, почерпая силу в своей правоте и во всенародности
своего порыва.»[9]*

«Наша национальная идеология – война.»[10]

---

[7] Ильин, И.: *Духовный смысл войны;* - Москва: Тип. Т-ва И.Д. Сытина, 1915. - 48 с.
(Война и культура). (*Грамматика оригинала, иб*).

[8] *Почему необходимо быть со своей страной, когда она совершает исторический поворот и выбор. Отвечает Михаил Пиотровский, Елена Яковлева;* -
https://rg.ru/2022/06/22/kartina-mira.html

[9] Ильин, И., там же. (*Грамматика оригинала, иб*).

[10] прилепин, з., писатель, филолог, «патриот за правду»

Нынешняя вспышка *самоутверждения* московитов в Украине убеждает нас в правоте философа: война есть единственное средство поддержания духовного уровня, доступное этому племени. Она и есть та самая *русская идея*, которую так долго ищут – или делают вид, что ищут - *думающие* люди на московии. Быть человеком для московита значит воевать. Убивать. Насиловать. Грабить. Это медицинский факт, как говаривал известный литературный персонаж. Певцы духовности лапотного богоносца пальцы в кровь разбили, строча тексты, в которых пытаются убедить весь мир в том, что предмет их воспевания против войны, а результаты социальных опросов, демонстрирующие картину, мягко говоря, противоположную, – кремлевские фальшивки. Они упорно и тупо называют войну *путинской* и даже добиваются определенных успехов: им вторят, по проторенной ими дорожке с готовностью бегут западные доброхоты в стремлении увести от ответственности миллионы убийц и военных преступников[11]. Полезные идиоты водятся не только в средах экономической и политической.

Возразить всем этим господам легко: если виноват один путин, если это – его война, и если миллионы московитов – против нее, то почему она вообще началась? И почему продолжается? Кто ведет ее?

Но мы попробуем рассмотреть проблему с иной точки зрения, и обратимся к неопровержимым фактам.

О том, какая часть населения противится войне и как она это делает, судить мы не можем: противники эти суть существа эфемерные, эдакие *платоны каратаевы*, *таньяны ларины* да князья *мышкины*. Живут они в статьях и речах сочинивших их *оппозиционеров* и, в таком качестве, статистической оценке не поддаются. Мы *знаем* об одиночных пикетах, об украинском флаге в окне квартиры пенсионерки (несколько месяцев назад в Новосибирске), о поджогах нескольких военкоматов[12], известно, наконец, и о «жителях

приграничных районов рф, которые передают Украине информацию о перемещениях войск»... Это всё случаи единичные, проявление индивидуальных реакций отдельных подданых. Но я готова поверить на слово в то, что явление это массовое, и что против войны на московии действительно статистически охватываемое количество рабов. Так ведь еще страшнее получается! Получается, что войну ведут эти самые миллионы молчащих противников войны! Парадокс? Нисколько. Просто ложная логическая посылка. На московии быть против войны и поддерживать войну – не значит существовать в условиях дискомфорта ментального конфликта. Ментальность раба достаточно эластична для гарантии комфортного и уютного бытия в рамках имперской действительности. Ментальность эта называется *московизмом*. Недугом этим поражено *все* население империи – как *хорошее*, так и остальное.

Но давайте отвлечемся несколько от *психоложества* и вернемся к знаниям. А *знаем* мы следующее.

К февралю этого года московия сконцентрировала на украинских границах почти триста тысяч (300.000) голов. Каждый из стоящих на границе был информирован о предстоящей войне, каждый понимал, что идет убивать. Среди трехсот тысяч убийц, согласно официальному заявлению генштаба московии, лишь кадровые военные и контрактники. Это, разумеется, ложь, и всем хорошо известно, что в убийствах украинцев горячее участие принимают и призванные на срочную службу. Предположим, этих последних в Украине процентов двадцать, и предположим, что они там не по доброй воле (принцип презумпции невиновности). В итоге получим, что в момент начала войны на украинской границе стояло двести сорок тысяч (240.000) кадровых военных и контрактников. Люди эти (или *нелюди?*), как мы сегодня знаем из показаний пленных, интервью вдов и родителей подохших, пошли убивать женщин, детей, стариков, инвалидов – мирных жителей Украины – в надежде поправить свое материальное положение. Подобные решения не принимают в одиночку. Каждый из этой четверти миллиона,

---

подавляющее большинство протестующих не хотят умирать сами, что вовсе не значит, что они против убийства украинских детей.

прежде чем дать согласие на участие в *специальной военной операции* или подписать контракт, обсудил решение со своими близкими и получил их благословление. Следовательно, число московитов, поддерживающих войну, можно, не впадая в крайности и не преувеличивая, по меньшей мере учетверить. Таким простым и логичным образом получаем миллион *активных* сторонников войны. Теперь вспомним нацгвардию (по официальным данным 340.000 голов), фсб, полицию, рабочих и служащих военно-промышленного комплекса, включая сюда и практически всю науку, системы образования и воспитания, средства массовой информации, равно как и всех тех, кто эти организации обслуживает и от них зависит, добавим, как и в случае с профессиональными убийцами министерства войны, всех родственников, друзей и соседей, и получим реальное число тех, кто войну поддерживает, кто войны жаждет, для кого война не просто и не только *духоподъёмна*, но экзистенциальна. Речь идет о десятках миллионов.

Теперь из общего числа московитов выведем за скобки всех тех, кто численно присутствует в статистических сводках, но мнения своего не имеет и иметь не может: подружившихся с паркинсоном, старческой деменцией, душевнобольных, пораженных синдромом Дауна и схожими врожденными патологиями, равно как и детей нежного возраста (в чине ангела, по Достоевскому); отнесем теперь активных сторонников войны к оставшимся социально активным и способным к принятию самостоятельных решений, и получим искомый процент населения московии, мотивированно и ответственно поддерживающего войну и массовое убийство мирного населения Украины.

Речь о *подавляющем большинстве подданных империи*.

Это — первый факт.

Второй.

ЧИСТИЛИЩЕ МИРОТВОРЦЯ НАЛІЧУЄ БЛИЗЬКО 250 000 ЗАПИСІВ[13] - так называется статья на сайте Миротворец[14]. *Четверть миллиона военных преступников.* Их

---

[13] https://myrotvorets.news/72790-2/

[14] Сайт, основанный в августе 2014 с целью фиксации и исследования военных преступлений московии. Личное: несколько лет назад я направила на каспаров.ру

фотографии, адреса, интернет-странички... Это, в скобках замечу, без учета тех трехсот тысяч, что вторглись в Украину 24.02.2022. Но страшно здесь, на мой взгляд, не число, подтверждающее массовость явления, естественность его для московитского люда, а то, что до сих пор я не встретила ни одного сообщения о том, что кто-то на московии отказался отдать своего ребенка в школу, где учатся дети убийцы; никто никоим образом не выразил своего отношения к соседу, оплатившему ипотеку кровавыми деньгами; не зафиксировано ни одной просьбы перевода на иное место работы, потому что коллега является родственником убийцы, мародера, насильника. Москали продолжают ходить друг к другу в гости и восторгаться холодильником, телевизором, стиральной машиной, велосипедом, компьютером и даже унитазом – всем тем, чем духовная родина обеспечить не смогла, и что легко можно *смародерить* – пардон – *денацифицировать* - у соседа. И будут соседи завидовать *Ладе*, купленной на деньги за подохшего в Украине отца, брата, сына... Повторяя логику расчета предыдущего абзаца, и учитывая всех этих завидующих соседей, легко придем к аналогичному результату: войну и военные преступления – в этом случае как способ повышения социального статуса – поддерживает *подавляющее большинство* московитов. И еще раз подивимся мудрости философа, так хорошо знавшего свой народ: *война есть духовная потребность его.*

Третий.

За полгода войны украинская армия утилизировала более ста сорока тысяч (140.000) голов московитской биомассы[15]. На смену выбывшим прибыла следующая сотня тысяч мотивированных убийц, а с ней – и целая армия

статью, где ссылалась на данные Миротворца. Статья была цензурой сайта отклонена, и редактор каспаров.ру мне дружески посоветовал впредь не упоминать Миротворец в моих работах, ввиду «негативного имиджа» сайта на московии. По одному этому совету можно уже судить об уровне морали демократов, окопавшихся на каспаров.ру и об отношении к правде на московии.

[15] На сегодня – 03.10.2022-: с полей Украины, с улиц ее городов и сел не поднимутся уже никогда более 60.000 московитов. Количество раненых оценить сложнее еще и потому, что известный процент их возвращается в строй, поэтому число невозвратных потерь до окончания войны может быть лишь оценочным. Данные, разумеется, украинских источников, по данным московитского генштаба, «потерь нет».

поддержки. Чем нам интересны эти новые? Во-первых, тем, что они ментально хуже прежних — эти уже точно, досконально знают, куда и зачем идут, знают, что им предстоит делать, знают, чего ждет от них добрая родина. И знание это они получили не только что, события на фронте лишь усилили изначальную мотивацию, в которой они были взращены и выдрессированы. Во-вторых, сюда, в эту вторую волну добровольцев-контрактников, гарантированно не входят те, кто должен ковать победу в тылу и тем или иным образом присматривать за рабами в национальных округах. В-третьих, на московии началось создание пятидесяти именных добровольческих батальонов, призванных заменить официальную всеобщую мобилизацию. Путем несложных рассуждений и простейших арифметических выкладок, в третий раз придем к выводу о том, что поддержка войны, ее воспевание и *глорификация* — суть явление массовое и воистину всенародное.

Итак.

Против Украины воюет не полуграмотное майоришко, против нас воюет вся московия. И те несколько десятков или пусть даже сотен отчаянных, что выходят на единичные протесты, ситуации никоем образом не меняют, влияния — ни статистического, ни морального, ни мотивационного — на остальных не оказывают. Ими можно, без риска оказаться в иной реальности, пренебречь.

Здесь ответы на вопросы о реальном соотношении милитаристских и антимилитаристских настроений на московии, о том, почему, несмотря на ужасающие потери, война продолжается, а военные настроения растут и крепнут, но еще и о том, следует ли свободному миру принимать бежащих от мобилизации.

Разумеется, нет! И вовсе не потому, что бегущие, как мы уже говорили, не против войны, но против личного участия в ней, и даже не потому, что среди бегущих известное число составляют агенты секретных служб[16], но прежде в силу

---

[16] За примерами далеко ходить не надо: вспомним Ковтуна — одного из убийц Александра Литвиненко. Ковтун тоже был одним из тысяч тех, кто как бы дезертировал из частей советской армии, расквартированных в Восточной Европе.

неоспоримой правоты пиотровского, цитатой которого я начала эту главу: *все они воспитаны в имперской традиции*. Москаля можно вывезти из империи, но невозможно вывести империю из москаля. Выезжая в демократию, вывозят они с собой тоску по империи. По ее бескрайним просторам, неисчерпаемым богатствам, по великой культуре. Но просторы эти и богатства кому-то принадлежат — татарам, чеченцам, удмуртам, башкирам... И сохранить все это, удержать, можно только войной. Война — единственный способ сохранения империи. Следовательно, война есть конечной целью как сторонников, так и противников войны. Различие между ними в том, что первые - реалисты, и понимают, какое духоподъемное и животворящее воздействие оказывает война и связанные с нею возможности массовых убийств, насилия, мародерства на творческие, культурные и прочие силы народа. Силы эти питаются кровью.

Из поколения в поколение.

Восемь веков.

Sapienti sat.

Добавлю еще одну черточку к полотну *антивоенных* настроений на московии.

По сообщениям роскомнадзора, за первую половину этого года подданные империи направили сюда 144.835 доносов. Пик доносительства – март. Подавляющее большинство доносов – на «противоправную информацию, в особенности в отношении проведения *специальной военной операции*» (*курсив мой, иб*).

Сто сорок четыре тысячи. За полгода.

Чтобы понять уровень морали и антивоенных настроений на московии, приведу иные цифры.

За двадцать шесть лет правления сталина, добрые московиты написали четыре миллиона доносов (4.000.000) или, в среднем, 1.280,5 в месяц. Это, позвольте так выразится, *производительность доносительской деятельности* народа.

Таким образом, во времена людоедской сталинской диктатуры, каждые полгода – в среднем – было написано 76.923 доноса. Сегодня, роскомнадзор тому порукой, московиты почти вдвое производительнее. Бдительнее. Это ли не свидетельство, во-первых, *массовости* антивоенных настроений[17] на московии; во-вторых, морального уровня подданных; в-третьих, поразительных изменений этой самой морали в новых исторических условиях и, наконец, в-четвертых, *общности*, куда там – *братства* – московитов и украинцев.

Закончу еще одной цитатой философа, для тех читателей, кто и по прочтении станет упорствовать в разделении московитов на *хороших* и *плохих*:

«[…] *если война, как организованное убиение, есть вина и жестокость, а как духовный порыв и самопожертвование, — подвиг, то* **ВСЕ** […] *люди разделяют эту вину, и жестокость, и подвиг.*»[18]

***

Общество, построенное на рабстве, доносительстве, желании нажиться на смерти близкого, лишено возможностей развития. Единственный прогресс, доступный такому обществу, есть движение к еще более глубокому, еще более изощренному закрепощению. Такое общество не может не воевать против соседей, потому что соседи никогда не разделят традиций рабской ментальности. Их придется принуждать. Или сгинуть самому.

Восьмивековая история московии не даст соврать: на рабском менталитете можно построить государство и казарму

---

[17] Может кому-то эти сто сорок четыре тысячи покажутся доказательством антивоенной активности подданых. Но это не так, друзья, не надо обманывать себя. И не пытайтесь обмануть нас. Речь о *доносах*, а донос для раба – всегда надежда на улучшение (облегчение) собственного положения, и было бы ошибкой искать за доносом фактическую базу. Но даже если бы за доносами и стояли факты, число первых свидетельствует об активности и бдительности подданых, тогда как число вторых не доказывает ровно ничего. Просто потому, что мы не знаем и знать не можем, содержание сообщений в интернете, вызвавших доносную реакцию бдительных сторонников войны. Если теперь сделать скидку на тот неоспоримый факт, что одно сообщение вызывает десятки, если не сотни доносов, ни никогда не наоборот, то приходим еще одному доказательству правоты наших выводов об уровне антивоенной активности.

[18] Ильин, И., там же. (выделено мной, иб).

сделать его основообразующей скрепой, но процветать такое государство не может. Все его усилия, все устремления, всё напряжение вынуждено такое государство направлять на войну. Вот почему московия всегда была - и остается сегодня - государством нищих, государством-мародером, государством-изгоем.

Вот почему воз московщины и ныне там — во лжи и смраде придуманного московитами мира.

III

АРМИЯ

«[...] каждый народ воюет именно так, как он жил до сих пор. Война, как духовное испытание, развертывает и в армии и в населении, оставшемся на местах, именно тот дух, который выношен народом в мирное время [...] Каждый народ вносит в свою войну те нравы, те обычаи, то представление о добре и зле, то правосознание, ту доброту и то озлобление, ту способность к состраданию и самопожертвованию, которые он взрастил в себе у своих очагов. Момент напряженной борьбы обостряет и проявляет духовный уклад народной жизни и обнажает с неумолимою силою духовные и нравственные недочеты народной души. [...]

Кадры армии суть не что иное, как живые куски народного состава [...]»[19]

«Народ и армия едины!»

«И эту армию оскорбил не кто иной, как Джилас! [...] Армию, которая не жалела для вас своей крови! Знает ли Джилас, писатель, что такое человеческие страдания и человеческое сердце? Разве он не может понять бойца, прошедшего тысячи километров сквозь кровь, и огонь, и смерть, если тот пошалит с женщиной или заберет какой-нибудь пустяк?»[20]

---

[19] Ильин, И., там же.
[20] Джилас, Милован, *Беседы со Сталиным*, 2002

Между первой и двумя последующими цитатами – всего несколько лет. Но года эти составляют целую эпоху: между ними – по официальной версии – *гражданская* война и полная и окончательная смена социальной философии московии – от рабства самодержавия к свободе пролетарского общества.

С первой из цитат широкая публика вряд ли знакома, тогда как вторую можно до сих пор встретить буквально на каждом заборе на московии, и которая является ничем иным, как лаконичным, лозунговым перифразом многословия философа. Третья не оставляет никаких сомнений в том, что политическое руководство московии лишь выражает чаяния народа.

И вот стоят они рядом – порождения московитской культуры разных политических эпох - и странный вопрос не дает покоя: откуда идет она – возмущенная ярость, как реакция на слова *Буча, Мариуполь, Оленовка, Ирпень, Гостомель, Николаев, Харьков, Лисичанск...* Мы что, ожидали чего-то иного? Известны нам иные исторические примеры действий *этой* армии? Разве не остались в нашей памяти Грозный, Тбилиси, Баку и Вильнюс? А еще ранее были Берлин, Прага, Будапешт, Варшава... Разве не было массовых групповых изнасилований женщин *всех* освобожденных *этой* армией стран Европы? Не было еврейских погромов Кишинева, Киева, Одессы вдохновленно и упоенно проведенных *русским* народом по приказу генерального штаба с целью очистить тыл армии от продажных и ненадежных элементов[21]? Не было зверств *гражданской* войны, приведших в ужас даже *буревестника революции*? Имена тухачевского и колчака, фрунзе и деникина, муравьева и врангеля никаких ассоциаций не вызывают? Не было массовых убийств польских женщин и детей генералами суворовым и паскевичем? Не вырезали ли эти оба десятки тысячи мирных жителей всюду, куда посылала их добрая родина? Не было Батуринской резни?.. Не было, не было, не было... Начиная с 1169 года – с первого в истории Киевской Руси массового избиения мирных

---

[21] Эти страшные события использовали в последствии сталинские пропагандисты для создания мифа об антисемитизме и нацизме украинских борцов за независимость.

жителей ордами андрея *боголюского* – всюду, где ступала нога северо-восточного оккупанта, нес он присущее ему одному *правосознание, обычаи, представление о добре и зле, «ту способность к состраданию и самопожертвованию, которые он взрастил в себе у своих очагов»*.

Зверства *асвабадителей* давно и всем известны, и удивляться тут нечему.

Но я хочу поговорить здесь вот о чем.

Полгода активной войны против Украины показали, что армии на московии нет. Есть сброд убийц, насильников, трусов, дезертиров, воров - *«живые куски народного состава»*, - по словам знатока русской души, философа Ильина.

Генералитет не в состоянии ни спланировать, ни осуществить ни одной более или менее целенаправленной операции. Единственная тактика, доступная и понятная этим *полководцам*, выражена словами одного из мясников Второй мировой: «Бабы еще нарожают» или, как сегодня *научно* формулирует тот же принцип известный *стратег* и бывший министр обороны *днр* стрелков: «Закон больших чисел еще никто не отменял»[22].

Дезертирство и отказничество в этой армии являются большей проблемой, чем невосполнимые потери, и это признают даже такие лоялисты, как стрелков и приглашенные им эксперты: «У нас *пятисотых* больше, чем *двухсотых* и *трехсотых* вместе взятых!». Вспомним, что потери по второй третьей категориям составляют уже более ста тысяч, и попробуем представить себе количество отказников и дезертиров в рядах этой *армии*.

О мародерстве, из покон веков являющимся визитной карточкой московитского воинства, как-то и упоминать неудобно.

Почему так?

---

[22] Он же, кстати, умилил еще одной военной мудростью: «На месте украинского командования, - разоткровенничался он в одном из видео, выложенных им на YouTube, - я бы повел сейчас массированные наступления пехотой сразу по нескольким направлениям: где-нибудь да прорвемся! Людей у них (*у Украины, иб*) достаточно». К счастью, украинское командование придерживается иной стратегии и продолжает перемалывать «большие числа» *чмобиков* (так прозвали жертв *частичной мобилизации*), толпами гонимых на убой стрелковыми в *полосатых штанах*.

Почему страна, сама себя вот уже восемь веков называющая *осажденной крепостью*, так и не смогла создать армии? Тут, согласимся, присутствует кричащий логический диссонанс.

Не верите мне, так послушайте горячего патриота, генерал-лейтенанта Николая Головнина, исследовавшего боеспособность российской имперской армии в Первой мировой:

«Многомиллионная численность населения России импонировала воображению всех, кто подходил к оценке военной мощи России. Наличие 167 миллионов населения в 1914 г. вызывала у многих представление о России как о неисчерпаемом запасе людей, кровью которых можно с избытком залить все недочеты в вооружении и недостаток в снарядах и материальной части [...]

[...] для того, чтобы подготовить современного воина из неграмотного или малограмотного новобранца, нужно больше времени, чем для таковой же подготовки хорошо грамотного и просвещенного молодого человека [...]

[...] наши законоположения об обязательной воинской службе и об организации вооруженных сил [...] никак не могли отрешиться от устарелой точки зрения, связанной с ведением войны профессиональной армией. Отсюда и вытекало то, что наше военное ведомство не оценило всего громадного значения отлично профессионально подготовленных и численно сильных кадров из начальствующих лиц [...]

«Дешевизна» содержания русской армии имела своим первым следствием слабость профессиональных кадров, как раз то, в чем, при общем недостатке культурности народных масс, русская армия особенно нуждалась [...]

Но кроме чисто специфических условий, [...] имелась еще одна данная, которая затрудняла устранение хаоса в высшем военном управлении. Устранению последнего содействует «научная организация» работы. Но «научная организация» требует не только отдельных выдающихся представителей науки — она требует также достаточно высокого уровня социальной среды. [...] Интеллигентный слой России [...] представлял собой лишь очень тонкую пленку на малокультурной, темной массе. Да и прочность самой культуры в этом тонком слое, измеряющемся числом поколений, в течение которого культура воздействовала на этот слой, была незначительна.

[...] в самом образованном слое русского населения вера в науку и в необходимость ее для всякой организации, особенно в сложных областях государственной жизни, была чрезвычайно слаба.

[...] ожидание «гения» равносильно ожиданию «чуда»; оно соответствует младенческому уровню государственного понимания. Наука изгнала из круга своего понимания вмешательство «чуда». Приходится еще раз упомянуть о «социальном подборе»; в больном обществе [...] подбор идет не в направлении, соответствующем прогрессу развития общества.

[...] Когда нет веры в науку, остается только вера в чудо, в появление гения. Гений, конечно, не пришел [...]²³»

Как видим, большой знаток дела, генерал Головнин указывает на следующие причины отсутствия на московии боеспособной армии: дешевизна пушечного мяса, необразованность народа, отсутствие профессиональной подготовки солдат и офицеров, низкий культурный уровень интеллигенции, недоверие к науке…

Подставим теперь эти константы в формулу Ильина вместо поэтических и аморфных «живых кусков народного состава» и получим искомое состояние московитской армии. Нетрудно заметить, что в формуле отсутствует параметр времени: она универсальна и описывает боеспособность московитской армии в любую, произвольно выбранную, историческую эпоху.

Полученная формула, однако, лишь фиксирует феномен, но не отвечает на главный вопрос: *Почему* на московии нет и никогда не было боеспособной армии? Ведь армии рабов, известные нам из истории, бывали достаточно эффективны. Пикантно здесь вот что. Московия старательно и добросовестно следует классическим принципам мотивации рабов. Жизнь в империи устроена таким образом, что армия для миллионов подданных является единственным доступным социальным лифтом. Сюда идут все, кто наиболее легко поддается экономическим рычагам давления, все, кого добрая родина держит в черном теле: представители коренных

---

²³ Головнин, Н.: *Военные усилия России в мировой войне*, Париж, 1939. (*Грамматика первоисточника, курсив мой, иб.*)

народностей[24], обитатели городских трущоб, жители сельского захолустья… Таким образом, империей на армию возложено решение сразу двух задач: во-первых, в казармах и, следовательно, под строжайшим надзором, оказываются потенциально опасные элементы - борцы за национальную независимость, преступники, тунеядцы и прочие; во-вторых, вся эта публика получает возможность если не улучшить свое безысходное социально-экономическое положение, то по крайней мере на время забыть о нем. Модель, казалось бы, беспроигрышная, культивируемая империей еще со времен реформ Александра II. Так почему же позорно проиграна война Японская? Почему, несмотря на многолетнюю и тщательнейшую подготовку, провалом закончилась Первая мировая? Почему число дезертиров этой армии в Первую мировую достигло величин, невообразимых ни в одной армии мира? Почему была проиграна Финская война? Почему сдавшихся в плен в 41-м, немцы даже не считали нужным охранять, а места их сбора обносить хоть каким-то подобием забора? Почему сегодня московитские чудо-богатыри, едва завладев украинским унитазом или стиральной машиной, стремятся улизнуть с передовой?

Потому, что

Армия московии не нужна.

***

Социально-политические формации подчиняются в своем развитии общим законам эволюции. Процесс эволюции – это прежде всего совершенствование механизмов защиты. Кого-то природа наделила клыками, иных – рогами, те могут быстро бегать или летать, тогда как эти – искусно маскироваться… Но есть и совершенно уникальный способ защиты – защита размером. Животное эволюционно достигает таких

---

[24] Бурятия поставляет 18% пушечного мяса, Дагестан – 14,8; Чечня – 12; Башкирия – 10,7; Татарстан – 7…
https://censor.net/ua/blogs/3360140/zvdki_rosya_bere_natsmenshini_dlya_vyini_proti_ukrani

размеров, что ему никто и ничто уже не угрожает. Оно может спокойно вести комфортный вегетарианский образ жизни, у него нет ни клыков, ни копыт, ни рогов — его защищают размеры тела. Таковы киты, слоны, бегемоты, носороги.

Московия являет собой пример социально-политической организации, защищенной размером от любых посягательств. Она *эволюционно* лишена потребности в армии. Все, что ей надо для нормального существования в том виде, какой она обрела в процессе эволюции, это карательные подразделения, натасканные на борьбу с безоружными, затравленными, низведенными до положения скотов бессловесных, коренными народами. И то, лишь в том гипотетическом случае, если они все-таки вспомнят, что они не рабы, а хозяева своей земли и судьбы. Вот почему все попытки создать более или менее боеспособную и мотивированную армию проваливались во все времена. Московия создавала военные поселения, раздувала штат генералов, тратила на армию колоссальные, несоизмеримые с экономическими возможностями нищей страны, деньги, строила крепости, заводила кадетские корпуса, институты и даже академии… Военные московии всегда, во все эпохи и при всех правительствах, были привилегированной кастой… Но неосознанная, подсознательная уверенность *всего* населения в *естественной* безопасности государства, сводила на нет любые попытки создать хоть какое-нибудь подобие армии.

Отсюда, из эволюционного отрицания армии, растут ноги всех проблем: вошедшего в поговорки воровства *гаргантюанских* масштабов, дедовщины, бездарности командования, технического отставания и т. д.

Армия империи *всегда* была источником обогащения. Всё, что можно было украсть, т. е., как говорят немцы, *все, что не было приклепано или прибито*, бывало разворовано при первой же подвернувшейся возможности. И это не традиция армии пролетарской. Воровали всегда: воровал меньшиков, воровал бирон, воровал миних, де Рибас… Легче назвать тех, кто не крал: таких на московии не было.

Генерал-каратель суворов утверждал: «Всякого интенданта через три года исполнения должности можно расстреливать без суда. Всегда есть за что». И ведь знал, что говорил: сам был сыном главного вора империи по военной части. Но интенданты – не исключение: мы помним семь вагонов с мебелью мясника жукова, его же коллекции часов и оружия, сотни метров тканей, десятки шуб и прочего барахла, припрятанного на дачах.

Дурные деньги, которые выбрасывает московия на содержание ненужной ей армии, приводят к двум негативным последствиям. Во-первых, высокие зарплаты за безделие и пьянство, доступ к социальным благам и привилегиям привлекают в офицерские институты особо тупых и ленивых, чаще всего *продолжателей семейных традиций,* выходцев из семей, где воровство и моральная беспринципность успели стать традицией. Публика эта просто не может не воровать. Во-вторых, выброшенные на ветер деньги – а именно так следует охарактеризовать расходную статью бюджета на армию – никто не считает и не контролирует. Подобрать их, отряхнуть пыль и положить в свой карман, строго говоря, и воровством назвать нельзя.

В отсутствии эволюционной необходимости содержать армию, следует искать и истоки неистребимой дедовщины. Сотни тысяч молодых мужчин, запертых без цели в казармы, лишенных возможности занять силы какой-либо деятельностью, отданных под власть ленивых и безграмотных офицеров, можно удержать в повиновении лишь одним путем – путем делегирования части насилия известному количеству таких же солдат, которые, в свою очередь, облегчают себе жизнь созданием неофициальной иерархии, подобной уголовной.

Научно-техническое отставание московии от стран демократии имеет ряд причин, рассмотрение которых выходит за рамки статьи, тогда как техническое отставание в области вооружений прямо следует из природы *этой* армии и разработанной под нее военной доктрины: карателям не нужно высокоточное, современное вооружение, цель их – уничтожение как можно большего числа людей – солдат и мирных жителей в равной мере. Подтверждения получаем мы ежедневно в Украине. Пока украинские защитники точечными ударами уничтожают штабы, казармы и склады оккупантов, последние засыпают наши города пятисоттонными неуправляемыми фугасами времен Второй мировой и противовоздушными ракетами, на скорую руку переделанными для поражения наземных целей; пока Запад разрабатывает прецизионное оружие, способное, подобно Азазелло, попасть по выбору «в любое предсердие или в любой из желудочков» жертвы, московия хвастает торпедой, *способной уничтожить целый континент.*

О бездарности командования, трусости солдат и офицеров, о неописуемой, ничем не оправданной жестокости по отношению к мирному населению этой вооруженной до зубов своры, - обо всем этом мы уже говорили, и повторять не станем.

Подведем итог. Боеспособная армия, армия мотивированных солдат, объединенных стремлением оборонить свою родину, *не может* держать в своих рядах воров, трусов, мародеров, насильников; *не может* ставить в строй солдат рядом с уголовниками; *не может* быть построена на принципах уголовной иерархии; *не может* позволить себе роскоши содержать бездарных и полуграмотных бездельников на высших этажах командования. Армия же, которая это все *может*, не может быть боеспособной.

Что и требовалось доказать.

Но на московии есть еще одно отличие, определенное ее размерами и историей, которому следует уделить, по крайней мере, абзац.

Здесь начисто отсутствует нация. Более того, возможность образования нации полностью исключена самой системообразующей философией.

Создать же боеспособную армию в стране, где отсутствует нация, не удавалось еще никому. Там, где отсутствует нация, отсутствуют национальные интересы, национальная идея, национальные границы, национальные чувства – абсолютно все, что призвана защищать армия, на чем основана мотивация военнослужащих, на что направлено их обучение, чем оправданы муштра и лишения, что, в конечном итоге, определяет ее боеспособность. Татарину, чеченцу, удмурту – всякому представителю любого порабощенного москвой народа, можно объяснить, что в его интересах, в интересах его семьи и его народа положить жизнь за кремлевские фантазии. Но подобные объяснения никогда не станут его *собственными.* Его представления о родине и о необходимой защите ее, останутся в границах Татарстана, Ичкерии, Удмуртии. Рано или поздно, самое позже — в момент осознания смертельной опасности, такой вояка усомнится в том, чем пичкала его имперская пропаганда, и станет искать возможности бегства с позиций.

***

Армия, созданная из рабов, не может быть боеспособной per definitionem. У рабов нет родины, нет нации, нет ничего, что стоило бы защищать, за исключением собственной шкуры. Восьмивековая история московии не даст соврать: рабская армия - это сборище трусов, мародеров, воров и преступников. Единственный прогресс, доступный ей, есть увеличение численного состава. Но даже исключительно дешевое пушечное мясо требует колоссальных, непропорциональных возможностям страны, расходов. Вот почему московия всегда была - и остается сегодня - государством нищих, государством-мародером, государством-изгоем.

Вот почему воз московщины и ныне там — во лжи и смраде придуманного московитами мира.

IV

ОППОЗИЦИЯ

«У вас потрясающая профессия:
вы занимаетесь тем, чего нет»
к/ф Гараж, 1979, реж. Эльдар Рязанов

Эта глава потребует небольшого предисловия. Обосновано оно тем, что оппозиция на московии находится в состоянии некоего первородного хаоса, и иного состояния не знает с самого момента возникновения феномена - с начала третьей декады XIX века. Само понятие *оппозиция* здесь не определено и, как неизбежное следствие, не определены критерии принятия членов в эту ложу, что дает право называть себя *оппозиционером* всякому, выступившему против власти в любом ее проявлении: помочившемуся в парке на глазах гуляющей публики, нахамившему в трамвае старушке-кондуктору или вот крепостной безликой певичке, на коленях выклянчивающей у власти звание *иноагента*. Но если московитские игры в оппозицию до 2014 имели характер региональной забавы, которую соседи наблюдали с некоторым любопытством, как наблюдают в зверинце странности поведения отдельных особей, не присущие виду в целом, то после открытого нападения на Украину ситуация изменилась кардинально, и оппозиция, для наблюдателей по эту сторону клетки, превратилась, volens nolens, в единственную внутримосковитскую силу, с которой связаны нынче надежды на реформацию системы и прекращение войны. Серьезное, согласитесь, основание для того, чтобы пристальнее вглядеться в то, что называет себя *оппозицией*. Но есть и еще одна причина, и причина куда более серьезная. Оказалось, что и в Украине нет консенсуса в том, что есть оппозиция на московии. Вот два наисвежайших примера.

Айдер Муждабаев – самый бескомпромиссный, настойчивый и последовательный в деле разоблачения московитских оппозиционеров, публицист - *единственным реальным оппозиционером* видит Игоря Эйдмана - «действительно порядочного человека, который выступает не просто против режима, но прежде всего за Украину и Крым»[25].

Волонтерская инициатива *Як не стати овочем* и платформа *Аналізуй* проанализировали высказывания почти сотни «видных россиян, которые позиционируют себя как *оппозиция Путину*»[26] (*курсив мой, иб*). Критерием отбора и здесь были высказывания об Украине и Крыме. Победил Андрей Пионтковский.

Я не имею ничего против этих достойных мужей, более того, слежу многие годы за их публикациями и выступлениями, и могу подтвердить: да, это действительно порядочные люди! Но вот вопрос: Несогласие с действиями своего государства, действиями откровенно преступными и осужден-

---

[25] Спецоперация *Хорошие русские,* -
https://www.youtube.com/watch?v=R6B6gS9n4ss

[26] Від "хорошого" до "корисного" один Крим. Як опозиційні росіяни підігрують пропаганді РФ. Дослідження, Оксана Мороз, - https://www.pravda.com.ua/articles/2022/11/9/7375505/

ными всем миром, является ли подобное несогласие оппозицией самому государству?

Неопределенность критериев московитского оппозиционерства ведет к тому, что на украинских новостных порталах появляются, ряженные в рубища оппозиционеров, не только утробно прокремлевские шендеровичи, шлосберги, кохи, гудковы, латынины, пастуховы и прочие, но и откровенные имперцы – иноземцевы, ходорковские, невзлины и иже с ними. А это уже таит в себе колоссальную опасность для страны, сражающейся против империи абсолютного зла.

Вот почему нам жизненно необходимо определиться с тем, что есть оппозиция на московии.

Итак, начнем…

***

«[…] ist jede Gesellschaft […] eine Verkörperung des objektiven Geistes: In ihren Institutionen, in ihren sozialen Praktiken und Routinen hat sich niedergeschlagen, welche normativen Überzeugungen die Mitglieder darüber teilen, worin die Ziele ihres Kooperationszusammenhangs bestehen»[27]

«Путін – ворог нашої сучасності, а російські ліберали – це вороги нашого майбутнього»[28].

«Если в россии всё отвратительного качества – от БТРов до прокладок, то какие были основания предполагать, что оппозиция не будет таким же дерьмом, как и все остальное?»[29]

Первая цитата сразу же устанавливает рамки нашему оптимизму. Всякое общество есть результат согласия его чле-

---

[27] «[…] каждое общество является […] воплощением объективного духа: в его институтах, в его социальных практиках и в повседневном опыте отражаются те нормативные убеждения, которые разделяют члены в отношении целей их кооперативного договора» (нем. пер. мой, иб), - Axel Honneth, Das Recht der Freiheit. Grundriß einer demokratischen Sittlichkeit; Erste Auflage 2011, © Suhrkamp Verlag Berlin 2011.

[28] Вахтанг Кебуладзе, https://nv.ua/ukr/world/geopolitics/putin-vorog-teperishnogo-ukrajini-rosiyski-liberali-maybutnogo-kebuladze-ostanni-novini-50248767.html

[29] А. Невзоров, *Наповал*, 13.11.2022.

нов относительно некоего социального (кооперативного) договора, лежащего в фундаменте государствообразующей философии; члены общества легитимируют своим согласием политическую власть и поддерживают проводимую ею социально-экономическую политику. Понятно, что политика эта направлена на укрепление социального договора, как гаранта существования общества. Круг, таким образом, замыкается, перед нами устойчивая социально-политическая система: общество, объединенное согласием вокруг неких фундаментальных целей, легализующих существование государства, как аппарата достижения этих целей, делегирует власть политической силе, вся деятельность которой направлена на достижение упомянутых целей и усиление, таким образом, общественного согласия, гарантирующего власть политической силе. Очевидно, что упомянутый социальный договор должен быть назван *позицией* данного общества. Откуда получим определение *оппозиции*[30]:

Оппозиция есть политическая сила, противостоящая действующему социальному договору или формам и способам реализации его целей.

Как видим, определение допускает двойственность, вытекающую из самой природы явления и фиксирующую две принципиально различные формы оппозиционной деятельности.

С одной стороны, оппозиция может выступать некой несбалансированной силой, стремящейся вывести систему из состояния равновесия, провозглашая своей целью уничтожение фундаментальных основ государства. Так было, например, в английских североамериканских колониях и во Франции в конце XVIII века, в странах Латинской Америки в начале века XIX, так было в Германских государствах, на Апеннинах и еще раз во Франции в середине того же века. Во всех названных странах возникли политические силы, воплотившие стремление подавляющего большинства социума

---

[30] Речь здесь об оппозиции внутренней. Рассмотрение практики международной оппозиции, т. е. противостояния государств в международных институтах, выходит за рамки статьи.

к новому социальному договору. Цели, преследуемые этими силами, были различны: американцы на обоих континентах боролись против колониальной зависимости, французы - против прогнившей насквозь монархической модели, а немцы и итальянцы - за объединение в границах единых национальных государств. Общим было лишь то, что существовавший в этих государствах дотоле социальный договор, перестал удовлетворять критическую массу населения и она выделила из своей среды лидеров, способных сформулировать цели нового социального договора и указать пути достижения согласия – оппозиционеров. Именно они возглавили массы недовольных, организовали борьбу против отжившей системы, разработали и сформулировали положения нового социального договора. Эти оппозиции по праву называют *демократическими - они действовали по прямому мандату демоса.*

После достижения стратегической цели - победы революции и установления демократических институтов - оппозиционеры, вчера еще выступавшие единым фронтом, оказываются в разных лагерях, соперничая друг с другом в рамках парламентских фракций в тактике достижения целей нового социального договора: часть былых оппозиционных партий оказывается у власти, их вчерашние соратники по борьбе – в оппозиции. Речь здесь уже идет не о сломе фундамента общества и не о новом социальном договоре, и оппозиция, строго говоря, не может быть названа демократической, ее, как борющуюся за достижение целей кооперативного договора в рамках установленной системы парламентской демократии, следует называть *системной.*

Это – в демократиях.

А на московии?

Здесь ситуация отличается от рассмотренной выше, и для того, чтобы понять различие, нам следует ответить на вопрос о том, что за договор лежит в фундаменте московии. Вокруг чего объединилось московитство?

Ответить на этот вопрос несложно - ответ достаточно часто звучит сегодня из различных уст – как власти, так и оппозиции -, более того, он назначен главной скрепой и даже защищен свирепой статьей уголовного кодекса.

Речь о *территориальной целостности* страны. Или, с оглядкой на исторические реалии:

в фундаменте социального договора, объединяющего критическую массу населения московии, лежит паразитирование на колониальном разграблении оккупированных и аннексированных в разные эпохи государств и территорий.

Необходимым условием и неизбежным следствием паразитирования является постепенное уничтожение автохтонов как единственных законных владельцев всего, чем богата их земля.

Договор остается неизменен вот уже восемь веков, со времен первого собирателя земель Данилы московского.

Из вышеизложенного следует, что для построения демократической московии местная оппозиция должна объявить о намерении уничтожить колониальную матрицу империи. Задача, воистину, *гаргантюанского* размаха! Решение ее предусматривает не только искоренение привычки к паразитарному способу существования, привычки, уточним, наследуемой вот уже сороковым поколением московитов и ставшей, таким образом, неотъемлемой частью личности, но и предложить некую новую государствообразующую философию, одинаково понятную *ныне дикому тунгусу* и *другу степей калмыку*, равно как и *русским* сокурову, шердеровичу и суркову.

Стратегическая дорожная карта демократической оппозиции на московии должна включать с себя детальный план разрушения колониальной матрицы, освобождения всех порабощенных народов и фундаментальные основы государствообразующей философии, гарантирующей демократические свободы и равные права *всем, желающим вступить в новое федеральное государство, народам.* Этих первостепенных задач демократического перестроя московии нет сегодня ни у одного оппозиционера. *Ни у одного!* Включая сюда и упомянутых ранее уважаемых Андрея Пионтковского и Игоря Эйдмана. Все, без малейшего исключения, оппозиционеры выступают за сохранение московии в ее нынешних границах[31].

И здесь мы вплотную подошли к особенности ситуации с московитской оппозицией: на московии нет социального запроса на смену существующей колониальной матрицы, т. е. нет критической массы населения, ощутившей невозможность дальнейшего паразитарного существования и желающей смены социального договора. Власть же вполне успешно исполняет свою задачу по сохранению и укреплению позиций существующего договора. Здесь разгадка той вошедшей в поговорки терпимости *русского* народа, спокойно принявшего изнасилование властью конституции и установление de facto пожизненной диктатуры; здесь объяснение всенародной поддержки войны в Украине; здесь корни восторгов по поводу расширения территорий; здесь ненависть к непокорным соседям, уникальная, присущая лишь московитам, жестокость, безразличие как к чужой, так и своей жизни; здесь все, что мир знает под маркой *русской культуры*. Оппозиция в этих условиях может быть только системной, и предлагаемая ею модель *демократии*, основанной на продолжении колониального паразитирования, представляет собой не альтернативу, но лишь одну из возможных вариаций достижения целей социального договора. Здесь следует искать и объяснение лояльному, почти отеческому отношению власти к оппозиции.

Эти лживые оппозиционные практики вовсе не новы, и в былые времена товарищ ленин метко называл российских оппозиционеров *политическими проститутками* – возможно, единственный случай, когда с идолом невозможно спорить. Тогда это были гучковы, струве, милюковы, керенские…, сегодня – каспаровы, яшины, навальные, волковы… - жалкая компания беспринципных болтунов, которых и проститутками назвать трудно.

---

[31] Формат статьи не позволяет детально рассмотреть этот вопрос. Отмечу здесь коротко, что на московии есть все же один настоящий демократ-оппозиционер – Борис Стомахин. Он – единственный, кто выступает за полное уничтожение колониальной матрицы и паразитизма московитов. Позицию еще одного демократического оппозиционера – Ильи Пономарева – мы рассмотрим ниже. Позиция Андрея Пионтковского допускает выход из московии Ичкерии, но не более того.

Прав публицист: *дерьмо, как и все, производимое московией.*

Болтовня оппозиционеров о необходимости сохранения страны в ее нынешних границах, об опасностях, грозящих миру в случае обрушения тюремных стен, о ядерном оружии, «югославском сценарии» и пр. и т. п., есть ни что иное, как парафраз официального кремлевского нарратива. В одном из своих видео стрелков-гиркин заявил следующее (цитирую по памяти, желающие легко найдут видео на YouTube[32]): «Меня упрекают в том, что мои действия на Донбассе в 14-м приблизили развал россии. Ошибаетесь! Мы начали тогда действовать именно для того, чтобы этот распад если не предотвратить, то хотя бы отсрочить. Без нашего вмешательства россии сегодня, возможно, уже не было бы. И это еще одна причина, почему мы не можем проиграть эту войну: если мы не задавим Украину, то распад россии неизбежен!». Вчитайтесь, вдумайтесь и попытайтесь найти сущностную разницу со следующими высказываниями самых отчаянных московитских оппозиционеров[33] (*курсив мой, иб*):

«[...] у тех комментаторов, политиков и политологов, которые настаивают на распаде России, полностью отсутствует рациональное мышление и воображение. У них каша в голове, как и у большинства россиян. Они попросту безумны»

«[...] насмерть бьющиеся на поле боя люди – выходцы не разных народов, а, как говорится, одного роду и племени [...]. Но тогда спрашивается: как же могли дожиться два *братских* народа – славные потомки Киевской Руси – до такой, ну, просто лютой ненависти друг к другу, что рушат, кромсают теперь на своей земле всё и всех подряд?»

---

[32] Прошу прощения у читателей: статья была уже закончена, когда YouTube объявил об удалении страницы террориста, как не отвечающей требованиям к публикациям на портале, и теперь будет не просто проверить ссылку. Верьте на слово!

[33] Цитаты собраны за несколько минут на сайте каспаров.ру. (*Курсив всюду мой, иб.*)

«Как спасти *Россию* от гибели? Как предотвратить гравитационный коллапс режима? Как сформировать власть, которая смогла бы справиться с этими проблемами?»

«Причиной возникновения в России централизованного государства явилась необходимость контроля центром обширных территорий, занимаемых российской культурой и ее государством. *В противном случае российское государство неизбежно бы распалось и не смогло исполнить своей провиденциальной роли объединения культур Востока и Запада.»*

Как видим, разницы между нынешним режимом и оппозицией по фундаментальному вопросу социального договора нет никакой. А это значит, что ни убийство диктатора, ни его естественная смерть, ни государственный переворот, ни чудесный приход к власти оппозиционеров, не изменят ситуации: севший на кремлевский трон может быть только имперцем. *«И отрастает голова на шее // У нового хозяина кремля»*[34]. Как будут звать носителя новой имперской головы – условный каспаров или условный пригожин - не суть важно. Важно, что голова будет имперской и обладатель ее будет защищать территориальную целостность московии всеми, доступными ему средствами и способами.

***

Кто виноват? и *Что делать?* – «проклятые, классические вопросы российской интеллигенции». Если учесть, что «родовой чертой интеллигенции является ее оппозиционность относительно власти», то получим, что оба классических вопроса суть проклятие оппозиции на московии. Почему? Или, формулируя иными словами, почему, скажем, Дж. Вашингтон, Марат, Дантон, Гарибальди, Боливар или Зибенпфайффер с Виртом[35] не перенимались этими вопросами? Почему им было ясно, и *Кто виноват*, и *Что делать?*

---

[34] В. Фет, *Ткань памяти*, 02.12.2022

[35] Имена для многих читателей, возможно, новые, поэтому поясню. Филипп Якоб Зибенпфайффер и Йоханн Георг Август Вирт были организаторами и главными докладчиками политической манифестации во время Хамбахского праздника (1832), поднявшего впервые лозунг объединения Германских государств – событие,

Ответ и здесь предельно прост. Всего-то надо не обращать внимания на шелуху воздыханий и не замечать сопли сомнений, намеренно размазываемые оппозицией по холеной оппозиционной ряхе.

Интеллигенция, то есть попросту слой людей образованных и занятых умственным трудом, появилась на московии относительно недавно – с середины XIX века. Люди эти получили европейское, восходящее традицией к идеалам Просвещения, образование – иного в мире просто не было. Полученное образование открыло им глаза на рабскую сущность родины и вынуждало искать пути высвобождения. Но легло оно на те самые десятки поколений пестования рабской души, и не могло поэтому дать искомого результата. Бедняги пускались во все тяжкие: читали европейских нигилистов, социал-демократов и даже коммунистов, пялили на себя лохмотья анархистов, заводили на московии философию, ходили в народ и даже устраивали этому народу школы, спорили до хрипоты о том, куда лежит дорога московитская – на Запад или на Восток. Отчаявшись, принялись метать бомбы и делали это с таким усердием, что, по выражению писателя, даже «развивали себе мускулы». И все тщетно: европейское образование, легшее на московитскую культуру, могло рождать лишь нежизнеспособных уродцев – бакуниних, перовских, кропоткиных, ульяновых[36] и прочих плехановых с чернышевскими. Именно *конфликт между наносным образованием и вековой культурой породил у московитов те проклятые вопросы.*

Знали ли пионеры московитской оппозиции, *кто виноват* и *что делать,* мы не знаем, а сны Веры Павловны оставляют нашей фантазии слишком мало свободы. Демократическая традиция и презумпция невиновности не позволяют нам обвинять московитскую оппозицию в намеренной лжи - очень может быть, что в силу девственности образования и инерции способов обмена информацией с европейскими источ-

---

ставшее началом Немецкой революции, закончившейся лишь спустя тридцать девять лет полной победой и образованием Германского Райха. Хамбахский замок, где все начиналось, называют с тех пор *Колыбелью немецкой демократии.*

[36] Речь о старшем из братьев. Младший, напротив, знал что делать и спас империю.

никами знания, они действительно были уверены в том, что беда империи в самодержавии, и убийство очередного сатрапа приведет к изменению вековой матрицы государства - , но мы можем твердо утверждать, что нынешние, хорошо образованные и глубоко информированные оппозиционеры, прекрасно знают ответы на оба вопроса. Поэтому я не стала бы оскорблять девушек сравнением с московитской оппозицией: у проституток есть мораль – пусть своеобразная и цеховая, но она у них есть. Оппозиция же, сознательно пытающаяся навязать общественности колониальную империю в демократическом флаконе, действует совершенно аморально.

Поэтому еще раз признаем - прав публицист: *дерьмо, как и все, производимое московией.*

Как мы установили выше, на московии нет критической массы недовольных существующим социальным договором, необходимой для поддержки демократической идеи. Но в том-то и заключается миссия оппозиции, как передового отряда интеллигенции, чтобы постепенно, исподволь готовить, растить и воспитывать эту массу. Для этого необходимо сделать первый шаг – послать сигнал национально-освободительным силам республик и территорий о своей готовности содействовать уничтожению колониальной империи. Это значит, уже сегодня господа каспаровы, ходорковские и Co° должны обратиться к законному правительству республики Ичкерия и *Форуму свободных народов россии* с вопросом о том, как Правительство и Форум представляют себе участие московитской оппозиции в деле развала империи. Именно так: не лезть с советами и указаниями, как обустроить демократию, а идти к национальным демократиям в обучение. Просто потому, что национальные лидеры свои представления о демократии выстрадали, а не вычитали в умных книжках диванных теоретиков. Получив признание, уже совместно с националистами всех регионов принять участие в разработке дорожной карты демонтажа империи; помочь в организации агитационной и разъяснительной работы в армии, на флоте и в силовых структурах; организовать издание и каналы доставки национально-освободительной литературы в регионы московии (на первых порах здесь можно переводить на национальные языки труды Степана Бандеры, Дмитрия Донцова, Николая Михновского, Николая Сциборского и других украинских борцов за национальное освобождение: в их трудах нет ничего исключительно украинского — язык свободы интернационален и понятен каждому); начать разработку конституции будущего федерального государства и принципов вхождения в него отдельных независимых государств. Но главное - заявить прямо и открыто: борьба за национальное освобождение всех народов империи, потребует жертв — бескровно не развалилась еще ни одна империя!

Московитской оппозиции и здесь повезло: история дала ей уникальный шанс заняться теоретической проработкой вопросов развала в то время, пока Украина готовит военное поражение империи. Объем пролитой крови в будущих битвах за свободу народов может быть сведен к минимуму, в идеальном случае развал империи может пройти бескровно вообще. Это зависит от качества работы московитской оппозиции. Оппозиционным болтунам пора понять: московия свое отжила, ее развал неизбежен, наступает последний и решительный бой, и вопрос лишь в количестве жертв, которые заберет с собой издыхающая тварь.

* * *

Илья Пономарев и Право наций на самоопределение

> Мы – другие! [...] Мы не заключали сделок с совестью.
> *Обращение к Гражданам России*[37]
> Ответственный: Гудков Геннадий

Вот несколько цитат из интервью Ильи Пономарева Татьяне Поповой[38] (*курсив везде мой, иб, грамматика и стилистика оригинала*):

---

[37] Принято на I съезде народных депутатов (бывших), Яблонне (Польша) 4-7 ноября 2022.

[38] https://blogs.pravda.com.ua/authors/popova/6391f15c565f1/

«Я выступаю за демонтаж империи. Эта моя позиция хорошо известна. Съезд[39], в котором мы принимаем участие принял решение *о праве народов на самоопределение.* У нас есть одна главная вещь, в которой мы абсолютно согласны с регионалистами и с этническими национальными движениями, что Российскую федерацию надо переучреждать. Мы не должны идти как Ельцин сказал "Берите суверенитета столько, сколько захотите". Это означает, Центр с барского плеча откидывает что-то территориям. Я считаю обратное. Что территории должны собраться и решить кто хочет участвовать в России, а кто не хочет. Если он хочет, то что он готов делегировать в Центр. То есть надо Российскую Федерацию перезагрузить.

[…] мы должны дать возможность всем территориям дать демократично определиться – хотят они делать новую Россию или они хотят идти отдельно. […]

Причем этот референдум – это *не референдум о выходе.* Это *референдум о вхождении.»*

Илья Пономарев, если кто из читателей не знает, - единственный из депутатов, кто в 2014 открыто выступил на заседании государственной думы против аннексии Крыма и вынужден был бежать из страны; с апреля 2022 принял деятельное участие в создании Легиона *Свобода россии,* и поддерживает с тех пор вооруженную борьбу россиян против московии, на стороне Украины; он единственный сегодня оппозиционер, который открыто заявил о намерении «идти на москву» с батальоном после победы Украины. Как видим из приведенных цитат, он – единственный из оппозиционеров, кто не ставит *проклятых* вопросов. Он дает на них конкретные ответы. Еще больше и дальше: он – единственный, кто понял, что демократии с барского плеча не бывает, и никакая, самая идеальная и гениальная демократия, спущенная москвой, никогда не даст свободы порабощенным народам.

Одним словом, если вести отсчет *хороших русских,* то начинать надо с Ильи.

И именно в силу правоты вывода, нет в нашем случае лучшего субъекта анализа, чем уважаемый Илья Пономарев.

---

[39] См. ссылку выше.

Начнем с того, что в вышеуказанном интервью, уважаемый политик несколько неуклюже выразился: Съезд никаких решений *о праве народов на самоопределение* не принимал. В одном из документов, принятых Съездом, упомянуто вскользь: «Мы твёрдо стоим на принципах права наций на самоопределение в соответствии с принципами ООН»[40], т. е. Съезд лишь подтвердил приверженность принятой международной позиции по национальному вопросу. То, что такая приверженность ничему не обязывает, не дадут соврать истории ссср и нынешней московии: обе тюрьмы придерживались того же резинового принципа. От оппозиционера мы вправе ожидать описания конкретных шагов по реализации принципа в исторических и социально-политических условиях московии. А участие в Съезде некоторых одиозных личностей, например, *эрцимперца* Гудкова Геннадия, снимает и последние иллюзии о месте, какое займет красивая фраза о праве народов на самоопределение во внутреннем распорядке новой тюрьмы.

Да и сам Илья не без хромоты на национальную ногу. В интервью Невзорову накануне Съезда он наотрез оказывал в ликвидации империи: «*Я не верю* в какие-то кардинальные изменения границ россии. Я абсолютно уверен, что объявит о независимости Чечня, может, будут еще несколько республик. […] Я, например, считаю, что вторая по вероятности республика, которая решиться пойти своим путем – это Якутия. Я там жил, хорошо знаю […] Это очень сильно зависит от нас самих. Это зависит от того, какая будет новая россия […] *сможем ли мы дать регионам* то, чего они на самом деле хотят»[41].

Здесь нам интересно буквально все. Но прежде всего – перед нами блестящий пример имперской логики, не позволяющей носителю экстраполировать полученные в одном регионе опыт и знания на иные. Если украинцы могут жить в своем национальном государстве, то почему это не позволено татарам, удмуртам или калмыкам? Почему, если якуты, вероятнее всего, уйдут из империи, и это наш демократ знает в силу собственного опыта, он так-таки гранитно уверен в том,

---

40 https://rosdep.org/category/docs/approved_documents/page/2/
41 https://www.youtube.com/watch?v=2vkeGQQsz1I

что в иных регионах - там, где он не жил, и опыта общения с народом которых не имеет -, ситуация иная?

И все-таки главное здесь - фундаментальное опровержение тому, что говорил Илья Пономарев Татьяне Поповой, и что нас привело в такой восторг. Обратите внимание на выделенные мною курсивом слова в конце цитаты. Оказывается, победившая демократия вовсе не собирается ликвидировать империю и ждать, пока освободившиеся народы решат о вхождении своем в новую федерацию. Нет, демократы уже сейчас видят себя в будущей московии на позиции, из которой они будут *давать* народам то, «чего они на самом деле хотят»! И это не оговорка. В интервью Татьяне Поповой, после цитированных выше разглагольствований о том, на каких принципах будет зиждиться новая демократическая и свободная федерация, наш демократ, на вопрос о Курилах, отвечает: *«Мы не будем раздавать "Кемские волости" направо и налево*, но обсуждать мирный договор мы должны. И мы как новая власть России безусловно нацелены на то, чтобы заключить наконец мирное соглашение с Японией.»*. Слышите? – Демократ сейчас уже уверен в том, что москве будет принадлежать *вся* территория нынешней империи! А как же с обещаниями, данными две минуты назад? А как же с *референдумом о вхождении?* А если Курилы захотят сами решать свою судьбу, или если они станут частью какой-нибудь Хабаровской, Камчатской, Сахалинской или Дальневосточной республики, и та откажется входить в состав новой московии?

Вот еще одна замечательная цитата Ильи: «Вас уже много раз обманывали. Обманули и в 1991 году, когда распался Союз, потому что никто не ожидал того, что произойдет дальше. Многие хотели распада, *еще больше не хотело распада* [...]42». Здесь – всё, что надо знать о московитском оппозиционере. Перед нами очередная вариация на тему путинской формулы о *мешке картошки*, которой он оправдал аннексию Крыма.

Распада, уважаемый Илья, хотело более девяносто – 90! – процентов украинцев. А Московия именно за то и воюет сегодня, чтобы доказать нам, что большинство из нас распада

---

42 https://www.youtube.com/watch?v=1CjlNiQLwWs

не хотело. Помните, по крайней мере, об этом, когда будете давать следующие интервью.

***

Отсутствие цели, вернее, нежелание ее видеть, ведет оппозиционеров в, мягко говоря, комическую ситуацию. Им приходится с жадностью отощавшего на щах скрепонсца бросаться на любую приманку: то пример Майдана поднимет люд московитский, то протесты на коленях водителей грузовиков, то челобитные дальневосточников. Не забывают они о паталогической зависти московитов (тот же Пионтковский годами педалировал тему «*русского триллиона*», который американцы вот-вот заберут у майорчика и отдадут *демократической* оппозиции). Даже попытки вежливого протеста, не выходящего за рамки общественного порядка, в Беларуси и жалкое блеяние Тихановской в сторону кремля с просьбами о помощи – даже это оппозиция московитская умудрялась подать как начало конца режима. Позор достиг очередного пика, когда запалом всенародного взрыва была объявлена челобитная дряхлой певички с нижайшей просьбой назначить ее иностранным агентом – уровень и градус протеста, какой и Щедринским глуповцам не снился! Вот тут уж точно должна была грянуть революция! Вот тут уж точно народ толпами должен был повалить на улицы и… и… - ну, в общем, мы знаем продолжение: X, Y, Z (подставить любое имя любого оппозиционера), рискуя жизнью и, может даже, презрев завтрак, ринутся наперегонки на москву, чтобы первым занять место на броневике где-нибудь поближе к кремлю и возглавить революцию…

И что?

А ничего.

Начнется новый круг имперской реальности: народы разбегутся и москва развяжет войны, чтобы удержать их камерах; потом будет усмирение - Голодоморы, ГУЛАГи, террор, насильственная русификация… миллионы жертв…

Вот почему прав философ:

259

«Боронь боже вони (демократы на московии, иб) прийдуть до влади [...] рано чи пізно вони повторять всі злочини будь-якої російської імперської влади.»[43]

Из понимания этого простого и очевидного факта, должно исходить, оценивая московитскую оппозицию. Они могут выступать против аннексии Крыма и войны в Украине, украшать студии украинскими цветами и *Тризубами*, завершать выступления и статьи приветствием *Слава Україні!*, но никогда, ни при каких условиях и ни один из них, не призовет открыто уничтожить корень зла – систему колониального паразитирования. Потому что она, как выше было сказано, за сорок поколений стала частью их генома[44].

***

Общество, построенное на рабском паразитировании, лишено возможностей развития. Единственный прогресс, доступный этому обществу, есть движение в сторону поиска новых территорий для аннексий и народов для порабощения. Восьмивековая история московии не даст соврать: на паразитировании можно построить государство, паразитирование можно сделать его главной скрепой, но процветать такое государство не может. Вот почему московия всегда была - и остается сегодня - государством нищих, государством-мародером, государством-изгоем.

Вот почему воз московщины и ныне там – во лжи и смраде придуманного московитами мира.

---

[43] Вахтанг Кебуладце, там же.

[44] Об этом красиво Айдер Муждабаев: «русских иногда угоняли в рабство, но они и там не работали».

Игорь Мандель
Три этюда о лжи

1

К зиме 1942 года Юлий Марголин, счастливо покинув захваченную немцами Польшу, потеряв 35 килограмм из 80 довоенных, в состоянии алиментарной дистрофии попал в лагерный лазарет в Архангельской области. Доктор философии после Берлинского Университета, автор российской газеты "Накануне", уроженец Польши, перебравшийся в Палестину в 1936 году и поехавший по семейным делам на родину в 1939, где и был справедливо захвачен НКВД как "*социально опасный элемент*" в июне 1940 года, был на грани смерти.

"11 дней лежал я в хирургическом стационаре. После 2 1/2 лет, проведенных в состоянии непрерывного ошеломления – со времени немецкого вторжения в Польшу, когда огромная волна подхватила меня, вынесла из привычного и нормального мира и занесла "по ту сторону жизни", куда не полагается заглядывать благополучным европейцам, я, наконец, имел возможность передохнуть и осмыслить, что произошло со мной и с человечеством.

Я был полумертв. Я весь состоял из отчаяния и страха, из упорства и надежды, но эмоциональные реакции такого рода не могли мне помочь на краю гибели. Мне надо было восстановить нормальное самоощущение. Тогда я вспомнил старую теорию Аристотеля о "катарзисе" и стал лечить себя особыми средствами.

*Способность и потребность логической мысли вернулась ко мне. Часами я лежал без движения, упорно размышляя. Потом я записывал – не ход мысли, а только последние выводы и формулы. Таким образом, в течение 11 дней была написана небольшая, но очень важная для меня в тогдашнем состоянии работа: "**Теория лжи**".*

… Это был мой реванш: "non ridere, non lugere, sed intelligere" ("не смеяться, не плакать, но понять". Б. Спиноза – И.М.). То, что окружало меня, что дыбилось над моей головой, что окутывало

*удушающим кольцом меня и мое поколение – была **ложь**. Логическая и психологическая природа лжи, ее культурно-историческое проявление были моей темой на исходе зимы 1942 года...Максик вылечил мои фурункулы, а я **отплюнулся** от моих преследователей работой "о лжи". Я вышел из больницы с намерением жить и не даваться врагам."* (подчеркивания здесь и далее мои — И.М.).

Ю. Марголин действительно вышел из лагеря в 1945 году и в конечном счете вернулся к семье в Тель-Авив. В 1947 он году закончил свой шедевр *"Путешествие в страну зека"* — книга, которая сделала бы его, безусловно, мировой знаменитостью, будь она вовремя опубликована с соответствующей медийной подачей. Но ее долго никто не хотел печатать. Нельзя было говорить на весь мир о темных делишках победоносного дядюшки Джо, да еще и в беспощадных терминах западного аналитика, занесенного в снежный российский ад и понявшего его природу до основания. После первой малотиражной публикации на французском (1949) автор был даже "уличен" одним прокоммунистическим журналистом в *"выдумывании советских лагерей"*... Первое и неполное издание книги на русском прошло почти не замеченным в 1952 году. Теме ГУЛАГа надо было ждать еще 10-20 лет, чтобы наконец широко прозвучать в устах Солженицына, который, однако, не поднялся (не опустился?) до такого глубокого рассмотрения *"расчеловечивания"* заключенных, которое позже прославило Шаламова. Но первым заговорил об этом Марголин в специальной главе под этим названием.

Нам не дано узнать, что именно в его трактате было сказано; записи были выкинуты в грязь на очередной пересылке вместе с другими текстами — никакая бумага *"не разрешалась"*. Восстановить старое позже Ю. Марголин уже не мог, но все содержание книги позволяет предположить примерное направление мыслей.

Ложь начинается с изменения смысла самых заурядных слов. *"В лагере были **изуродованы все без исключения люди и все вещи**. Те же самые **слова** русского языка, которые употреблялись на воле, **в лагере значили что-то другое**. В лагере говорят: человек – культура – дом – работа – радио – обед –*

котлета – но ни одно из этих слов не значит того, что на воле нормально обозначается этими словами."

Чем не новояз Оруэлла, который прозревал подобные концепции примерно в то же время?

Ложь пропитывает так называемую "**культуру**".

*"Советская власть ...не отрицает культуры: она только **передает ее в ведение жандармов**, и так ее препарирует, что каждый хам и тюремщик может чувствовать себя ее представителем и инструктором."*

Чем не предвосхищение разглагольствования о "*красоте, которая спасет мир*" в устах пожизненного чекиста в то самое время, когда в Буче и Ирпене его ребята наводили порядок по-русски: "*... в Неаполе уличный художник недавно нарисовал на стене дома портрет ныне "отмененного" на Западе...Достоевского. Это все-таки дает надежду, что именно через взаимную симпатию людей, через культуру, которая всех нас связывает и объединяет правда, безусловно, пробьет себе дорогу*" (В. Путин, март 2022). Пробьет, пробьет, особенно если "Калибры" немного помогут; без них Федор Михайлович может и не справится.

"Нет такого лозунга, нет такой нелепицы и лжи, которых нельзя было бы путем тысячекратных и многолетних повторений навязать сознанию человека. На этом механическом подходе и основана колоссальная работа советского радио на службе кремлевской диктатуры... Не надо убеждать; достаточно 255 раз повторять. Если бы радио трижды в день в течение 25 лет повторяло, что 2x2=5, то и это стало бы обычным убеждением советских граждан. В этом страшная опасность оглупления, которую современная техника создает в странах тоталитарного режима."

Чем не абсолютно точное понимание роли пропаганды еще в то далекое время?

Подобных обобщений, которыми сейчас трудно кого-то удивить, полна эта удивительная книга, где многие наблюдения были сделаны впервые. Надо ли подчеркивать, как многое из этого продолжает оставаться почти таким же в современной России? Где идет не война, а "*спецоперация*"; где не захватывают территорию, а уничтожают "*нацизм*"; где один уголовник может привлечь в свою банду других уголовников прямо из тюрем, пренебрегая всеми писанными "*законами*"? Ложь, укрепленная прямым насилием, лежит в основе всего. Это чрезвычайно просто.

Вот эпизод из "*Штрихов к портрету*" И. Губермана (1998). Высокообразованного человека арестовывают в 1935 году; время "идиллическое", рукоприкладство при следствии официально не разрешено; будет разрешено позже. Следователь теряет терпение, т.к. подследственный ничего не понимает и ни о каком заговоре рассказывать не хочет.

"*И он вдруг вышел. Я сижу. Входят в комнату двое мужчин, довольно молодых и в штатском. Очень, кстати, интеллигентного вида... Сбоку меня ударил тот, что пониже. В ухо. Дальше не помню... Били они меня минут тридцать. Очень, хочу признать, мастерски. Как-то, знаете ли, больно и унизительно...*"

"*Через минуту возвращается в комнату следователь Буковский. Два стакана чая принес, два бутерброда с сыром, папиросы. Оживленный такой, приветливый. Вы здесь, говорит, не заскучали без меня? И вот тут — я до сих пор простить себе не могу — я ему рассказал, что только что было. Сказал, что жаловаться буду прокурору. Он так засмеялся душевно: это бред у вас какой-то был, гражданин подследственный. У нас советское государственное учреждение, соблюдается законность в полной мере; у вас, милейший, галлюцинации. Я ему синяки показываю по всему телу, уши распухшие показываю, кровь из них течет, о враче говорю, прошу зафиксировать побои — а он смеется. В камере, говорит, вы с кем-то не поладили, очевидно, а у нас такого не водится. А сидел я в одиночке, и ему это прекрасно было известно. Вот от смеха его и спокойствия — тут мне и стало страшно. Как-то враз и мигом* **я все понял, ясно и на всю жизнь**. *Уже полвека прошло, а помню озарение свое кошмарное.* **Всю систему понял, все устройство государственное,** *в котором так усердно участвовал.*"

Да, больше ничего добавлять не надо. Когда тебя избивают и говорят, что никто тебя не бил — дальше разговаривать уже смысла не имеет. Когда тебя, как Навального по давно закрытому делу, вновь сажают в тюрьму — не стоит тратить время на разборки. Когда заявляют. что мобилизация закончена, но продолжают набирать новых и новых людей — как-то сложно спорить с таким государством. Оно действует по праву сильного и лжет по такому же праву. Могло бы, кстати, и не лгать – но продолжает по старой доброй традиции, которая меня всегда поражала. Прямая "*диктатура пролетариата*" Ленина, в которой насилие и произвол не нуждались в каком-то оформлении, была куда понятнее, чем появившаяся позднее сталинская "*диктатура закона*", когда самые чудовищные вещи оформлялись через бумажки. Именно этот жанр, при сохранении сущности – голого насилия – стал востребован и продолжает быть востребован в России, порождая неописуемую ложь по любому поводу. "*Наша цель – закончить эту войну*" – смело заявил недавно В. Путин, не убоявшись юридических последствий за свои крамольные слова – войны ведь, как известно, нет.

Вот и Н. Патрушев вам подтвердит: "*Мы **не воюем** с Украиной, потому что ненависти к простым украинцам у нас по определению быть не может*". Мы спецоперируем из любви к этому братскому народу.

Самое поразительное в книге Ю. Марголина, помимо точно понятых законов советского строя – это то, что полуживой человек в больнице, из которой может не выйти, едва получив физическую возможность просто собраться с мыслями и побыть относительно наедине, пишет не о своей истории, не о пройденных лишениях, не о боли и унижениях – а о ***лжи***, как о первопричине всего прочего. Именно это ему важнее всего зафиксировать в своем, возможно, последнем тексте. Концепция лжи имеет для него сверхважное значение даже в нечеловеческих условиях…

2

"*В тихом групповом чате в малоизвестной части Интернета небольшое количество анонимных аккаунтов обмениваются ссылками из академических публикаций и лихорадочно изучают сложные графики анализа ДНК. Это не обычные тролли, а ученые, исследователи и студенты, которые собрались в Интернете, чтобы обсудить последние открытия в области археологии. Почему авторитетные ученые не ведут эти беседы в конференц-зале или лекционном зале? Ответ может вас удивить.*"

Так начинается статья "*The rise of Archaeologists Anonymous*" ("*Расцвет анонимных археологов*"), опублико-

265

ванной в декабре 2022 года – ожидаемо, под псевдонимом "*Специалист по травам каменного века*"... Так в чем же ответ, который "может удивить?

Если очень кратко: потому что если обсуждать под собственными именами, участники могут спокойно потерять свои должности в университетах или по меньшей мере подвергнуться сильнейшему остракизму от своих коллег и студентов. А если поподробнее, то ситуация следующая.

"*...анонимность позволила нам реализовать нашу страсть к научным исследованиям способом, который просто невозможен в жестких рамках современной академии. Итак, в этих скрытых местах профессиональные генетики, био-археологи и физические антропологи создали сеть контрисследований. Используя самодельное программное обеспечение, электронные таблицы и частные серверы, ведется детальная и кропотливая работа вдали от посторонних глаз и назойливых голосов.*" Что за жесткие рамки? Почему невозможны исследования? А потому что огромное число твердо установленных фактов резко противоречат сложившимся "стандартным теориям", доминирующим в науке. Вот главные пункты, по которым идет расхождение, настолько сильное, что люди вынуждены идти в подполье.

1.   Новые **генетические методы** неопровержимо доказывают, что в далеком прошлом велись жестокие войны на уничтожение; одна группа людей полностью вытесняла со временем другую. Это противоречит сложившейся концепции "*культурной диффузии*" за счет мирной торговли и обмена. "*Например, в течение многих лет студентам и публике внушали, что «горшки — это не люди», что внезапное появление новых стилей гончарного дела не означает, что с ними прибыли новые люди, и появление так называемого стиля Bell Beaker (колоколоподобный стакан) в британском бронзовом веке демонстрирует, как подражание и торговля позволили этой керамике распространиться из континента. Но в 2018 году в* сенсационной статье *было доказано, что это в корне неверно. Фактически, почти 90% населения Британии сменилось за короткий период, что соответствует переселению в Британию "людей стиля Bell Beaker" и последующему исче-*

зновению предшествующих неолитических жителей. Мы знаем это, потому что тщательная генетическая работа в целом ряде исследований ясно показывает, что вновь прибывшие были разными людьми с разной материнской и отцовской ДНК."

2. Роль **этнических конфликтов** в прошлом категорически преуменьшается. *"То, что для широкой публики кажется очевидным — что предыстория представляла собой кровавое месиво вторжений, миграций, сражений и конфликтов — не всегда является общепринятым мнением среди исследователей. Хуже того, идея, что древние народы организовывались по четким этническим и племенным линиям, также **является табу**. Очевидные утверждения здравого смысла, такие как **существование патриархата** в прошлом, постоянно оспариваются..."*

3. Исторические знания, даже будучи подтвержденными фактами, являются очень **опасными**, так как могут быть неверно использованы "неправильными людьми". Апеллируя к доказанным фактам относительно захвата западных территорий выходцами из евроазиатской степи, Сьюзан Хакенбек в статье с характерным названием *Генетика, археология и ультраправые: нечестивая троица* (2019) пишет: *"Мы видим возврат к представлениям об ограниченных этнических группах, эквивалентных археологическим культурам, и об общей индоевропейской социальной организации, основанной на общих языковых фрагментах. Оба направления являются экзенциалистскими и несут глубоко* **проблемный идеологический багаж**. *Нам предлагают привлекательно простое повествование о прошлом, сформированном мужественными молодыми людьми, отправляющимися завоевывать континент".* Что тут принципиально важно, речь идет не об опровержении самих фактов (это сделать практически невозможно), но что факты "идеологически неверны"...

Потрясающим образом, некоторые исследователи заявляют буквально следующее: *"Археология может проследить культурную диффузию, но ее нельзя использовать для различения народов и **не следует использовать для отслежи-***

вания миграции. *Аргументы, связанные с языком и этимологией неуместны*". Как замечает наш анонимный палеоботаник, "*Одним махом эта цепочка рассуждений по существу упразднила бы несколько столетий работы по распутыванию нити движений и эволюции ... почти всех основных изменений в истории человечества. Но в том-то и дело: лишая археологию возможности указывать, когда и где возникали и перемещались различные группы, выбивается опора из-под любого национализма*". То есть автор, вроде бы серьезный ученый, готов принести в жертву, по сути, половину если не больше своей науки, лишь бы создать некий миф о безоблачном прошлом.

4. Не только истина опасна и поэтому ее можно игнорировать в идеологических целях, но и сама наука должна перестроится соответствующим образом. Вот фрагмент из статьи с дивным названием «Будущее археологии — антирасистское»: археология во времена BLM, 2021 (как будто наука должна зависеть от "времен"!): "*...археология черных была и должна оставаться направленной на определенную цель. Она отвергает исследования и практики, определяемые стерильными, бинарными терминами объективно-субъективной позиционности. Археология в исторических местах проживания черных должна проводиться **с явной политической ориентацией**... В области археологии она служит **моральным ориентиром**, способным пролить свет на исторические обиды и исследовать формы современного возмещения ущерба.*" Я не вижу тут большой идеологической разницы с нашумевшими заявлениями бывшего министра культуры России В. Мединского, что та история верна, которая служит России, типа: "*Нужна отдельная государственная историко-пропагандистская организация. Она должна заниматься вопросами изучения и сохранения исторического наследия, вопросами исторической памяти и **исторической пропаганды**.*"

Что может быть хуже для ученого, чем быть в тисках подобных взглядов в своей собственной дисциплине? Что может быть постыднее в двадцатых годах 21-го века, чем следующее заявление: если ученый "*...не занимался критическими исследованиями в области пост-колониализма,* *феминизма, гендера и квир-политики или антирасизма, он может оказаться **полностью отрезанным от карьеры**. Гораздо проще вместо этого выйти в интернет и найти десять других людей на Земле, которые разделяют его интересы, которые озабочены тем, что означают результаты, а не их более широкими современными политическими и социальными интерпретациями."* Тем не менее такова горькая правда в современной американской науке. И если бы только в археологии...

Я уже писал о сумасшествии в статистике и биологии, связанном с переименованиями премий и зданий в экстазе "борьбы с расизмом" после смерти Флойда, равно как и о нашествии "специалистов по равенству" в университетах; не буду повторяться. Ситуация становится только хуже; люди сопротивляются как могут. Фальшивые предлоги социальной справедливости подминают под себя естественное стремление науки к объективной истине. Как бы не появились вскоре общества анонимных математиков (а то что только археологи!), по образцу общества анонимных алкоголиков, в огромные магазины которого я так любил заходить в Торонто. Хоть и анонимно, но наливали там бесплатно настоящий виски.

3

23 июля 2022 года на Хуторе Ёлки в Рускеала (Карелия) состоялся очередной концерт известного бардовского коллектива *«Песни Нашего Века»*. Собралось множество людей; как обычно, на таких мероприятиях, зрители располагаются под открытым небом (некоторые с маленькими детьми), артисты – на эстраде. В составе коллектива выступали известные исполнители: *Вадим Мищук, Дмитрий Богданов, Константин Тарасов, Галина Хомчик, Сергей Хутас.* Концерт длился два часа; его видеозапись просмотрело около 140 тысяч человек; поставлено около 4 тысяч лайков и ни одного дислайка. Как сказано в описании видео: *"«Песни нашего века» – легендарный бардовский хоровой Проект, признанный одним из*

самых ярких явлений отечественной культуры рубежа XX-XX1 веков. Больше 20 лет его участники исполняют самые знаменитые народные хиты золотого фонда авторской песни, продолжая собирать аншлаги на концертах по всей России и далеко за ее пределами... Вы знаете и любите эти песни Б.Окуджавы, В.Высоцкого, Ю.Визбора, Ю.Кима, А.Городницкого, С.Никитина, В.Берковского и других классиков. "

Действительно, главным образом пелись песни этих прославленных авторов (**ни одной песни А. Галича**, между прочим) как это делается на протяжении уже, наверно, последних лет 40-50. Материал проверенный, действующий безошибочно. Вот некоторые цитаты из спетых песен.

Ответь, Александровск,
И Харьков, ответь:
Давно ль по-испански
Вы начали петь?

Скажи мне, Украйна,
Не в этой ли ржи
Тараса Шевченко
Папаха лежит?
Откуда ж, приятель,
Песня твоя:
«Гренада, Гренада,
Гренада моя»?

Он медлит с ответом,
Мечтатель-хохол:
— Братишка! Гренаду
Я в книге нашел.

(Гренада. Стихи М. Светлова, музыка В. Берковского)

"*Мечтатель-хохол*" в тот золотой (по Светлову) век думал (по Светлову) о далекой Гренаде, что было абсолютно хорошо (по Светлову) и подлежало прославлению (Светловым).

Нынешние исполнители как-то не сообразили, что сегодняш-
ние уроженцы тех мест мечтают лишь о том, чтобы освобо-
дить свою страну от носителей идеологии тех лет – пролетар-
ский интернационализм называется, или русский империа-
лизм, кому как сподручнее. Певцы все еще видят романтику
в этом дивном тексте. Особенно потому что "*отряд не заметил
потерю бойца*" – как раз про нынешние разбросанные по
Украине неубранные российские трупы. Тогда не замечали,
и сейчас не замечают. Об этом и песня. А вот еще про солдат:

И быть над землей закатам,

и быть над землей рассветам.

Удобрить ее солдатам.

Одобрить ее поэтам.

       (Пилигримы. Стихи И. Бродского, музыка Е. Клячкина)

Каким солдатам? Каким поэтам? Авторам "*Песен нашего
века*", многие из которых поэты и есть? Горькая абстракция
Бродского во время реальной войны немедля заставляет задавать подобные вопросы. Романтика времен глубокого застоя не пройдет.

И снова про солдат:

Журавль по небу летит, корабль по морю идет,

А что меня куда влечет по белу свету,

И где награда на меня, и где засада на меня -

Гуляй, солдатик, ищи ответа.

       (Песня из фильма "Бумбараш". Стихи Ю. Кима,
                    музыка В. Дашкевича)

Ну, задумайтесь на минуту, что за солдатик такой? Какой ответ он нынче ищет? И еще:

Ваше благородие, госпожа победа,

Значит, моя песенка до конца не спета.

       (Песня из фильма "Белое солнце пустыни".
       Стихи Б. Окуджавы, музыка И. Шварца)

Когда эта знаменитая песня исполнялась в фильме 1969 года, ни малейших сомнений слово "победа" ни у кого не вызывало, тем более в устах российского таможенника во время борьбы с "басмачами". Сейчас – вызывает. Чья победа? На чьей вы стороне, товарищи барды? Или просто – красиво звучит? Самую популярную песню победы Булата Окуджавы из "Белорусского вокзала (1970) нынче тоже поют, пусть <u>другие</u> артисты. Хочешь-не хочешь, а идет другая война, в которой будет (или не будет) другая победа, и поневоле в такое время смыслы пересекаются и ассоциации накладываются одна на другую. Фраза "*мы за ценой не постоим*" слышится совершенно зловеще, зная уровень потерь российской армии (она и раньше вызывала большое сомнения). Нет, не хотят всего этого замечать.

> Любовь Москвы не быстрая,
> Но верная и чистая,
> Поскольку материнская
> Любовь других сильней.
>
> (Александра. Стихи Д. Сухарева, Ю. Визбора,
> музыка С. Никитина)

Материнская чистая любовь Москвы...К кому? К своим солдатикам? Вот сидит человек и слушает, что Москва его матерински любит. Но, правда, месяц назад мобилизовали племянника, а он возьми, да и погибни. И ведь, интересно, Москва и украинцев матерински любит, не раз заявляла устами своих начальников. Ну, тоже убивает их там помаленьку – но самым чистым способом, любя.

> Пьем за яростных, за непохожих,
> За презревших грошевой уют.
> Вьется по ветру веселый Роджер
> Люди Флинта песенку поют.
>
> (Бригантина. Стихи П. Когана, музыка Г. Лепского)

Я и раньше-то никогда не понимал ажиотажа вокруг этой песни, где пираты, люди весьма кровавые и невероятно далекие от романтики, вдруг так облагораживались в воспаленных глазах неистового поколения, а сейчас тем более. В конце концов, тот же самый Павел Коган был готов упасть "*головой под трактор*" во имя неумолимой истории: максимальное принижение роли личности и максимальное возвышение значимости идеологии. Таким был тот 18-летний поэт. И петь такое сейчас, когда "романтики"... – что? Убивают украинцев? Или, наоборот, защищают свою страну? За каких яростных пьем и непокорных?

Медный колокол, медный колокол -
То ль возрадовался, то ли осерчал...
Купола в России кроют чистым золотом -
Чтобы чаще Господь замечал.

(Купола. В. Высоцкий)

Вскрик Высоцкого, столь редкий в то время, когда и куполов-то почти не оставалось, был порывом к чему-то высшему. Воспроизведенный сейчас, после возведения тысяч церквей, с амвонов которых благословляют бессмысленную и безжалостную войну, он выглядит как богохульство.

Чтоб траву, как встарь, косой косили,
Каждый день летали до Луны.
Чтобы женщин на руках носили,
Не было б болезней и войны.

(Мне звезда упала на ладошку. А. Дольский)

В этой мыльной картинке, чтобы одновременно было и как встарь (косить), и как вновь (летать), классический призыв "*лишь бы не было войны*" приобретает особенно пошлое и абсурдное звучание, когда война есть.

И стало нам так ясно, так ясно, так ясно,
что на дворе ненастно, как на сердце у нас,
что жизнь была напрасна, что жизнь была прекрасна,
что все мы будем счастливы когда-нибудь, бог даст.

(Под музыку Вивальди. Стихи А. Величанского,
музыка В. Берковского и С. Никитина)

Да уж, давайте будем счастливы. Убивают-то не тут, не в Карелии. И даже не в Москве.

Мои замечания по поводу прославленных песен (а было там и множество других), я уверен, будут приняты в штыки очень многими, в том числе моими друзьями — почитателями жанра бардовской песни с достопамятных времен (я и сам бывал на двух фестивалях и слышал эти песни бесчисленное количество раз). Я легко могу воспроизвести их логику: песни писались в одно время, а ты пытаешься придать им другое значение из-за изменившихся внешних обстоятельств. Но это неверно — тогда вообще можно ликвидировать всю культуру, кроме того, что "от времени не зависит. Но такого в природе почти и нет. Примерно так. И, в целом, с этим трудно спорить.

Почему же, однако, я спорю? Вернее, почему "мой внутренний голос" заставил меня написать все те слова, что были сказаны выше, чего я цепляюсь к строкам, которые напевают миллионы людей?

Я чувствую в этом грандиозную фальшь. Я попробовал представить себя сначала на месте исполнителя (много лет тому назад я и пел, подыгрывая себе, эти и другие песни, так что мне сделать это легко). И не смог. У меня не повернулся бы язык, я бы запинался в тех местах, о которых я сказал, как и во многих других. Я должен был бы все время контролировать себя — "а, это не о нынешних солдатах, а о тех; не об этой Москве, а о той". Тогда все эти красивые слова задавали какой-то моральный ориентир. Они намекали на то, что, хотя с нашим обществом не все прекрасно (двоемыслие было разлито в воздухе), но есть нечто высокое, в которое можно погружаться и быть в ладу с собой. Сейчас это невозможно, по крайней мере, для меня.

Либо ты должен полностью вытеснить текущую войну из своего сознания и продолжать петь так, как будто ее нет, либо не петь вообще. Мне хочется верить, что исполнители в душе никакую войну не поддерживают, но как же они могут тогда делать то, что они делают? Они используют буквально **ту же эстетику**, что помогала когда-то им в их молодости, совершенно не замечая, что страна поменялась радикально (уж умолчу о том, что и молодость прошла). По большому счету, и в те времена авторская песня служила массовым транквилизатором общества, успокаивая его наиболее активную часть и примиряя ее с существующим строем. И сейчас этот проверенный инструмент используется для совершенно той же старой цели: примирения с тем, что происходит. Но мириться с этим никак нельзя; это не период застоя, тут каждый день убивают сотни людей чужой и твоей собственной страны.

И вот колоссальный диссонанс между старым лекарством и новой болезнью и вызывает у меня острое ощущение обмана. Ребята, все не так плохо! – раздается со сцены. Давайте восклицать, друг другом восхищаться! Ведь мы уже восклицали, уже восхищались много лет – так давайте и сейчас! Поможет, я гарантирую! Самым неожиданным образом "*старые песни о главном*" пытаются доказать то, что ничего, по сути, не изменилось, что нынешний откровенно кровавый и безумный режим равен тому, который вроде рухнул 30 лет назад. Вот он, тут, раздается со сцены: ведь мы поем теми же словами, мы не добавили ничего нового! И это работает, повышает уровень дофамина.

А если я представляю себя в роли зрителя, так делается еще хуже. Значит, я действительно, по-настоящему откинул все мысли о войне и действительно с открытой душой погружаюсь в это действо, не ощущая того диссонанса, о котором сказано выше. Ну, у меня это не выходит. У зрителей, видимо, получается.

Когда я недавно, 10-го января, просматривал видео концерта, там было более 200 комментариев, в подавляющем большинстве абсолютно восторженных: песни и исполнение великолепны, душа воспаряет, напоминает о былом и тому подобное. Но было и совсем немного очень резких текстов на тему: как вы вообще можете **петь все эти песни, когда идет война** и гибнут люди? Сегодня я хотел просмотреть отзывы более внимательно и обнаружил, к своему изумлению, что они пропали. Нет никаких, ни хороших, ни плохих. Насколько я понимаю, комментарии могут удаляться либо самим каналом (Yutube, принадлежащий Google), либо владельцами контента. Роскомнадзор тут вроде не властен. В соседних видео были вполне себе антироссийские фразы. Модерация через 6 месяцев после публикации? Выглядит сомнительно, да и по какому поводу? Скорее всего, убрали все же хозяева. Я припоминаю, что антивоенные комментарии появились как раз совсем недавно. Наверно, их заметили и убрали сразу все. Не могу знать. Но это странное обстоятельство тоже наводит на всякие мысли – возможно, вопрос "**где ваша совесть?**" дошел до их сознания и они предпочли его более не слышать.

Что слушать, а что нет, что читать, а что нет, и вообще чем заниматься, а чем нет во время войны – вещь совсем неочевидная. Я совершенно не призываю к тому, что люди должны были все эти почти одиннадцать месяцев только сидеть и смотреть военные сводки в свое нерабочее время. Но когда из разливанного моря культуры выбирается именно та ее часть, которая облагораживала один полностью дискредитированный режим, а теперь облагораживает пришедший ему на смену еще более агрессивный, это совсем не комильфо. Пропали без следа краткие годы демократии, растворились в открытом потакании наиболее гнусным инстинктам или в молчаливом потворствовании им. Вместо новых песен протеста **поются старые песни подчинения**, и им аплодируют. Так покойнее; жизнь продолжается (кроме тех, у кого уже нет).

Я получил несколько весьма критических отзывов на мои возмущения тому, что *театры* в Москве работали как обычно в марте 2022-го года, а затем – на мое возмущение огромному проценту российских литературных *журналов,* которые ни одной строчкой не отреагировали на войну (в отличие от некоторых, которые даже до сих ухитряются ей противостоять). Смысл критики: ну что же людям делать, не печатать же антивоенные материалы, за которые можно и в тюрьму угодить; они, конечно, против, только вот обстоятельства не позволяют... Обстоятельства, правда позволили прославленным артистам МХТ им. Чехова Дмитрию Назарову и его жене Ольге Васильевой напеть под музыку "Хотят ли русские войны": "***Нам не отмыться никогда от вони лишкого стыда***" еще в марте. Но не все, конечно, и стыд-то ощущают. Обстоятельства позволили Герману Лукомникову написать в мае 2022, а журналу "Волга" *опубликовать* **в январе 2023 года** строчки "*Люди добрые! В целом мире / Есть ли тот, кто б его нагнул? / Замочите его в сортире / И скажите: «Он утонул».*" Наблюдения за концертом в Карелии (он вовсе не единственный, их десятки) лишь подтверждают мои исходные горькие наблюдения: народ, даже в лице своей вроде бы наиболее продвинутой либеральной части, убаюкан. На это есть огромный спрос.

Люди не под страхом увольнения собирались послушать сладкие напевы. Неясно, наберется ли сто тысяч читателей литературных журналов, но ясно, что есть миллионы любителей бардовской песни. Они не хотят замечать войну – следовательно, они ее и не замечают. Они хотят, чтобы было как в 1970-х – они это получают. Они уже согласились на том, что Сталин – это плохо; они уже прочитали Солженицына и Шаламова и дружно осудили беззаконные времена. Им дали понять, что можно ругать и Ленина, и Сталина, и Брежнева. **На этом их борьба за персональную свободу закончилась.**

Война расколола жизнь надвое. Слова обесценились и потеряли свое значение, точно как было подмечено Ю. Марголиным 80 лет назад. Не только слова принуждения, но и слова любви. Барды не хотят этого замечать. Нынешняя тотальная неправда режима ими не ощущается, на нее они готовы закрыть глаза или смириться, как раньше смирялись с другой властью. Указания сверху еще не поступало; своих сил и своего нравственного чувства не хватает; наличие неограниченного доступа к правдивой информации не помогает. Социализм проиграл, национализм выиграл, конформизм накрыл их обоих огромной защитной сеткой цвета хаки. Наиболее тонкая ложь, наиболее ядовитая ее разновидность – через якобы высокую культуру.

------------x-----------

Не существует общепринятого определения **истины**; любая из 7-8 имеющихся **теорий** обладает узкими местами и может привести к противоречиям. Следовательно, невозможно дать всеобъемлющее определение и лжи, если понимать под ней отклонение от правды. И уж тем более сложно найти строгие **моральные критерии**, диктующие, как и когда ложь абсолютно неприемлема, а когда, наоборот, необходима. Хорошо и логично было Иммануилу Канту с его категорическим императивом правдивости; куда хуже и иррациональнее было тем украинцам или полякам, которые должны были лгать (или нет) эсэсовцам или полицаям насчет того, где находятся прячущиеся евреи. Все это так.

Ложь есть неизбежный атрибут жизни; как минимум с трех лет дети демонстрируют нечестное поведение. Существуют многочисленные эмпирические исследования этого феномена, но они рисуют, в целом, какую-то странную картину, когда люди лгут все больше по мелочам. Например, наиболее крупное недавнее **обследование** (662 участника, 91 день наблюдения, 116 тысяч случаев лжи согласно заявлениям самих участников) говорит о следующем: 1% лжет 17 раз в день, 75% – от нуля до двух раз в день; 9% всех случаев – для достижения какой-то персональной выгоды, тогда так 54% – для собственной защиты, для уклонения от контактов с другими и в порядке шутки. Это на материалах США; мне неизвестны подобные исследования в России. Но простое сопоставление этих данных с материалами этюда 2 говорит о резкой нестыковке мотиваций: все анонимные археологи "лгут" своим коллегам уже тем, что они не публикуются под собственными именами (ложь умолчания), а все "обычные" археологи, наоборот, лгут перед научной истиной, натягивая ее на идеологические рамки. Куда отнести эти типы лжи? Защита самого себя (14%)? Тогда тут будет все 100% ученых первого типа и, наверно, 80% второго. Персональная выгода (9%)? Тогда, наверно, не будет никого в первой группе (какая "польза" для карьеры в анонимных обсуждениях?) и 100% во второй. Но, скорее всего, ложь такого рода даже не рассматривалась в исследовании.

Куда отнести тотальную ложь советской системы (этюд 1), как ее измерить? Как измерять скрытую, часто неосознаваемую ложь исполнителей и слушателей из этюда 3?

У меня нет ответа на эти вопросы. Такое ощущение, что нужны совсем другие способы измерения, связанные с работой неуловимой субстанции, называемой **совестью**, которая и есть наиболее чуткий индикатор лжи. На этот счет тоже есть определенные *работы,* но от них еще долго ждать ответа на вопрос, почему и когда одни люди ей обладают, а другие — нет. Ясно одно: смотреть надо в самого себя, а не на окружающую толпу; *non ridere, non lugere, sed intelligere.*

Владимир Брюханов

«Король умер! Да здравствует король!» И снова о футболе…

Некоторые думают, что футбол – это дело жизни и смерти. Совершенно не разделяю их мнение. Готов уверить вас в том, что футбол намного, намного важнее.

Знаменитый футбольный тренер Билл Шенкли (1913-1981)

Конец ушедшего, 2022 года, ознаменовался печальным событием всемирного масштаба: кончиной 29 декабря бразильца Эдсона Арантиса ду Насименту (1940-2022), известного всему миру по прозвищу Пеле – некоронованного короля футбола минувшего XX столетия, а возможно и всей уходящей эпохи.

Но футбольный престол не остался пуст: совершенно очевидно, что чуть-чуть раньше, а именно 18 декабря этого же 2022 года, обозначился единственный претендент на явно освобождающееся (ввиду критического ухудшения состояния умирающего 82-летнего Пеле) место – аргентинец Лионель Месси. Именно в этот день аргентинская сборная, ведомая капитаном Месси, выиграла финальный матч Чемпионата мира по футболу.

Месси, таким образом, обрел единственный значимый титул, которого не доставало в его коллекции. Еще полутора годами ранее, 10 июля 2021, Месси стал чемпионом Латинской Америки: выиграл с Аргентиной первый в его жизни Кубок Америки, обыграв в самой *Мекке* современного футбола – на стадионе «Маракана» в Рио-де-Жанейро – хозяев поля, сборную Бразилии.

Этим в последние два года увенчался завершающий триумф уже немолодого Месси – ему сейчас 35 лет.

Приведенные сведения заставляют задуматься и оформить определенное отношение к тому, что же собою представляет сам футбольный трон – как бы вне зависимости от того, кто его персонально занимает. И самый поверхностный анализ заставит признать, что уникальное положение, занимавшееся бразильцем Пеле в футбольном мире, отличается тем, что до Пеле футбольного короля попросту не было и быть не могло.

Почему?

Да потому, что не до Пеле персонально, а до того времени, когда Пеле было суждено прославиться, единого футбольного мира как такового просто не было.

А что же было?

Существовали отдельные, не похожие друг на друга, но подчиненные единым формальным футбольным правилам национальные футбольные анклавы, изредка пересекающиеся друг с другом.

Футбольные правила изобрели, сформулировали и утвердили англичане в 1863 году, отделив друг от друга хаотично происходящие спортивные состязания людей, использующих мяч.

Футбол практически не пересекался с такими играми как волейбол, баскетбол, конное и водное поло и так далее — очень уж все они были различны. Но со своим собратом-близнецом (регби) футбол, что называется, жил тогда *рука об руку*. Основные отличия, разумеется, состояли в том, можно ли всем участникам игры использовать мяч не только ногами, но и руками. До 1863 года сами участники игры договаривались заранее об этом до начала состязания. А вот после 1863 года правила были утверждены — отдельные для футбола и для регби, а затем постепенно распространились и вне Великобритании. Сами же британцы — хозяева в своих колониях, приглашенные специалисты на промышленные предприятия в разных странах (в Россию именно британцы-инженеры привезли футбол), моряки на стоянках в портах и просто туристы, игравшие между собой, вовлекли в эту игру практически большинство человечества. Но футбольная игра, приживаясь в отдельных странах и среди разных народов, просто не могла стать единой во всем человеческом сообществе — очень уж разобщенным и изолированным оставалось оно само до пришествия XX столетия.

При всех ужасах, зверствах и массовых людских потерях именно Мировые войны (сначала — Первая, потом — Вторая), а также их результаты и последствия, сблизили и сплотили людей разных стран и континентов. Вот и международные футбольные состязания, возникнув поначалу сугубо внутри Великобритании (англичан, шотландцев, ирландцев и валлийцев между собой), стали приобретать широчайшие масштабы — с начала XX века в качестве одной из отраслей Олимпийских Игр.

К 1930 году созрела и идея проведения чемпионатов мира по футболу.

Англичане отнеслись к этому с иронией: кто же на свете мог играть в футбол лучше, чем они (кроме собратьев внутри Великобритании, пристрастившихся обыгрывать основоположников-англичан)?

Возникали и другие препятствия чисто практического толка: межконтинентальное авиасообщение делало тогда лишь первые шаги, а кому по силам участвовать в состязаниях, занимающих больше времени на перемещения к ним, чем сама продолжительность многодневных игр?

Вот и на Чемпионаты мира 1930 и 1950 года в Южной Америке не приехали сильнейшие европейские команды, а на Чемпионаты 1934 и 1938 не приехали в Европу латиноамериканцы – кроме бразильцев, почерпнувших за счет этого, как оказалось, полезнейший опыт.

В результате на Чемпионате 1954 года интереснейшими играми оказались встречи венгров (сильнейших тогда в Европе) с бразильцами и уругвайцами, а финал, завершившийся победой сборной ФРГ, принес скандальнейший и сенсационнейший результат – в дальнейшие годы получались скандалы и почище!..

В итоге лишь Чемпионат 1958 года собрал действительно почти всех сильнейших – впервые участвовал даже Советский Союз, уже переживший определенную футбольную историю, создавшую сильную самостоятельную школу. Несколько политических, а также индивидуальных человеческих особенностей и трагедий, повлиявших на советский футбол, направили его дальнейшее развитие совсем не в столь победном направлении, как это одновременно получилось с советским хоккеем.

Чемпионат 1958 года и явился и торжеством бразильской сборной, и индивидуальным всемирным дебютом 17-летнего Пеле. Их последующий совместный триумф (команды и игрока, ставшего ее лидером лишь в дальнейшие годы) вырос в общемировое явление, невозможное ранее: только сейчас и теперь происходило одновременное бурнейшее развитие международного телевидения.

Чемпионат 1962 года стал последним, который не смотрели в прямой трансляции на всех континентах, а с 1966 года лучший мировой футбол пришел в любой дом, где имелся телевизор.

Это-то и позволило футболу стать единым всеобщим зрелищем, а заодно обрести собственного общепризнанного короля – известного, знакомого и любимого всеми!

Пеле, несомненно, являлся футбольным гением: виртуозом индивидуальной игры, организатором и завершителем атак – попеременно и одновременно.

Как и всякая гениальность, футбольная – явление непростое и неоднозначное.

Гениальность вообще – штука очень специфическая. Гении редко бывают выдающимися одновременно во всех сферах человеческой деятельности. Леонардо и Наполеон не были великолепны абсолютно во всем, но оказывались близки к этому. Однако таких, как они, человечество рождает не в каждое столетие (или же какие-то остаются неизвестными, не сумев преодолеть преграды, возникающие в теснинах городов, на природных задворках, в деревенской обыденности или в ужасающих бедствиях).

Чаще случаются гении в чем-то немногом – и при этом нередко совершеннейшие посредственности во всем остальном. Величайший за всю историю шахмат Роберт Фишер оказывался почти идиотом в самых простых человеческих ситуациях. Множество других, подобных ему по уникальной одаренности, регулярно встречается в науке, искусстве и всем прочем.

Иногда такое порождает жутчайшие трагедии – как для отдельных личностей, так и для всего человечества. Величайший, например, поистине гениальнейший интриган и практический политик Сталин безуспешно стремился быть и слыть величайшим мудрецом в сфере основополагающих путей развития человечества, совершеннейшим экспертом в науке и искусстве, и, что обернулось пагубнее всего, гением военной стратегии…

Соратник Пеле по сборной Бразилии Гарринча (1933-1983) и был футбольным гением, преуспевающим лишь в этом одном.

Многие, видевшие Гарринчу и Пеле совместно на пике их мастерства (автор этих строк – только лишь позднее, в 1965-1966 годах: Пеле пребывал тогда в самом расцвете, а рядом с ним можно было разглядеть Гарринчу, уже утратившего былой блеск), ставят Гарринчу значительно выше. А в 1962 году, когда Пеле был жестоко травмирован, Гарринча почти в одиночку привел Бразилию к очередному мировому триумфу.

Так же было и с Диего Марадоной (1960-2020) в 1986 году – он тоже почти в одиночку привел к чемпионству Аргентину.

Но Гарринча был почти слабоумным. В 1958 году, когда его выпустили против Советского Союза (решающая игра за выход из группы в четвертьфинал), ему объяснили, что это встреча с сильнейшим соперником. Так это общепризнанно и считалось тогда, но было опрокинуто внезапными потерями: прямо накануне Чемпионата советская сборная скандально утратила Стрельцова, Татушина и Огонькова – в добавок к травмированному несколькими днями ранее капитану Игорю Нетто.

Гарринча вышел с соответствующим настроем – и первые 10 минут против русских зарубежная пресса единодушно назвала «десятью минутами, которые потрясли мир». Хотя конечный итог выглядел не ужасающе (бразильцы выиграли 2-0), а советская сборная еще не утратила тогда возможности пробиться к медалям, но в той игре была буквально раздавлена – главным образом усилиями Гарринчи.

Пеле, дебютировавший в этой же игре Чемпионата, впечатления не произвел, но зато в последовавшем четвертьфинале забил единственный гол, а потом – в полуфинале и в финале – еще пять; предпоследний из них – шедевр, когда он, не сходя с места, неожиданными движениями обыграл сразу троих соперников – демонстрировался с тех пор на экранах мира миллионы, если не миллиарды раз!..

Гарринчу же тогда снова пришлось уговаривать играть: он никак не мог понять, почему же после победы над сильнейшими русскими нужно обыгрывать еще кого-то?

К тому же и *соблюдение спортивного режима* не относилось к добродетелям Гарринчи.

Странно ли, что безвременное завершение жизни Гарринчи протекало в болезнях и нищете?

Марадона тоже интеллектуалом не был, но конечной нищеты избежал – очень уж много было ранее заработано!.. Зато (в отличие от Пеле и Гарринчи) он был настоящим жуликом и хулиганом: решающий гол в 1986 году забил рукой – это видел весь мир, но не заметили судьи матча!..

А уж по загулам, запоям, и *погоням за юбками* Марадону превзошел едва ли не один лишь Джордж Бест (1946-2005) – гениальнейший же ирландский футболист. Последний вовсе не был слабоумным, и ему даже принадлежит множество замечательнейших фраз, включая такую:

«В 1969 году я завязал с женщинами и алкоголем. Это были худшие 20 минут в моей жизни».

Пеле же проявлял себя как подлинный ЧЕЛОВЕК МИРА, известный, повторяем, миллиардам людей и любимый ими. Он всегда был сдержан и корректен – и на поле, и в жизни, никогда не скандалил, никого не задирал, а в годы, когда блистал (с 1958 по

1973), почти неизменно уверенно и решительно демонстрировал высшие качества футбольного искусства – иные могли его превосходить лишь в отдельных немногих играх. Понятно, что он был природным феноменом: специально не тренируясь как бегун, он в лучшие свои годы пробегал стометровку быстрее 11 секунд.

Выходец из нищеты и безвестности, именно он (а не Гарринча или кто-либо еще из скандальных знаменитостей!) олицетворил для сотен миллионов мальчишек по всему миру повторенную им и превзойденную историю *Золушки*. Каждый мальчишка (а теперь – и девчонки!) в принципе мог проделать тот же путь – проявив лишь волю, упорство, приверженность к труду и имея (увы – обязательно!) талант, данный от Бога. И все это зато без непременного школьного и тем более университетского образования и без связей, обусловленных рождением в привилегированной среде или дружбой с соучениками.

Три брака Пеле, последовательно заключенные и завершенные, и пятеро взрослых детей, поддерживающих с отцом нормальные отношения, не бросают тени и на его личную жизнь.

Пеле, как и почти всем знаменитостям, завидовали и старались навредить. В футболе-то это просто: бей по ногам сильнее, а тебя лишь удалят с поля в худшем случае. Пеле избивали и травмировали нещадно. В двух Чемпионатах (в 1962 и 1966) он попадал в больницу после второй же из игр, в которых участвовал; в первом случае бразильцы (с Гарринчей) победили затем и без Пеле, во втором – вылетели вместе с ним.

Сильнейшим качеством Пеле была его стойкость: неудачи не могли его сломить. В результате он стал полноценным чемпионом мира в 1958 и 1970; третье чемпионство, которое ему старательно приписывают (в упомянутом 1962) – скорее рекламное преувеличение. Зато в 1962 и 1963 Пеле с «Сантосом» был и клубным чемпионом мира – такой «дубль» получился впервые в истории и в некотором отношении (в сочетании с чемпионством бразильской сборной) оказался единственным.

Но и *на Солнце*, как говорится, *бывают пятна*: Пеле не всегда играл безупречно. Автор этих строк, безусловно влюбленный в Пеле как в футболиста, неоднократно пораженно наблюдал, как мяч, посланный Пеле со штрафного удара метров с двадцати от ворот, пролетал над воротами почти на те же двадцать метров выше. Этим же, впрочем, грешил и мой любимый Стрельцов во второй половине своей несчастной карьеры...

Изредка с Пеле случались и неприятности, о которых не принято вспоминать – немного изменим этому правилу.

В мае-июне 1964 года в Рио-де-Жанейру проводился турнир, посвященный пятидесятилетию Бразильской конфедерации футбола. Приглашены были четыре сборные: хозяева-бразильцы, англичане (как родоначальники футбола и хозяева следующего Чемпионата мира – в 1966 году они стали-таки там единственный раз чемпионами), аргентинцы (как тогдашние чемпионы Южной Америки) и СССР (как тогдашние чемпионы Европы; в 1964 году уступили этот титул Испании, где верховодил генералиссимус Франко, но это произошло уже после турнира в Рио-де-Жанейро).

Автор этих строк – вместе со многими миллионами болельщиков – с нетерпением ждал тогда, что же получится. Кое-что получилось, но совсем не то, о чем мечталось…

СПОРТ, как известно, стоит ВНЕ ПОЛИТИКИ.

Вот и бразильские власти передумали тогда приглашать СССР – по каким-то политическим соображениям, каковые мне теперь и не вспомнить: совершенно шаблонная история, многократно происходившая и до, и после того.

В последний момент советскую сборную заменили португальской, которую легко было быстро уговорить: Португалия тогда (при Салазаре – известнейшем политическом лидере, почти таком же, как и Франко!) в футболе особо не блистала, хотя «Бенфика» в 1961 и в 1962 (во втором случае – уже с Эйсебио) брала-таки Кубок европейских чемпионов: кадровый состав признанных грандов – «Реала» и «Барселоны» – заметно тогда состарился и требовал обновлений. Хотя нечто судьбоносное та замена все же предрекла: на последовавшем Чемпионате 1966 года Португалия обыграла-таки Советский Союз в матче за третье место!..

В 1964 в Рио португальцы сыграли вничью с англичанами и проиграли обеим южноамериканским командам. Ангичане тоже им же проиграли. Судьбу турнира решили, таким образом, хозяева-бразильцы в единоборстве с аргентинцами.

Тут уместно указать на принципиальную разницу менталитетов великих футбольных держав: бразильцы постоянно нацеливались на общемировое превосходство, а аргентинцы стремились регулярно обыгрывать соседей-соперников в очном противоборстве.

Бразильцы постоянно приезжали на Чемпионаты в Европу, а в 1950 принимали Чемпионат у себя. И результаты получались впечатляющими: третье место в 1938 году, второе – в 1950 (неожиданно в том же Рио проиграли решающую игру уругвайцам), в

1954 вылетели в четвертьфинале от великих венгров и, наконец, два триумфальных чемпионства – в 1958 и 1962.

Аргентинцы, напротив, в общемировом масштабе не блистали – лишь финал 1930, проигранный уругвайцам.

Забегая вперед, укажем, что такая *безнадега* продолжалась вплоть до 1978 года, а разрядилась не на футбольном поле, а в закулисных комбинациях. Аргентина, которой правила тогда военная хунта, принимала Чемпионат у себя. По глупой схеме соревнования (никогда больше не повторявшейся) за выход в финал боролись в двух полуфинальных четверках команды, игравшие между собой по кругу.

Одну из этих двух четверок составили пробившиеся в нее Аргентина, Бразилия, Польша и Перу.

В первых играх этого мини-турнира бразильцы выиграли у Перу 3-0, а аргентинцы у Польши 2-0.

Во вторых играх Польша выиграла у Перу 1-0, а осторожничавшие бразильцы с аргентинцами сыграли между собой 0-0. Исход зависел, таким образом, от третьих по порядку игр.

Их разнесли по времени – абсолютно бесчестное решение! Сначала бразильцы выиграли у Польши 3-1, а потом уже аргентинцы играли с Перу, чья команда независимо от результата предстоявшей игры занимала в четверке последнее место.

Приведенные результаты показывают, что вопрос о соотношении между Аргентиной и Бразилией (после 0-0 в личной встрече) решится разницей забитых и пропущенных голов. После предпоследней игры у бразильцев получилось в сумме 6-1, а у аргентинцев 2-0 и оставшаяся игра с Перу.

Чтобы опередить бразильцев, аргентинцам нужно было победить Перу с разницей не менее четырех голов – сложнейшая задача с учетом упорно до этого игравших перуанцев. Но во встрече с аргентинцами они вовсе играть не стали – и уступили 0-6!

Таким образом, аргентинцы вышли в финал, а бразильцы – в матч за 3-е место, где победили Италию 2-1.

В финале Нидерланды не очень-то и боролись – и уступили Аргентине 1-3. Так-то аргентинцы и стали впервые чемпионами мира!

С голландцами же сомнительный трюк осуществился во второй раз подряд. В 1974 году они тоже встретились в финале с хозяевами Чемпионата – командой ФРГ. По всеобщему мнению, голландцы играли тогда *на голову выше* остальных. Автор этих строк, внимательно наблюдавший Чемпионаты 1970-х, того же мнения.

Но в финале 1974 «летучий голландец» Йохан Кройф (1947-2016) оказался *бледной тенью* самого себя во всех предшествующих играх. А в 1978 он вообще не поехал на чемпионат!

Понятно ли, что Кройфа – одного из лучших игроков за всю историю! – никто и не пытался (без излишних рассуждений!) возводить в титул «короля»?

Вернемся теперь ко времени 1964 года.

Аргентинцы и тогда не были «мальчиками для битья». Наоборот: в Чемпионатах Южной Америки, проходивших до того, Аргентина побеждала 12 раз, Уругвай – 9, а Бразилия – только 3! – вот позднее результаты выровнялись.

И еще одно: бразильские игроки в ту эпоху в основном оставались у себя дома, хотя со сборной разъезжали по всему миру. Лишь между 1958 и 1962 прославленные Диди и Вава попытались прижиться в Испании, но неудачно – и вернулись.

Аргентинские же футболисты, добившись успехов у себя, почти сразу устремлялись в Европу, где платили и платят больше. Достаточно указать лишь на двоих, ставших чемпионами Южной Америки в составе Аргентины, а потом ее покинувших: Альфредо Ди Стефано (1926-2014) уехал из Аргентины в 1949, стал лидером мадридского «Реала» в 1953 и получал «Золотой мяч» лучшего футболиста Европы в 1957 и 1959; Омар Сивори (1935-2005) стал лидером «Ювентуса» в 1957 (с 1965 – «Наполи») и получил «Золотой мяч» в 1961, а сборная Аргентины выступала потом без них.

Вот оно: различие отношения к выступлениям разного уровня и разной направленности!

Но предсказать исход игры в 1964 казалось легким: исходное превосходство чемпионов мира выглядело бесспорным.

Сошлемся для ясности на составы команд, встретившихся в Рио 3 июня 1964.

Бразилия: Жильмар; Карлос Альберто, Брито, Жоэль, Рилдо; Роберто Диас, Жерсон; Жулиньо, Вава, Пеле, Ринальдо – три чемпиона мира 1958 и 1962, еще один будущий участник бесславного Чемпионата 1966 и еще трое будущих чемпионов 1970.

В составе же Аргентины, кроме вратаря Амадео Карризо, – ни одного имени, памятного современным любителям футбола.

С самого начала игры Пеле изолирован: его опекун не дает ему проходу, применяя нередко запрещенные приемы – ситуация почти стандартная для Пеле и его соперников. Но на этот раз Пеле не выдерживает, бьет головой в лицо защитника, разбивает ему нос и того выносят с поля.

Ситуация с точки зрения футбольных правил вполне ординарная: Пеле следовало бы немедленно удалить. Но известнейший судья Готтфрид Динст (1919-1998) из Швейцарии не решился на такое на главном бразильском стадионе – и Пеле остался, а унесенный аргентинец был заменен – правила уже такое допускали.

Динст затем судил другие важнейшие матчи: финал Чемпионата мира 1966 (со знаменитым «Уэмбли-голом», о котором мы писали), а потом и финал Чемпионата Европы 1968 – и везде подозревался в итоге в сильнейшем подсуживании в пользу хозяев поля. После последнего скандала в 1968 он и ушел из судейства, формально превысив допустимый возраст в 50 лет.

Коллега, заменивший изувеченного аргентинца, также успешно справляется с Пеле, но не благодаря жесткости или искусности, а потому, что Пеле, совершивший не типичный для себя поступок, испытывал муки совести и не мог полноценно играть.

У Пеле-то, в отличие от Динста, Марадоны и тому подобных, совесть имелась!..

Аргентинцы же забивают на 38-й, 61-й и 89-й минутах, а на 71-й Карризо парирует удар, нанесенный Жерсоном с 11-метрового.

Бесспорное поражение 0-3 – один из самых *черных дней* в истории футбольной Бразилии и в биографии Пеле.

Можно и еще кое-что поставить ему в упрек. На Чемпионат мира 1974 Пеле не поехал, хотя очень мог бы помочь сборной, а предпочел зарабатывать деньги в нью-йоркском «Космосе». Но, напоминаем, в гораздо большем можно упрекнуть того же Кройфа…

Еще – в современных СМИ пишут:

«Мир тогда говорил только о двух событиях: тысячном голе Пеле и высадке американцев на Луне» – так оно и было.

19 ноября 1969 Пеле забивает свой «тысячный» гол – с 11-метрового в ворота «Васко да Гама» – и получает за это от ФИФА специальный приз.

Но это, увы, *полная лажа*. Чтобы насчитать безумную тысячу голов, статистикам пришлось учесть все голы, забитые Пеле за *дворовые* команды (например он, номинально проходя воинскую службу, совсем неноминально выступал в армейских состязаниях за армейские команды – параллельно с играми за «Сантос»), а также в составе серьезных команд, но против *дворовых* (например, выступая в турне с «Сантосом» по всяческим, в том числе и сугубо невеликим футбольным странам, и встречаясь в играх с кем попало – лишь бы платили).

По статистике, принятой теперь и распространенной на учет всех голов, забитых любыми футболистами, Пеле забил за «Сантос» 643 гола, а в сумме за все официальные игры (включая сборную) – 767 голов, но никак не тысячу (по завершении карьеры поклонники Пеле насчитали ему аж 1282 гола).

643 гола – мировой рекорд голов, забитых за один клуб, и он был побит Лионелем Месси в выступлениях за «Барселону» к весне 2021 года.

Неожиданно возникает возможная аналогия: если *тысячный* гол Пеле оказался блефом, то как же обстоит дело с почти одновременным полетом на Луну?

Общеизвестно, что в последние десятилетия немалые пропагандистские силы включились в процесс шельмования американских достижений: прямые трансляции, которые зачарованно наблюдал весь мир, кроме населения СССР, где коммунистические власти воспротивились демонстрации американского триумфа, а также представленные позднее фото- и киноматериалы объявлены шарлатанскими подделками!

Автор этих строк нисколько не сочувствует подобным наскокам, да и не имеет возможности и желания обсуждать технические детали этой темы. Но вкупе с, несомненно, *дутым* рекордом Пеле считает нужным высказаться в сторону СМИ репликой из известного анекдота:

«Что хотят, то творят!»

Завершив играть, Пеле не пошел на тренерскую работу, но продолжил путь публичного человека. Несколько лет был министром спорта Бразилии.

Еще во время футбольной молодости он был обокраден лицом, которому доверил ведение своих финансовых дел, но потом футбольными заработками восстановил утраченное и продолжил успешную коммерцию (как пример: бразильский кофе марки «Пеле» существует с 1959 и по сей день) – и имел возможность проявлять личную независимость в любых столкновениях с властными инстанциями.

Вот даром оракула Пеле не обладал – и никогда не угадывал результаты больших соревнований и судьбы начинающих футболистов. Начинающего Месси не оценил, прозевав собственного будущего преемника.

По совокупности факторов трудно назвать другого, кому бы футбол дал больше, и кто бы дал больше футболу – это справедливо и в отношении Пеле, и в отношении Месси – и это разные эпохи, сменившие одна другую спустя значительную паузу. Тут трудно и бесполезно о чем-либо спорить.

В последние годы регулярно сопоставляли и противопоставляли Месси и португальца Криштиану Рональду, но последний сам продемонстрировал, что это несерьезно.

Старение (а Рональду и Месси уже заведомо в футбольной старости, хотя и не известно, сколь долго она продлится у каждого из них) создает трудности любому, кто до него доживает – разумеется, не только в футболе: приходится приспосабливаться к безнадежной утрате прежних привычных навыков и функций, и не каждому дается достойно с этим справиться.

Криштиану в погоне за продолжением успехов принялся менять клубы своего пребывания, вступать в скандалы и конфликты. Успехов не добился, но публично и безоговорочно продемонстрировал совершенно неиссякаемую собственную любовь к себе самому. Все команды, которые он покидал или из которых его изгоняли (включая сборную Португалии), испытывали затем явное облегчение от его ухода и немедленно поднимали качество своей игры. Так что рядом с Пеле и Месси ему, пожалуй, уже не встать.

Иное дело – кто и где царил до пришествия Пеле.

Сравнивать вообще разных игроков – занятие неблагодарное, нелегкое и необъективное. Один и тот же игрок играет в разных играх по-разному, тем более – на разных этапах своей карьеры. Трудно сравнивать даже тех, кто играл в одной команде, а тем более – встречаясь друг с другом в качестве соперников. Еще сложнее – тех, кто вообще не встречался, и совсем сложно – тех, кто играл в различные времена.

И вообще, что нужно сравнивать: карьеры игроков целиком или отдельные соревнования или даже отдельные игры? Сравнивают ведь и отдельные забитые голы: ежегодно в разных странах и на международном уровне вручают призы за самый красивый гол – это вообще вроде пресловутых «конкурсов красоты», сугубо субъективных и политизированных.

По некоторым критериям можно посчитать, например, величайшим футболистом доселе здравствующего француза[45] Жюста Фонтена – ровесника Гарринчи. На Чемпионате 1958 Фонтен в 6 играх забил 13 голов (французы проиграли бразильцам в полуфинале и выиграли матч за 3-е место у ФРГ) – уникальный рекорд, отмечаемый во всех справочниках. Он и в чемпионатах Франции

---

[45] Француз по отцу, испанец по матери.

забивал помногу. Но сравнивать его, допустим, с Пеле очень сложно: карьера Фонтена оказалась намного короче, чем у того же Гарринчи – замучили травмы. Да и 13 забитых голов – вовсе не целиком его заслуга: рядом с ним играл великолепный распасовщик Раймон Копа[46] (1931-2017) – тоже один из лучших в истории. Да и как же без остальных игроков команды?

Ведь и бразильцам французы безоговорочно проиграли не по нерасторопности Фонтена и Копа, а потому, что в самом начале игры получил травму центральный французский защитник – замен тогда не было. Случись по-другому – иной была бы, возможно, и слава Фонтена и Копа!..

Тут нужно обратить внимание и на различную специализацию игровых функций в каждой команде. В 1963 Лев Яшин (1929-1990) получил «Золотой мяч», конкурируя со всеми прочими европейскими игроками. Но вратарь-то вовсе не чета полевым игрокам – это совершенно иная специальность. Теперь, выбирая лучших, вратарей оценивают отдельно – и это, вероятно, правильно.

Но и защитник нападающему не ровня, хотя многие футбольные идеологи и настаивают на универсализации полевых игроков – идея, противоречащая индивидуальной неповторимости личностей. Выходом для составления иерархий становятся выборы символических сборных, но это вообще переводит расценки игроков в совершенно иную плоскость.

Все эти рассуждения указывают на сугубую относительность оценок, выносимых качеству игры и отдельным футболистам. А уж о тех, кто играл ранее 1950-х, вообще теперь трудно судить: были люди, которые видели их по отдельности в разных странах и в разные времена, писали и рассказывали об этом, а теперь и сами умерли. Рукописные и печатные воспоминания сохранились, но достойных фото- и киноматериалов, по существу, не осталось…

Тем не менее, великие были и там, и тогда.

И вот как, например, может выглядеть рассказ об одном таком, которого и в других странах почти не видели, и в собственной почти начисто забыли, а если и помнят, то никак не могут вообразить себе конкретику его игры.

Петр (Пека) Дементьев (1913-1998) родился в Петербурге в большой рабочей семье. Из 12 братьев и сестер Дементьевых выжили пятеро, сам Петр перенес тяжелейшую скарлатину и едва не умер. Его отец трудился рабочим на фабрике, где служило

---

[46] Вовсе польского происхождения.

некоторое число английских инженеров. Они, естественно, организовали футбольную команду, в которой играл и отец Петра, а позднее и его сыновья, из которых двое – сам Петр и его младший брат Николай Дементьев (1915-1994) – вышли в футбольные звезды.

Футбол, который тогда культивировался, был упрощенной копией прежнего английского, соответствующей уровню мастерства английских инженеров, приехавших в Россию. Это, кстати, был весьма немалый уровень, поскольку изначально футбол и был одной из игр английских аристократов, а приобретать массовость и элементы профессионализма стал лишь к концу XIX столетия.

Растворяясь и распыляясь по российским просторам, британский стиль отчасти утрачивал первородные черты, а отчасти совершенствовался самобытными мастерами, знавшими английские особенности лишь понаслышке. Революция и Гражданская война усилили изоляцию России от внешнего мира, что отразилось и на особенностях российского, теперь уже советского футбола. Турне московского «Динамо» в Великобританию осенью 1945 наглядно показало, что выросла новая нешуточная сила. Только после этого СССР вступил в ФИФА в 1947 году, но опасения проигрышей и потери престижа (трусость подкреплялась и поражением от Югославии на Олимпиаде 1952) продолжали удерживать советские команды вдали от главнейших соревнований.

Совершенно оригинальным оказался индивидуальный путь Петра Дементьева. Футболом стал заниматься с детства (в этом-то никакой оригинальности, конечно, нет), предпочитая его школьной учебе, к которой не питал склонности – это тоже не редкость.

Характерен отзыв Петра Дементьева о младшем брате:

«Чтобы было не скучно одному тренироваться, брал с собой брата Николая, также не проявлявшего рвения в учебе.

Партнером он был поначалу неважным. По физическим качествам – полная противоположность мне: вялый, медлительный. Но я не терял надежды, показывал, натаскивал, мечтая играть с ним вместе в „Динамо“, и в конце концов добился своей цели».

Наиболее чистый для российских условий вариант английской игры пребывал перед глазами братьев, был ими внимательно изучен и освоен. Но самым главным стало то, что старшему из них этот футбол показался чрезвычайно скучным – и он принялся изобретать свой собственный, не имея никаких образцов для подражания.

Судя по тому, как на игру Петра Дементьева реагировали выдающиеся (можно даже сказать – великие!) испанские футболисты, восхищавшиеся его игрой в 1937 году, маленький Петр самостоятельно изобрел и освоил нечто, что было весьма близко к технике и тактике игры латиноевропейских и латиноамериканских футболистов – такой вот *изобретатель велосипеда*!

Представьте себе, что прямо сейчас в рядах российского или даже немецкого футбола возникает мальчишка-волшебник, с первых шагов демонстрирующий, что он вполне на уровне Гарринчи, Пеле, Марадоны или Месси – это стало бы мировой сенсацией, на которую сразу бы обратили внимание. Понятно, что ничего подобного ни в российском, ни в немецком футболе не случалось: появлялись доморощенные великие футболисты, но все же не на уровне королей футбола или значимых претендентов на этот престол.

А вот тут, похоже, в Советском Союзе 1930-х годов такое чудо и приключилось!

Четко отметим, что наше заявление об этом чуде (смахивающее на известное: «*Россия родина слонов*») заслуживает ранга лишь гипотезы: реальные данные, сохранившиеся о Петре Дементьеве, не позволяют считать нашу догадку полностью достоверной, но и не опровергают ее!..

И что же с ним получилось – по бесспорно достоверным сведениям?

В 13 лет Пека дебютировал в чемпионате Ленинграда за взрослую команду «Меркур», в первом же матче покорил зрителей – это зашкаливает, чисто умозрительно, за пределы детских достижений Пеле и Месси.

Обладая небольшим ростом (163 см – как и Гарринча), Пека был мастером дриблинга, обладал большой скоростью, колоссальной работоспособностью и тонким чувством игровой ситуации. По свидетельствам современников, многие зрители специально ходили на матчи «посмотреть на Пеку».

С 1932 года он выступал за ленинградское «Динамо», и почти сразу же, в 19 лет, выступил уже за сборную СССР, будучи призван в нее на первые же матчи, которые происходили после его дебюта на широкой публике.

И в ленинградском «Динамо», и в сборной города, и в сборной Советского Союза Петр Дементьев составлял сыгранный дуэт с ленинградским центрфорвардом Михаилом Бутусовым (1900-1963) – одним из лидеров советского футбола предшествующего поколения.

Георгий Шорец – ленинградский вратарь:

«Непонятно, что можно было противопоставить ударной силе неповторимого дуэта (да, да, неповторимого, таких больше нет и не будет). Против них были бессильны даже откровенные „костоломы": Бутусова — этакую мощнейшую махину — вообще не пошатнешь, да и относились к нему с почтением, побаивались трогать, а Пека — тот ускользнет от любого грубого приема, никто столько раз не оставлял соперников в дураках, как Пека».

Сам Петр Дементьев:

«В то время, когда мы встретились в одной команде, Бутусов выглядел грузным мужчиной, что не мешало ему оставаться блестящим футболистом. Особенно он славился ударом по воротам — точным, сильным, с дальнего расстояния. Свой коронный удар — сбоку по летящему мячу с разворотом корпуса — он выполнял мастерски. /.../

С Михаилом Бутусовым у нас действительно сложился интересный дуэт. За всю мою долгую спортивную жизнь не было другого такого игрока, понимавшего меня с „полуслова", хотя мне пришлось повидать на своем веку немало звезд /.../.

Играя с ним в одной линии (Бутусов был центрфорвардом), я старался сделать все, чтобы как можно четче выложить ему мяч для удара, оттягивая на себя защитников. Но когда держали Бутусова, то приходилось забивать голы мне. /.../ медаль имела оборотную сторону: сочетание работало, прежде всего, в пользу Бутусова и непреднамеренно наносило ущерб многим партнерам по команде, которые оказывались как бы „вне игры", хотя были очень хорошими футболистами (Евгений Елисеев, Владимир Кусков и другие).

В последние годы выступлений Михаила Бутусова — это были как раз годы моего расцвета — ко мне неоднократно обращались корреспонденты газет с вопросом, с кем из игроков мне всего лучше играть в паре в составе сборной города. Хотя центрфорвард был уже далеко не тот — пропала скорость, удар стал не таким сильным, — я неизменно отвечал:

— С Бутусовым!

Мне не хотелось, чтобы его выгоняли из команды, так как я ценил наше содружество и сомневался, смогу ли достичь такого же тонкого взаимопонимания в игре с новым партнером. Тем самым, по собственному признанию Бутусова, я продлил ему жизнь в футболе, зато мне стали приписывать неумение забивать голы.

Однако я умел забивать всегда».

Пека провел за сборную страны 6 неофициальных матчей, забил 2 гола.

В 1935 году сборная СССР провела турне по Турции, встречаясь главным образом со сборной страны и почти неизменно побеждая. Не удивительно, что это вызвало горячий интерес у местной публики, но похоже, что наибольшее внимание привлекла игра именно Петра Дементьева – по тем же самым причинам и мотивам, по каким мастерство Гарринчи и Пеле вызывало значительно больший зрительский интерес, чем игра их партнеров.

Но по результатам этого турне и прошлась вдруг *косая тень*, показавшая, что не все ладно в советском футбольном королевстве (извиняемся за столь нелепое словосочетание!), а скорее даже и не в нем.

Известный писатель Лев Кассиль (1905-1970), писавший и на футбольные темы, играл роль репортера в турецком турне, а по его итогу выпустил рассказ «Пекины бутсы» (позже переиздавался под названием «Турецкие бутсы»). Пека в нем был назван собственным именем, отражены были и некоторые его личные черты и немного расписана его нарастающая слава.

Пеку болельщики любили, рассказ в Советском Союзе пошел нарасхват – его читали все. Но что же в нем было? А то, что футбольный кумир был изображен в снисходительно-доброжелательном тоне и в виде явно умственно ущербного человека, почти олигофрена. Такого нельзя было разглядеть с трибун, но рассказ, явно растиражированный официальной прессой, не мог казаться вопиющим пасквилем, каковым на самом деле являлся.

Такая акция никак не могла быть инициативой одного единственного спортивного журналиста, а позднее стала выглядеть зловещим предзнаменованием того, что и случилось.

1937 год стал трагедией не только для миллионов репрессированных и членов их семей, но и для Петра Дементьева – притом не похожей на остальные.

Сам Пека позднее вспоминал:

«В тот год мое положение в „Динамо“ существенным образом изменилось, так как наш „дирижер“ Михаил Бутусов закончил в 1936 году выступления на футбольном поле. Обязанность „дирижера“ перешла ко мне. По этому поводу газета „Красный спорт“ писала: „Маленький виртуоз без труда справляется с новой ролью. Дементьев играет правого инсайда, а по существу – он центр нападения. Он распределяет игру и завершает атаки“.»

Вот тогда-то на Советский Союз и нагрянули знаменитые баски!

В тридцатые годы Испания была в первом ряду футбольных держав: на Чемпионате 1934 в Италии сначала сыграла вничью с хозяевами – будущими чемпионами, а потом проиграла им же в переигровке; обе встречи проходили в упорнейшей борьбе со множеством нанесенных травм – в заключительной из игр отсутствовало семеро из основных игроков испанцев. В товарищеских матчах с другими сборными Испания почти неизменно побеждала.

С начала века в Испании разыгрывался футбольный Кубок, а с 1928 (на 8 лет раньше, чем в СССР) – клубный чемпионат страны. До 1936 прошло восемь чемпионатов, где дважды побеждал мардидский «Реал» с гениальным игроком Луисом Регейро (1908-1995) во главе, один раз «Барселона» и четыре – «Атлетик Бильбао».

Баски вообще доминировали в те годы: кроме «Атлетика» в первой лиге выступало еще четыре команды из Басконии, а лидер «Овьедо» – центрфорвард-таран Исидоро Лангара (1912-1992) был наделен всем: и отменной физической мощью, и решимостью бить по воротам с любых позиций и расстояний, и игровой интеллигентностью, и голевым чутьем.

После 1937 года, о котором пойдет речь, Регейро и Лангара играли в Мексике, а Лангара затем и в Аргентине, где стал звездой № 1. Во всех трех национальных чемпионатах, в которых выступал Лангара, он забил более 100 голов (в Испании – более 200) – аналогов этому в истории не было.

Между тем, бурная история самой Испании привела к гражданской войне, начавшейся мятежом Франко летом 1936. Футболисты республиканской ориентации сначала были призваны на фронт, а потом отозваны, собраны в команду под названием «Эускади» (в переводе с баскского – Страна Басков) во главе с Регейро и Лангарой и отправлены в турне по Европе и всему миру – пропагандировать идеи Испанской Республики и собирать для нее денежные пожертвования.

Маршрут пролег через Францию, Бельгию, Болгарию, Чехословакию, Польшу, СССР, Скандинавию и завершился в Мексике – во множество иных стран, где среди правительств преобладали симпатии к Франко, эту команду не пустили.

В СССР «баски» (в кавычках и без) призвели фурор – футбола такого качества тут не видывали.

Вот, между тем, что пишет Петр Дементьев о первой игре «басков» – со сборной Ленинграда, в которой он сам участвовал:

«В игре сразу же обнаружилось, что мы ни в чем не уступаем соперникам: ни в технике, ни в тактике, ни в уровне физической подготовленности. /.../ В газетном отчете об этой встрече писалось:

„Первыми начали атаковать ленинградцы. Блестяще играл Петр Дементьев. Он быстро, безупречно передавал мяч во все направления, угадывая партнера даже за спиной. На 20-й минуте состязания правый крайний К. Сазонов метров с двадцати с подачи Дементьева забил первый гол. Но после этого вратарь Бласко, стараясь реабилитировать себя за пропущенный гол, играл с утроенной энергией, отражая самые опасные удары. Атаки ленинградцев не затихали. П. Дементьев еще раз обвел защиту гостей и готовился завершить прорыв голом. Но один из защитников басков выбил мяч из самых ворот. П. Быков пробил пенальти. Однако мяч попал в штангу. До перерыва счет все же стал 2:0 в пользу сборной Ленинграда[47] *“.*

Далее ссылаться на материал газетного отчета не имеет смысла, ибо сценарий, по которому развивались события, был определен не футболистами, а партийными функционерами. В перерыве между таймами к нам в раздевалку пришли представители Ленинградского горкома партии и предупредили, что гостей обыгрывать не следует: „ Невежливо обижать. Надо сделать ничью “. Такова правда, о которой теперь можно поведать. Нам ничего не оставалось, как согласиться.

Во втором тайме мы заметно ослабили игру, предоставив баскам возможность действовать свободно. Они этим хорошо воспользовались. В команде басков особенно выделялся ее капитан правый полусредний Луис Регейро. Очень техничный игрок, он вел всю игру соперников. Понравился мне и Гаростица, тоже весьма техничный футболист, игравший на правом краю. Он хорошо бил по воротам, давал точнейшие пасы. Полной противоположностью им был центральный нападающий Исидро Лангара – игрок силового плана, но обладавший хорошими скоростными качествами и точным сильным ударом. /.../

На 15-й минуте второго тайма Педро Регейро[48] *сквитал один мяч, забив головой гол /.../. Потом Лангара сравнял счет. После этого мы снова перешли в атаку, чтобы не проиграть, но голов*

---

[47] Второй гол забил Петр Дементьев.
[48] Брат Луиса.

больше не забивали, выполняя порученные указания» – не нужно сомневаться в правдивости Пеки – он, похоже, не оценил еще истинной силы «басков», как трудно ее понять нам и теперь: ведь их турне не ставило формальных спортивных целей, проходило в постоянных переездах и не от игры к игре, а скорее от банкета до банкета, но после ничьей в Ленинграде у них взыграло самолюбие и больше в СССР они не упускали побед – до самого последнего матча со «Спартаком».

Пека сообщает и существеннейшую подробность:

«В интервью журналистам после этой игры капитан басков Луис Регейро отметил:

– Очень высокая техника у нападающего Петра Дементьева. Это игрок самого высокого класса.

А перед этим подошел ко мне с переводчиком и предложил уехать с ним на родину испанских футболистов. Я удивился:

– Куда ехать? У вас же война, кому мы нужны?

Он возразил:

– Наша команда будет ездить по всему свету.

Конечно, я отказался от такого предложения. В то время об этом и подумать было нельзя».

После Ленинграда «баски» выиграли в Москве у «Локомотива» и «Динамо», а затем побеждали в Тбилиси, Минске и Киеве. Тут уж партийные функционеры забеспокоились о другом: советский футбол демонстрировал беспомощность, это необходимо было исправлять. Против гостей решили выставить сборную «Динамо», куда призвали и Пеку.

Снова он:

«В Москве /.../ довелось еще раз сыграть против басков за сборную „Динамо“, в составе которой вместе с москвичами выступали мой одноклубник Валентин Федоров и я.

Перед началом матча ко мне подбежал Луис Регейро. Похлопал по плечу и сказал по-русски, плохо выговаривая слова:

„Ленинград! Поехали!“

Когда команды выстроились на поле, мне преподнесли такой огромный букет цветов, что стоявший рядом со мной Сергей Ильин предложил: „Давай подержу, а то тебя не будет видно“. Так нас и запечатлели на фотографии.

Игра проходила с переменным успехом, но завершилась нашим крупным поражением 4:7. Мне, правда удалось забить баскам гол. Причиной столь крупного поражения явилась, на мой взгляд,

Мне был предложен вместо моего коронного амплуа правого полусреднего пост левого полусреднего. Занявший мое обычное место Михаил Якушин был слабоват в техническом плане и по уровню физической подготовленности. Одним из крупных просчетов наших тренеров было включение в состав команды Валентина Федорова. Он приехал на игру с травмой, так что фактически играть не мог, да и не имел права. Но вышел на поле и играл, конечно, очень плохо, не справляясь с блестящими быстрыми форвардами Басконии – Регейро, Горостицей и Лангарой. В итоге – обидное поражение».

Дело запахло скандалом, и исправлять положение был поставлен «Спартак», а на самом деле – сборная страны, основу которой составили спартаковцы. Пеку туда уже не пригласили, но играл, в частности, Григорий Федотов (1916-1957) – новая восходящая звезда из московского «Металлурга», мобилизованный на следующий год в ЦДКА.

8 июля 1937 года «Спартак» победил со счетом 6:2 (не без помощи судьи, назначившего, в числе прочего, не совсем убедительный пенальти в ворота гостей). Так или иначе, но честь советского футбола была спасена. Баски потребовали реванша, но им отказали…

После их отъезда последовали оргвыводы – сначала формальные, а потом и иные...

23 июля 1937 года вышел указ о награждении футболистов – с преобладанием спартаковцев. Начальник московского «Спартака» Николай Старостин единственным награжден орденом Ленина. Двое – Александр Старостин и динамовец Сергей Ильин – орденом Трудового Красного Знамени. Андрей Старостин и еще девять ведущих футболистов – орденом «Знак Почета»; им наградили и Петра Дементьева.

А уже на следующий день в Ленинграде прошла игра с московским «Динамо» – по существу последний матч в так и не развернувшейся карьере Петра Дементьева.

Ему же слово:

«Этот матч имел для меня тяжелые последствия: перелом ноги и руки. Я хорошо запомнил тот эпизод во втором тайме, когда капитан москвичей Виктор Тетерин подбежал ко мне с правого края. Я был без мяча, уже отдав его партнеру, как вдруг краем глаза увидел, как на меня надвигается какая-то тень.

Инстинктивно успел закрыть рукой колено, куда как раз и прыгнул обеими ногами Тетерин.

С матча я попал прямо в больницу. Вскоре из Москвы вызвали Тетерина извиняться передо мной. Приехал он вместе с председателем Ленинградского областного Совета «Динамо», начальником НКВД Заковским. Но то, что сделал Тетерин, было почти непоправимо /.../. Крупнейший ленинградский специалист по травматологии профессор Куслик собрал консилиум врачей. Все склонялись к операции коленного сустава, за исключением самого Куслика:

– Сделаем операцию – играть не будет!

Куслик настоял на своем. Меня отправили на лечение в Евпаторию...»

Поясним: Леонид Заковский (1894-1938) – латыш[49], анархист с 1912 года (предположительно – и уголовный преступник, осужденный в 1914 к ссылке на три года), большевик с 1917, чекист с конца того же года. С 1926 по 1932 возглавлял ОГПУ в Сибири, в 1932-1934 – в Белоруссии. С декабря 1934 (сразу после убийства Кирова) и до января 1938 возглавлял Управление НКВД в Ленинграде. Затем – замнаркома НКВД и начальник Управления НКВД по Московской области, но в апреле 1938 арестован и в августе расстрелян. Не реабилитирован.

Не известно, имел ли Заковский отношение к явно запланированной расправе над Пекой, но, очевидно, предпринял меры к тому, чтобы загасить скандал и добиться от Дементьева отказа от дальнейших демонстративных демаршей – так или иначе, но Пека оставался тогда публичным человеком – и очень знаменитым...

В итоге Пека вышел на поле лишь через 14 месяцев – и не располагал уже столь немыслимым превосходством над остальными, как и Гарринча после 1963.

Теперь Пека воссоединился в новом качестве со старшим товарищем: Бутусов с 1937 тренировал ленинградское «Динамо». Но на этот раз гармонии не получилось...

Петр Дементьев:

«Бутусов не всегда владел собой, мог сорваться. Великолепный специалист, в жизни он был человек грубоватый, резкий, даже бесцеремонный в оценках своих подопечных. /.../ Такую же бесцеремонность он проявил впоследствии и по отношению ко мне, воспользовавшись моим случайным опозданием на тренировку.

---

[49] Настоящие имя и фамилия – Генрих Штубис.

*Летом мы с семьей снимали дачу под Ленинградом. Там я трени-
ровался, бегал кроссы по лесу, считая их чрезвычайно полезными.
Дачный поезд как-то пришел в Ленинград не по расписанию, и я
опоздал на тренировку динамовцев, что при моем всегдашнем от-
ветственном отношении к футболу было исключительной редко-
стью. Я извинился за опоздание, но Бутусову этого показалось не-
достаточным. Ему, очевидно, захотелось надо мной покура-
житься, и он заявил мне, ведущему игроку:*

— Твою судьбу будет решать секция!

*Было больно слышать такие слова от того, кого я столько лет
считал своим старшим товарищем, всегда уважал. Почему за такой пустяковый промах мне нужно перед кем-то унижаться? Я
повернулся и ушел.*

*Моя довоенная футбольная жизнь сложилась так, что мы с
Николаем подали заявления об уходе из „Динамо“.*

*Я был уверен, что вдвоем мы не пропадем — нас пригласят в
любую команду. Однако брат, испугавшись последствий (хотя у
меня было уже двое маленьких детей, а он еще не был женат),
взял заявление обратно. Затем он был переведен в Москву штаб-
ным работником*[50], *так как к тому времени числился на военной
службе. Осуждать его я не вправе — такое было время...*

*У меня же начались мытарства и скитания. Позвонил в киев-
ское „Динамо“. Мне сказали: „Приезжай!“. И мы вдвоем с женой,
которая мужественно поддерживала меня в самые тяжелые минуты, уехали в Киев. /.../ Я уже готовился к игре с московским
„Торпедо“, однако официального разрешения на переход в команду
киевлян у меня еще не было.*

*Тренер динамовцев попросил первого секретаря компартии
Украины Н. С. Хрущева оказать содействие в решении этого вопроса. Хрущев обратился во Всесоюзный комитет по делам физкультуры и спорта с просьбой дать мне разрешение на переход.
Но ему сообщили, что А. А. Жданов приказал мне играть за Ленинград и только за команду „Динамо“. Хрущев был страшно удивлен
и сказал, что даже не представлял себе, как сложно футболисту
перейти из одной команды в другую. Как потом выяснилось,*

---

[50] То есть это какой-то *штабной работник* перевел Николая в московское «Динамо»,
откуда он потом перешел в «Спартак» уже после английского турне 1945, где его
лишь раз поставили на игру. Последний переход также сопровождался грандиоз-
ными скандалами, но затем Николай Дементьев успешно играл за «Спартак» до
конца 1954 года.

*Жданов уже звонил во Всесоюзный комитет председателю Сне-
гову, угрожал снять его с должности, крича:*

*— Что за безобразие у вас там творится? Почему Дементьев
уехал в Киев? Будет играть только за Ленинград!*

*Поэтому, когда по приезде в Москву мы пришли во Всесоюзный
комитет физкультуры и спорта вместе с Константином Кваш-
ниным, который тогда же в Киеве пригласил меня играть в „Торпедо“, испуганный Снегов сказал мне:*

*— Уходи и не показывайся мне на глаза! Играть будешь только
за Ленинград!*

*Мы с женой вернулись в Ленинград. В наказание за стропти-
вость мне запретили не только играть в футбол, но даже работать тренером. Вызывали в НКВД, придравшись, что я не ношу
орден — видимо, опять кто-то донес. Я честно сознался, что орден не ношу, так как не люблю носить пиджаки, а на рубашку орден не наденешь. Вроде бы поверили».*

Позднее в том же сезоне и Бутусов покинул ленинградское «Динамо»...

Далее Бутусов тренировал тбилисское «Динамо» (1939–1940),
киевское «Динамо» (1940-1941, 1947), ташкентское «Динамо»
(1942-1945), ленинградский «Зенит» (1946), а потом вновь ленинградское «Динамо» (1948-1953).

Петр Дементьев все-таки продолжил играть за разные команды:
ленинградский «Зенит» в 1941-1943, московские «Крылья Советов» в 1944-1946, после чего с большим запозданием получил звание «Заслуженного мастера спорта». Далее — киевское «Динамо» в
1947-1948, где и состоялось его вроде бы примирение с Михаилом
Бутусовым, а потом снова оба они в ленинградском «Динамо» в
1949-1952.

Но и это не принесло им счастья и успехов — практически все
команды, перечисленные в послевоенных послужных списках их
обоих, уже не относились к тогдашней футбольной элите и не
имели кадров, подходящих по уровню тому же Пеке. Лишь совсем
юные будущие звезды московского «Спартака» делали под руководством Петра Дементьева первые шаги, но мало чем еще умели
тогда ему помочь: Сергей Сальников (1925-1984) в «Зените» и Никита Симонян (1926 г.р.) в «Крыльях Советов»...

В результате Петр Дементьев завершил играть в конце сезона
1952 — накануне того, как ему исполнилось 39 лет. И дальнейшая
его жизнь складывалась непросто: бывшие товарищи по ленин-
градскому «Динамо», занявшие к тому времени многие

руководящие посты, не спешили с помощью, не забыв конфликтные ситуации предвоенных лет[51].

В 1978 году Петр переехал в Москву, где жил его младший брат Николай, и обрел хотя бы сносные жилищные условия и пенсию по инвалидности.

Краткий анекдот советской эпохи:

«При капитализме человек человеку – волк, а при социализме – наоборот».

Вот так и *съели* несостоявшегося советского Пеле или Месси!..

По существу же разница между капитализмом и социализмом в значительной степени сводилась к тому, что за границей всякий талант (в том числе – футбольный) представлял собою капитал и для его обладателя, и для тех, кто корыстно его использовал; при социализме же официально господствовала всеобщая уравниловка.

Сам Хрущев признавал в мемуарах, что, будучи партийным функционером достаточно высокого уровня в начале 1930-х, он зарабатывал тогда меньше, чем работая слесарем до революции.

В апреле 1965 Лев Яшин был приглашен на прощальный матч Стэна Мэтьюза – 50-летнего рекордсмена выступлений на высоком профессиональном уровне, первого обладателя «Золотого мяча» еще в 1956 году. Там Яшин встретился и сыграл в одной команде с прославленными Ди Стефано и беглецами из «социалистического рая» на Запад – венгром (немецкого происхождения) Ференцем Пушкашем, игравшим за «Реал», и полувенгром-получехом Ладиславом Кубалой, игравшим за «Барселону».

Мэтьюза английская королева возвела в рыцарский ранг, а остальные участники торжества тоже не были обделены.

Яшин рассказывал, что после матча всем участникам игры подарили хорошие часы. В гостинице Ди Стефано вытащил эти часы, сказав: *«Сейчас проверим, насколько они прочные»*, подбросил их и в полете ногой ударил их об стену. Как ни странно, часы «выжили». А потом Ференц Пушкаш пригласил всех игроков сборной мира в бар. Расплачиваясь, он достал такую толстую пачку денег, что Яшин воскликнул: *«Я в жизни столько не то, что не заработал – даже не видел!»*

На что всегда советским футболистам хватало денег – в отличие от основной части населения СССР, так это на выпивку. Да для этого им и не требовалось больших денег: благодарные

---

[51] В частности, в 1954-1963 Михаил Бутусов – заместитель председателя президиума Ленинградской секции (Федерации) футбола, член президиума Всесоюзной секции (Федерации) футбола.

болельщики зазывали любимых героев разделить их застолье – попробуй-ка откажись!

Прославленный левый край тбилисского «Динамо» и советской сборной Михаил Месхи (1937-1991) признавался, что на банкетах регулярно выпивал до восьми литров вина – это уж чисто грузинская специфика!

А в России с давних времен в ходу была футбольная поговорочка:

«Пивка для рывка и водочки для обводочки»!

А вот Петр Дементьев, в отличие от других, никогда не употреблял алкоголя – и это, похоже, тоже не способствовало его карьере…

Январь 2023, Франкфурт-на-Майне

НОВАЯ КНИГА НАШЕГО ИЗДАТЕЛЬСТВА

Позавчера и послезавтра

Поэт, прозаик, редактор **Владимир Батшев** *отвечает на вопросы эссеиста и литературоведа* **Евсея Цейтлина**

ЕЦ: *Ваша литературная биография началась со знаменитого СМОГа. Вы часто возвращаетесь к символу этого названия, по-разному — как и полвека назад - расшифровывая его для себя. «Самое молодое общество гениев». Или иначе? «Смелость. Мысль. Образ. Глубина». А может быть, точнее так: «Сила мыслей. Оргия гипербол». Каждый из вариантов названия по-своему отражает дерзкие мечты юности. Из воспоминаний и родилась ваша книга «Смог: поколение с перебитыми ногами». Читая ее, я с восхищением и улыбкой думал о героях этой книги. Молодые поэты (почти подростки, в основном — недавние члены литкружка московского дворца пионеров) сочиняют талантливые, нередко наивные, еще очень далекие от совершенства стихи; придумывают свой манифест; выпускают рукописный журнал. Стихи и манифест далеки от политики? Но тоталитарный режим любое свободное творчество считает преступлением. Тем более, что свои стихи смогисты читают на площади, переправляют заграницу... Наверняка вы теперь и сами задаете себе вопросы: сбылись ли мечты? Оправдались ли надежды смогистов? Какую роль в вашей жизни — писателя и человека — сыграл СМОГ?*

ВБ:

> Мы были веселые люди —
> смелей и нахальней других.
> Никто не подал нам на блюде
> ни славы, ни денег, ни книг.

Но начинать надо не с этого, а с детства. Все мы были очень молодыми людьми 17-19 лет.

Я родился 4 июня 1947 года в Москве в роддоме имени Крупской. Это на углу Лесной и 3-й Тверской-Ямской, недалеко от Белорусского вокзала. В тот день пошел снег. Может, в честь моего рождения? Почему-то мне кажется, что снег был черным. Но это, вероятно, от дыма фабричных труб.

Почему фабричных? А потому, что в 7 утра ежедневно гудел гудок, и я, если не просыпался, не открывал глаза на его зов, а если не спал, то смотрел на часы, сверяя время. Позже — заводские гудки отменили.

Детство мое прошло там же — на 1-й Брестской, где мы жили в старом доме — у нас было 12 метров в коммуналке. Помню, как сосед Николай и его жена по кличке Мегера, кричали моему отцу:

— Гитлер вас не добил, так товарищ Сталин достреляет!

Крики раздавались зимой 1953 года, когда во всю осуществлялось «дело врачей». Т-щ Сталин не успел дострелять моих родителей (и меня, как предполагаю). Потому что *кондрашка* оказалась сильнее. Или пальцы Берии (так, по крайней мере, хочется думать после просмотра английского фильма «Красный монарх»).

Страна моего детства простиралась от Белорусского вокзала до площади Маяковского, с одной стороны, и от *Новослободской* до зоопарка, с другой. Там я прожил до конца 1961 года, когда отец получил квартиру в Измайлове, и мы переехали. Но еще несколько лет я почти каждый день ездил туда, где прошло детство. Старое, привычное не хотело меня отпускать — там оставались друзья, родственники, среда и атмосфера…

У меня вполне рядовая советская семья. Мама из Горького, папа — москвич. А вот мой родной дед — биндюжник из Пятихатки Запорожской области. Он считался в семье неудачником: в семье было еще шестеро родных и двоюродных братьев и две сестры, и жизнь у них сложилась гораздо удачнее моего деда. Один стал банкиром, другой — торговым агентом (атташе по-нынешнему) во Франции, а его сын — популярным французским киноактером. Десять лет назад я написал о нем роман.

Моего деда расстреляли красные в 1919-м во время еврейского погрома. Они собрали всех мужчин городка и поставили к стенке. Моя бабка бросилась к убийцам с криком: «Убейте меня!», — на что те равнодушно отвечали: «Нет, мы у вас мужиков выбьем». И выбили. Бабушка рассказывала мне эту жуть неоднократно.

Другая моя бабушка, русская, никогда не говорила о том, как моего деда Максима Демьяновича, простого рабочего-наладчика автозавода, арестовали в 1937 году. В его цехе случилась авария. Арестовали весь (!) цех — 400 человек. Через три месяца деда выпустили. Но на допросах ему отбили легкие, скоро у этого здорового тридцатилетнего мужика начался туберкулез, от которого он умер в конце 1960-х.

Семь классов я окончил в 128 школе на 2-й Тверской. Начал учиться в 8 классе, но наша семья, как я уже сказал, переехала в Измайлово (получили отдельную двухкомнатную квартиру), пришлось завершать восьмой класс в школе по соседству. А потом началась «политехнизация», и я поступил в 9 класс 353 школы на Бауманской (напротив станции метро).

Мне не давалась алгебра. Сплошные двойки. И меня исключили. То есть мне поломали жизнь. Едва ли это сознавали те, кто исключал. Тогдашнего директора школы (кажется, ее звали Анна Соломоновна, и она яро требовала моего исключения) через несколько лет случайно встретил мой товарищ Александр Абеляшев (мы учились в одном классе, но дружили и в последствии). Он спросил: «Вы помните Батшева? Его еще исключили из нашего класса за неуспеваемость по алгебре? – Директриса вспомнила. – А вы знаете, что этим вы толкнули его на пагубный путь? Он стал антисоветчиком, врагом народа, наймитом Запада и его посадили в тюрьму, – напугал Абеляшев директрису. Той стало дурно. Пустячок, а приятно, как говорили в то время: мой товарищ отомстил за меня.

Что-то надо было делать. В другую школу перевести меня не удавалось. И ничего лучшего родители не придумали, как устроить меня учеником шлифовщика на московский завод шлифовальных станков. Помогла в этом троюродная тетка, которая служила на заводе технологом.

Я проработал там (в две смены) четыре месяца и - бросил. Во-первых, завод был мне чужд. Во-вторых, я уставал.

Лето счастливейшего года — 1965-го, смогистское время надежд.

Но вернемся немного назад. Вы упомянули Дворец пионеров на Ленинских горах. К нему имели косвенное отношение лишь пятеро – Васютков, Иванушкин, я, Вишневская, Владимир Гусев, остальные – нет. Правда, Губанов и Солнцева бывали на занятиях кружков – их ведь было три. Мы с Вишневской и Гусевым занимались в том, которым руководил

Наум Борисович Берхин, Васютков и Солнцева – там, где руководила поэтесса Рамарчук, а Губанов и Иванушкин были в кружке противной тетки Кудряшовой.

Методистом, то есть, с моей точки зрения каким-то начальником, являлась Надежда Васильевна. Она иногда заглядывала на занятия нашего кружка и внимательно слушала, о чем мы спорим и какие стихи сочиняем.

Я увлекался тогда стихами Андрея Вознесенского, и вся моя тогдашняя писанина была, в основном, «под него».

Как-то Надежда Васильевна пришла с мужчиной, которого представила как своего мужа и писателя. Мне и моим приятелям живой писатель вблизи показался даже симпатичным – высоким, черноволосым, внимательно нас слушавшим.

Но потом... Когда я прочитал несколько своих стихотворений, он сразу же объявил «откуда ноги растут», чуть ли не назвал даже стихотворения Вознесенского. Я, как всякий молодой негодяй, разумеется, не согласился и процитировал классическое маяковское: «Все, что сделано, это ваше – рифмы, ритмы, дикция, бас». На что писатель заметил, что баса у меня пока нет, а с дикцией тоже поработать придется. И я, и мои приятели Юля Вишневская и Саша Васютков заворчали – дескать, нечего нас учить, мы и сами с усами, чтобы всякие, что тут шляются, неизвестно кто, морали читали...

Авторитетов для меня уже тогда не существовало, но писатель, посмеиваясь, попросил пару минут, вышел и вскоре вернулся с листком бумаги. Оказывается, он сочинил на меня пародию, которую тут же прочитал.

Я смеялся вместе со всеми, пародия была на редкость смешная. Там были такие строчки:

Не в прадедов вышел –
Я прадедов выше,
Я – вышка,
Я – лишний.
Встали повстанцы
Стенами станций,
Рядами строятся...

Самое забавное, как утверждал кельнский сосед Владимира Ильича Порудоминского поэт Генрих Кац, эту пародию Порудоминский помнит и сегодня. В чем я не сомневаюсь.

Тогда я не догадывался, что вслед за этой первой «критической статьей» о моем творчестве, через много лет появятся рецензии Порудоминского на мои романы.

(Скажу два слова о творчестве этого замечательного историка культуры и писателя. В 1960 году, когда Порудоминский бросил опостылевшую журналистику и засел за свою первую книгу о «жизни замечательного человека» Всеволода Гаршина, он еще не знал, что таких замечательных биографий из-под его пера выйдет много – Крамской и Даль, Пирогов и Ге, Брюллов, Ярошенко и многие другие. Они отличались научной точностью и глубиной, сочетающимися с художественным осмыслением характеров. А попав в эмиграцию, Владимир Ильич стал писать прекрасную прозу...)

После Дворца пионеров я пошел в литературное объединение при газете «Знамя строителя». Им руководил поэт Эдмунд Иодковский, про которого Андрей Вознесенский сказал: «Не знаю, какой он поэт, но поэзию любит, как никто».

В этот полуподвал на Сретенке ходили многие будущие поэты и писатели эмиграции, в частности, Николай Боков, Борис Камянов, Феликс Розинер и другие. Через два года литобъединение прикрыли. Но Иодковский устроился в ДК автомобилистов, и все мы стали ходить туда, оно называлось игриво - «Зеленый огонек».

Но вернусь к СМОГу. Вспомню наш журнал «Сфинксы». Он печатался на машинке. У каждого смогиста была знакомая девушка, которая умела печатать на машинке, и попросить ее перепечатать журнал, сделать закладку в 3-4 экземпляра, особенно, если ей еще принести бумагу, - милое дело. Журнал переправлялся на запад. Увы, дошли не все номера

Тогдашние наши стихи почти у всех несли политический заряд. Уже сами эксперименты с формой были революционны и тенденциозны. Аллюзии присутствовали во всех исторических темах. Параллели не просто напрашивались, они были очевидны. Все мистические фигуры в стихах – Иван Грозный, Пугачёв, Пушкин и прочие – проецировались на современность. Я писал в стихотворении «Пушкин на Сенатской»:

В апреле? в мае? кончатся
сонеты и сонаты,
и площадь Маяковского
станет нам Сенатскою.

Так в конце концов и произошло. И Кушев подхватывал:

Но город уже полон
жандармов и карет
и ровно-ровно в полночь
вместится в них каре.

И эти «кареты», разумеется, виделись не только ему, но и всем нам «черными воронами». Кушев накликал свою судьбу – 21 января 1967 его взяли на Пушкинской, на демонстрации в защиту арестованных.

СМОГ – ярчайшая страница моей юности. Школа литературы, школа дружбы, единства литературного метода при различных позициях и стилях.

Мечты… Мы тогда утверждали, что через три года нас будет знать вся читающая Россия. Разумеется, эпатажная фраза. Тем более, что интернета тогда не существовало.

Из смогистов мало кто сегодня жив, я продолжаю дружить с Александром Урусовым, который часто мне звонит из Неаполя и присылает новые рассказы для журналов, и с Александром Васютковым в Москве.

ЕЦ: СМОГ сыграл решающую роль в духовном и творческом формировании многих ваших товарищей. Интересно свидетельство Саши Соколова, классика русской литературы второй половины двадцатого века: «…Я увидел у памятника группу ребят. И они читали стихи. Стихи! Я тоже подошёл и прочитал, и тут же отошёл в сторону. Но тут меня кто-то догоняет, трогает за рукав и произносит: его зовут Володя Батшев, создана поэтическая организация, общество, будут писать манифест, придут художники, писатели, не хочу ли я участвовать? Я понял, что начался большой праздник. Карнавал! Я сказал: ну, конечно! я приду! обязательно!.. На следующий день я пришёл в квартиру к Губанову. Там кишело… Стоял крик. Ликование. Я вообще такого никогда не видел. Была атмосфера большой жизненной удачи — люди почувствовали свободу».
Напомню еще один важный фактор Вашего духовного взросления. Вам повезло: в детстве и юности вы общались с оригинальным философом, создателем школы диалога культур Владимиром Соломоновичем Библером. А ваши диалоги с ним длились десятилетия - начиная с младенчества. Вы очень долго показывали «дяде Володе» свои «опыты». Он

ВБ: Владимир Соломонович Библер был близким другом
моих родителей. Мой отец учился с ним в одном классе в
25-й московской школе. И они остались друзьями на всю
жизнь. Я обязан Библеру очень многим. Он был известным
философом, а для меня, мальчишки, потом юноши - человеком, с которым можно говорить на любые темы. Я начинал
свое литературное творчество как поэт, и Владимир Соломонович профессионально разбирал все мои стихи.

Для меня он не был главой новой философско-культурной
школы, последователем Бахтина и т.п. Сколько себя помню,
он был для меня именно «дядя Володя». Это определяло
характер наших отношений. Впервые я попал к нему на дачу
в возрасте двух месяцев. Есть фотография, если только мой
сын, чистя в Москве оставшиеся от бабушки, дедушки и отца
архивы, не выбросил ее, как он сделал со всем другим, в
мусор.

Библер поддерживал меня письмами, когда меня сослали.
Я много впитал от многолетних бесед с ним. Не говорю о
том, что лет до тридцати, все написанное носил ему «на
рецензию».

Он слушал с улыбкой мои рассказы о СМОГе, о наших
манифестах, о наших выступлениях, о планах-«химерах», однажды он поинтересовался, по каким критериям принимаем
мы в общество его членов.

— По творческим, — ответил я.

— И все? — удивился он.

— Ну, чтобы не сволочь был, свой парень...

Он улыбнулся и пояснил.

— Я не о том. Насколько ребята образованы, культурны?

И он предложил тест, своеобразную анкету - задавать
всем вступающим вопрос: в выставочном зале надо выставить
одну картину, одну скульптуру, показать фильм и спектакль.
Что вы предложите?

— Здорово, — обрадовался я.

Эта анкета стала единственным пропуском для принятия
в СМОГ, и на удивление тест сыграл большую роль.

— А вообще, — добавил он, — название общества можно определить и так — Сила Мысли Оргия Гипербол.

— Отлично, — снова согласился я.

Библер с интересом и опаской смотрел на наше общество. С опаской понятно почему – его поколение знало, чем кончаются подобные игры. Мы же не признавали страха наших отцов.

Перебираю сейчас в уме фрагменты снов, обрывки разговоров... То, что сохранила память.

Сорок лет на этом полустанке
я сходил, вдыхая запах сосен...

Это не я, это дядя Володя написал.

Но вот и я, оказывается, сорок лет на этом полустанке.

Сосновый запах детского лета.

Библеры - все очень добрые и по-прежнему живущие в моей памяти, но особенно - дядя Володя и тетя Ванда - В.С. и В.И. И, разумеется, ее мать - Берта Осиповна - Б.О.

Так на даче называли друг друга. Сегодня тоже.

Начиналось наше общение обычно так: залитый солнцем до жаркости, до загарности, до неповторимости тепла - перрон Белорусского вокзала.

Всегда уезжали со среднего перрона, а приезжали туда, где поезда дальнего следования. Вертушки контролеров и перронные билеты - вот детали, о которых забыли.

Остановившийся, облепленный людьми поезд между Ромашково и Раздорами.

Раздоры - без платформы, с деревянным туалетом и кассой. Дорога до дачи казалась короче, чем ныне.

Заросшесть усадьбы. Трава выше головы. Очень крупная бордовая клубника. Смородина - черная, красная, белая, как бусинки. Колючий сладко-кислый крыжовник, похожий на колорадского жука с агитплаката. Все с куста - подойду и пасусь. Сам - размером с куст.

- *У капель тяжесть запонок,* - сказал дядя Володя и я запомнил. А мне лет десять. И не знаю, что это – Пастернак.

У дяди Володи запонки не помню, помню - у папы, черные и блестящие.

Поразительная близость с Библером тогда (до 17 лет - до моего ломания) - впитывал губкой мозга все его слова, цитаты, строки стихов.

Но раньше, когда мне - пять-десять лет - радость общения с человеком, который не сюсюкает. На равных. Хотя и называл "пампушкой", "марципаном"- я обижался. Пухленький, розовощекий мальчик.

Дядя Володя сочинял про меня стихи:

Сладко дома отоспавшись,
к нам приходит Вова Батшев.
Шарф распутает, потом
- предлагает снять пальто,
и ногой махнув, как лошадь,
приглашает снять галоши...

Но это на Оружейном, в трехэтажном доме, на втором этаже в двух комнатах, там В.С. сделал себе и кабинетик, где *фотографией на белой стене* Ленин, где решетки стеллажей, а в коридоре столик под нитяной скатертью и черный телефон, который отражается в тускнеющем зеркале в тяжелой коричневой раме - между Библерами и соседями.

На Оружейном объелся мороженым. Съев одно, хотел еще. В.С. принес еще. Я съел. Потребовал еще. Капризничал. Родители возмутились. Но дядя Володя усмехнулся, пошутил и принес еще.

Меня, видно, решили проучить. На четвертом брикете дал сбой.

Он был очень радостным в тот день.

Он бывал наездами из Сталинабада, где работал в университете, но помню радость родителей, когда он вернулся окончательно. Год 58-й: то ли закончился срок его ссылки, то ли еще что, но вернулся насовсем.

А когда отец получил золотую медаль ВДНХ и мы купили магнитолу *Неринга*, дядя Володя начитал огромную кассету своих стихов. А тетя Ванда - Пастернака.

В траве меж диких бальзаминов,
Ромашек и лесных купав,
Лежим мы руки запрокинув
И к небу головы задрав.

Учился поэтическому мышлению по этой кассете. Знал наизусть две поэмы и десяток стихов. Кассета исчезла. Подарили? Отдали В.С.?

В иные годы я неделями жил в Раздорах.

Это - в эпоху позднего детства, юности, возмужания.

Постоянное поле притяжения Владимира Соломоновича.

Куда там магнитам!

Его многообразие в различных творческих ипостасях.

Мои интересы - впитывались им, как губкой.

Ответы на любой вопрос. Я не мог представить, что он чего-то не знает.

Он знал все.

Объяснял сложнейшего Сельвинского. Пастернак вошел в меня сам, позже.

Прекрасная, с первых изданий поэтическая библиотека. Многие имена для меня – открытие.

Но начало – В.С. читает:

"В траве меж диких бальзаминов"

Меня поражало, как он разгадал Евтушенко, Вознесенского, Ахмадулину с первых книг. Стояли на полках. С первой до последней. Чутье на таланты. Я и Величанский благодарны ему по гроб. Впрочем, за покойного Сашу не буду - но догадываюсь. Позже – Юрий Карабчиевский, которого встретил у него на даче.

Дача в Раздорах осела и покосилась - поселковый совет потребовал строить новую. Не было денег. Строили долго, фрагментами, сценами, эпизодами. Но монтировали. Вырисовывался двухэтажный дом. До конца шестидесятых все-таки соорудили.

Потом я резко взрослею и - СМОГ, памятник Маяковскому, чтения. Скандалы, фельетон в "комсомолке".

Читал его поэмы на площади Маяковского. Обычно меня "запускали" первым. Никогда не объявляли автора - чтобы не подвести.

Ничего крамольного, но - очень уж остро по тем временам. Хотя и лояльно в целом.

Семен Матвеевич, мой отец, рассказывал:

- Когда мы с Библером учились...

В их компанию входили Некрич (будущий историк) и Мышкин (будущий артист, чтец-декламатор). Лидия Борисовна Либединская помнила моего отца: «Он с палкой ходил». Наверно, тогдашний протез был несовершенным.

И вот с этого раннего - "когда мы с Библером учились", мой отец и связал не только себя, но и меня - с ним.

Когда в 1966 меня посадили и сослали, Библер писал мне письма. Посылал книги (несколько их них - Элюара и Хикмета, к примеру, я увез с собой в эмиграцию). А ведь "неприятности" у него начались после первого же письма! В Институте истории естествознания и техники Академии наук, где Библер тогда работал, его вызвали в партком и потребовали объяснить, почему он переписывается "антисоветчиком".

Владимир Соломонович достойно ответил тупоголовым.

Позже я включил часть его писем ко мне в свою книгу "Записки тунеядца", вышедшую в Москве в 1994-м году.

...Я всегда помню о том, что он сделал для меня.

ЕЦ: *Ваш портрет «дяди Володи» перерос рамки интервью. Но не будем его сокращать. А кто еще повлиял на вас в годы становления?*

ВБ: Буковский, Тарсис, Алшутов. Все они, к сожалению, «ушли туда, откуда нет возврата». Кстати, это строчка Александра Алшутова. Но она давно вошла в мой лексикон, и я подчас даже не сразу вспоминаю, откуда она пришла.

В поэзии Александр Алшутов очень ясно показал, что может и должен говорить поэт сегодня. Я понял: ржавые крыши и проститутки под дождем у «Метрополя» не менее интересны поэту и поэзии, а потому и ближе, чем римские элегии. Я имею в виду поэзию тех лет.

А Валерий Яковлевич Тарсис и Владимир Буковский толкнули на путь, которым я долгие годы шел.

На рубеже 60-70 годов я дружил с порядочными людьми – и диссидентами, и писателями, и просто – дружил с друзьями (простите за каламбур). Я могу назвать не более десятка имен достойных людей, которых я знал в своей советской жизни. Ведь жизнь моя делится на две - в советчине и здесь.

Здесь - моя заграничная жизнь.

А там - советская жизнь. При советчиках. Под советчиной. Но я был антисоветчиком.

Мой друг Евгений Кушев не зря острил:

- Антисоветчина - не ветчина, с хреном ее не укусишь.

С позиций сегодняшнего, заграничного дня, я понимаю, что был прав. А тогда понял: главное – не потерять квалификацию, которую я стал приобретать. Квалификацию надо повышать. Учиться писать. Набивать руку, как пианист набивает ее на гаммах. Но как это сделать? Писать в стол, читать двум-трем верным друзьям-товарищам? И не видеть никакой реализации!

Я нашел выход. Это было и набивание руки (гаммы), и некая реализация.

Я стал писать юмористические рассказы.

Каждый день я писал по одному рассказу размером в машинописную страницу.

Однажды я пришел на ЛИТО (литературное объединение) к Симону Бернштейну, прочитал эти рассказики. На меня удивленно посмотрели. Публика ожидала иного.

Светлая память Симону Абрамовичу Бернштейну!

Он был нашим соседом, жил на той же Фортунатовской улице, где и мы с женой. Мы шутили над ним, разумеется, в его отсутствие, острили. Здоровые дураки над карликом. Но все его уважали. Даже, когда Александр Путяев изображал, как Симон со своим отцом (тоже карликом) несут вдвоем из булочной батон хлеба за 28 копеек. (Был такой большой батон белого хлеба.)

На нас писали доносы: *"К ним ходит маленький карлик с огромной бутылкой вина".*

Однажды раздался звонок в дверь, я открыл и удивился, увидев смутившегося Симона. Он держал руки за спиной, потом показал бутылку "Алжирского" (было такое ужасного вкуса сухое красное вино в больших бутылках емкостью 0,8 литра). Отсюда и донос - соотношение невысокого человека с большой бутылкой. Аберрация восприятия у соседей.

Он был одним из тех, кто собирал деньги на помощь политзаключенным.

Даже мы из своих нищих гонораров, помню, давали рубль или два - святое дело!

Почему нищих? Да потому, что за юмористический рассказ объемом в 1 страницу (а более крупных произведений не печатали - юмор!) я получал обычно от 3 до 5 рублей - в зависимости от газеты, в которой это публиковалось.

В журнале или в "Литературке" платили 20 рублей. Но - попробуй туда пролезь! Я ходил в редакцию в галошах. Потому меня и не печатали. Из-за галош, не иначе. На 16-й полосе "Литгазеты", в отделе юмора, носившем название "Клуб 12 стульев" я был опубликован с октября 1973 по ноябрь 1986 - 4 (четыре) раза. Хотя носил туда рассказы минимум раз в месяц!

Но мне было наплевать - все то, что не было принято в "Литгазете" я опубликовал в других изданиях. Просто "Литгазета" высоко котировалась - из-за того, что гонорары в ней превышали остальные в три-четыре раза.

В воспоминаниях Андрея Кучаева тамошние нравы очень хорошо описаны. Но Андрей знал их изнутри, а я видел - снаружи.

Потому я рассылал рассказы в юмористические отделы различных провинциальных газет.

Днями просиживал в газетном зале Библиотеки Ленина. Просматривал подшивки комсомольских и партийных газет всех областей и краев РСФСР. Если нападал на юмористический след, то посылал в газету рассказ.

Но ведь надо было посылать первый экземпляр! Нигде, как в провинции, не воротили нос от второго экземпляра - им подавай самое свежее!

Копировальных автоматов тогда не было. А если они и существовали в природе, то под тщательной охраной КГБ, и допуск к ним был запрещен вплоть до конца перестройки.

ЕЦ: *Вы стали эмигрантом в сорок восемь. Надо было думать о хлебе насущном? Оказалось, что и в гостеприимной Германии булки на деревьях не растут. Так что я не удивился, когда один за другим в России вышли ваши детективы – восемь книг! Что дала вам эта работа, кроме смешных денег (знаю, как платили авторам в Москве в 90-е годы)?*

ВБ: Нет, дорогой Евсей. Тогда это были не смешные деньги – три тысячи долларов за первую книгу и далее - больше…

Притом, издательство платило так: треть по одобрению заявки, треть - по сдачи рукописи, треть - по выходу книги. Интересно узнать, кого не устроят такие условия? С каждой новой книгой гонорар автору повышался.

Так вот, я решил придумать идеального героя своих детективов. Да-да! Мне захотелось придумать идеального сыщика, который не берет взяток и борется с бандитами по-настоящему. Этот герой - Кардин - идет из романа в роман, как и его антипод - бандит Стреляный. Вышли шесть книг. Но если сыщик так и остается старшим лейтенантом, то бандит становится банкиром, а затем - крупным чиновником в администрации президента России. Потом он становился президентом, а сыщик…Нет, его не убивали. Ему кидали кость – назначали в Интерпол.

Роман, в котором это происходит, до сих пор не издан (как и два других из той же серии).

И еще один важный психологический аспект. Сначала смотришь на боевик, на триллер, на детектив, как на шабашку – на случайную работу на стороне. Но вот написаны первые 40-50 страниц (а надо 500-600), и сюжет несет тебя, герои говорят человеческим, а не специально-детективным языком, уже и убивать их жалко. Честное слово, одну героиню у меня КГБ взрывал в лифте, я очень кинематографично расписал убийство. Так просто плакать хотелось вместе с героем, на глазах которого это происходило. Но дело в том, что я писал большинство этих романов не как боевик или триллер, я подходил к фактуре как к предмету литературы, понимаете? То есть, для меня не существовало в тот момент детектива, боевика, триллера. Для меня это был просто роман, просто литература. А не пресловутое «чтиво в метро».

Разумеется, это и сгубило мою серию. Приведу пример.

Мой приятель узнал, что его первая жена (в тот момент он был женат уже третий или четвертый раз) стала профессиональной проституткой.

Он спросил у сутенера, сообщившего новость:

- Ну, и как она работает?

- Плохо, - рассказал сутенер. - Она трахается с чувством, а надо равнодушно, надо работать.

Вот и меня сгубило отношение к боевику, как к литературе. Надо было ремесленно гнать вал, а я лепил характеры...

Но на боевиках я научился работать с большими «массами» материала, что помогло в работе над следующими произведениями.

Да и гонорары мои возрастали от издания к изданию.

...А в Германии именно булки росли на деревьях. По крайней мере – для меня. Русские газеты тогда платили гонорары. Одна из них печатала с продолжением из номера в номер два моих боевика. У меня были «Посев» и «Свобода», где меня знали и где я мог зарабатывать на хлеб насущный. Бутерброды пусть и без колбасы, но с маслом. Другое дело, что я приехал поздно. На полгода, но позже. Неожиданно умер мой близкий друг Евгений Кушев, который был заместителем главного редактора «Свободы». Поддержка с этой стороны исчезла. К тому же «Свобода» готовилась к переезду в Прагу, шли мощные кадровые перестановки, отставки и увольнения.

А «Посев» доживал последние дни. Финансирование его прекратилось – идиот Клинтон издал закон (или указ, или постановление – американцам виднее!) о прекращении финансирования всех «подрывных центров», ибо, по его мнению, холодная волна закончилась. Что тут же подхватили гнилозубые либералы по обе стороны океана.

А вот в это я никогда не верил. Я считал, что она не закончилась, а наступило временное перемирие.

Но несколько лет я еще проработал на развалинах «Посева», разбирая архив.

ЕЦ: *Уместно поговорить об этом. Попав в Германию, вы несколько лет заведовали архивом НТС. (Напомню: Народно-Трудовой Союз был создан белой эмиграцией, чтобы «по-новому бороться за освобождение России от большевизма - не оружием, а идеями»). Успешной ли была для вас эта служба? Один из ответов очевиден: так появилось ваше четырехтомное «литературное исследование» - «Власов», впоследствии удостоенное английской премии «Veritas». Содержание этого многопланового повествования гораздо шире названия. Следуя за автором, читатель погружается в уникальные архивные материалы. Например, в русские газеты, выходившие на оккупированных немцами территориях. Зоркий читатель сделает немало выводов. Прежде всего: сопротивление сталинскому режиму было повсеместным, массовым. Сегодня о Власове пишут много, причем рисуют его портрет не только черной краской. Как жаль, что многоголосие вашей книги так и не расслышали в России. Об этом уже не раз с горечью писали в изданиях эмиграции. А я думаю сейчас о другом: о том, что вам самому важно осмыслить свой опыт создания документально-художественной эпопеи.*

ВБ: Архив НТС – это огромная история.

Я и раньше был апологетом НТС, а погрузившись в архивы, увидел, насколько это мощный и многогранный пласт в истории. До сих пор не разработанный. Почему? Здесь есть несколько ответов.

НТС – это сопротивление советскому, а не сталинскому режиму, давайте все-таки называть вещи своими именами. А то получается, как у историка К. Александрова: Власов – это антисталинский протест. Советские рассуждения, когда бояться договорить то, что полагается.

Антисталинский протест мог быть у троцкистов. А у Власова и его соратников – антисоветский.

ЕЦ: *Вот уже много лет вы издаете в Германии два журнала. Один – ежемесячник «Литературный европеец», другой – ежеквартальник «Мосты». Толстый и тонкий: в «ЛЕ» - около пятидесяти страниц, в «Мостах» - около четырехсот. На фоне быстро рождающихся и, кажется, еще быстрее умирающих эмигрантских изданий ваши журналы – завидные долгожители. «Литературный европеец» существует с 1998-го, «Мосты» - с 2004-го. Вызывает изумление и другое: журналы не имеют спонсоров, издатель не получает гранты. Зато потенциальных подписчиков строго предупреждают: «Редакция не публикует произведения за деньги». Так как же живут и выживают ваши журналы? Наконец, какова миссия, с которой вы отправили их в путь?*

ВБ: Подписчики – вот кто нас поддерживает. И авторы – они тоже подписчики. Конечно, отсутствие денег создает массу преград. Если бы были деньги, то ЛЕВ выходил бы еженедельно, а МОСТЫ были по 500 страниц каждый номер. И я бы платил гонорар авторам, и очередь желающих в нем публиковаться выстроилась бы от Франкфурта до Сиднея.

Наша миссия? Главное – сохранить русский язык в эмиграции. И еще – как Врангель придумал: сохранить кадры. Не улыбайтесь. Он был прав – солдаты всегда найдутся, а офицерские кадры надо сберечь. Так и я понимал: я видел массу примеров, знал десятки случаев – как талантливые люди, даже профессиональные писатели ломались в эмиграции, спивались, уходили из литературы или – самое страшное для меня – шли в московские издания. За копейки, за копеечную славу – как сказала Ирина Одоевцева, когда ее спросил Ренэ Герра: зачем она уезжает в СССР? И она ответила: «Славки захотелось». Я всегда помню об этой *«славке»*. Чтобы такого не случалось и дальше, и создавались журналы.

Но журнал был началом. Надо было издавать книги.

ЕЦ: *Авторы ваших журналов – разные люди. Есть уверенные профессионалы, выпустившие еще в СССР немало книг. Есть начинающие литераторы. Помню, я с некоторым удивлением воспринял одну часть вашего доклада на очередном съезде Союза русских писателей Германии: вы, ничуть не смущаясь, объясняли членам Союза азы литературной грамоты... А иногда, читая «Литературный европеец», мне кажется: вам не всегда удается отбиться от*

*графоманов. Как складываются ваши отношения с авто-
рами? Как складываются их судьбы в эмиграции?*

ВБ: Я не боюсь напоминать то, что вы называете «азами литературной грамоты». Многие за алгеброй забыли арифметику. Или пишут корову через ять. «Мой литературный календарь» в чем-то преследовал и такую цель. Учиться никогда не поздно, даже в пожилом возрасте. Я сам все время учусь. Было бы чему.

От графоманов отбиться удаётся, я их всех отправляю в интернет - в эту огромную помойку, пусть играют с себе подобными в свои интернетные игры.

Графоманы отпали давно, а новые понимают, что им с нами не по пути.

Судьбы у разных писателей складываются по-разному. Не всем удается преодолеть «сопротивление» эмиграции. Вновь найти себя.

ЕЦ: *Кроме журналов и издательства, вы создали Союз русских писателей Германии. Что это – запоздалое подражание советскому образцу? Клуб единомышленников? Подобие профсоюзной ячейки?*

ВБ: Это форма финансовой независимости. Налоговое облегчение. В первую очередь. Ну и профсоюз, конечно.

Никакого подражания нет, хотя бы потому, что советские образцы финансировались и создавались государством.

Это и второе и третье. Как можно подражать советским образцам в эмиграции? Для этого нет ни денег, ни желания.

ЕЦ: *Едва ли не самое интересное в «Литературном европейце» - это уже упомянутый вами «Литературный календарь». Он печатался в журнале из месяца в месяц, из года в год. Многие эссе, притягивающие читателя, резко субъективны. Чаще всего – это ваши развернутые характеристики деятелей советской культуры. Вчера еще ко многим именам добавляли определения «выдающийся», «замечательный». А сегодня вы уверенно утверждаете: король-то голый! Мне кажется, ваши суждения и оценки не случайно вызывали бурные споры: человек не флюгер, трудно менять представления, сформированные годами. К тому же ваши категоричные заметки воспринимались порой как позиция редакции. Помню, я посоветовал вам издать листки календаря под одной* *обложкой, назвав книгу «Мой литературный календарь». Так «Календарь» стал двухтомником. А местоимение «мой» естественно объяснило субъективность записей. И, конечно, в «календаре» - целая россыпь замечательных портретов писателей русского зарубежья. Огромное богатство, которое сегодняшней эмиграцией практически не освоено. Разумеется, я догадался: это ваш литературный дневник. Значит ,продолжение следует?*

ВБ: Творчество многих героев календаря вошло в две антологии – «100 лет русской зарубежной поэзии» в четырех томах и «100 лет русской зарубежной прозы» в пяти томах.

ЕЦ: *Борьба с энтропией – очевидная сверхзадача большинства ваших издательских начинаний. Многих проектов! Пожалуй, их непросто сейчас припомнить. Вас всегда по-особому волнуют судьбы писателей в эмиграции. Зачастую отмеченные печатью трагедии. Вот передо мной – библиографический справочник «Писатели русской эмиграции. Германия: 1921-2014». Не случайны, напротив - очень важны слова составителя: «Книга о русской зарубежной литературе – дань памяти ушедшим, но не сдавшимся. Напоминание живым о том предназначении, что они несут читателю». Та же забота сохранить для будущего имена и судьбы вела вас к созданию трех объемистых томов «Русские зарубежные писатели начала XX1 века. Автобиографии». К счастью, вас не пугают масштабные проекты. Хотя бы тот же составленный и откомментированный вами четырехтомник «100 лет русской зарубежной поэзии». Кажется, это был неподъемный проект: более 2000 страниц, калейдоскоп имен: в первом томе представлено творчество 200-т поэтов, во втором – 57-ми, в третьем – 124-х, в четвертом – 112-ти. Пожалуйста, расскажите: как шла работа над Антологией?*

ВБ: Неподъемного не бывает. Хотя я и устал. Изданы две многотомные антологии. Если бы не помощь Гершома Киприсчи, я бы не взялся за составление. Что касается справок об авторах, многие из них написал коллега Ю.В.Рябинин.

Если вы встаете утром и не знаете, что вам делать – вам не место в литературе. Я встаю около семи утра (раньше вставал в пять) и я знаю, что я буду сегодня писать.

Вы просили рассказать о членах нашего Союза писателей Германии? Леонид Борич, Владимир Штеле, Игорь Гергенрёдер (он недавно умер), Светлана Кабанова, Берта Фраш, Генрих Шмеркин, Борис Майнаев, Ирина Бирна, всех не перечислишь. Гершом Киприсчи стоял у истоков антологий «100 лет русской зарубежной поэзии» и «100 лет русской зарубежной прозы», и не только у них. Мой коллега Алишер Киямов, ужасный трудоголик! - встает и смотрит – какие стихи немецких дадаистов и экспрес-сионистов он еще не перевел. И продолжает работать. На сегодняшний день он перевел все ими написанное. Мало того, он покупает у антикваров первые издания этих поэтов и в качестве оригинала использует их, а не позднейшие переиздания – во избежание ошибок! А ведь первые издания напечатаны готикой. То есть, идет кропотливая работа по переводу с одного языка на тот же, но в более новой форме. Потом он перевел все сонеты Шекспира. Сейчас он перешел к Хайаму и Руми.

Другой мой коллега Владимир Брюханов годами копается в хитросплетениях российской истории 20 века и в результате написал ряд книг о том, кто начал 1-ю мировую войну, чьим агентом был Гитлер, кто и как убил Есенина и Маяковского и т.д. Некоторые утверждают, что он в плену конспирологических теорий. Но я так не считаю.

ЕЦ: *Вы прилагаете немало усилий, чтобы сделать литературную жизнь эмиграции живой, интенсивной. Иногда явно рискуете. Очередное ваше начинание: ежегодники «День русской зарубежной поэзии». В прошлом году уже вышел четвертый сборник. Но, признаюсь, вовсе не уверен в будущем этого проекта. Ведь достойных стихов явно не хватает и в ваших журналах.*

ВБ: И я не уверен. Издание оказалось убыточным. В следующем году мы не получили финансирование. Но мы с моим со-составителем Виктором Фетом решили все-таки собрать очередной ежегодник. И попытаться издать за счет средств авторов. Получилось. И «День русской зарубежной поэзии-2022» вышел таким же интересным, как и предыдущие. Что ж, мы ничего не заработали. Ведь дорога пересылка за океан, в Европе – дешевле. Но главное - эксперимент удался. Таким же «манером» будем издавать очередной сборник «День поэзии-2023». Его я составляю вместе с Алишером Киямовым. А Виктор Фет составляет другой поэтический ежегодник, с другими поэтами. А вы говорите, что стихов мало… Хороших - да, мало.

ЕЦ: Мне хочется заглянуть в вашу домашнюю библиотеку! Ведь именно с нее начинаются ваши культурологические издания. Сейчас многие люди, надеясь на Интернет, стремительно избавляются от журналов и книг. А вы по-прежнему разыскиваете повсюду «печатные следы» творческой деятельности эмигрантов. Когда и как вы начали собирать свою библиотеку? Если не возражаете, совершим короткое путешествие по ее полкам.

ВБ: В Москве. Но оттуда привез только часть книг (682 кг, как гласит акт таможни). Я решил собирать периодику эмиграции. И в этом преуспел. По периодике легче изучать литературный процесс. А для меня русская зарубежная литература всегда была основной литературой. Российская и иностранная – второстепенными.

Хотя по форме иностранная, разумеется, шла впереди российской. Шервуд Андерсон, Дос Пассос, Фолкнер оказали огромное влияние на российский литературный авангард 50-60-х годов, в первую очередь на Гладилина и Аксенова.

У меня полный комплект «Граней» и «Континента» вплоть до 1992 года, то есть, пока они выходили в эмиграции. Полные комплекты: «Голос Зарубежья», «Синтаксис», «Сатирикон» (мюнхенский), «Мосты» (ежегодники, а не мой журнал), «Русское возрождение». Неполные комплекты: «Возрождение», «Часовой», «Вече», «Время и мы», много отдельных номеров различных журналов: «Литературный современник», «22», «Форум», «Кадетская перекличка» и других. Политический и эстетический спектр, как видите, широк.

И еще личное. Мне удобнее читать с листа, а не с экрана. Знаю многих, кто придерживается иной позиции, но мне удобнее – с листа.

ЕЦ: «Литература, в первую очередь, - форма», - воскликнули вы в своих автобиографических заметках (2004). Бесспорная мысль связана у каждого писателя с заведомо трудным поиском. Давайте об этом и поговорим. Можете ли вы сами очертить собственный «путь к самому себе»?

ВБ: В процессе работы писателя «над собой» важен именно формальный подход. Кстати, он виден в моих романах. Анатолий Гладилин своими формальными приемами оказал на меня большое влияние, а на него – Дос Пассос. Аксенов – в меньшей степени, хотя, казалось бы, его влияние должно быть большим. Но я буквально вычищал малейшие намеки на сходство с ними, переписывал фрагменты, которые касались похожими.

Дос Пассос - писатель, многими принятый поверхностно, подражатели усваивали только прием «киноглаза». Даже Солженицын в «Красном колесе» подражает Дос Пассосу.

Из современных мне писателей на форму мало кто обращает внимание. А мне близки именно «формалисты» - покойные Николай Боков, Борис Рохлин, Владимир Загреба, мой старый друг Александр Урусов и такой, вроде бы классицист, но для меня – писатель формальной школы – Евгений Терновский.

ЕЦ: *В юности и молодости вы много работали в поэзии. Потом, в эмиграции, была долгая пауза. Казалось даже: вы простились с поэзией. Но вот одна за другой появляются ваши поэтические подборки. Однако... появляются с большими временными интервалами, «волноообразно». Что вы сами думаете об этом?*

ВБ: Я пишу сейчас мало стихов – 10-20 стихотворений в год. Подготовил два сборника стихов к печати – один из стихов, написанных за последние 15 лет, а второй – стихи разных лет, более внушительная книга. Первый уже увидел свет.

ЕЦ: *Удивительно ваше признание: «Я не люблю русской классики» (2004). Мало что меняет уточнение: «Исключение могу сделать для Вельтмана и Тургенева». Что это – отголосок эпатажных заявлений СМОГа или все же исповедальный вывод опытного писателя? Изменилось ли что-то в вашем отношении к русским классикам за 15 лет?*

ВБ: Нет, не изменилось. Никакого эпатажа. Правда, прозу Пушкина я забыл упомянуть. Психоложество Достоевского просто противно, особенно «загадочная русская душа» - бррр! Толстой скучен, хотя «Хаджи Мурат» динамичен, но он и выпадает из всего творчества Толстого.

А дальше – только 20-й век. Бунин, Зайцев, Ремизов (до сих пор мною полностью не освоенный, а ведь это один из крупнейших писателей), Сургучев – это только первые имена первой волны эмиграции. Но не Шмелев, и не Сирин. Не потому, что я не понимаю их значения и роли в литературе, а потому, что это – не мои писатели.

Как Бродский – блестящий поэт, но не мой. Мои – Елагин и Галич.

И конечно, конечно, западная литература. Шервуд Андерсон, Дос Пассос, французы.

Из российских – Гладилин и Аксенов (правда, последние его романы не нравятся).

...На меня оглушительное впечатление произвели некоторые книги, изданные за границей в 80-е годы - пьесы Аксенова, проза Феликса Канделя, «ФССР» Гладилина, „Между собакой и волком“ и „Палисандрия“ моего старинного знакомца Саши Соколова.

Аксенова я всегда любил, а Кандель был открытием.

После „Школы дураков“ новая проза Соколова ошеломляла. В юности мы с Сашей дружили, но мы тогда писали стихи и о прозе не помышляли.

Я до сих пор помню, кто и когда привозил мне книги ОТТУДА. Кстати, ни разу люди не попались

*

...Хорошо помнится то, что было позавчера. Трудно угадать, что будет послезавтра. Сейчас, перечитывая написанное полтора десятка лет назад, я вспоминаю свои ощущения давнишних лет, и понимаю, что тогда я знал: **только** на Западе, только здесь мое творчество будет замечено и произведет эффект.

Так и случилось – я лауреат международных литературных (не российских) премий, редактор самого известного русского литературного журнала в Европе, председатель писательского союза единомышленников, автор, как пишут, «самой скандальной книги из советской истории».

Но все произошло потому, что я уехал.

2021-2022

Борис Камянов

Обретенный младший брат

Михаил Гончарок. "Серпантин". (Бостон, Mgraphics-books, 2022).

С самого детства я делил прочитанные мной книги на две категории по простому принципу: хотел бы я познакомиться с их авторами — совершенно неважно при этом, в каком веке они жили, — или нет. Конечно же, если полюбившийся мне писатель был моим современником, жил в одном со мной городе и судьба дарила мне возможность общения с ним, я ее не упускал — так я познакомился с Юрием Домбровским, Феликсом Розинером, Борисом Слуцким и многими другими замечательными прозаиками и поэтами. Их произведения я перечитываю постоянно, и при этом меня не покидает ощущение живого общения с авторами. В то же время многие талантливые книги, даже шедевры литературы, я никогда не открывал по второму разу, не почувствовав никакого душевного родства с теми, кто их написал. Приехав в семьдесят шестом году в Израиль, я поначалу впал в оторопь, как медведь, попавший в малинник. Оказалось, что концентрация русскоязычных писателей на этой земле сродни по густоте раствору солей в Мертвом море. Волны репатриации набегали на наш берег, спадали и набегали вновь, оставляя на Святой земле десятки литераторов экстра-класса. И очередной подарок судьбы: многие из них стали моими близкими друзьями. Со временем мы основали Содружество русскоязычных писателей «Столица», в которое вошло около сорока человек, и начали издавать альманах «Огни столицы».

Несколько лет назад я познакомился с писателем, приехавшим в Израиль с последней волной репатриации, — Михаилом Гончарком, прозаиком, который еще никогда не печатался, писал, что называется, «в стол». Был он уже далеко не мальчиком, отцом семейства, и готовых рукописей у него скопилось к тому времени немало. Друзья Миши по своей инициативе отправили несколько его вещей — а пишет он в жанре коротких новелл — в бостонское издательство, выпускающее книги на русском языке, и хозяева, знающие, оказывается, толк в настоящей литературе, издали за свой счет (с писателями-дебютантами такое бывает крайне редко) его первую книгу — «Записки маргинала» — с моим послесловием, где я, среди прочего, писал: «На крутом склоне лет нечасто доводится открыть для себя новое писательское имя. Казалось бы, все одаренные авторы тебе уже известны — тем более в таком тесном пространстве, как русскоязычный Израиль, — и, если появится кто-то, чьи произведения произведут на тебя сильное впечатление, — это почти наверняка будет новый репатриант из России, профессиональный литератор. Проза Михаила Гончарка... стала для меня открытием. Оказалось, что в одном городе со мной живет интереснейший писатель, мастер-миниатюрист, умудряющийся в коротком рассказе на четыре-пять страниц создать столь живые и полнокровные образы, что умей я рисовать — в момент набросал бы их портреты...»

Если бы я впервые прочел рассказы Миши, не будучи знаком с автором, я обязательно искал бы встречи с ним как с внезапно обретенным младшим братом, родным человеком, о существовании которого и не подозревал. Но жизнь преподнесла мне очередной дар: я познакомился с Гончарком и почти сразу — с его творчеством, и сегодня мы с ним — близкие друзья. На регулярных встречах членов нашего содружества, в которое Миша был принят «на ура», он сидит одесную от меня, и День независимости Израиля мы стараемся праздновать вместе, семьями.

Прозу Михаила Гончарка не спутаешь ни с какой другой. Набор особенностей, которые ее характеризуют, неповторим. Жесткость в ней соседствует с сентиментальностью; комизм — с трагичностью, никогда, впрочем, не педалируемой для стимуляции читательского сопереживания; поэтичность, которая роднит ее с прозой Олеши, — с бабелевскими лаконизмом и афористичностью; буффонада, иногда балансирующая на грани хулиганства, — с глубиной осмысления коренных вопросов человеческой жизни...

К рассказам Гончарка как нельзя лучше подходит бахтинский термин «карнавальность». Приведу хотя бы такую сценку (действие происходит в арабском квартале Старого города в Иерусалиме, где герой и его гости из-за рубежа встретили заблудившуюся монашку из России): «"Я потерялась!" — дрожащим голосом повторила она, глядя на меня круглыми ненакрашенными глазами обиженного ребенка. Я подхватил чемодан (он чуть не оторвал мне руку), махнул другой рукой цокающим языками арабам и повлек сестру Татьяну за собой. Это была живописная процессия: я, пыхтя и тихо матюгаясь, тащивший фанерное чудовище, обвязанное веревкой, русская монахиня, семенившая за мной и бормотавшая молитвы, Рита, вприпрыжку бежавшая следом, и замыкавший шествие Марат, время от времени для общего успокоения выкрикивавший формулировки исламского благочестия».

Комизм, который я упомянул, достигается у Гончарка разными способами, из которых излюбленные — гипербола и парадокс: «...конный полицейский попытался лягнуть копытом своей лошади женщину-демонстрантку, но рядом оказался дядя Коля — он лягнул лошадь, и она упала».

Для русскоязычного израильского писателя, чье знакомство с ближневосточными реалиями только начинается, велик соблазн увидеть многоцветную картину происходящего в упрощенном, черно-белом варианте, провозгласив абсолютную правоту евреев и демонизировав их врагов. Но не таков Гончарок: он понимает, что на этой земле столкнулись две правды и победит та сторона, которая окажется сильней — прежде всего духовно. Он сочувствует противнику, несущему человеческие потери в войне, но не более того, и в этом — высший гуманизм, который может позволить себе израильтянин. И напоследок — об отношении Гончарка к так называемым «служителям культа», которых среди героев его рассказов множество. Вот где проявляется карнавальность его прозы во всей своей красе: раввины и муллы, гуру и православные монашки пребывают в его рассказах в броуновском движении, сталкиваясь и разбегаясь, и каждый из них по-своему забавен и трогателен. Гончарок ни в коей мере не подшучивает над религией как таковой — его симпатии к иудаизму не декларируются, но вполне очевидны, — однако алмазные россыпи комизма, столь богатые именно в этой области, поставляют ему драгоценные кристаллы юмора в изобилии.

Михаил Гончарок, с моей точки зрения, — один из лучших прозаиков, пишущих сегодня по-русски, и выход его представительного сборника в США — большая радость для него, для тех, кто его уже знает и любит, и станет радостным событием — я уверен в этом! — для его новых читателей.

Давид ПОТАШНИКОВ

Реставрация речи

Неожиданно для себя русский язык в двадцать первом веке оказался заложником войны, чудовищной и бессмысленной. Ему, конечно, все последние сто лет суждена была участь узника пыточных подвалов Лубянки. Но таким изгоем планетарного масштаба он никогда не был. Придавленный неподъёмным оползнем из крови и трупов, очнётся ли он, придёт ли когда в себя? Об этом — замечательный и горький цикл стихов Виктора Фета, поэта, биолога и учёного, сегодня преподающего биологию в университете Западной Виргинии в университете Маршалла. Первый блок его горестной летописи войны появился летом 2022 года года в книге «Вскипает лава», но «немыслимо долгие песни войны» («Поток») продолжали литься из-под его пера, и осенью в Киеве вышел новый сборник «Над без-

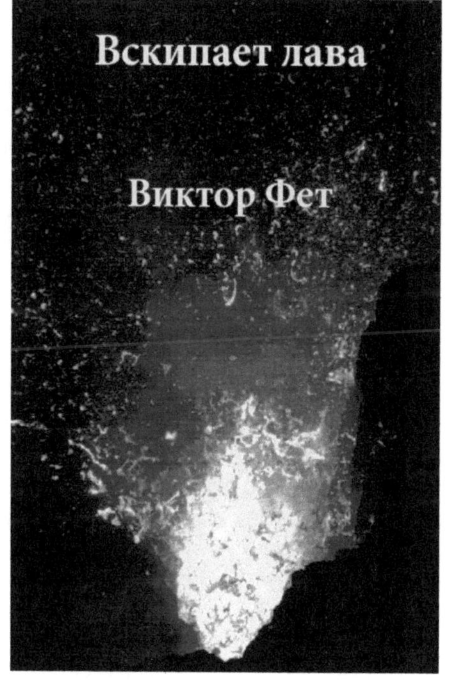

дной», полностью состоящий из стихов, написанных после начала войны. По признанию поэта, до войны около пяти лет он стихи не писал, это был период творческой немоты. Однако 24 февраля 2022 года мир для него, как и для многих из нас, взорвался снаружи и изнутри, вызвав к жизни пока не завершённую летопись войны, бессмысленной и безумной…

Человек науки и человек книги, поэт сверяет прошлое с настоящим, вглядываясь в годовые кольца эпохи, ушедшей в небытие, и в то же время обращая свой взор к вечности.

…летя в потоке звёздной пустоты,
непредставимой разуму и сну,
сквозь выжженную, чуждую страну.

Я вижу в ней черты различных стран;
с её равнин, как утренний туман,
поднялись стаи слов, слепых и рваных,
которых я не видел в прочих странах.»
(«Страна»)

Война обнажила скрытую ранее неизлечимую нравственную ущербность певцов «русского мира», предавших провозглашённую Достоевским пушкинскую «всемирную отзывчивость», хотя неизбежен горький вопрос — а была ли она? Не выдал ли Достоевский желаемое за действительное: «…Русская душа, гений народа русского, может быть, наиболее способны, из всех народов, вместить в себе идею всечеловеческого единения братской любви, трезвого взгляда, прощающего враждебное, различающего и извиняющего несходное, снимающего противоречия».

Она, эта отзывчивость, умерла, если и была:

…Вы предали ее — Ахматову свою,
Вчера ещё могли спасти вы ваши души,
Но вам опять нужна одна шестая суши,
И я бесовские личины узнаю

Пока ещё перо сжимается в руке,
Пока толпитесь вы у дьявольского трона,
Я проклинаю вас на русском языке.
Мы сохраним его в руинах Вавилона.
(«Евгению Рейну»)

Многим стихотворениям цикла поэт придал форму сонета, но движение строк так естественно и так музыкально, так легко и свободно льются катрены и терцины, что «строгость» каждого стиха совершенно неощутима. Тем не менее, всё вышесказанное не лишает поэзию Виктора Фета трагизма, глубины и боли:

Язык мой, друг мой неизменный,
сто лет, как хрустнул твой скелет

332

у бездны на краю вселенной;
в тебе опоры больше нет.

С нуля приходится сонет
реконструировать, как генный
забытый код; как крови венной
пассивный ток; как тусклый свет

безгласных рифм. Твоя громада
уходит в топь, как скифский клад
в глубины угро-финских блат,

туда, в граниты древних плит,
куда твой смысл прогорклый слит
и занесен слоями яда.
                    («Язык мой»)

Профессиональный биолог, поэт вглядывается в эволюцию человеческой истории и культуры с пристальным и любовным вниманием исследователя, соизмеряя самоистребление последней империи Земли с падением Вавилона, Трои и Атлантиды. Ему дорог шелест пожелтевших страниц ушедшей на дно эпохи, и её переосмысление, восходящее к знаменитой эпитафии Блока, вызывает к жизни горькие строки:

И вот во тьме аптек и фонарей
слова текут, неузнаны и немы,
и тысячи распятых словарей
ещё хранят известные фонемы,

но времени расползшаяся ткань
уже проходит сквозь пустые руки,
и ядом слов сожжённая гортань
не пропускает варварские звуки.
                    («Романс»)

В удивительном цикле Виктора Фета мощно пульсирует гул времени, Поэта не прельщают замысловатые словесные кружева, оснащённые многослойными метафорами и тропами, его речь настолько

прозрачна и легка, что не обращаешь внимания на средства, которыми автор творит свою магию стиха. Однако под этой кажущейся лёгкостью и простотой — глубокое и страстное осмысление человеческой истории, подошедшей к пропасти, перед которой в оцепенении остановилось всё человечество, ещё не зная, как её преодолеть. Виктор Фет с тоской заглядывает в эту пропасть, по его словам, «бездну на краю вселенной», и в отчаянии оборачивается назад, к солнечным всплескам безвозвратно ушедшей в прошлое великой эпохи гуманизма, содрогаясь перед гнетущим сумраком пришедшего ей на смену чудовищного обесчеловечивания, эрозии и прямого гильотинирования культуры:

Но история сломана пополам,
и, похоже, кончилась в этот год.
                («Последние»)

Вся звуковая стихия цикла и его стилистика, несомненно, возникли у поэта как бы «сами собой», по наитию, из мучительных раздумий и боли: «Слова текут, как боль/из полости души» («Легко»), хотя всегда заманчиво вглядываться в уже написанные строки и находить в них несомненную звукопись и магическую перекличку «волшебных звуков, чувств и дум». Вслед за Тицианом Табидзе («Не я пишу стихи. Они, как повесть, пишут/Меня, и жизни ход сопровождает их») поэт указывает на свой кастальский ключ:

Где я беру слова? Они меня берут
в свой оборот, в подземный свой маршрут,
из тёмных облаков сознания летя;
мне их не выбирать — они решают сами,
как ястребы, паря под небесами.
                («Глубины»)

Летописец и свидетель чудовищного распада последней империи, с которой он с детства был связан узами языка и культуры (хотя сам поэт родом из Кривого Рога, уроженец Украины), Виктор Фет оплакивает гибель этой культуры, не сдерживая гнев и отвращение к её палачам. Щемящая боль невосполнимой утраты заслоняет всё:

Но дым застилает и память, и взор,
на грани безумия гаснет костёр,
и сполохи взрывов российских ракет
на улицах детских исчезнувших лет
теперь и всегда догоняют меня,
и нету реальности, кроме огня,
где, замкнута крепко в плену языка,
не вырвавшись, в клетке сгорает строка.

(«Снова»)

Спасибо замечательному поэту за эту страстную и пронзительную летопись отчаяния и надежды, за реставрацию речи.

Новая книга нашего издательства

Татьяна Разумовская

Исчезнувший герой

Бенгт Янгфельдт. Рауль Валленберг. Исчезнувший герой Второй мировой войны

О Рауле Валленберге мы знали немного, но главное. Швед, из богатейшего клана Валленбергов, банкиров и предпринимателей, в 1944 году состоял в дипломатической миссии в Будапеште. В это время особый отдел СС, под руководством Адольфа Эйхмана, начал операцию по уничтожению венгерских евреев. Отработанная за предыдущие годы система не давала сбоев: евреи были отделены от коренного населения и эшелонами вывозились в Аушвиц, где уничтожались сразу или через малый промежуток времени. За короткое время в крематориях Аушвица погибло больше полумиллиона венгерских евреев.

Рауль Валленберг, по собственной инициативе, занялся спасением евреев Будапешта. Сотнями раздавал шведские паспорта, действовал бесстрашно и энергично. И спас тысячи жизней. Когда пришла Красная Армия, Валленберг был арестован, и с этого времени о нем сохранились противоречивые свидетельства, но достоверно одно: он погиб в системе ГУЛАГа. Хотя советская сторона десятилетиями продолжала настаивать, что такого заключенного у них нет, и не было никогда.

Институт Яд Вашем присвоил Раулю Валленбергу статус Праведника Мира, его именем названы улицы в Будапеште и в Израиле.

Это то, что мы знали.

Бенгт Янгфельд занялся розысками информации о Валленберге в 90-е годы, когда в России открылись архивы, в том числе и спецхран КГБ. Ему удалось раскопать всё, что не было уничтожено, и восстановить картину гибели Рауля. Но, кроме этого, он поднял семейные архивы Валленбергов, письма, фотографии и написал биографию яркого, незаурядного человека – на фоне времени и различных политических и экономических интересов.

Рауль был с детства окружен вниманием и любовью: мать, отчим и сводные брат с сестрой обожали его. Дед, Густав Валленберг, полжизни бывший послом в разных странах, оплачивал его образование и способствовал формированию личности мальчика через постоянные письма.

"Пусть сбудется все то, о чем я постоянно думаю, – что ты вырастешь способным человеком, который сделает честь нашей семье".

Густав Валленберг – Раулю Валленбергу в день его 23-летия, 1935 год.

Рауля готовили к серьезной деятельности предпринимателя и банкира: он изучал языки и военное дело, в США окончил курс архитектуры, в Кейптауне и Хайфе проходил практику работы в банке.

Все, кто его знал, отмечают, что Рауль был невероятно обаятелен, коммуникабелен, красноречив, полон неординарными идеями. Всё это пригодилось ему, когда он добровольно согласился возглавить операцию спасения будапештских евреев. Формально он был шведским дипломатом, и роль его ограничивалась наблюдением за происходящим и отчетами в МИД. Реально, его направила в Будапешт еврейская община США – ради спасения людей, она же снабдила его необходимыми средствами. Раулю тогда исполнилось тридцать два года.

Валленберг создал собственный штаб, в основном, из евреев, и работал больше всех, молниеносно приспосабливаясь к ежедневно меняющейся политической ситуации, действовал сразу в нескольких направлениях, мгновенно находил решение проблемам, которые обрушивались на его группу по нескольку раз на дню.

Он не только раздавал охранные шведские паспорта, но находил для людей жилье, снабжал их продуктами, организовал медицинскую помощь. Одновременно вел переговоры с венгерскими и немецкими властями. С немцами обсуждал план обмена евреев на деньги и товары. С венграми говорил о приближающейся Красной

Армии и о том, что спасение евреев им зачтется по окончании войны. Раздавал взятки. Кого-то из чиновников угощал обедом с обильными возлияниями (сам почти не пил), всякий раз выбивая какое-то послабление для евреев. Когда из-за бомбежек стало невозможно ездить по городу на машине, Рауль пересел на велосипед.

В октябре 1944 года немцы устроили в Венгрии политический переворот, свергли Миклоша Хорти, который пытался заключить мир с Советской Россией, и вместо него сделали регентом Ференца Салаши, правого националиста. Положение евреев резко ухудшилось. Их стали гнать в «маршах смерти» на работы в Австрию и Германию. По дороге не кормили, издевались и пристреливали больных и упавших. Пьяные мальчишки, 14-15 лет, из организации «Скрещенные стрелы» врывались в дома гетто, избивали, насиловали, убивали. Связывали людей по трое, стреляли в стоящего в центре и сбрасывали в Дунай.

В этой безумной обстановке Валленберг делал невозможное: вытаскивал евреев из «маршей смерти», возвращал их из штабов салашистов, где их избивали и пытали. И всё время рисковал жизнью.

"Он был, возможно, единственным человеком, имевшим по-настоящему значительное влияние в Будапеште. [...] В то время проходила крупная операция по спасению [евреев]. Но именно он был тем, кто выступал с инициативой, давал нам силы, действовал личным примером. Он сам был противоположностью всему тому, что происходило в Будапеште".

Ари Бреславер на процессе против Адольфа Эйхмана, 1961 год

В январе 1945 года советские войска вошли в Будапешт. На дверях дома, где работала группа Валленберга, заранее повесили надпись на русском языке: «Шведская миссия». Но это не защитило от грабежа и мародерства.

«Ближе к вечеру того же дня первые советские солдаты уже колотили во входную дверь. Берг (один из сотрудников Валленберга — Т.Р.) надеялся, что "час долгожданного освобождения пробил". Он ошибся – "немецкие преследования евреев, милашистские погромы и даже ужасы блокады блекнут подобно невинным детским сказкам перед драмами террора, которые предстояло пережить городу". Дело в том, что после захвата Буды советские солдаты получили 48 часов на "свободное разграбление".

Это привело к грабежам и изнасилованиям невиданных масштабов. Изнасилованиям подверглось около 10 % населения Будапешта, пожилые и молодые, в первую очередь, конечно, женщины, но в некоторых случаях и мужчины тоже. Петер Цвак, семья которого пряталась в подвале "дома Валленберга" на улице Минервы, вспоминал, что большинство солдат были родом из Средней Азии, а на руках у них от запястий до подмышек красовались награбленные часы: "Они врывались в дома и уводили женщин, утверждая, что те нужны им, чтобы чистить картошку. Мы спасли нашу мать, уложив ее в кровать, накрыв одеялами и сев сверху. Солдаты выпили флакон ее одеколона и убрались прочь».

К этому моменту Валленберг был уже в Москве. Он сам поехал на встречу с маршалом Малиновским, надеясь уговорить его спасти беззащитное гетто. С собой у него был его личный план восстановления Венгрии после войны и начало художественного шпионского романа, который Рауль начал писать в часы вынужденного бездействия. Кроме того, его «студебеккер» был набит деньгами и ценностями, которые ему доверили евреи и венгры, чтобы он вывез их в нейтральную Швецию и сохранил для владельцев. До Малиновского он не доехал, пришел приказ из Кремля, скорее всего, от самого Сталина, Валленберга арестовал СМЕРШ и препроводил на Лубянку.

На допросах Валленберг рассказывал о своей миссии в Будапеште по спасению евреев, а следователь всё пытался выстроить из него немецкого и американского шпиона. Конечно, ни в голову следователя, ни в голову начальника СМЕРШа Абакумова, ни Сталина — не могло втемяшиться, зачем представителю шведской финансовой элиты рисковать жизнью ради спасения чужого для него народа.

Поскольку арест дипломата нейтральной страны был фактом беспрецедентным, а в Венгрии царил хаос, то советское правительство спокойно и нагло врало в ответ на все шведские запросы, что Валленберга у них нет, и, скорее всего, он погиб от бомбежки или рук салашистов.

Когда в 1947 году запросы снова активизировались, было приказано убрать Валленберга по-тихому, и того либо расстреляли, либо, скорее всего, ему сделали укол ядом, дающий внешние признаки смерти от инфаркта.

17 июля 1947 года начальник санчасти Лубянской тюрьмы Александр Смольцов направил рапорт министру Государственной безопасности Виктору Абакумову:

"Докладываю, что известный Вам заключенный Валенберг [sic] *сегодня ночью в камере внезапно скончался предположительно*

вследствие наступившего инфаркта миокарда. В связи с имеющимся от Вас распоряжением о личном наблюдении за Валенбергом прошу указания, кому поручить вскрытие трупа на предмет установления причины смерти".

На рапорте есть следующая приписка, сделанная рукой Смольцова: *"Доложил лично министру. Приказано труп кремировать без вскрытия. 17/VII Смольцов".*

Раулю Валленбергу тогда было 35 лет.

Бенгт Янгфельдт пишет: "Осенью 1944 года линия фронта между двумя великими тоталитарными идеологиями XX века проходила через Будапешт. Рауль Валленберг попал под перекрестный огонь. Одержав победу над одной из идеологий, он пал жертвой другой".

После чтения книги у меня возникло чувство острой утраты близкого человека, о котором знаешь всё, с самого его рождения.

Новая книга нашего издательства

Анатолий Либерман

Литературный обзор

Вспоминая Наума Коржавина

Наум Коржавин (1925-2018) умер недавно. В моих предыдущих опубликованных заметках этой серии («Владимир (Зеев) Жаботинский» и «Фрида Вигдорова») речь шла не о людях, которых я вроде бы вознамерился вырвать из забвения, а о тех, которые заслужили, чтобы мы оглянулись на пройденный ими путь, путь, как почти у всех незаурядных людей, тернистый. То же относится к Коржавину. У него эта тернистость усугубляется тем, что в своих поздних мемуарах он назвал себя слепым. Кажется, он не совсем ослеп (на фотографиях он запечатлен в очках), но не видел почти ничего, и с давних пор слово пелена часто всплывало в его стихах.

Полжизни Коржавин провел в эмиграции, в Америке, где был благополучен и несчастлив. В аннотации к двухтомным мемуарам (в них почти полторы тысячи страниц) говорится: «Он уехал из России, но не от нее. По его собственным словам, без России его бы не было. Даже в эмиграции его интересуют только российские события. Именно поэтому он мало вписывается в эмигрантский круг. Им любима Россия всякая: революционная, сталинская, хрущевская, перестроечная...».

Коржавин писал о неприязни к тусовкам, как эмигрантским, так и американским. (Об этом см. II: 417-418). Тусовка — почти бранное слово, но если заменить его положительным синонимом «дружеский круг общения» или «круг единомышленников», то картина получится иной. Человек, по природе чрезвычайно общительный, Коржавин в молодости тянулся к талантливым сверстникам, ценил их и был ценим ими. Но, выброшенный почти в пятьдесят лет (после тюрьмы, ссылки и преследований при всех правителях) в безъязыкость и благоустроенную чужбину, ставшую домом, он навсегда утратил естественную среду обитания. Переход в христианство (судя по стихам, в конце шестидесятых годов) едва ли что-нибудь всерьез изменил в его образе жизни.

Правда, в книге есть некоторый (очень слабый) налет благостности. Кроме Сталина, он готов простить всех, часто упоминает Бога, а размышляя о последних гнусных книгах Солоухина, он молится за упокой его души. О своем еврействе и об антисемитизме Коржавин говорит постоянно. Но в самом начале книги он пишет о распаде еврейской религиозности на послереволюционной территории бывшей российской империи. «В том виде, в котором она существовала, еврейская религия удержать живые души не могла. Сегодняшнее возвращение некоторых интеллектуалов в иудаизм редко бывает результатом духовных откровений — чаще это ответ на антисемитизм и попытка нащупать национальную почву. Меня это не греет. И то, что я недавно [то есть уже в Америке?] крестился, — естественный итог всей моей жизни» (I: 35). В чем естественность перехода в православие, он не поясняет и о своих духовных откровениях не рассказывает. В стихах они намечены слабым пунктиром.

Мемуары кончаются Двадцатым съездом (1956) и событиями, за ним последовавшими. Ниже я буду в основном говорить о Коржавине-критике и эссеисте, но ограничиться этой темой не смогу, а здесь только отмечу фразу о любви ко *всякой* России. Это чувство не имеет аналогов в мире. Подставьте на место России Англию или Грецию. Страна, в которой человек увидел свет и язык которой превратился в неотъемлемую часть его самого, утратила физическую основу и сделалась мистической субстанцией, предметом религиозного обожания. Что значит любить всякую Россию? Как раз Россию тиранов и властительных дураков Коржавин вовсе не любил, а его взгляд на послеперестроечную Россию был в высшей степени трезвым. Я даже не уверен, что из христианства усвоил он взгляд на особое предназначение России, ибо, хотя ссылка на этот жребий имеет славянофильскую и религиозную основу, она давно сделалась расхожим штампом, общим местом, то есть красивой фразой.

Коржавин пишет об одном незаурядном человеке, чудом не уничтоженным зверской властью, что именно такие люди были потенциалом страны. «Мне часто кажется, — добавляет он, — что этот казавшийся неиссякаемым потенциал — свидетельство того, что у России было высокое предназначение» (II: 51). Какое именно? Стать, как выразился Белинский, во главе просвещенного человечества? Или спасти мир? Или не было за пределами России таких людей? Смущают меня и фразы типа: «Обе они светились какой-то чисто русской, неотъемлемой, почти совсем не осознающей себя чистотой и благородством» (II: 417). Какой анализ сравнительной психологии стоит за этим наблюдением? Испанцам или, скажем, чехам такое не дано? Так же плохо я понимаю фразу *настоящий русский интеллигент* (II: 479), то есть не понимаю второго слова. Но это всё между делом. Мемуары Коржавина о кровавом времени и о себе в нем, а не о судьбах России и всей планеты.

Коржавин (его настоящее имя — Наум Мандель) родился в Киеве в 1925 году и, вырастая, воспринял мир таким, каким он его застал, то есть вырос с верой в революцию и гений Сталина. Польский футурист, впоследствии коммунист, Бруно Ясенский, прославившийся скандальным романом (совсем в духе будущего Луи Арагона) «Я жгу Париж», эмигрировал в СССР и написал книгу «Человек меняет кожу». В 1938 году (дата не полностью установлена) его, не дожившего и до сорока лет, расстреляли в Москве по иронии судьбы за левый уклон (слева, как я понимаю, был Троцкий, а справа — Бухарин), так что если его арестовали не как польского шпиона, то как троцкиста. В оттепельные годы вторую книгу в СССР переиздали.

И Коржавин тоже мог бы назвать свои мемуары не «В соблазнах кровавой эпохи», а «Человек меняет кожу». Он пишет (I:192): «Тошно мне иногда вспоминать о самом себе тогдашнем, о своей тогдашней бесчеловечной идейной логике». Восторженный поклонник революции, он ни в чем не усомнился (живя в Киеве!) после Голодомора, ничего ни с чем не сопоставил во время войны, мучительно избавлялся от иллюзий, связанных с большевизмом, осознал природу того явления, которое назвал сталинщиной, окончательно осудил всякое насилие и полностью прозрел после ХХ съезда. Но и много раньше он был безоглядно смел, не осознавая своей смелости, и поплатился за наивность ссылкой (чудом только ссылкой, а не лагерем), стал известным поэтом (хотя его почти не печатали), протестовал против беззакония и наконец, чтобы избежать второго ареста, уехал из страны. К счастью, он не повторил ошибки Александра Зиновьева: возвращался, но не вернулся.

Коржавин — прежде всего поэт. В свой сравнительно полный том «Стихи и поэмы» (2004) вошло далеко не всё, что он написал. Он откликался на каждое событие, но нестандартно, не так, как «положено». Сборник открывается теплой и содержательной статьей Бенедикта Сарнова (автора, среди прочего, четырехтомной эпопеи «Сталин и писатели»), но мне кажется, что Сарнов и никто из оценивающих творчество Коржавина, не сказал, что Коржавин, хотя и превратился в камертон советской эпохи, по своим задаткам был поэтом лирическим, а не гражданским. Вот стихотворение, написанное в шестнадцать лет:

> Так в памяти будет: и Днепр, и Труханов,
> И малиноватый весенний закат…

Как бегали вместе, махали руками,
Как сердце мое обходила тоска.
Зачем? Мы ведь вместе. Втроем. За игрою,
Но вот вечереет. Пора уходить.
И стало вдруг ясно: нас было не трое,
А вас было двое. И я был один. (с. 48)

А вот раннее эмигрантское, многократно цитированное стихотворение (1974), которое я приведу в отрывках:

То свет, то тень, / То ночь в моем окне. / Я каждый день / Встаю в чужой стране. // В чужую близь, / В чужую даль гляжу, / В чужую жизнь / По лестнице схожу. // Как в светлый лик, влекут в свои врата / Чужой язык, / Чужая доброта. // Я к ним спешу. / Но полон прошлым всем. / Не дохожу / И остаюсь ни с чем. //… // Я знаю сам: / Здесь тоже небо есть. / Но умер там / И не воскресну здесь /… (с. 262-63).

Коржавин не знал, что шотландец Р. Л. Стивенсон, автор «Острова сокровищ», был женат на американке, много лет прожил в Сан-Франциско и писал (в моем переводе):

Брожу здесь, ничему не рад,
Как гость из прошлых лет;
Я вроде бы твой старший брат,
Хотя и сам не сед.

Мы дети матери одной,
Но наш язык не схож…
Закат спустился надо мной,
А ты восхода ждешь.

Кто брызжет силой и растет,
Кто счет ведет, годам.
Пусть утро в Новый Свет грядет —
Мой свет, мой вечер *там*.

Не он первый, не он последний. Добавлю лишь, что только неподдельный лирик мог так написать о девушке, которую встретил в молодости: «[Я] испытываю… нежность и благодарность судьбе за то, что я ее знал. Благодарность совершенно бескорыстную, ибо… влюбленность с моей стороны была детской, а с ее стороны не было никакой. Просто она была прекрасной, и я с ней дружил» (I: 253).

Коржавина с молодости заботила мысль о цели искусства и о назначении поэзии. Много позже он назвал свою книгу очерков «В защиту банальных истин». Семьдесят лет с лишним жителям советской рабовладельческой империи набивали голову трухой, и именно к банальным истинам пробиться было невероятно трудно, а молодому человеку, не испытавшему культурного влияния семьи, почти невозможно. Искусство служит народу (то есть кому?) и если оно непонятно народу (повторим: то есть кому?), то оно и не нужно. И так без конца.

Поэтому откровением прозвучала для Коржавина фраза пожилого профессора, о том, что главная функция искусства коммуникативная. Вот его поздний комментарий: «Произведение искусства превращает индивидуальное духовно-эмоциональное постижение и достижение одного в индивидуальное же, духовно-эмоциональное постижение и достижение многих современников, а иногда и потомков» (I:548). Разумеется. Потому мы и читаем книги, ходим в музеи и слушаем музыку. На необитаемом острове, если не сойти с ума, можно писать дневник, но не сочинять лирическую, эпическую и какую угодно другую поэзию, если нет надежды на возвращение в большой мир. Даже бутылку в океан бросают с мыслью, что кто-нибудь ее выловит. Сквозь густые дебри пробивались люди к банальным истинам.

Прежде чем продолжить эту тему, замечу, что Коржавин часто извиняется за слишком пристальное внимание к деталям той эпохи, в которой он жил. Извинение не требуется. Для большинства россиян сравнительно недавнее прошлое (то, о котором идет речь в мемуарах) смыто, как с компьютерного диска, а Двадцатый съезд не ближе бородинской битвы и 25-ого Октября. Если бы ситуация была иной, тысячи людей, чьи деды и прадеды сгинули в Гулаге, не носили бы цветы к бюсту тирана, а объявили бы Пятое марта национальным праздником. Фон коржавинских мемуаров заслуживает того, чтобы в него всмотреться. Но вернемся к эстетике.

Коржавин всю жизнь размышлял о сути поэзии, о влиянии поэтического слова на людей и о том, почему одни стихи потрясают, а другие оставляют равнодушными. Он сказал, что «в поэзии ничто не движется сюжетом, а, наоборот, сюжет, если он есть, движется чем-то другим» (I: 97). Чем же? Он упоминает необходимость в стихах катарсиса (I: 455). Этот термин, придуманный Аристотелем, часто также мелькает и в его очерках. Но катарсис (то есть очищение) не есть нечто, присущее одной поэзии. Он относился, как известно, к трагедии, которая, вызывая страх, гнев, сострадание и многие другие чувства, заставляет зрителя эти чувства переживать (сопереживать) и тем «очищают» его: греческая трагедия не угнетала, а возвышала. («Над вымыслом слезами обольюсь»).

Очевидно, что катарсисом не исчерпывается суть лирической поэзии. В связи со сказанным приведу еще одну выдержку из мемуаров: «Голос поэта, который в процессе чтения становится голосом читателя, при всей субъективности содержит и некую объективизацию, обуславливающую и оправдывающую такую возможность. Это частное переживание должно быть таким, чтобы в нем попутно раскрывалось то, что задевает ценности, важные для всех, то, чем эмоционально дорожат все…» (I: 590). В сущности, это вариация на тему катарсиса. Одно «самовыражение», продолжает Коржавин, при любом мастерстве никому радости не принесет. С этим выводом нельзя не согласиться.

Мне кажется, что то поколение поэтов, к которому принадлежал Коржавин, а возможно, и некоторые из профессоров, преподававших в Литературном институте, откуда его забрали в ссылку и куда он вернулся после реабилитации, прошли мимо достижений формальной школы (Якобсон, Шкловский, Тынянов, Эйхенбаум и их ученики). В рамках этой школы удалось получить ответы на многие из подобных вопросов. А катарсис — переживание индивидуальное, и нет способа его запрограммировать или предсказать. Хотя ни техническое совершенство, ни глубина мысли не делают поэзию поэзией, а их отсутствие загубит любое стихотворение, трудно сказать, что такое глубина мысли в лирике. «Выхожу один я на дорогу». «Она сидела на полу и груду писем разгребала». «Девушка пела в церковном хоре». Где же тут глубина мысли? И слова самые что ни на есть простые. Отчего же охватывает нас дрожь еще до того, как мы узнали конец?

К некоторым из этих вопросов Коржавин обратился в упомянутом выше сборнике «В защиту банальных истин». Туда вошли избранные эссе о литературе и современной жизни. В центре литературной части статьи о Блоке, Анне Ахматовой и Бродском. Узнал я о сборнике от главного редактора издательства «Языки славянской культуры» Алексея Дмитриевича Кошелева. Он прочел мой очерк «Вспоминая Иосифа Бродского» и посоветовал мне сравнить его с тем, что написал на ту же тему Коржавин. Я взял в библиотеке книги, о которых идет здесь речь, и так возник этот рассказ. (Библиотеки больших американских университетов — это нечто непостижимое: в них есть всё, а межбиблиотечный абонемент работает, как хорошо налаженная машина.) Раньше я знал только его избранные стихи, а видел его на давнишнем американском симпозиуме по Лермонтову, но он пришел на доклады один раз, с чем-то или с кем-то бурно не согласился и сразу ушел.

Выяснилось, что мы составили о Бродском сходные мнения. У меня еще есть очерк о мимолетных встречах с Бродским, а Коржавин столкнулся с Бродским тоже в Америке полуслучайно, и разговор между ними был дружеский. Кроме того, я когда-то опубликовал рецензию на диалоги Бродского с Соломоном Волковым. Коржавин написал свои заметки после выхода критической статьи Солженицына о Бродском и защиты Бродского его друзьями. В целом, Коржавин согласился с Солженицыным, но за сценой остался вопрос о том, что заставило Солженицына заняться литературной критикой (еще раньше он неодобрительно отозвался о Давиде Самойлове и Юрии Тынянове).

Очерк Коржавина называется «Генезис ‘стиля опережающей гениальности’, или миф о великом Бродском» (60 страниц). Если не ошибаюсь, первым назвал Бродского гениальным Михаил Хейфец, собравший в Ленинграде все его сочинения и жестоко за это поплатившийся. Всякое обсуждение того, хороши стихи или плохи, — потеря времени. Лишь безграмотность, банальность, плагиат и тому подобные школьные грехи очевидны. Всё остальное — дело вкуса. То же относится к любому искусству. Джеймс Джойс, Брак, Хлебников, Шёнберг: не нравится — не читайте, не смотрите, не слушайте. Одному нравится попадья, а другому — свиной хрящик.

Но культ — нечто вполне материальное, и о нем, по-моему, Коржавин написал правильно. Между прочим, я заметил, что восторженные почитатели Бродского всегда цитируют одни и те же ранние стихи или ограничиваются восклицаниями («Осень», «Бабочка» — это гениально!), а подражатели не пошли дальше разрыва слов и зверских анжамбеманов (переносов). При всей своей одаренности (так же думает и Коржавин) Бродский остался бы кумиром сравнительно небольшой группы энтузиастов, но позорное судилище и шквал восторгов на Западе превратили его в икону. Восхищались даже самыми неинтересными его выступлениями и самыми скучными очерками. Коржавин прав и в том, что бум поддерживался американскими и прочими славистами, которые вокруг Бродского успешно делали свою академическую карьеру. Сравнивать его можно было только с Пушкиным и Моцартом (хотя он на них не был похож ничем). По недосмотру пропустили Шекспира и Гёте, но чего стоит попавшееся мне эссе под названием «Бродский и Киркегор». Поэт, наделенный редкой индивидуальностью и талантом, превратился в непогрешимого идола; потому он и сражался годами за Нобелевскую премию (считал, что заслуживает).

Чтобы напомнить, какой аурой окружили Бродского на родине приведу отрывок из только что опубликованного романа (ссылки не даю сознательно): «... он смотрел на людей, на ситуации, на себя, на мир вещей с высоты Времени и пространства, как бы из Бесконечности. Смотрел глазами сознающего, что завтра-послезавтра не станет его обидчиков, изменится политика, мораль, придут новые вожди, что шестьдесят-восемьдесят лет человеческой жизни — ничто, и его мудрость, его опыт, его открытие мира не в состоянии изменить того, что повинуется законам Высшего Разума [...] Похожая ироническая улыбка навеки застыла на губах Джоконды». Леонардо да Винчи, Моцарт, Пушкин, Киркегор... Беда в том, что все эти рассуждения не просто на уровне самопародии: они не имеют никакого отношения к поэзии. С надзвездных высот механизмы творчества даже и не видны.

Первая часть сборника называется «Литература и искусство», вторая — «Психология общества». Не может быть и речи о том, чтобы я взялся пересказывать и комментировать двадцать пять очерков, да и не собирался я делать ничего подобного. К тому же есть много статей, в эту книгу не вошедших. Но подробный «Опыт внутренней биографии», особенно интересный тем, что он был написан в 1968 году, еще в Москве, туда включен. Очерк этот оттеняет и дополняет ту исповедь сына века, о которой шла речь выше.

Лейтмотив сборника — кризис культуры и ответственность каждого (а творческого человека особенно), хоть большого, как Блок, хоть малого, за совершённые деяния. Порывистый и неуемный в жизни, Коржавин был сдержан в своих писаниях. В Америке его вроде бы интересовала только Россия. Однако мир вокруг себя он оценивал в высшей степени трезво. В частности, он легко разобрался в губительной политике леволиберальных деятелей. Я уделил так много внимания Бродскому и пропустил его анализ соблазнов Серебряного века, потому что от Блока и его даже от Анны Ахматовой (обоих Коржавин ценил очень высоко, но анализировал критически) нас отделяют многие десятилетия, а Бродский — пока еще наш современник, полностью затмивший всех остальных. Среди них есть и такие, которых Коржавин хорошо знал и ценил. Поодаль стоит Мандельштам и Пастернак. Не забыта Цветаева. Но о них у Коржавина не сказано почти ничего.

Пожалуй, лучше всего кончить заметки о поэте его стихами:

Я пью за свою Россию.
С простыми людьми я пью.
Они ничего не знают
Про страшную жизнь мою.
Про то, что рожден на гибель
Каждый мой лучший стих…
Они ничего не знают,
А эти стихи — для них.

1956

Лев Бердников. *«По долгу совести. Из евреев — в генералы Царской России». Оттава: Accent Graphics Communications, 2022. 59 с.*

В наше время никто, наверно, не изучает историю российских еврейских общественных деятелей и писателей так внимательно и успешно, как Лев Бердников. Его раннее профессиональное знакомство с культурой русского восемнадцатого века послужило ему хорошим фоном для дальнейших многолетних исследований и уходил, когда требовалось, в более отдаленные и более близкие к нашему времени периоды. Книга, о которой пойдет здесь речь, — расширенный вариант главы, вошедшей в его двухтомник «Евреи России в ливреях и без них. Литературные портреты (XV – начало XX вв.), 2022.

Я едва ли ошибусь, если предположу, что о большинстве персонажей Бердникова наши современники не знают ничего. Даниил фон Гаден, Егор Канкрин, Алексей Копьев… Кто они, чем прославились, почему забыты? Или не забыты, а просто мы ленивы и нелюбопытны? Лишь иногда мелькнет знакомое, порой даже хорошо знакомое имя: Петр Вейнберг, Семен Фруг, бароны Гинцбурги. Вот и Михаил Владимирович Грулёв (1857-1943), живший не так уж давно и умерший в эмиграции, — кто из нас о нем слышал?

Почти все биографии еврейских деятелей, служивших престолу, содержат один трагический момент: насильственное или добровольное, но все равно вынужденное крещение. Кантонистов иногда крестили скопом. Перед другими стоял нечеловеческий выбор: реализовать свой талант или перейти хотя бы в лютеранство (вроде бы меньшее зло) и, покинув черту оседлости, жить, как все. Антисемитская политика царской России прошла через несколько стадий, как впоследствии и в СССР: то можно было кое-как существовать, то наступал сплошной кошмар. При Николае I и Александре II тиски в некоторых областях ослабели, а при Александре III и Николае II жизнь евреев стала невыносимой. При них же ввели процентную норму, ужатую кое-где до нуля при Сталине и его преемниках.

Детство Грулева совпало с послаблением «дней Александровых», а военным он решил стать по собственной воле. Грулев (это настоящая фамилия будущего генерала — только поначалу он был Хрулевым) рано взбунтовался против обычаев своей среды. Училище в городе Себеже он окончил с блеском, но путь наверх был ему закрыт. Все признавали его способности и неизменно отказывали в приеме. Вершиной карьеры мог быть лишь унтер-офицерский чин, и Грулев крестился, не скрывая от себя мотивов отступничества. Такое отступничество стало массовым к концу девятнадцатого века, а люди типа Троцкого и евреями себя не считали. Зато все другие таковыми их считали, и едва ли следует напоминать, как христиане относились к «крещенным жидам» и «прощенным ворам».

Со временем новая вера стала второй натурой Грулева. Более поразительно другое: семья не отреклась от него, хотя в той среде отход от веры предков воспринимался хуже, чем смерть. Отступник и считался умершим. Сделавшись православным не на словах, а на деле, Грулев навсегда остался другом и защитником своего народа. Женился он тоже на дочери ассимилированного одесского купца-еврея (правда, лютеранина). Брак оказался прочным, но бездетным, и в 1903 году они удочерили девочку, оставшуюся их единственным ребенком.

Здесь не место подробно пересказывать биографию Грулева. Скажу лишь, что речь идет о выдающемся офицере и столь же выдающемся журналисте и военном историке. Он был чрезвычайно прозорлив и правильно оценил боевой дух и потенциал вооруженных сил Японии, но ему не поверили: царю нужна была короткая победоносная война. В этой бесславной войне, в которой участвовали тысячи евреев, Грулев был тяжело контужен. Там же потерял левую руку легендарный Иосиф Трумпельдор.

В 1908 году был опубликован двухтомник Грулева о Русско-японской войне. Писал он об этой войне и позже. По его мнению, при «всех таких качествах Алексея Куропаткина [главнокомандующего русской армии в Маньчжурии, а до того военного министра] и его помощников исход войны не мог быть иным, … потому что у начальства не хватило ни решимости, ни твердой воли, ни понимания важнейших факторов ведения войны» (с. 49). В Первую мировую войну бездарность Куропаткина была столь же очевидной и оказалась столь же катастрофической. Но к тому времени начальство уже избавилось от Грулева: в 1912 году его задобрили чином генерал-лейтенанта, после чего он подал в отставку и переехал с семьей в Ниццу. Куда же еще? Рай на земле.

Будущее поражение в мировой войне и судьбу большевистского режима Грулев предсказал с непостижимой точностью. В эмиграции он обратился к своим национальным корням и выпустил книгу «Записки генерала-еврея», а доходы от продажи издания (тогда еще эмигранты покупали такие книги) пожертвовал «в пользу Сионизма» в Еврейский национальный фонд. Сразу вспоминается другая книга «Дела минувших дней: записки русского еврея» (1933-1934) Генриха Слиозберга. Кстати, многие ли знают, что по указанию Грулева и в выбранном им пункте был основан город Харбин? Для российской эмиграции многое слилось и отозвалось в этом звуке. А умер Грулев, когда в Ницце стояли танки вермахта. Его не успели уничтожить и в очередной раз доказать, что от себя не убежишь. Он умер 17 сентября 1943 года.

Яркая жизнь и очень интересная книга.

Разве скажешь Божий мир стихами?
Надежда Мальцева: «Крылатый диск 2002-2022». Водолей, 2022.

Неглубокий, но заметный ров отделяет более ранние сборники Надежды Мальцевой от этого. Дух тот же (трагедийный), но прибавилась периодическая жутковатая клоунада, усугубленная диалектной лексикой, порой за пределами словаря Даля. Так мог бы писать С. В. Петров (но не писал) и Евгений Витковский, знавший, кажется, все слова русского языка. Слова эти в «Крылатом диске» не на показ, а чтобы отгородиться от окружающего смрада, уйти от болтовни и там, в стороне, то ли выплакать душу, то ли «сказать Божий мир стихами».

Что там времечко? Валит за́ полночь.
Заплутали мы, светик мой,
заступила как папорть-ча́полочь,
доберёмся ли мы домой?

Во сыром бору стоеросовом
не бывает ни троп, ни вех,
лишь поганки в тумане розовом
да русалочий тихий смех.

Срыты наши кресты, и мороки

из отецкой ползут земли,
храмы взорваны, сорок сóроки
под бульдозером полегли.

Кто-то квакает из мочажины,
кто-то чешется о стволы,
для гостей дорогих наглажены
в зыбунах-чарусах столы.

(с. 31, знаки ударения авторские.)

Стоеросовый значит «растущий стоя» (отсюда и ругательство *дубина стоеросовая*). О чаполочи, похожей на сволочь, да и о папорти, похожей на папоротник, я ничего не знаю (в каком-нибудь областном словаре наверняка обнаружилось бы; может быть, и на самом деле вид папоротника), но мне всё равно: когда охватывает ужас от поганок в розовом тумане и от сидящей на ветвях русалки, кто будет слишком пристально всматриваться в окружающий лес? В мочажинах, конечно, мокро (там тебя и замочат). Чаруса (или чарус?) — это тоже зачарованное болото, раз идет через черточку с зыбунами, где, как всякому ясно, зыбко. Зыбуны-чарусы — тавтология (вспомним пути-дороги и стёжки-дорожки: обе части означают одно и то же).

Если воспринимать поэзию как музыку или как глоссолалию, то отдельное слово утрачивает самостоятельность и превращается во фрагмент впечатляющего целого. От стихов Мальцевой порой охватывает дрожь. Иногда меня утомлял напор диковинных существительных, но потом звучало напоминание, что «со всех экранов лыбится мутант, / рекомендуя дрянь невыносимую, / и умираешь, в стол зарыв талант» (с. 36: 2021 год!), и я переставал беспокоиться: в царстве мутанта что значит мое смущение? Еще в 2007 году написала Мальцева: «… в фарватер русской речи вползают хрип и шип» (с. 44).

Конечно, впереди сияет Четвертый Рим, да, к сожалению, «все дороги ведут в ослепительный Рим, / ни одна из дорог не выходит из Рима» (там же). Ситуация как в басне о заболевшем льве и его гостях: следы вели только в одну сторону. Сборник сковал «волн летейских лёд» (с. 48). Над каждой трагической миниатюрой витает призрак, обещающий гибель, и, чем совершеннее рифмы, тем страшнее смысл. Мы ведь с ранне-тютчевских времен знаем, что «усопших образ тем страшней, чем в жизни был милей для нас».

Повсюду рассыпаны хорошо понятные намеки. Вдруг стихотворение начинается словами: «Москва, Москва!» (с. 61). В Манеже «продается вдохновенье», но «Вольфа нет, чтоб рукопись продать» (с. 62). Пусть никто не подумает, что это ёрничанье выливается само по себе:

Над терпеливою бумагой
проливши семью семь потов,
порой в уменьях под присягой
поклясться пишущий готов.

Но снова муть, косноязычье,
невмочь ни к мысли подступить,
ни прикарманить слово птичье,
ни даже реплику слепить.

С любым, каким ни есть, талантом,
купившись на молву и лесть,
не мни спуститься в бездну с Дантом,
рядком с Державиным воссесть». (с. 63)

Всё верно. Мы и не мним «… не на пушкинском лицейском / мы лопочем языке» (с. 65). И умрем бесславно «в новом времени летейском»:

«… как пристать на речке Черной, / как не минуть Пятигорск?» (там же).

Зряшное это занятие — рассказывать, а тем более рассуждать о стихах. Хорошие стихи тем и хороши, что прозой их не перескажешь. Гудят жуткие, а иногда нежные, но скорбные строки: «Да была ли я, да жила ли я? / Продолжается вакханалия, / а в ушах один барабанный счёт, / и Москва-река сквозь меня течёт» (с. 82). «Свет, обнимая, лишь слепит долину, / где стала Летой всякая река, / и ты в трудах напрасно горбишь спину — / не варвары, так смутные века / разрушат всё» (с. 91). Но живем мы (к сожалению или к счастью) только один раз:

С ним в ногу шла не сотня человек,
С ним миллионы шли во время оно!
И вот он умер, мой безбожный век,
И некому нести за ним знамёна.
Он съел меня, что говорить о нём?

Никто не скажет, где его могила.
Но всё былое ценишь с каждым днём
Гораздо больше — лишь за то, что было. (2011; с. 103)

Андерсеновский Соловей так пел на кладбище, что Смерть, сидевшая на груди императора, затосковала по родному дому и улетела. Внизу сидели придворные и ждали конца своего повелителя, а тот спустился к ним и сказал: «Здравствуйте!» Случится ли на «отецкой земле» нечто подобное с теми, кто прочтет и перечитает книгу Надежды Мальцевой? Многочисленные эпиграфы и посвящения связывают ее с большим миром. Не в немотству́ющей пустыне (слово это у меня из Боратынского) она живет и вопреки всему на что-то надеется:

Я подбираю крохи со стола
Обугленными пальцами, зола
И хлопья пепла кружатся у входа.
Немного хлеба и немного мёда —
В обрез, но хватит всем на этот год,
А дождь сейчас прибьёт золу, прибьёт. (с. 133)

Правда, написала она это почти десять лет тому назад.

Об авторах:

Евгения Босина   Родилась в Киеве, окончила филфак Киевского госуниверситета (по специальности: «Русский язык и литература»). В 1990 г. вместе с семьёй репатриировалась в Израиль. Живёт в городе Нагария, преподаёт русский язык. Стихи начала писать на Святой земле – вдруг и без видимых причин. Член Союза русскоязычных писателей Израиля, лауреат премии им. Д. Самойлова, автор пяти поэтических сборников: «Снегопад в Галилее», «Там, где нас нет», «Путь в страну Гиперборею», «Зелёное солнце», «Акупунктура». Печаталась в различных израильских и зарубежных изданиях.

Победитель, лауреат и финалист международных литературных конкурсов.

Лорина Дымова - московская, а ныне иерусалимская поэтесса, прозаик, переводчица. Стихи печатались в «Новом мире», «Литературной газете», альманахе «День поэзии» и в других газетах и журналах. Переводчица болгарской поэзии, удостоенная болгарского ордена Кирилла и Мефодия первой степени. С 1992 года живет в Иерусалиме.

Григорий Оклендский – современный поэт. Родом из Белоруссии. Школьные годы - в Гомеле, студенческие - в Ижевске, лучшие – в Новосибирском Академгородке. Многие годы занимался автоматизацией научных исследований и разработкой информационных систем здравоохранения, кандидат технических наук. Более 28 лет живет в Окленде, Новая Зеландия, где продолжает работать в области информационных технологий.

 Автор 3 поэтических книг, многочисленных публикаций в бумажных и сетевых изданиях русскоязычного поэтического пространства, таких как «Гостиная», «Новый Континент» и «Чайка» (США), «Эмигрантская Лира» (Бельгия), «Литературный Европеец», «7 Искусств» и «Мастерская» (Германия), «Витражи» (Австралия),

Саша Казаков – *поэт и переводчик. Живет в Канаде.*

Борис Камянов - известный поэт, автор многих книг стихов и переводов. Председатель Союза русскоязычных писателей Израиля. Живет в Иерусалиме.

Об остальных авторах вы можете прочитать в вышедших номерах журнала